S.F.
V.

Patrick White

DIE VERBRANNTEN

Erzählungen

Aus dem Englischen von
Reinhard Kaiser u. a.

S. Fischer

Die Erzählung *Wippsterze im Mondenlicht*
wurde von Joachim Kalka übersetzt,
Ein Glas Tee von Frank Auerbach,
Eine Seele von Mensch von Reinhild Böhnke,
Drunten auf der Müllkippe von Hilary Heltay.

Die englische Originalausgabe erschien 1964 unter dem Titel
The Burnt Ones bei Eyre & Spottiswoode, London

Die Übersetzung von *Willy-Wagtails by Moonlight*
(*Wippsterze im Mondenlicht*) erscheint mit freundlicher Genehmigung
des Fischer Taschenbuch Verlags GmbH, Frankfurt am Main;
die Übersetzung von *A Glass of Tea* (*Ein Glas Tee*)
mit freundlicher Genehmigung von Frank Auerbach;
die Übersetzung von *A Cheery Soul* (*Eine Seele von Mensch*)
mit freundlicher Genehmigung des Verlags Volk und Welt, Berlin;
die Übersetzung von *Down at the Dump*
(*Drunten auf der Müllkippe*) mit freundlicher Genehmigung
des Verlags Philipp Reclam jun., Stuttgart.
Umschlaggestaltung: Buchholz/Hinsch/Walch
Satz: Utesch Satztechnik GmbH, Hamburg
Druck und Einband: F. Spiegel Buch GmbH, Ulm
Printed in Germany
ISBN 3-10-091203-9

FÜR NIN UND GEOFFREY DUTTON

INHALT

OI KAYMENOI

Die Verbrannten (Die armen Unglücklichen)

WELKE ROSEN

I

Val Tulloch sah ihrem Mann gern beim Lesen zu, ohne direkt zu plaudern – ein Wort, das dem Plappern gefährlich nahe war. Sie nannte es lieber: sagen, was ihr durch den Kopf ging. Und sie sagte es, in der richtigen Lautstärke, nämlich leise. Manchmal fragte sie sich, ob sie Gil damit ärgerte, aber ihn hatte sie noch nie gefragt, denn so genau wollte sie es gar nicht wissen.

Sie ging noch einmal die Liste der Gäste durch, die zu Weihnachten auf die Insel kommen würden, und dachte über die Erwünschtheit derer nach, die sie eingeladen hatte, während Gil Tulloch beim Lesen ein wenig die Stirn runzelte. Seine Frau war der Ansicht, daß seinem sonst makellosen Gesicht ein Stirnrunzeln gut stand, daß es ihm Autorität verlieh.

Val sagte jetzt: »Die Furfields sind immer ein Gewinn. Helen hat nichts dagegen abzuwaschen, und Doug kommt so gut mit dem Boot zurecht. Sie gehören einfach dazu, Liebling, findest du nicht? Es ist erholsam mit ihnen. Ich kann zwar nicht behaupten, daß mir Marcus besonders sympathisch wäre. Immer den armen kleinen Jeremy zu verhauen. Aber so ist das Leben, und Jeremy muß es sowieso lernen.«

Gil Tulloch, der sich wieder einmal den *Tristram Shandy* vorgenommen hatte, verstärkte sein Stirnrunzeln, das ihm einen Anflug von Autorität verlieh.

»Und Mollie Aspinall – Mollie ist natürlich anstrengend, man muß ihr zuhören – aber dafür ist sie so kinderlieb.«

Wenn seine Frau immer so gewesen wäre, würde es Gil Tulloch mit ihr nicht lange ausgehalten haben, aber im Augenblick waren Vals gesellschaftliche Erwägungen kaum langweiliger als der Kampf mit Sterne.

»Und Barry Flegg.«

»Warum hast du denn Barry eingeladen?« fragte Gil Tulloch, lesend.

»Als Pendant zu Mollie Aspinall.«

»Ist Mollie nicht ein bißchen zu knittrig und zu betagt für Barry?«

»Aber sie ist doch schon dankbar, wenn sie einen Mann nur riecht.«

Val Tulloch fühlte sich plötzlich so beschwingt, daß sie lachen mußte. Kurz vor diesem Gespräch hatte sie begonnen, sich mit der Vorstellung anzufreunden, daß ihr fünftes, unerwartetes Kind unterwegs war. Sie war noch ganz benommen, aber sehr glücklich.

Ihr Mann blätterte und wartete. Im Überfliegen von Büchern war er Fachmann. Und eigentlich gefiel ihm auch seine Frau.

»Nein«, sagte Val und rückte vor, während ihr Gesicht vor lauter Zielstrebigkeit ganz dunkel wurde. »Ich will dir sagen, weshalb ich Barry hergebeten habe. Ich habe Anthea Scudamore eingeladen.«

»Aber ist sie nicht ziemlich gräßlich?«

»Wieso?«

»Schwer zu sagen, aber ...«

»Eben! Und es ist wirklich nicht ihre Schuld. Sie ist einfach ein bißchen lange zu Hause geblieben und zu wenig rausgekommen.«

»Da wird Barry sein Bestes tun. Ich hatte allerdings immer den Eindruck, daß Anthea genau weiß, wohin sie will.«

»Das glaube ich nicht. Sie weiß, was sie wissen muß und wohin sie gehen müßte«, sagte Val. Dann fügte sie hinzu: »Aber das wird mich nicht davon abhalten, ihr einen Schubs zu geben – in eine Richtung, die ihre Mutter ganz bestimmt für die falsche hält.«

Nachdem sie selbst schon in jungen Jahren jene Richtung eingeschlagen hatte, die sie für die selbstverständliche und einzig mögliche hielt, glaubte Val Tulloch, alle anderen müßten sich ebenfalls auf diesen einen Weg zum Glück einlassen.

2

Auch Mrs. Scudamore war ein großes Organisationstalent, allerdings hatte sie sich nie gestattet, darüber nachzudenken, ob sie vielleicht *un*glücklich war. Niemand brauchte unglücklich zu sein, es gab keinen Grund dazu, zumindest nicht in Australien, sofern man versorgt war und auf einem gewissen gesellschaftlichen Niveau lebte. Wer also anfing, sich zu beklagen, der war entweder krank oder neurotisch. Oder sonst etwas. Deshalb beklagte sich Mrs. Scudamore nie – außer wenn sie einen guten Grund dazu hatte.

Obwohl es ihr recht gut gelang, dies zu verbergen, war sie ungeheuer froh, als sie hörte, daß Anthea über Weihnachten auf die Insel eingeladen worden sei. Gewiß, die Tullochs hatten eine lasche Einstellung, sie waren intellektuell und in ihrer äußeren Erscheinung oft geradezu schlampig, aber umgeben von jener Aura, die nur ererbter Wohlstand und ein ererbter Platz im Leben verleihen können. An dem Nachmittag, als die Einladung kam, führte Mrs. Scudamore vier Telefongespräche, eines davon mit der Frau beim *Clarion*.

»Natürlich bedeutet es, daß ich hier über Weihnachten eine ganze Menge mehr am Hals habe«, beklagte sich Mrs. Scudamore bei ihrer Tochter nicht. »Aber für dich freue ich mich ja so, Kind. Es wird dir bestimmt viel Spaß machen. Die Tullochs haben einen Kreis von sehr munteren Leuten um sich. Ich möchte wissen, ob Gilbert Tulloch wirklich so rot ist, wie immer behauptet wird. Wahrscheinlich ja. Es ist immer das gleiche mit diesen Universitätsleuten. Atheisten sind sie auch. Seine Mutter war eine geborene Briscoe – Besitz von Haus aus. Ich frage mich, welche von ihren Freunden du kennenlernen wirst. Minnie Briscoe konnte sich an die Ihren nicht immer erinnern, aber bei ihr mußte man nachsichtig sein; sie hatte ja immer so viel zu tun, und ihr Verstand ließ sie schon im Stich, bevor es mit ihr zu Ende ging. Da fällt mir ein, Anthea – pack dein Blaues ein. Ich weiß, es heißt jetzt zwar immer, im Sommer würde es auf der Insel zwanglos zugehen, aber man sollte sich doch auf alle Eventualitäten einstellen. Ich finde es immer angenehmer – denkst du nicht auch? –, wenn man gegen alles gewappnet ist.«

Mrs. Scudamore wäre tief gekränkt gewesen, wenn irgend jemand darauf hingewiesen hätte, daß sie noch nie einen Gedanken daran gewendet habe, was ihre Tochter vielleicht *denken* könnte. Warum nicht, das war ganz offensichtlich. Sie waren eher wie zwei *Schwestern*. Da also noch nie jemand ihre Aufmerksamkeit auf die wirkliche Beschaffenheit dieser Beziehung gelenkt hatte, fuhr Mrs. Scudamore fort, für Anthea zu denken, und für alle anderen auch. Bei dem Tempo des heutigen Lebens und da sie mit einem Leitartikelschreiber verheiratet war, der seiner Arbeit zu den ausgefallensten Tages- und Nachtzeiten nachging, hatte sie sehr viel am Hals. Sozusagen.

»Anthea«, so rief sie zuweilen, »sieh doch mal nach, ob noch ein Ei für Daddy da ist, und wenn nicht, lauf runter an die Ecke und hol ein Dutzend. Ich habe um zehn meinen Termin.«

Entferntere Bekannte hätten sich vielleicht gefragt, ob es diesen Bill Scudamore überhaupt gab, obwohl sie doch von ihm reden hörten und auch die Überschriften dieser unlesbaren Leitartikel im *Clarion* lasen, und obwohl seine Hüte unten im Flur an den Haken neben der Toilette hingen. Mrs. Scudamores gute Freundinnen, die wußten, daß alles mit rechten Dingen zuging, erinnerten sich an einen verschlossenen, hageren, schweigsamen Mann, der spät aufstand und beim Frühstück hauptsächlich Zeitungen zu sich nahm. Am späten Nachmittag schlenderte er zur Redaktion des *Clarion* hinunter, kam erst spät, wenn die anderen längst schlafen gegangen waren, nach Hause und lebte dann aus dem Kühlschrank. Seine geistige Nahrung bestand anscheinend aus politischen Abstraktionen und einer entschieden pessimistischen Einstellung gegenüber allen menschlichen Bestrebungen. Deswegen und wegen seiner ausgefallenen »Arbeitszeit« wurde er von den Freundinnen seiner Frau nicht vermißt, die wußten, daß das Leben ist, was man daraus macht, und deren Weg zwischen den buntschillernden, konkreten Einzelheiten dieses Lebens dahinführte.

Mrs. Scudamore geriet angesichts jeder Art von Nonkonformismus in Verwirrung, um nicht zu sagen, in Verzweiflung und verbannte ihn aus ihren Gedanken, sobald er ihr zu nahe kam. Sie sagte sich: Bill kann nicht *un*glücklich sein. Und zeitweise hatte sie vielleicht auch recht. Ihr Mann litt mehr unter dunklen Vorahnungen und anderen Ärgernissen, wie sie sich im Zusammenhang mit Präsident Sukarno oder eingewachsenen Zehennägeln oder dem Ei ergaben, das er sich über den Morgenrock kleckerte. Anthea kochte ihm sein Ei, bevor sie zu einem ihrer Kurse ging, und wenn Bill dann zum Messer griff und die Kuppe dieses beleidigenden Eis abschälte, dachte er manchmal bekümmert: Da geht Anthea, und wieder ist mir nichts eingefallen, was ich mit ihr reden könnte. Bedauern wuchs zu Schuldgefühl heran, bis ihm ihre Mutter einfiel, die soviel auf sich nahm. Für Anthea würde gesorgt sein.

»Ist noch was, Dad, bevor ich gehe?« rief seine Tochter – seine *Tochter* – vom anderen Ende der Veranda herüber.

Sie war so klug, so nachdenklich, so verdammt freundlich. Sie hatte alles gelernt. Im blendenden Licht der Veranda blinzelnd, glaubte Bill Scudamore, Betsy zu sehen, oder zumindest das Wachs, das zum Abbild noch geformt werden mußte. Manche Männer, das wußte er, ließen den Wunsch nach Erneuerung oder das Gestichel des Begehrens an sich heran, wenn sie die Vergangenheit in der Gegenwart wiedererkannten, aber er war seinem Wesen nach ein Zweifler und diese da erstaunlicherweise sein Kind. Das weiße Wachs, das Pflichtgefühl zu einem Lächeln formte. Grünliche Mädchenhaut unter einem großen Sommerhut. Plötzlich betrachtete er prüfend seine eigenen Hände.

Einmal sagte Mrs. Scudamore zu Mrs. Vesey, die als ihre beste Freundin galt: »Es ist aufregend zu beobachten, wie ein junges Mädchen aufblüht, vor allem, wenn es sich zufällig um die eigene Tochter handelt. Um den eigenen Schöpfungsakt.«

Es gab Augenblicke, in denen Mrs. Scudamore nahe daran war, sich für eine Intellektuelle zu halten. Dergleichen war zulässig, solange man darauf achtete, daß man sich mit Intellektuellen nicht wirklich einließ. Da sie von ihrem Mann so wenig sah, vergaß sie, ihn hierbei mitzuzählen, und was die Tullochs anging, die nun plötzlich wieder ins Blickfeld geraten waren, so versöhnte deren Vermögen sie mit ihren geistigen Verirrungen.

Daß Anthea auf die Insel eingeladen war, versetzte Mrs. Scudamore in helle Aufregung. Der Gedanke an all die erfreulichen Folgen und Auswirkungen ließ sie nicht mehr los, während sie sich gleichzeitig an jenen Nachmittag im Government House erinnerte, an dem Minnie Briscoe, Gil Tullochs altes Mütterchen, sie nicht erkannt hatte. Aus diesem Grund leckte sich Mrs. Scudamore am Flughafen die Lippen und zögerte, bevor sie ihrer Tochter zum Abschied einen Kuß gab.

Dann sagte sie: »Denk immer daran, wer du bist, Liebling. Nachher kommt alles ins Große Buch.«

Da niemand in Hörweite war, hätte Anthea ihrer Mutter wegen nicht zu erröten brauchen. Aber sie wurde trotzdem rot. Und kam sich schrecklich treulos vor, als sie den Kopf senkte und die Rollbahn überquerte. Das nicht minder bedauerliche Stirnrunzeln, das sich zusammen mit der Hitze der Beschämung eingestellt hatte, half ihr immerhin, bei diesem Wind den Hut auf dem Kopf zu behalten.

3

Der Tag stand schon kurz bevor, als Val Tulloch wieder einfiel, daß sie auch noch Anthea Scudamore erwarteten.

»O Gott!« klagte Gil.

Die anderen waren schon da und hatten sich zu einer jener kurzlebigen Gemeinschaften gefügt, die viel enger geknüpft sind als die meisten, die ein Leben lang währen.

»Ich weiß«, entschied Val. »Ich bitte Ossie Ryan, sie abzuholen, wenn er die Post austrägt. Dann stört es niemanden.«

Mit Niemand meinte sie ihren Mann, an den sie immer zuerst dachte.

So kam es, daß Anthea am Flughafen von Ossie Ryan abgeholt wurde, einem rotblonden Mann, der über alles, was auf der Insel vor sich ging, Bescheid wußte und eine dieser klapprigen Kisten fuhr, die in den abgelegeneren Gegenden Australiens zwischen bestimmten Ortschaften hin- und herkutschierten.

»Alles klar?« fragte Ossie das adrette Mädchen aus der Stadt, das den Sitz abwischte, bevor es sich setzte.

»Ja. Wunderbar, danke.« Sie war so gelassen, angenehm.

Nie hatte jemand Ossie gesehen, ohne daß ihm ein Grinsen wie eine Narbe quer durchs Gesicht lief. Jetzt grinste er die Impfstelle an, die an dem untätig herabhängenden Arm des Mädchens weiß schimmerte.

Sie fuhren los, quer über die Insel, durch das verschwommene Gold der Gerstenfelder, durch Rudel von Truthähnen, die vor Ossie Ryans heranbrausendem Wagen auseinanderstoben. Überall schienen sich die zwergwüchsigen Inselbäume mit der dauerhaften Verkrüppelung abgefunden zu haben, die ihnen vom Wind aufgenötigt war.

Das Mädchen saß da und hielt seinen Sommerhut in der Hand. Sie wirkte sehr üppig, sehr weiß, sehr importiert neben ihrem roten, hageren, eingeborenen Begleiter. In Gedanken begann sie einen Brief an ihre Mutter, der in Wirklichkeit nie geschrieben werden würde, weil sie sich versprochen hatten, jeden Abend nach dem Essen miteinander zu telefonieren. Aber in der Vorstellung des Mädchens fing der Brief so an: *Es ist alles ziemlich abenteuerlich* ...

Sie saß da und bot ein Lächeln, statt der Worte, die sie für den Postboten nicht fand, während sich das Abenteuer im Anprall von Sonne und Wind und lodernder Gerste fortsetzte. Von Zeit zu Zeit erweiterte Ossie Ryan ihren Horizont, indem er erzählte, was sich in den Häusern, an denen sie vorüberfuhren, zutrug:

»Da wohnt Mrs. Crane. Ihr Alter ist Donnerstag zur Operation rüber aufs Festland. Leistenbruch. Das Haus da oben – die Frau hat ein Säuglingsheim, sagt man. *Man*, verstehen Sie? Ich sag über niemanden nix, kümmer mich um mein' eigenen Kram. Da drüben wohnt Mr. Isbister. Aus Glenelg. Scheint, daß er sich dies Jahr ne andere Frau mitgebracht hat.«

Während der Wagen den Staub zerteilte, schwebte Anthea Scudamore in den zugänglichen Häusern herum. Sie öffnete Schubladen und sah hinein. Oder sie machte es sich in den Sesseln bequem, rückte ihre ziemlich breiten Hüften, ihre kräftigen Oberschenkel in jene Schräge, die sie beim Sitzen einnahm. Erst wenn sie vollkommen gelassen war, erlaubte sie den Besitzern der Häuser näherzutreten, und ließ sich von ihnen ihre tiefsten Geheimnisse erzählen.

Daß sie sich so gehenließ, hätte Anthea ihrer Mutter niemals gestanden, für die das Leben klar und unverhüllt war. Vielleicht war es ein Laster, das die Tochter von einem Vater geerbt hatte, den sie kaum kannte.

»Ich finde das alles faszinierend«, erklärte sie und drehte sich mit einem Ausdruck von solcher Aufrichtigkeit zu Ossie Ryan hinüber, daß der sich fragte, ob es irgendwas zu bedeuten habe.

Er räusperte sich und spuckte zur Seite, und in einem schmalen, glitzernden Bogen wurde der Speichel ins Licht geschleudert.

»Schätze, die Menschen sind sich ziemlich gleich«, sagte er einfältig, »egal, wo sie zufällig sind.«

Aber er freute sich über ihr Interesse und strengte sich weiter an.

»Mrs. Tulloch hat den Truthahn schon bestellt. Sie ist wieder in Umständen.« Er lachte. »Gil hält sie auf Trab.«

Da begann Anthea Scudamore, groß und weiß, zu zittern, nicht weil sie sich fürchtete oder schüchtern gewesen wäre, aber bei dem Gedanken an die Leute, die sie kennenlernen würde, und vor allem bei dem Gedanken an diejenigen, die sie vielleicht zu gut kennenlernen würde. Noch nie hatte sie jemanden sehr nahe gekannt, jedenfalls nicht so, wie sie sich vorstellte, daß die Leute einander kannten, niemanden außer ihrer Mutter, und bei der war es etwas anderes. Unter diesen Umständen hatte das Bild von Mami mit ihrem Strohhut von Martin's und ihren kräftigen Schultern, die denen von Anthea so ähnlich waren, etwas Tröstliches. Aber es war nicht tröstlich genug. Die Arme des Mädchens, die in der Sonne rot geworden waren, hatten eine Gänsehaut bekommen, und die blieb.

4

Für gewöhnlich stopfte Ossie Ryan die Post in den Kasten und wuchtete einen Karton mit Lebensmitteln in den Sand neben dem Pfosten, aber dieser Morgen war etwas Besonderes, und deshalb fuhr er mit dem Wagen den steinigen Weg zwischen dem Gestrüpp zum Haus der Tullochs hoch. Während er und Anthea in dem Chevy hin- und hergeworfen wurden, brachte Ossie seine Grinsenarbe zum Grinsen.

Weil sie gewartet und zuletzt auch etwas gehört hatten, waren alle, mit Ausnahme der Furfields, die irgendwo mit ihren Kindern beschäftigt waren, an der Ecke der Veranda zu sehen – wie sie vor dem Hintergrund des Himmels warteten, sich förmlich darauf vorbereiteten, Freundschaft anzubieten – eine Haltung, die sehr feindselig wirken kann.

Mollie Aspinall kicherte und strich sich über die dünne, von der See angegriffene Haut. Sie sagte: »Mami hat sie nicht ohne den Hut gehen lassen.«

Auch Val Tulloch konnte nicht widerstehen: »Die Handschuhe hat sie wahrscheinlich im Flugzeug liegenlassen.« Aber sie kam sich gemein dabei vor.

Anthea Scudamore hatte angefangen, zu winken und zu lächeln oder eine Grimasse in das grelle Licht zu schneiden und ihre Beine aus dem Wagen zu ziehen. Sie kam sich sehr groß dabei vor und sehr preisgegeben.

»Eine richtige Juno«, sagte Barry Flegg und strich sich mit den Fingern über das Kinn.

»Wahrscheinlich nicht ganz so explosiv. Aber das hängt von dir ab, Barry.« Gil Tulloch hatte das Spiel mit vierzig aufgegeben. »Vielleicht entdeckst du ja eine Zeitbombe.«

»Verdammt!« rief Val. »Wie gemein wir sind, und wie wir es genießen!«

Mit großen Schritten, in dem lässigen Gang, in den sie auf der Insel wie von selbst verfiel, schlenderte sie die steinige Böschung hinunter. Ihre Figur war von den Schwangerschaften verdorben. Gil Tulloch wurde es nie müde, seine Frau zu betrachten.

»Endlich!« Val hörte, wie sich ihre Stimme idiotischerweise fast überschlug. »Ist doch immer irgendwie beunruhigend – wenn man zum erstenmal mit den Eingeborenen in Berührung kommt, oder?«

Eigentlich hatte sie das Mädchen umarmen wollen, aber diese Wange war so makellos, daß sie bemerkte, wie sie jetzt nur ihre Hand ausstreckte, ihre von der eisernen Bratpfanne und vom Netzeeinholen den ganzen Morgen lang gehärtete Hand.

Anthea bestand im Augenblick aus lauter Bewegungen, die nicht viel bedeuteten, und aus lauter Wörtern, die nicht verständlich waren, bis sie sich bückte und eine Falte glattstrich.

»Ich sehe ungeheuer lädiert aus.«

Ungeheuer farblos, fand Val; ich muß etwas für Anthea tun.

Aber im Augenblick konnte sie Anthea nur den Schrecknissen der allgemeinen Begrüßung aussetzen. Als die Furfields aus dem Haus traten, erkannte Val zu ihrer Freude, daß sie zu ihren zynischeren Freunden gehörten.

Bald war es vorbei, und als sie drinnen war, bemerkte Anthea, daß die Gänsehaut auf ihren Armen verschwand. Arg mitgenommen, wie eine Schiffbrüchige, in einem Zimmer für sich allein, spürte sie schon, daß sie dort glücklich sein würde, denn sie konnte zumindest die Tür zumachen. In ihrer kleinen Steinzelle begann sie Schubladen zu öffnen, die mit vergilbtem Zeitungspapier ausgelegt waren und aus denen es nach dem Puder von jemand anderem roch. Sie horchte auf den schief stehenden Teebaum, der unablässig an der Dachrinne sägte, während der runzlige Spiegel ein Gesicht zeigte, welches ihrem eigenen so unähnlich war, daß sie sich einem Anfall von Eitelkeit überließ.

Als sie ihre Sachen ausgepackt und ihr Blaues auf den Plastikbügel gehängt hatte, den sie nach dem Rat ihrer Mutter mitgenommen hatte, ließ sie sich fallen und lag einen Augenblick auf dem Bett, auf der verwaschenen indianischen Tagesdecke. Anthea Scudamore hatte sich wohl noch nie so gehenlassen, hatte sich noch nie eine so freie Geste, eine so unorthodoxe Stellung gegönnt. Hätte jemand sie beobachtet, so hätte sie sich bestimmt geschämt – wegen ihrer gekippten weißen Fülle. Im Augenblick hatte sie den unbehaglichen Verdacht, man könne nur in heimlichen Stellungen lebendig werden, in fremden Häusern. Oder würde auch ein Haus, das sie für sich allein hatte, fremd sein? Sie sehnte sich nach Jadefiguren, nach dem kühlen, sinnlichen Beben, das aus der Ferne ihrer Formen hervorbricht. Gern hätte sie sie auf ihre zierlichen Ebenholzsockel gesetzt.

Sie lag nur einen Augenblick lang da, aber lange genug, um deshalb Gewissensbisse zu bekommen. Rasch erhob sie sich und sah aus dem Fenster, als würde sie erwarten, daß ihre Mutter über die Steinplatten der Veranda auf das Haus zukam. Aber das Schimmern der See hatte Anthea Scudamore unerreichbar gemacht. Unten in der Bucht zankten Möwen um die Köpfe der Fische, die Doug Furfield gerade filetierte. Bei einem grauen, schief stehenden Klohäuschen prügelten sich zwei kleine Jungen. Anthea Scudamore sah ihnen kurze Zeit zu, mit dem höflichen Interesse, das sie den Kindern ihrer Freunde stets entgegenbrachte. Es erleichterte sie, daß sie den Grund für diesen rituellen Streit nicht zu ermitteln brauchte und wahrscheinlich auch nie erfahren würde. Schließlich erfüllte nicht das, was in anderer Leute Häusern vor sich ging, diese Häuser mit Leben. Sondern das, was sie selbst mitbrachte. Das Haus war nur ein Gefäß, das sie allerdings benötigte und in das sich ihre verschlossene Natur, wenn auch schweigend, ergießen konnte. Deshalb war sie von einer hungrigen Dankbarkeit für diese Steinzelle erfüllt, für das Geräusch des gebeugten Teebaums, der an Metall und an der Stille sägte. Und sägte.

5

Nach dem Abendessen im Haus auf der Landspitze, in dem unaufgeräumten, aber noch erträglichen Wohnzimmer, begruben die Kinder der beiden Familien ihren Streit und stellten sich im Schein der Lampe zum Singen um das alte, wurmstichige Klavier. Die Stimmen der Jungen klangen außerordentlich rein und klar. Sie sind eigentlich ziemlich nett, fand Anthea Scudamore, legte die Arme hinter den Kopf und rekelte sich in dem Chintz-Sessel mit den ausgeleierten Federn. Sie war, bis auf das Geäder, nirgendwo so weiß wie in ihren Achselhöhlen, stellte Barry Flegg fest. Als objektiver Betrachter. Auch wenn es sehr warm war, fror sie leicht. Aber jetzt, nach den paar Gin und nachdem sie abgewaschen und sich mit Doktor Flegg unterhalten hatte, schwitzte Anthea.

Sie hatten sich so ungewohnt ausführlich über Geschirrspülmaschinen und Gott unterhalten, daß Anthea ihre Arme fast bis zu den Ellbogen in das Becken getaucht hatte, und das gelbe Wasser war gestiegen, es war übergelaufen, auf ihr Seidenkleid. Was für eine *Katastrophe*, kreischte Mollie Aspinall an ihrer Zigarette im Mundwinkel vorbei. Anthea lachte, sah an sich herunter und sagte, es sei nicht so schlimm. Das war es auch nicht, für Mami allerdings doch. Alle anderen Frauen trugen abgerissene, fleckige Hosen. Doug Furfield, der ein Geschirrtuch aus einem Trinkglas zog und sich dabei mit Gil über das Fischen mit der Schleppangel unterhielt, dachte, vielleicht wäre dieses Mädchen gar nicht so schlecht. Aber im wirklichen Leben war er Anwalt und wußte, wie man Abstand wahrt.

Nachher im Wohnzimmer, während die Jungen, von Helen Furfield begleitet, ihre Liedchen zum besten gaben, fiel Anthea eine Redensart von Mrs. Meadling ein, über die sie sich oft ärgerte. *Ich liebe die Leute*, pflegte Mrs. Meadling zu sagen, und zwar mehrmals an jedem Donnerstag, wenn sie für Mami das Haus in Ordnung brachte. *Oh, aber Mrs. Meadling, gilt denn das für alle?* hatte Anthea einmal ärgerlich gerufen. *Häh? Ich bin nie Mädchen für alles gewesen, bin immer nur tageweise gegangen.* Anthea murmelte: *Ich wollte sagen, Mrs. Meadling, es gibt doch bei allem auch Ausnahmen.* Hier nun, in dem unaufgeräumten Zimmer der Tullochs, in dem man offensichtlich wirklich wohnen und leben konnte, rieb sie sich den Kopf an der Rückenlehne ihres Sessels, und ihr schien, das Prinzip, daß es bei allem auch Ausnahmen gebe, sei vielleicht doch nicht ganz so wichtig.

Armes Ding, überlegte Val Tulloch; man muß bedenken, daß sie jünger ist. Was kann man für Anthea tun? Aus ihrer reichen Fülle verspürte Val fortwährend das Bedürfnis, für andere Leute etwas zu tun, auch wenn diese Leute, wie ihr Mann einwandte, gar nicht wollten, daß etwas für sie getan würde.

Anthea begann, ihr Haar an dem dauerhaften Chintz der Tullochs zu reiben.

Helles Haar, das sich selbst liebt, erkannte Gil an seinem *Tristram Shandy* vorbei, der, wie er inzwischen begriffen hatte, auch weiterhin Hindernis und Herausforderung für ihn bleiben würde.

Plötzlich war Val etwas eingefallen.

»Ich weiß –«, sagte sie, »wer hat Lust, die Opossums zu füttern?«

Sofort gab es ein Gedrängel von kleinen Jungen, die sich auf die Suche nach alten Brotrinden machten.

»Was ist mit dir, Anthea?«

Anthea Scudamore erklärte: »Ich glaube, ich habe noch nie ein Opossum angefaßt.«

Stand aber doch auf, ein grinsendes Mädchen, und hatte es plötzlich sehr eilig, als wollte sie draußen im Flur nur noch den Hockeystock nehmen und dann auf den Sportplatz.

Barry Flegg verkündete, er werde einen Brotvorrat holen, und begab sich in den Keller, während Anthea verlegen wartete und den Fleck auf ihrem Kleid berührte. Bei seiner Rückkehr fühlte sie sich irgendwie erlöst, wenn auch nicht aus ihrer Isolation, aber sie gingen zusammen nach draußen. Die pelzige Dunkelheit war erfüllt von den deutlich vernehmbaren Lauten der Opossums und vom Gekicher der Jungen.

»Also so was!« wurde Marcus Furfield erinnert. »Hast du gehört, was für einen der Doktor Flegg hat fahren lassen, beim Abwaschen? Die ganze Küche hat gewackelt.«

Doktor Flegg ging in die Hocke und fing an, der Dunkelheit Brot hinzuhalten. Er erzählte Anthea von einem Winter, den er nach einer Krankheit hier auf der Landspitze zugebracht hatte, allein – abgesehen von einem Dach voller Opossums.

»Ein altes Mädchen war dabei«, sagte er, »wenn die Wasser ließ, hätte man jedesmal meinen können, jemand würde einen Literkrug auf dem Dach ausleeren.«

Anthea kam zu dem Schluß, daß unflätige Reden hier offenbar dazugehörten, hielt aber doch einen Augenblick inne und überlegte, was wohl Mami dazu gesagt hätte –, bevor sie es ihrem Begleiter gleichtat und in die Hocke ging. Ihr Lächeln, ihr Kleid waren unnatürlich straff gespannt, aber doch einigermaßen angemessen, hoffte sie. In der Dunkelheit konnte sowieso niemand etwas sehen.

»Was haben Sie damals in dem Winter hier gemacht, allein, nach der Krankheit?«

Barry Flegg hatte nicht erwartet, auf Interesse zu stoßen.

»Nichts«, sagte er. »Herumgelegen und aufs Meer gesehen. Am Anfang war ich zu schlapp, irgend etwas anderes zu tun. Später, als ich wieder zu Kräften kam, stellte ich fest, daß ich mir einfach Dinge ansehen wollte, die mir noch nie aufgefallen waren.«

Die Knaben hatten sich entfernt. Die Stimme des jungen Mannes, abgetrennt von seinem bis dahin so bedrängenden Körper, überraschte Anthea durch ihren vertrauten, ihren sanften Klang. Der Name »Barry« hatte ihr nie besonders gefallen. Anscheinend hielt er beim Sprechen immer noch Brotkrusten in die Dunkelheit, denn überall in der Nähe raschelte es und regte es sich. Plötzlich spürte sie, wie eine kalte Pfote nach einem Stück Brot in ihrer Hand griff und sie daran erinnerte, wozu sie hergekommen waren.

»Oh!«

»Was ist?«

»Es kam so unerwartet. Ich wäre fast umgekippt.«

Anthea Scudamore begann zu schlottern und hörte, wie sie sehr albern kicherte. Aber es verscheuchte die allzu menschliche Pfote des Tieres, und insgeheim war sie froh darüber.

»Es war nur ein Opossum.«

Es war nur die gedämpfte, gewöhnliche Stimme eines Mannes, aber diese Stimme versuchte, ihr zu helfen, und seine Hand half ihr, das Gleichgewicht zu wahren. An ihrem Arm spürte sie den zottigen Arm des Mannes, den sie mit unschlüssigen Gefühlen schon bei Lampenlicht bemerkt hatte. Auch jetzt wollte sie eine Empfindung nicht näher erkunden, die anfing, sie zu bedrängen. Zumindest gab es nur Opossum-Zeugen für die Berührung, die in der nach Moschus duftenden Dunkelheit zwischen ihr und diesem festen menschlichen Körper zustande gekommen war, dem zu widerstehen, so hatte man sie gelehrt, ihre Pflicht war.

In den Augenblicken ihrer Unschlüssigkeit hörte sie ihre schrille, unnatürliche Stimme: »Wenn ich allein hierherkäme, würde ich wahrscheinlich alles erkunden. Und alles mögliche sammeln. Muscheln und so was. Tang. Pflanzen. Lauter kleine Sammlungen anlegen.«

An dergleichen hatte sie nie zuvor gedacht. Obwohl sie dank des Griffs von Barry Fleggs haariger Hand nicht mehr so heftig schlotterte, erkannte sie, daß ihre Stimme ganz und gar nicht überzeugend klang. Statt dessen hätte sie sich getrauen sollen, ihm zu sagen: Heute nachmittag lag ich auf der indianischen Tagesdecke, während mein wirkliches, geheimes Selbst halb und halb darauf wartete, daß eine Tür sich öffnen würde – aber rasch. Es war erregend und vollkommen abscheulich zugleich.

Vielleicht war es ganz gut, daß ihr ein Bein eingeschlafen war und kribbelte. Da wurde sie vom Telefon betäubt.

»Das Telefon!« Sie schrie, um das Geflüster ihrer eigenen Gedanken zu übertönen.

»Was ist damit?«

»Ist es nicht ohrenbetäubend?«

Als er antwortete, klang er so mürrisch, daß sie diese Unterlippe im Gedächtnis behielt. Sonne und Wind hatten sich an ihr in einem, wie es schien, schmerzhaften Maße zu schaffen gemacht, aber Anthea Scudamore hatte keinen Blick für Absichten, die unter schuppiger Haut schwächer und schwächer wurden.

»In solchen Gegenden«, murmelte er, »sollte man das Telefon abschalten.«

Dann stand Vals breite Gestalt in der erleuchteten Haustür und ihre Stimme rief: »Anthea? Telefon! Deine Mutter.«

Anthea Scudamore war erleichtert, nicht gerade glücklich, aber erleichtert.

»Ich muß hin und mit ihr sprechen«, erklärte sie Doktor Flegg überflüssigerweise. »Wir haben uns versprochen, jeden Abend zu telefonieren. Um das Schreiben zu sparen.«

Als sie ins Haus ging, blieb ihre Hand im Besitz einer gewissen salzigen Klebrigkeit, einer krümeligen Rauheit, obwohl sie den Nachhall von Übermut sofort in zärtliche Freude verwandelte. Als sie sich in dem überfüllten Zimmer, in dem das Telefon stand, umsah, waren alle ihre freundlichen Freunde wieder zu Fremden geworden, die sie nie kennen würde.

»O ja. Es war herrlich. Aber so schnell vorbei ...« In der Tiefe des Telefons hörte sie das Echo ihrer eigenen Stimme. »Ein Mann hat mich abgeholt. Im Wagen ... Ein *Mann* ... Der Briefträger ...«

Niemand im Raum lauschte, aber alle hörten mit gedämpftem Vergnügen hin: Mollie Aspinall kratzte sich die salzige Kopfhaut und betrachtete nachher ihre Fingernägel. Helen Furfield wartete darauf, daß in der Ferne Kinder aus dem Schlaf auffuhren und schrien.

»O ja, es ist herrlich. So urtümlich«, sagte Anthea Scudamore erwartungsgemäß. »Na ja«, sagte sie und sah sich mit entschuldigendem Lächeln um, »die, von denen wir schon gewußt haben ... Ja ... und Barry Flegg ... *Flegg* ... Ja. Der Name *ist* so kurz. ... Ja ... An der Universität ... Arzt ... Nein, ich weiß nicht, ob seine Tante ...«

Was sollte man mit Anthea bloß machen? Val Tulloch kam von dieser Frage nicht los.

»Ich weiß nicht ... zu Bett gehen, schätze ich ... Ja ... Ja ... Die Aussicht ist herrlich ... Ja, ich habe es gleich nach dem Auspacken aufgehängt ... auf den Bügel ...«

Nachher, als das Telefon zum Schweigen gebracht war,

gingen sie zu Bett. Barry Flegg war schon gegangen. Es gab nichts mehr zu tun, aber Gil Tulloch dachte bei sich, wenn er kein verheirateter Mann wäre, dann wäre er noch einmal zurückgekehrt und hätte sich betrunken, allein.

Nachdem Val mit ihr bis zu ihrem Zimmer gegangen war, gelang es ihr doch noch, Anthea einen Kuß zu geben, und während sie die Tür schloß, versprach sie: »Morgen mußt du dir etwas von der Insel ansehen.«

Anthea bedankte sich für alles.

Aber am allerdankbarsten war sie für ihre eigene Steinzelle, in der sie wieder aufblühen konnte – in leuchtendem, klarem Weiß. Sie war nie *un*glücklich, wie Mami gern sagte. Morgen, so hatte man ihr gesagt, würde sie eine Flußmündung voller schwarzer Schwäne zu sehen bekommen. Sie konnte sich nicht erinnern, ob sie je so nah herangekommen war, daß sie das Zischen hatte hören, das Geringel der schwarzen Hälse hatte sehen können. Wollte sie eigentlich? Oder die papierdünne Rinde berühren, die in schillernden Schuppen von dem grauen Klohäuschen abblätterte? Sonne und Wind, vom Mondlicht ganz zu schweigen, hatten die Papierrinde gegerbt. Besser sie ansehen, ohne daß die Haut ins Spiel kam. Zuletzt zog sie ihre Hand aus der Reichweite fernerer Erfahrung zurück.

6

Anthea Scudamore angelte, ruderte, schoß ein Wallaby, fuhr mit Val Tulloch in dem eleganten, klapprigen alten Railton zum Einkaufen. Ihre Arme wurden rot und häßlich. Wie in Salzlake gepökelt. Sie tat alles, was man von ihr erwartete. Sie wurde langsam ein Anderer Mensch.

Und abends, meistens um halb neun, rief Mami vom Festland an, wo das Leben nach festen Regeln ablief.

Mrs. Scudamore mahnte: »Die Haut kann austrocknen, wenn du nichts dagegen tust, Kind, bei dieser Lebensweise, und rissige Haut findet keiner schön. Jedenfalls keiner, der ein bißchen Geschmack hat, obwohl es heutzutage genug Leute gibt, denen niemand beigebracht hat, was sich gehört. Anthea, dieser junge Mann, Doktor Flegg, über den weiß hier niemand etwas. Aber er muß ein netter Kerl sein, sonst hätten die Tullochs ihn nicht eingeladen. Morgen fange ich mit der Behandlung an. Daddy lacht bloß. Falls ich ihn mal zu Gesicht bekomme. Er hat beschlossen, sich jetzt Urlaub zu nehmen. Sein Freund Hessell Mortlock kommt demnächst, ganz unerwartet. Sie kennen sich von Brisbane her. Mr. Mortlock wohnt jetzt in Sydney. Oder dort in der Nähe. In Sarsaparilla. Anthea? Lieber Himmel, diese *Verbindung!* Man könnte meinen, du wolltest das Gespräch abbrechen. Mr. Mortlock kommt in seinem Riley herüber. Ich glaube, er ist wohlhabend. Zementziegel. Aber verwandt mit den Eardly Browns. Hörst du mich, Anthea? Ich dachte schon, diese Frau klemmt uns die Leitung ab. ... Da sitzen sie in ihren Landpostämtern, und wenn sie das Gefühl haben, sie hätten die Apfelsine ausgepreßt, dann ...«

Im Haus auf der Landspitze saßen nach dem Abendessen alle da, die Hände über den Bäuchen, und warteten auf Mami. Es war für sie zu einem Ritual geworden.

Anthea hätte ihre Mutter gern vor den Freunden in Schutz genommen, aber sie war, so schien es ihr, schon nicht mehr imstande, sich selbst zu schützen. Es war um sie geschehen, genau wie um ihre glatte Haut. Sie konnte sich einfach nicht aufraffen, etwas für diese Haut zu tun.

Der Wille erschlaffte in der schlaffen Atmosphäre, Bewußtsein sank ins Unbewußte. Am schlimmsten waren die frühen Nachmittage, an denen sich alle zurückzogen, in deren schwebender Dauer Anthea Scudamore sich vom Wind den weitgeschwungenen Bogen des Strandes entlangtreiben ließ, während ihre Füße dem gesteppten Sand sachte rieselnden Protest entlockten.

Wäre sie ehrlich gewesen – aber gegen sich selbst durfte

man ruhig unehrlich sein, nur gegen andere nicht –, dann hätte sie sich eingestanden, daß sie beobachtete, wie er sich nach dem Lunch auf den Weg zu einer verborgenen Stelle jenseits der Felsen machte. Unter diesen Umständen aber sah sie nur aus dem Winkel ihres geistigen Auges das verschwommene Bild seines jugendlichen Männerkörpers in Badehose, ein Buch in der Hand, den zerfledderten Hut mit dem geprägten Blechabzeichen auf dem Kopf. Der Verstand selbst hatte ihre Absicht verweht, falls sie je eine gehabt hatte, so wie der Wind seine Fußspuren im Sand verweht hatte.

Barry Flegg lag gleich jenseits der Felsen. Auf dem Rücken. Seine Badehose hatte er ausgezogen. Da eine Trennlinie zwischen seiner öffentlichen und seiner privaten Haut nicht sichtbar war, mußte das wohl eine Gewohnheit von ihm sein, so schoß es ihr blitzartig, wie Licht, Wind und Sand, durch den Kopf.

»Sorry«, sagte er und zog sich ohne jede Verlegenheit die Badehose an. »Bis jetzt ist noch niemand hierher gekommen.«

»Oh!« rief sie und murmelte dann, während sie auf den kantigen Felsen anscheinend hierhin und dorthin geweht wurde: »Ganz woandershin. Ich wollte nicht stören.«

Nie war sie so unfähig gewesen, sich auszudrücken, nie hatte sie länger dagestanden und auf Anleitung gewartet.

»So kommen Sie doch herunter«, ermunterte er sie, »jetzt, wo es hier wieder gesittet zugeht, können wir uns doch nett unterhalten.«

Seine Zähne blitzten zu ihr hinauf.

»Sie lesen«, versetzte sie und konnte nichts dagegen tun, daß es offenkundig war.

Er jedoch warf das Buch beiseite, als wäre es etwas, worüber sie nicht miteinander sprechen könnten, und als sie sich in den Sand neben ihn setzte, sah er sie unter diesen wulstigen Augenlidern an und holte sich aus dem Licht alles, was nötig war, um ein verändertes Verhältnis in Gang zu bringen. Sie überlegte, wieviel von ihr Barry Flegg dazu benötigte. Sie überlegte es sich sogar sehr heftig, denn alles, was sie tat und sagte, geschah jetzt aus Neugier. Ihr Innerstes bebte vor Wagemut, wie das Geräusch von Schritten, die sich durch tiefen Sand nähern.

»Ich störe nicht gern.« Die unbeholfenen Worte kamen hinter ihrer Aufrichtigkeit ins Schlingern. »Vor allem nicht, wenn jemand liest.«

»Ich hatte gehofft, es wäre keine Störung«, sagte er. »Ich hatte gehofft, es gehörte zu einem fein eingefädelten Plan.«

Seine vorlaute Art, unerwartet bei einem Menschen, der bisher soviel Ernst verströmt hatte, verwirrte sie. Sie gestand: »Ich hatte nichts zu tun. Nach dem Lunch. Da sind alle so mit sich selbst beschäftigt. Und ich wußte nicht recht.«

Ihre Löschpapierstimme war außer Kontrolle geraten und umflatterte ihn im Wind.

»Was machen Sie eigentlich, Anthea?« fragte er.

»Was ich mache?«

»Ich weiß nichts über Sie.«

Sie wollte, die Antwort wäre ihr leichter gefallen.

»Na ja«, sagte sie verzweifelt, »ich mache diesen Kursus in der Sekretärinnenschule von Mrs. Treloar.« Er sah sie genauso eindringlich an, wie sie ein Stück Kaurimuschel glaubte ansehen zu müssen, das sie in der flachen Hand hielt. »Eine Zeitlang dachte ich«, sie schluckte und lachte, »ich hätte vielleicht schauspielerisches Talent. Ich besuchte einen Schauspielkursus. Ich dachte, es würde ein paar Rollen für mich geben, zumindest später. Ich sah mich ältere Frauen spielen. Aber ich«, sie zögerte, »ich war zu befangen, glaube ich. Daddy sagte, ich sei zu groß. Die meisten Männer würden nicht gern mit mir zusammen auftreten.«

Plötzlich ärgerte es sie, daß er sie nicht unterbrach, zumal sie den Verdacht hatte, daß er ihr in die Bluse starrte, dorthin, wo sie, wegen des Sommers und weil sie am Strand war, ein paar Knöpfe offengelassen hatte.

»Was ich wirklich gern machen würde«, sagte sie, »ist so etwas wie Heilgymnastik. Oder Krankenpflege. Ich hätte gern das Gefühl, *Leuten* zu helfen.«

Einen Moment lang glaubte sie aufrichtig daran. Aus dem verdorrten Himmel ergoß sich ein wollüstiger Drang zur Selbstaufopferung über sie, und es kostete sie einige Mühe, die Tränen zu unterdrücken, für die sie sich vor Doktor Flegg geschämt hätte. Denn er sah sie noch immer so aufmerksam an. Ob er ihren Gesichtsausdruck bemerkt hatte, nachgiebig gegen sie selbst, während sie anderen diente, während sie sich über die wundgelegenen Stellen aufgedunsener Männer beugte?

Plötzlich öffnete Barry Flegg den Mund und gähnte wie ein Pferd.

»Ich nehme an, Sie werden irgendeinen Kerl heiraten, er geht mit Ihnen ins Bett und macht Ihnen Kinder. Den meisten Mädchen ergeht es so. Das ist normal.«

Noch nie hatte ihr jemand eine solche Grobheit gesagt. Ihre Bestürzung überzeugte sie davon, daß ihre Mutter im großen und ganzen recht hatte.

Sie lag da, bemühte sich, die Stirn nicht kraus zu ziehen, und zitterte, obwohl sie sich in den Sand verkrallte.

»Arme Anthea!« sagte Barry Flegg und begann, ihren Oberschenkel zu streicheln. »Das ist meine niedere Herkunft. Daddy war Bahnhofsvorsteher in Buckleboo. Mutter reinigte immer die Toiletten im Black Bull, bevor sie heiratete. Ein verdammt langweiliges Paar, aber lieb. Hin und wieder fahre ich zu ihnen, wenn mein Pflichtgefühl eine Auffrischung braucht, und hole mir ein Stück Wahrheit direkt an der Quelle. Und esse gebackene Pastinaken, obwohl ich sie gar nicht besonders mag.«

Streichelte dabei die ganze Zeit ihren Oberschenkel. Und sie ließ ihn. In Neugier versteinert.

Langsam, weiß, unerschrocken glitten Möwen über sie hin, lugend und lockend, schwebend und werbend.

Als er ihr seinen Arm, der härter war als das Kissen aus Sand, unter den Nacken schob, überraschte sie das nicht mehr allzu sehr, auch nicht der Gestank des männlichen Körpers und die Büschel von kitzelndem Haar, mit denen sich die Kluft in ihrer Erfahrung jetzt füllte. Steif lag sie da, kam ihm nicht entgegen und wehrte nicht ab und ließ die Idee von alledem mit ihren Brüsten und ihrem Ohr spielen.

»Arme Anthea!« sagte er wieder. »Das ist der Kurs, den der Mann von der Berufsberatung verordnet. Glaub mir!«

Ihre Berufung! Wäre sie gläubig gewesen, so hätte sie an Stimmen geglaubt, vor allem an Männerstimmen. Oder sie hätte ihr fahles Haar geopfert, statt ihre Wange Rasiermessern auszusetzen. Manches war wirklich quälend.

»Bleib liegen! Ich will dich.« Er hatte die Tonart gewechselt und einen Befehl gegeben.

Aber die heisere Stimme, das Gewicht und die Ausmaße seines Körpers, der sich über ihren schob, untergruben ihren Wagemut.

Dann stieß die eine große Möwe mit gierigem Schnabel und eifrigem Blick aus der Höhe herab, als wollte sie zuschlagen.

»Nei-en!« schrie sie.

Und schlug ihren Kopf in den Sand.

Zumindest respektierte er ihre Qual. Er stand auf und legte sich an den Saum der Muscheln, die langsam zu Sand wurden, aber in ihre Nähe, und machte nicht den Versuch, seinen wahren Zustand zu verbergen.

Sie setzte sich aufrecht und wischte sich über die immer noch ziemlich weißen Schienbeine.

»Ich habe immer gehofft«, sagte sie, »ich würde mich verlieben.«

»Warum nicht?« erwiderte er und sah sie ohne Unwillen an. »Das versuchen wir alle. Wir müssen es bloß lernen.«

»Aber nicht wie Tiere.«

»Das sind wir doch, oder nicht? Mit ein bißchen Antrieb zum Anstand, hier und da.«

Nicht ihre gequetschten Flanken wollte sie pflegen, sondern eine moralische Wunde, die sie gern davongetragen hätte.

»Das sehe ich anders«, sagte sie. »Es ist mehr«, sagte sie, »etwas Feineres.«

Unter den wulstigen Augenlidern sah er sie die ganze Zeit an, so daß sie sich ihm schließlich wieder zuwenden und lächeln mußte und ihn wieder in eine Lage brachte, in der sie gesellschaftlich miteinander verkehren konnten. Aber seinen starren Blick konnte sie nicht lange erwidern, weil seine Kehle sie befangen machte.

Sie raffte sich auf und sagte: »Ich gehe jetzt lieber. Die fragen sich vielleicht schon, was mir zugestoßen ist.«

Sie war ziemlich froh darüber, mit welcher Umsicht sie die schwierigste Situation ihres Lebens bewältigt hatte, blickte nur ein einziges Mal zurück und sah seinen Arm mit der gemächlichen Gelöstheit einer Möwe winken.

Als Anthea ins Haus trat und feststellte, daß niemand sie vermißt hatte, ging sie auf ihr Zimmer, das sie in diesem Augenblick am allermeisten liebte. Sie begann zu keuchen, um Trost zu finden, und begann zu weinen, weil es so angenehm war, und wollte einen alten Kopfkissenbezug dazu bringen, seine Teilnahmslosigkeit aufzugeben. Dann schlief sie ein. Sie träumte von ihrem Vater, der sanfter als in Wirklichkeit war, aber vielleicht hatte sie im Lauf von ihrer beider weniger direktem, wirklichem Dasein die Begegnung mit jenem heimlichen Mann auch nur versäumt. Jedenfalls erwachte sie lächelnd aus einem Traum, der so verwickelt war, daß sie sich nicht an ihn erinnerte. Sie war glücklich. Und stand auf, um sich die Knoten aus dem schmerzenden Haar zu kämmen.

7

An diesem Abend erzählten die Furfields beim Essen, wie sie einander kennengelernt und schließlich geheiratet hatten, und alle taten interessiert – oder interessierten sich vielleicht wirklich; die Geschichte war jedenfalls von ergreifender Banalität.

»Wir stellten fest, daß wir im Winter morgens im Bus beide die Ostseite nahmen und im Sommer die Westseite«, erklärte Doug Furfield.

»Als erstes erkannten wir, daß wir klimatisch zueinander paßten«, fügte Helen hinzu.

Ihr Pflanzenleben konnte man ihnen nur allzu deutlich an den Gesichtern ablesen, wenn sie sich aus der Vergangenheit einander zuneigten, noch jetzt über den Tisch miteinander verflochten. Zuletzt konnte Anthea gar nicht mehr hinsehen. Sie hatte Angst, auch sie würde im Lampenlicht womöglich den Beweis dafür liefern, daß ihr Dasein genauso pflanzenhaft war. Oder sie blickte ganz unabsichtlich zu Barry Flegg hinüber. Daß sie kein tierisches Dasein führte, hatte sie schon so klar bewiesen, daß sie auf einen Platz in der tierischen Welt nicht mehr hoffen konnte. Falls sie je einen gewollt hätte. Was nicht der Fall war.

Val Tulloch beobachtete, wie *diese Anthea* mit den Zinken einer Gabel Löcher in ihr allerdings ziemlich altes Tischtuch bohrte, verwundend oder verwundet.

Mit der Pünktlichkeit, die man inzwischen schon gewohnt war, rief Mrs. Scudamore an. Alle saßen da und schienen darauf zu warten. Anthea kam gar nicht auf die Idee, daß es jemand anderes sein könnte, und schmiegte ihr Gesicht in den altertümlichen Hörer.

»Eine Katastrophe!« Mrs. Scudamore konnte keinen Augenblick warten, denn es war ihre eigene. »Bin auf der Treppe zur Veranda gestürzt und habe mir das Handgelenk verstaucht. Habe immer gehört, wenn Betrunkene hinfallen, passiert ihnen nicht so viel. Aber mir!«

»Oh, wie schrecklich für dich! Das muß ja furchtbar wehtun!«

Die beiden Stimmen vereinigten sich zu einem jener Duette, in denen Einfühlung und Übung die Technik fast vollständig überdecken.

»Gerade, als die Behandlung bei mir anzuschlagen begann. Na, wir werden es irgendwie überstehen – einarmige Weihnachten. Mrs. Meadling erwartet natürlich ihre Tochter mit Familie aus Mildura und ist absolut nicht verfügbar. Aber wir werden es überstehen. Das Schlimme ist nur, daß Mr. Mortlock morgen abend kommen soll, und ihm kann ich nicht gut absagen. Ich meine, er ist ein Mensch mit Niveau, und wo es das heutzutage noch gibt, da muß man es respektieren.«

»Mr. Mortlake?«

»Ich habe dir von ihm erzählt, Kind. Aber du behältst auch nicht immer alles. Mr. Mortlock ist ein Freund von Daddy.«

»Ja, ja. Er kommt in seinem Riley. Natürlich erinnere ich mich. Ganz genau.«

Schrecklichkeit trübte die Atmosphäre in dem überfüllten Wohnzimmer der Tullochs. In ihrer Qual runzelte Anthea Scudamore die Stirn und sog an ihrer Oberlippe. Alle Anwesenden konnten die schwierige Lage nur bedauern, in der das Mädchen steckte. Und trotzdem sah Anthea vielleicht zum ersten Mal, seit sie auf die Insel gekommen war, vielleicht sogar zum ersten Mal in ihrem Leben, klar vor sich, was sie zu tun hatte.

»Mami«, sagte sie, »wir werden morgen früh anrufen und einen Flug buchen. Ich komme mit der Nachmittagsmaschine.«

»Aber Kind, was ist denn mit deinem Weihnachten?«

»Weihnachten ist überall, und die Vorstellung, daß du leidest, ertrage ich nicht. Und daß du außerdem auch noch Probleme hast. Mit Mr. Mortlock.«

»Er schreibt so nette Briefe. Ich wüßte nicht, warum es mit Mr. Mortlock Probleme geben sollte. Es ist bloß so ...«

Mrs. Scudamores Stimme verhallte, so als hätte diese Stimme ihr Anliegen nur für kurze Zeit überlebt.

So war denn alles besprochen, und Anthea brauchte niemandem mehr etwas zu erklären; alle waren da, und alle wußten Bescheid.

»Was machen wir an Weihnachten bloß ohne Miss Scudamore?« wollte Mollie Aspinall von Jeremy Tulloch wissen, der auf ihrem Schoß saß.

Aber Jeremy lutschte einen Lutscher.

Am Morgen fuhr Val Tulloch Anthea auf die andere Seite der Insel zum Flughafen und war fest entschlossen, dem Mädchen etwas zu sagen, etwas Einfühlsames, Hilfreiches. Konnte aber den richtigen Augenblick oder das richtige Wort nicht finden. Anthea saß kerzengerade im Wagen, und ihr verhaltenes Lächeln flackerte in dem gestreiften Licht, das durch die Tunnel aus Buschwerk bis zu ihnen drang, und wenn ihr Val auf den offenen Strecken einen verstohlenen Blick zuwarf, wirkte das Lächeln nicht weniger unbestimmt, nach innen gekehrt, auch wenn es das Lodern der reifen Gerste begrüßte.

8

Zu Hause kam Anthea sehr viel schneller mit dem Gast ihrer Eltern in Berührung, als sie erwartet hatte, oder als ihr recht war. Nachdem sie das Taxi bezahlt hatte, war sie die Stufen zur Veranda hinaufgerannt und durch die Wohnzimmertür eingetreten. Alles wirkte so vollkommen vertraut, daß sie am liebsten gesungen hätte. Nur nicht, daß ein Herr, der auf dem Sofa gesessen hatte, aufstand und ihr erklärte:

»Ich bin Hessell Mortlock, der Freund Ihres Vaters. Ihre Mutter ruht sich oben ein bißchen aus, und Ihr Vater ist noch unterwegs.«

Dann räusperte er sich und sah sie an.

»Ach, ja!« stotterte sie. »Natürlich!«

Vor lauter Überraschung war sie schrecklich rot geworden und mußte kichern. In Mamis Zimmer, das fiel ihr jetzt auf, war alles zu sauber, zu aufgeräumt. Ihre rissige Haut paßte gar nicht hierher. Aber sie sehnte sich danach, in Empfang genommen zu werden, und berührte hoffnungsvoll eine der kleinen chinesischen Schalen auf dem Zedernholztisch, die immer mit duftenden Blumenblättern gefüllt waren.

Das Schälchen war erbarmungslos. Es kippte.

Anthea Scudamore schnaufte und kicherte.

»Hatten Sie irgendwelche Pannen?«

»Wie bitte?«

»Pannen. Mit dem Wagen.«

»Aber nein«, sagte er. »Sie haben die Schale umgestoßen.«

»Ihre Proportionen sind nicht sehr günstig«, sagte sie, froh darüber, daß ihr eine so vernünftige Erklärung eingefallen war.

Er war nähergetreten und half, die verstreuten Blumenblätter einzusammeln. Vielleicht lag es an der Situation, daß sie einander nachahmten. Sie hielten ihre Finger, als würden sie mit Stäbchen essen, während sie die braunen Rosenblütenblätter in die Porzellanschale zurückbeförderten. Das ganze wirkte sehr feierlich und geziert. Zumindest für Anthea machte der schwache Duft getrockneter Blumenblätter diesen Augenblick zu einem besonderen.

»Rosen sind eine Art Spezialität von mir«, gestand Mr. Mortlock. »Ich züchte sie, aber ich stelle sie nicht aus. Was die Menschen ausstellen, das verlieren sie leicht aus dem Blick«, fügte er ziemlich eindrucksvoll hinzu.

»Ja«, stimmte Anthea zu. »Und bei den Vogelzüchtern soll es am schlimmsten sein.«

Seltsam, was für ein Gefühl von Erfahrenheit Mr. Mortlock ihr einflößte. Seine Hände, die die Blütenblätter in die Schale zurückschoben, hatten eine männliche Eleganz, die aufdringlich zu werden begann. Er trug einen Ring mit einem Blutstein.

»Ich zeige also meine Rosen nicht vor«, sagte er. »Habe aber Komplimente von verschiedenen Leuten bekommen, die wissen, wovon sie reden.«

»Rosen können herrlich sein.« Sie seufzte und hätte sich gern an ein oder zwei Namen erinnert. »Sogar hier.«

Denn Mr. Mortlocks Anwesenheit weckte in ihr das Gefühl, sie müsse sich entschuldigen, für das Haus, für die Stadt, die langsam zu einem Provinznest verkam.

In der Pause, die auf die Unterbrechung in einem Gespräch folgt, nahm der Besucher Anthea genauer in Augenschein. Sie konnte es spüren, sehr deutlich sogar, obwohl sie sich abgewandt hatte und die letzten Blattkrümel von dem blanken Tisch ihrer Mutter wischte. Die Erscheinung dieses Mannes war ihr vor Augen geblieben, und anhand ihrer ersten verlegenen, bruchstückhaften Eindrücke hätte sie vollkommen exakt die Miene beschreiben können, die er in diesem Augenblick aufgesetzt haben mußte.

Mr. Mortlock war – vielleicht kein alter, aber ein älterer Herr. Einen Moment lang ging ihr die Frage durch den Kopf, wie er sich in der verschwommenen Queensland-Vergangenheit mit Daddy angefreundet hatte und wo es den Schneider gab, der sich darauf verstand, einen Anzug dieses Stils seiner immer noch imposanten Figur so hübsch anzupassen. Denn ein Mann der Gegenwart war er nicht. Aber sie fand gerade das ergreifend und wäre bereit gewesen, ihn zu verteidigen, wenn er einen Raum voller herablassender Fremder betreten hätte – voller zottiger Zerstörer wie Mollie Aspinall und Barry Flegg und selbst Val und Gilbert Tulloch. Für Anthea Scudamore war Mr. Mortlock kein Fremder.

Doch in diesem Augenblick war sie lang genug bei ihm geblieben. Sie wandte ihm das Gesicht zu und sagte ernst: »Ich nehme an, mein Vater wird bald kommen. Sie werden einander viel zu erzählen haben.« Sie lächelte.

»Ich wette, Bill redet genauso wenig wie damals in Brisbane«, antwortete Mr. Mortlock.

Es war also eine von jenen Beziehungen, die sie sich schon ausgemalt und zuweilen erhofft hatte, eine Beziehung, in der es auf Worte nicht ankam.

»Jedenfalls müssen Sie mich jetzt entschuldigen«, sagte sie. »Ich muß hinauf zu meiner Mutter.«

Er war sehr elegant, mit seinen nicht direkt alten, aber ältlichen Gesten. Sein Lächeln hatte sich an vielen Gesichtern geübt.

»Ich sitze hier gern noch ein bißchen«, sagte er und wühlte zwischen den Münzen in seiner Hosentasche. »Das ist die richtige Tageszeit.«

»Sie haben hoffentlich Seife und Handtücher bekommen«, murmelte Anthea, ihre Mutter nachahmend.

Auf so etwas gibt man keine Antwort, und deshalb machte Mr. Mortlock auch nur eine kleine Bewegung mit einem Bein, beugte das Knie und wollte damit sagen: Ja. Wäre sie nicht so von Respekt erfüllt gewesen, hätte sie sich vielleicht an einen alten Terrier erinnert gefühlt, der bei der Begegnung mit einer Hündin das Bein über einen Lavendelstrauch hebt.

Aber sie hatte viel zuviel Respekt vor diesem respektablen Besucher. Als sie den Raum verließ.

Oben lag Mrs. Scudamore in Kleidern auf dem Bett, das verletzte Handgelenk in einer Schlinge aus rosa Chiffon. Sie wirkte erschöpft, aber für ihre Verhältnisse zufrieden. Als sich die beiden mit einer Innigkeit umarmt hatten, die der Tochter nach den Schrecken der letzten Zeit köstlich erschien, fragte die Mutter:

»Meinst du, er hat alles, was er braucht? Dein Vater war natürlich nicht da, um mir zu helfen. Aber ich habe beide Toiletten gezeigt.«

»Ist er nicht ziemlich alt?« sagte Anthea.

»Ein Mann ist nicht alt, wenn er seine Gesundheit und seine Interessen hat«, fand Mrs. Scudamore. Und sie fügte hinzu: »Seine Frau hat ihn verlassen, weißt du. Ich glaube, sie hat sich sehr schlecht aufgeführt.«

»Inwiefern?«

Mrs. Scudamore runzelte die Stirn.

»Ich weiß nicht.«

»Und jetzt lebt er ganz allein in Sarsaparilla?«

»Er hat eine unverheiratete Schwester, die ihm den Haushalt führt.«

»Ich möchte wissen, ob sie ihrem Bruder ähnelt.«

Anthea bezweifelte, daß es zwei Menschen von dieser Art geben konnte.

Auch dies war eine Frage, über die Mrs. Scudamore nicht im Bilde war, und so wurden die beiden Frauen in dem von Jalousien abgeschirmten Zimmer, fern von den Geräuschen der Stadt, schweigsam. Es war eine besinnliche Stunde, und obwohl sie sich nicht mit Worten verständigten, breitete sich Milde aus und zeigte, daß ihre Gedanken in Übereinstimmung waren.

9

Später, als sie sich umgezogen hatten und nach unten gingen, drangen Männerstimmen von der Veranda herein. Daddy war offenbar zurückgekehrt. Er hatte den Whisky herausgeholt und fand ihn anscheinend hilfreich.

Mr. Mortlock sprach über die alten Zeiten in Brisbane, als sein Freund Bill Scudamore Reporter beim *Courier Mail* war und er, Hessell Mortlock, irgendeiner nicht näher bestimmten, aber wichtigen Geschäftstätigkeit nachging.

»Dieser junge Bursche konnte einen alten Mann ganz schön aufmuntern«, verkündete Mr. Mortlock.

Offenbar hätte er gern ein warmes Bad in der Erinnerung genommen, aber er hielt sich zurück und sah zu Anthea hinüber.

»Ja«, sagte er und verzog den Mund auf eine ganz bestimmte Weise. »Der wußte, wo was los war!«

»Das glaube ich!« sagte seine Frau und lachte, nicht gerade fröhlich, aber auch nicht bitter.

Seufzend ging sie hinaus in die Küche, zu einem weiteren Akt ihres häuslichen Martyriums.

Mr. Mortlake machte wissende, runde Murmelaugen, und diesmal erkannte Anthea den alten Terrier, schob den Gedanken jedoch gleich wieder beiseite.

Daddy blickte verlegen vor sich hin und spielte mit seiner Uhr. Anthea bemerkte, daß das Armband alt und verschwitzt war. Weil es faszinierend und abstoßend zugleich war, fiel ihr der Traum von gestern nachmittag wieder ein. Sie hätte das Band gern durch ein neues ersetzt, Mr. Mortlock zu Ehren, der trotz der langen Fahrt im Riley bis in jede Kleinigkeit so makellos schien.

»Und Anthea trinkt nicht mal ein Schlückchen?«

Er sah sie an und nippte, während er mit ihr sprach, an seinem Glas.

»Nein«, sagte sie hastig. »Das heißt, nur manchmal.«

Denn ihr fielen die Gins ein, die sie auf der Insel getrunken hatte.

»Alles bestens«, sagte Hessell Mortlock. »Mäßigung ist aller Sitte Anfang.«

Daddy starrte auf seine Füße. Er war an diesem Abend so verschlossen wie selten, als wäre ihm seine Familie peinlich – oder sein Freund?

Anthea hätte in der Gegenwart der beiden Männer gern eine geistreiche Bemerkung gemacht, aber Hessell Mortlock war anscheinend zufrieden damit, noch einmal in die Vergangenheit aufzubrechen, diesmal zu einem Ausflug, den er mit Bill zum Mount Isa gemacht hatte.

Bald darauf entschuldigte sie sich.

»Ich muß in die Küche, beim Essenmachen helfen.«

Alles, was sie an diesem Abend sagte, wirkte hastiger als sonst, farbloser. Aber sie spürte, daß er ihre Waden betrachtete, wenn sie nicht direkt hinsah.

Durch das Küchenfenster bemerkte sie den Wagen. Er stand neben dem ihres Vaters in der Garage, und verglichen mit ihm wirkte der Wagen von Mr. Mortlock höchst exotisch. Flaschengrün und offenbar frisch gewaschen. Sie konnte sich ausmalen, wie Mr. Mortlock eine Brieftasche aus Krokodilleder – ja, Krokodilleder – zückte, einen Geldschein herausnahm und ihn einem namenlosen Tankwart im Overall hinhielt.

»Ist das der Wagen?« fragte sie ihre Mutter und hoffte, sie würde sich darauf einlassen.

Aber vielleicht hatte Mrs. Scudamore es nicht gehört. Unübersehbar einarmig, setzte sie ihren Kampf mit einer Backform fort, aus der sich das Geformte nicht lösen wollte, während ihre Tochter es versäumte, Beistand zu bieten.

Der Abend zog sich hin. Ihre Freunde von der Insel hätten ihn bestimmt langweilig gefunden, aber Anthea gefiel, was für eine Figur Mr. Mortlock abgab. In seinem wie angegossen sitzenden Anzug. Mit den ziemlich breiten Schultern. Mit dem sandblonden Haar, bei dem es weniger auffällt, wenn es grau wird, weil sich das Grau mit dem ursprünglichen Farbton verbindet und verblaßt. Dort, wo an den Seiten die Kopfhaut durchschien, war das Haar sehr geschickt arrangiert. Selbst Mollie Aspinall hätte Mr. Mortlocks Kopf nicht zu einem sarkastischen Witz machen können.

»Ich nehme an, Sie sind müde«, sagte Mrs. Scudamore schließlich mit heiserer Stimme.

»Noch nicht«, erwiderte Mr. Mortlock, »aber fast.«

Er war so taktvoll. Die Hände mit dem Blutsteinring hatte er auf die Kniescheiben gelegt.

An diesem Abend putzte sich Anthea die Zähne mit energischer Munterkeit. Sie war froh, daß sie kaum Make-up benutzte, jedenfalls nicht so, daß man es merkte; sie hatte nichts zu verbergen.

Aber hatten ihre Eltern etwas zu verbergen?

»Er ist dein *Freund*«, sagte Mami.

»Der alte Trottel! Ich weiß gar nicht, was ich je an ihm gefunden habe.«

»Aber ein erfolgreicher Mann. Und vornehm.«

Mami schätzte zumindest die Vornehmheit.

»Hat einem dummen Huhn aus Brisbane den Hof gemacht.«

»Und so taktvoll. Wenige Männer in Mr. Mortlocks Alter würden Rücksicht auf ein junges Mädchen nehmen.«

Anthea konnte der Versuchung nicht widerstehen, im Flur stehenzubleiben.

»Brenda war ein ganzes Stück jünger als der alte Hess. Sie hat ihn sitzenlassen, weil ...«

»Soviel ich weiß, hat sie sich sehr schlecht aufgeführt«, wiederholte Mrs. Scudamore eine Lektion, die sie gelernt hatte.

Da bemerkte Anthea, daß sie ihre Eltern belauschte, und ging sofort auf ihr Zimmer.

10

Wenn sie später an die nächsten Tage zurückdachte, fiel ihr immer die trockene Sommerhitze ein, in der Hessell Mortlock sie auf unansehnlichen Straßen herumfuhr und trotzdem Interesse an ihrer Stadt bekundete und sie zuweilen sogar ans Steuer ließ, und vor allem jener Tag, als sie sich zum *Summit* hinaufschlängelten, in einer irgendwie erregenden Brise, die ihnen wie ein Halstuch oder wie Musik aus einem alten Film nachflatterte.

Als sie den Wagen vor dem, was die Leute dort oben sehen wollten, geparkt hatten, legte Mr. Mortlock seinen Arm auf die Rücklehne des Sitzes und gestand: »An der schönen Aussicht bin ich gar nicht besonders interessiert. Aber an der Begleitung, die dazugehört.«

Er war sehr galant und ließ keinen Zweifel daran, daß er sie, was Einfühlungsvermögen und Verständnis anging, für ebenbürtig hielt.

»Meine Frau Brenda«, sagte er, »– wissen Sie, Anthea, ich

war nämlich verheiratet – Brenda war unfähig, dem Alltag die kleinen Freuden abzugewinnen. Aber genau darauf kommt es an«, sagte er, »im Leben.«

Sie kam sich so ernsthaft vor. Sie verstand, in was für einer Zwangslage er gewesen sein mußte – mit Brenda, die davongelaufen war.

Ehe Mr. Mortlock wieder in den Osten aufbrach, kam er an einem heißen Morgen herein und brachte Anthea Scudamore einen riesigen Strauß karminroter Rosen. Es war ein ganzer Armvoll.

»Oh!« rief sie und nahm die Rosen in Empfang, ohne auf die Dornen zu achten.

Sie stand da und hielt sie.

»Tja«, sagte er, »wenn ich irgendwo Rosen sehe, muß ich sie kaufen.«

Und ging nach oben.

Anthea machte sich daran, die Rosen zu arrangieren. Sie waren von der überwältigenden Art.

»Sind die nicht fabelhaft, Mrs. Meadling?«

Es war Donnerstag.

»Allerdings!« sagte Mrs. Meadling. »Die Königin der Blumen.«

Sie brachte für Mami das Wohnzimmer in Ordnung – nur Mrs. Meadling nannte es immer die *lounge*.

»Jaah. Rosen«, sagte Mrs. Meadling. »Gibt's dieses Jahr reichlich. Und unten auf dem Markt können sie die ja nicht gut ver*schenken*.«

»Das ist doch keine Frage des Geldes«, erklärte Anthea.

»Es spielt eine Rolle«, sagte Mrs. Meadling.

Anthea arrangierte weiter. Auch nachdem sie die Rosen schon ins Wohnzimmer getragen hatte, konnte sie nicht widerstehen und unternahm noch eine letzte Anstrengung, die perfekte Karminwolke zu erzielen. Es gefiel ihr, von Zeit zu Zeit aufzublicken und sich im Spiegel zu sehen. Ihr fiel ein Foto von einer berühmten Filmschauspielerin ein, die mit ihrem Busen einen Strauß gewaltiger Rosen in einer Schale gestreift hatte.

Den ganzen Morgen über packte Hessell Mortlock, denn er war, wie er sagte, ein methodischer Packer. Vergaß jedoch beinahe sein Aftershave, das Mrs. Meadling ihm aus dem Badezimmer brachte. Alle Gepäckstücke von bester Qualität. Echtes Schweinsleder, berichtete Mrs. Meadling.

Schließlich kam Mr. Mortlock nach unten, wo Anthea Scudamore saß, hinter ihr die arrangierten Rosen. Irgendwie hatten sie auf ihre grünliche Mädchenhaut abgefärbt. Er fing an, ihr von seinem Sonnenzimmer in Sarsaparilla zu erzählen und von der Aussicht, die noch immer unverdorben war, obwohl in der Umgebung neuerdings gebaut wurde.

Er sagte: »Die Koppel habe ich an eine Art Pferdehändler vermietet. Warum soll ich sie ungenutzt lassen?«

Das fand sie auch.

Dann ergriff er ihre Hand, und sie war über diesen Griff nicht so erstaunt wie über die Hand, der er galt, ihre eigene Hand, mit den langen, passiven, unlackierten, aber polierten Fingernägeln.

Es war einer der ernsten Momente im Leben, und der Rosenduft versuchte ihn mit Rausch zu erfüllen.

Nach dem Lunch machte sich Hessell Mortlock in seinem flaschengrünen Riley auf den langen Heimweg. Auch Daddy ging sofort aus, und die beiden Frauen vergaßen, daß er jetzt nicht mehr da war.

»So!« sagte Mrs. Scudamore und atmete auf.

Sie war froh, daß sie die Beine hochlegen konnte, allerdings nur im übertragenen Sinne.

»Ich glaube, ich muß dir eine Neuigkeit mitteilen«, begann Anthea ruhig, aber bald. »Mr. Mortlock hat mich gefragt, ob ich seine Frau werden will.«

»Das ist ja wirklich eine Neuigkeit!« sagte ihre Mutter und zupfte an ihrer Schlinge aus rosa Chiffon. »Und was hast du geantwortet?«

»Ich habe ja gesagt«, sagte Anthea.

»Oh, Liebling!« rief Mrs. Scudamore.

Und sofort waren sie wieder beieinander. Waren einander nie näher gewesen. Der Duft der Mutter, viel feiner als alles, was Flaschen je enthielten, erhob sich aus Ritual und mehreren Schichten von Überzeugung. Ihn kannte die Tochter von jeher, und obgleich sie ihn liebte, war sie einen Moment lang doch neidisch auf diesen Duft der Dauerhaftigkeit, der aus ihrer Mutter eine Wirklichkeit, eine Gewalt machte.

»Ich hoffe, ich mache keinen Fehler!« sagte das Mädchen fast schluchzend und rang nach Atem. »Aber ich glaube, ich werde mit ihm gut auskommen. Ich respektiere ihn! Ich liebe ihn!«

»Er ist ein vornehmer Mann«, sagte Mrs. Scudamore. »Ja, ich bin froh, Anthea«, fügte sie nachdenklicher hinzu. »So viele Leute überhäufen ihre Kinder mit Geld – und Liebe, und nachher wird ihnen nur alles ins Gesicht geworfen.«

Anthea erholte sich von der Umarmung ihrer Mutter, und putzte sich die verstopfte Nase.

»Ich mag nicht, wenn es häßlich wird«, gestand sie.

Ihre Mutter tätschelte ihr die Hand.

»Ich denke, wir werden bald von Mr. Mortlock selbst hören«, sagte sie. »Er gehört zu den Männern, die die Form wahren. Danach können wir mit den Hochzeitsvorbereitungen anfangen.«

II

Mrs. Scudamore sorgte dafür, daß Mr. Mortlock bald zurückkehrte – zu einer Feier ohne übertriebenen Aufwand, über die man in den besseren Kreisen jedoch viel sprach. Mrs. Scudamore hatte Glück und konnte Philippa Canning und Charmian Reid als Brautjungfern gewinnen, obwohl keine von beiden mit Anthea näher befreundet war. Lady Reid schenkte obendrein ein Teeservice von Doulton.

Als Mr. Mortlock aus dem Flugzeug stieg, wirkte er zwar nicht um Jahre verjüngt – aber sehr lebhaft, wie es Mrs. Scudamore ausdrückte; man konnte erkennen, warum er im Geschäftsleben einfach erfolgreich sein mußte. Das Gesicht des Mannes, den sie nun nach und nach kennenlernen würde, machte Anthea plötzlich verzagt. Aber er war die Freundlichkeit, die Aufmerksamkeit in Person und bot ihr auf dem Weg zum Wagen seinen Arm.

»Das Frauchen braucht kein Stütze«, scherzte Mr. Mortlock, »aber mit Arm ist es doch gemütlicher.«

Es traf sich, daß bei der Ankunft daheim auch schon das Geschenk des Bräutigams wartete – er hatte es wegen des Gewichts mit der Bahn geschickt –, ein gewaltiges Necessaire aus echtem Krokodilleder mit Silberbeschlägen. Sie küßte ihn auf die glatte Wange – offenbar hatte er sie im Flugzeug rasiert und zum Schluß mit etwas eingerieben, das nach Kampfer roch. Die Haut war straffer, als Anthea nach ihrem Aussehen erwartet hatte. Anthea holte tief Luft, um die Situation zu bestehen, die sich ihrer mit solcher Unausweichlichkeit bemächtigt hatte. Sie hätte vielleicht Selbstvertrauen gewonnen, wenn sie an ihrem Verlobungsring hätte herumspielen können, aber sie trug ihn noch nicht – den Ring, der Hessells Mutter gehört hatte, er wurde gerade in zeitgemäßerem Stil neu gefaßt.

Der Juwelier hatte sie im Stich gelassen, und so kam es, daß sie ihren Hochzeitsring trug, bevor sie ihre Diamanten vorzeigen konnte. Aber von dem Malheur mit dem Verlobungsring abgesehen, lief alles glatt, gekonnt und natürlich sehr geschmackvoll ab. Der Bräutigam trug einen Cut und eine vollkommene Gardenie im Knopfloch, so wie man es von ihm erwartete. Anthea Mortlock blickte zur Seite, um zu erkennen, ob ihre Freundinnen Val Tulloch und Mollie Aspinall es auch würdigten.

»Es *mußte* natürlich eine *grandiflora* sein«, flüsterte Mollie Val zu.

In diesem Augenblick tauchte Gil Tulloch auf und sagte: »Wer hatte nun recht? Also, wenn Anthea nicht weiß, wohin sie will!«

»Hoffentlich«, bemerkte seine Frau, »sonst tut sie mir wirklich leid, die Arme.«

Im übrigen war es auch für Mrs. Scudamore ein Triumph, daß die Tullochs bei ihr zu Gast waren. Sie hatte heute mehr Farbe als sonst, aber nicht wegen dieses Triumphes. Vielmehr hatte sich Daddy geweigert, eine Rede zu halten.

»Ich tu's nicht, verdammtnochmal«, sagte Bill Scudamore.

»Die Leute hören dich«, sagte seine Frau hinter zusammengebissenen Zähnen.

Mrs. Scudamore konnte von Glück sagen, daß ihr Mann ein ziemlich stiller Trinker war. Dank seiner schweigsamen, verschlossenen Art und seiner Geschicklichkeit konnte nur sie erkennen, wenn er betrunken war.

Bei diesem festlichen Anlaß hätte das provozierender gewirkt, wenn nicht Hessell Mortlock eine solche Liebenswürdigkeit an den Tag gelegt hätte. Er scharwenzelte vor mehreren Damen, und am Ende hörten alle bis auf die zynischsten auf, Berechnungen über sein Alter anzustellen. Allgemein setzte sich die Meinung durch, er sei *eigentlich ganz lustig*.

Da warf der Bräutigam plötzlich einen Blick auf seine Armbanduhr und sagte: »Anthea, jetzt wird es eng! Außer wenn du die Klamotten schneller wechselst als die meisten.«

Er hatte nämlich beschlossen, noch am gleichen Abend mit seiner Braut in den Osten zurückzukehren; die Geschäfte machten es erforderlich.

Anthea war nicht so sehr befremdet, als vielmehr erleichtert, daß sie nun den eigenen Unfähigkeiten entrinnen würden, die ihr, vor aller Augen, in diesem Haus nachstellten.

Auf dem Flugplatz stießen ihre Zähne mit denen ihrer Mutter fast zusammen.

»Auf Wiedersehen, mein Baby!« stieß Mrs. Scudamore zwischen bemalten Lippen schluchzend hervor.

Aber wirklich schlimm sah Daddy aus – schweigsam, gelb, mit hängender Schulter, in seinem geliehenen Anzug. Anthea nahm sich vor, eines Tages über ihren Vater nachzudenken und herauszufinden, was sie und er gemeinsam hatten. Aber im Augenblick mußte sie viel zuviel anderes erkunden. Und dann saßen sie angeschnallt in ihren Sitzen. Sie lehnte sich glücklich zurück und genoß den Duft von Hochzeit, der sie noch umgab. Und sah ihren Mann an. Es war eine Erleichterung, daß sie sich jetzt nicht mehr zu überlegen brauchte, was sie als nächstes sagen sollte.

12

Da er den Riley am Flughafen stehengelassen hatte, konnten sie bequem nach Sarsaparilla hinausfahren, obgleich die Bequemlichkeit Anthea nicht vor gewissen Ahnungen bewahrte, während anderer Leute Vororte in der Dunkelheit vorüberglitten.

»Es ist zwar schon spät, aber vielleicht hat uns deine Schwester ja noch etwas zu essen gemacht«, wagte sie zu sagen.

Hessell hatte Probleme mit der Gangschaltung.

»Bei Grace weiß man nie«, antwortete er.

Also versuchte sie, ein Gespräch über das Haus in Gang zu bringen, und wollte zur Gewißheit machen, was sie noch gar nicht gesehen hatte.

»Aus dem zweiten Gästezimmer, das wir wahrscheinlich doch nie brauchen werden, könnten wir eine Art Arbeitszimmer machen«, schlug sie vor.

»Und was machen wir mit dem ganzen Kram – all den Möbeln?« fragte er.

Vielleicht war er so mürrisch, weil es schon so spät war.

Das Haus jedenfalls war eine feste, wenngleich finstere Realität, der sie sich aus irgendeinem technischen Grund nur ruckartig über eine prächtige Kiesauffahrt näherten. Sie versuchte, die Formen der Sträucher zu erkennen und zu zeigen, daß sie hierhergehören wollte.

»Sind das nicht Photinien?« fragte sie mit soviel Freude in der Stimme, daß niemand ihre Allergie vermutet hätte.

Aber er war nicht sonderlich erfreut.

»Der Garten ist nicht das, was er sein sollte oder was er mal war«, sagte er. »Habe da früher einen Kerl bezahlt, der ein oder zwei Tage die Woche kam. War die Sache aber nicht wert. Kostete eine Stange Geld, und dann kommt *so was* dabei heraus.«

»So sind sie eben«, murmelte sie, als ob sie es wüßte.

Während sie in Wirklichkeit nur eines wußte, daß das Haus ihres Mannes in der Dunkelheit ziemlich umheimlich aussah. Vielleicht würde es besser werden, wenn sie erst einmal drinnen waren, was sie unter mancherlei Unannehmlichkeiten auch wirklich zuwege brachten. Sie stießen dabei mit ihrem schweren Gepäck gegen regelrechte Hindernisse, und eines von ihnen ließ daraufhin ein verärgertes Klirren ertönen. Anthea befürchtete, daß sie mit dem Ellbogen durch die Scheibe eine jener Vitrinen gestoßen war, in denen nutzloses Glas aufbewahrt wird.

Endlich fand Hessell Mortlock den Lichtschalter, und sie standen zwischen Möbeln.

»Grace muß gegangen sein«, murmelte er. »Es ist spät«, sagte er immer wieder, aber mehr zu sich selbst, in diesem verlassenen Haus. »Es ist spät.«

Während er durch die Zimmer stapfte, als wäre es Winter, die Lampen anschaltete und nach einem Gespenst Ausschau hielt, das die Stelle seiner Schwester vertrat – was er sich aber, wie seine Gefährtin bald spürte, hätte sparen können –, strich sie zögernd zwischen den brütenden Möbeln umher. Und den Rosen. Den vernachlässigten Rosen. Denn irgend jemand hatte überall in den Zimmern Silbervasen und Kristallschalen voller Rosen aufgestellt. Da standen sie, die braunen Rosen, und manchmal hatten sie sich fast in Metall verwandelt, in

Bronze. Die Blütenblätter der welken Rosen knackten, wenn sie vorüberging.

Und er kam mit hochrotem, ausdruckslosem Gesicht aus einem Zimmer und sagte wieder vor sich hin: »Grace ist weg. Ihr Kleiderschrank ist leer.«

»Vielleicht mußte sie dringend irgendwohin. Vielleicht hat sie einen Zettel in die Küche gelegt.«

Aber als sie in einem Anfall von besitzergreifender Neugier hinter ihm in das Zimmer ihrer Schwägerin trat, da wußte sie, daß Miss Mortlock keinen Zettel zurückgelassen hatte und bestimmt nicht die Absicht hatte zu schreiben. In einer der Schubladen, die er herausgezogen hatte, bemerkte sie eine Spule Zahnseide und die überaus zerbrechliche Leiche einer Schmeißfliege.

Nun fing Mrs. Mortlock an, Fröhlichkeit zu mimen. Das Jawort war schließlich gegeben. Sie fing an, sich ihren Weg zu bahnen.

»Jedenfalls müssen wir essen«, sagte sie. »Sie muß uns doch wenigstens etwas für den Anfang dagelassen haben.«

Sie ging hinaus, stapfte in ihrer Entschlossenheit auf den Teppichen herum, wobei ihre Größe in der fremden Umgebung besonders zur Geltung kam. Die Blütenblätter der beigesetzten Rosen rieselten, während sie in die Richtung, in der sie die Küche vermutete, vorüberging. Obwohl er den Weg kannte, zeigte er ihr ihn nicht, sondern ging hinter ihr her, als wäre die Erschütterung für ihn zuviel gewesen.

Mrs. Mortlock hantierte, wie sie es ihre Mutter hatte tun sehen. Sie klopfte ein Omelette zusammen, das sie in ihrem Eifer anbrennen ließ, und öffnete eine Dose Spaghetti, vergaß jedoch, sie anzuwärmen. Aber Mr. Mortlock setzte sich und nahm zu ihrer Verwunderung alles hin, was sie ihm vorsetzte.

»Ich will dir einen Trick verraten, den wir herausgefunden haben«, sagte er, während er den Toast an seinem künstlichen Gebiß vorbeibugsierte. »Wir kaufen eine ganze Hammelhälfte und packen sie in die Kühltruhe. Da braucht man sich nicht dauernd zu kümmern, man verdrückt einfach Stück für Stück den Hammel und spart auch noch ein bißchen. Ich bin nicht knauserig. Aber manche Metzger berechnen Preise, als würden sie einem nur Filet verkaufen.«

»Manche sind unglaublich«, stimmte sie zu.

Sie sah ihren Kühlschrank schon gefüllt mit dem zarten Tiefkühlrosa und den bläulichen Sehnen von Sonderangebotshammel. Man mußte sich eben schützen.

Während sie ihren Gedanken nachhingen, horchte jeder auf den Toast des anderen. Zumindest die Butter ließ sich leicht, um nicht zu sagen: sparsam streichen, denn Miss Mortlock hatte sie auf der Anrichte stehenlassen, wo sie weich und warm geworden war.

Die Braut liebte ihr Haus, ihren Gemahl. Sie hätte ihrer Liebe gern Ausdruck verliehen, während sie ihre Zahnpasta auspackte und ihr blaßblaues Nylonnachthemd ausbreitete. Sie sagte: »Es wird mir hier gefallen.«

In Unterwäsche, mit der roten Linie, die den Hals von den Schultern trennte, war Hessell Mortlock weniger beeindrukkend. Aber er war ein ansehnlicher Mann, so rief sie sich in Erinnerung, und in einem Alter, das Respekt verdiente.

Die Mortlocks lagen nebeneinander in dem Bett von Beard Watson.

Nachdem er seine Hand über die ihre geschoben hatte, sagte er, als wäre ihm gerade eingefallen, daß sie ein junges Mädchen war: »Wir sollten uns jetzt gut ausschlafen. Es ist spät. Dann sind wir morgen frischer.«

Es war sehr vernünftig.

So schauerte sie tiefer in die ungelüfteten Laken, in eine unerwartete Unliebsamkeit, und besann sich darauf, wie sie aus den gleichen vernünftigen Gründen der Brutalität des Sandes entronnen war.

Mrs. Mortlock vergoß ein paar flüchtige Tränen über das Glück, das sie erlebte. Als sie einschlief, hielt sie in ihren Armen eine Welt der Abstraktion. Oder einen schlaffen Gasballon. Und bald schlugen die Möwen nach den metallenen Blütenblättern ägyptischer Rosen. Während sie in Sicherheit versunken war. Das Knacken der Rosen, ihrer messerscharfen Flügel, wurde mit wachsender Entfernung immer leiser.

13

Es dauerte einige Zeit, bis Mrs. Mortlock bemerkte, daß sie Mrs. Mortlock war. Daß sie es bemerkte und anschließend wieder vergaß. Denn das ist der Punkt, von dem an die Ehe zur Ehe wird. Es dauerte einige Zeit wegen der Möbel, die jemand anderem gehört hatten.

»Es ist Brendas Geschmack – zum größten Teil«, erklärte Hessell. »Aber was will man machen? Wenn man erst den ganzen Kram bezahlt hat.«

Sie war die letzte, die unvernünftig reagiert hätte. Sie würde sich mit Brendas Kram bekannt machen. Der jetzt ihr gehörte.

»Was ist eigentlich aus Brenda geworden?« fragte sie zunächst einmal.

»Wenn ich das wüßte!« sagte er. »Ihre Schecks löst sie jedenfalls ein.«

»Aber du mußt es doch wissen. Oder sonst jemand. Dein Buchhalter oder dein Anwalt.«

»Ich glaube, sie lebt in Denistone«, sagte er und wischte sich einen Tropfen Marmelade von der Windjacke, die er immer trug, wenn er nicht ins Geschäft ging.

Denn Hessell Mortlock hatte sich halbwegs zur Ruhe gesetzt. Das heißt, er hatte einen Geschäftsführer, dem er aber nicht recht traute, und fuhr regelmäßig in die Firma, um dem Geschäftsführer auf die Finger zu sehen. Am liebsten jedoch arbeitete Hessell zwischen seinen Sträuchern und kam dann zu einem kleinen Lunch herein, den seine Frau vorbereitet hatte. Von einem gewissen Alter an kann ein Mann mit dem Herzen gar nicht vorsichtig genug sein.

Anfangs, als Mrs. Mortlock sich in dem Haus umsah, das Immobilienmakler als *gut ausgestatteten Ruhesitz* bezeichnet hätten, blieb sie noch Anthea Scudamore, öffnete Schubladen und spähte hinein. Oder ließ sich in einen Sessel sinken, um die Geheimnisse anderer Leute in sich aufzunehmen. In diesem Haus allerdings waren die Geheimnisse zu gut versteckt. Oder es gab keine. Und während sie früher in die Häuser anderer Leute ein ganzes geheimes Leben mitgebracht hatte, das Rätsel des Mädchenalters, mißlang ihr die Beschwörung in diesem, vielleicht, weil sie nun eine verheiratete Frau war und das Haus von Rechts wegen ihr eigenes geworden war.

Zuerst sehnte sie sich nach der Gesellschaft ihrer Mutter, denn sie hoffte, diese verstände sich darauf, eine Leere auszufüllen. Aber Mrs. Scudamore schrieb:

... vielleicht im Frühling, liebe Anthea, vielleicht, wenn Du Dich eingelebt hast. Ich finde es eigentlich nicht richtig, wenn sich eine Mutter sofort in das Leben eines – jungen hatte sie durchgestrichen und dann geschrieben*: verheirateten Paares drängt. Ich bin sicher, Liebes, wenn Du es Dir überlegst, wirst Du mir zustimmen, daß dies eine vernünftige Haltung ist – ganz zu schweigen von all den Kleinigkeiten, die Du erledigen mußt, um Dein Haus in Ordnung zu bringen – ich muß gestehen, es juckt mich, einen Blick auf die Möbel seiner ersten Frau zu werfen – vielleicht sind sie scheußlich! Denkst Du manchmal an Deine Mutter, Liebling? Ich komme nicht los von dem Gedanken, daß Du Dich mir gegenüber geändert hast, seit Hessell Mortlock Dich mitgenommen hat. Aber es ist wohl natürlich, wenn sich ein Mädchen wandelt. Der Herbst ist dieses Jahr sehr stürmisch. O je, diese Unwetter! Und dann der Gedanke, daß Bäume auf die Stromleitungen stürzen und Menschen in einem blauen Blitz umkommen könnten! Deinem Vater geht es gut, aber er hat sich neuerdings angewöhnt, keine Antwort zu geben. Meine Neuralgie macht mir zu schaffen und eine Erkältung ...*

Mrs. Mortlock war nicht sehr betrübt über die Bedenken ihrer Mutter. Seit einiger Zeit ärgerte sie sich mit einer Art von schlechtem Gewissen darüber, wenn man sie wie ein Kind behandelte, und trotzdem hätte sie es genossen, in der Gegenwart ihrer Mutter das Kind zu spielen. Aber ihre Mutter kam nicht.

Ich habe meinen Mann, tröstete sich Mrs. Mortlock.

Sie backte ihm einen Biskuitkuchen und sah zu, wie er sich damit die Backen vollstopfte, wie er schmatzte und schmatzte. Einige Krümel fielen auf seine buntkarierte Windjacke, er blickte hinab, suchte sie, ohne Brille, und wischte sie mit gerunzelter Stirn weg. Die Windjacke oder die Wollsachen, die er darunter trug, machten ihn dicker, als er ihr bisher erschienen war.

Sie verehrt ihren Mann, so redeten wohl die Leute, konnte sie sich vorstellen.

Sie verehrte ihn wirklich. Selbstverständlich gingen sie früh zu Bett, und manchmal hielten sie einander auf die rührendste Art und Weise in den Armen. Mrs. Mortlock weinte über all die Zärtlichkeit, die sie der Welt hätte schenken können. Wenn sie ihren Mann in ihren fülligen Armen hielt, konnte sie seinen Bauch an ihrem spüren und wie es darin zuckte und rumpelte, aber von fern. Aber manchmal konnten ihre Arme die ferne Traurigkeit nicht vertreiben, die sie ergriff. Zum Beispiel, wenn sie dalag und dem leisen Schnarchen lauschte, das aus seinem schlaffen Mund drang. Denn ihm fehlte dann der Schutz seiner Zähne.

Mrs. Scudamore schrieb:

... Ich habe ein paar Neuigkeiten. Du erinnerst Dich doch an den jungen Mann, den Du auf der Insel kennengelernt hast – Doktor Flegg? Also, er ist verheiratet. Sie ist nicht von hier, und soviel ich höre, hat sie irgendeinen Wettbewerb gewonnen – ohne Bedeutung – irgend etwas Lokales. Wenn ich's richtig verstanden habe, ist sie – oder vielmehr war – Miss

Toowoomba. Sie heißt Cherie Smith. Oh, Liebling, ich bin ja so erleichtert, daß Du einen derart soliden Mann geheiratet hast …

Wäre ihre Mutter zugegen gewesen, hätte Mrs. Mortlock sie vielleicht auf die Taktlosigkeit aufmerksam gemacht. Und ganz bestimmt hätte sie protestiert und behauptet, daß diese Neuigkeit sie überhaupt nicht interessierte. Die Erkenntnis, daß ihre Mutter nicht immer recht hatte, war für sie ein Schock. So wie der Schock der Entfernung. Aus Trauer über die Trennung hatte sie die Briefe ihrer Mutter zuerst in einem Bündel aufbewahrt, aber jetzt fing sie an, diese Briefe in Stücke zu reißen.

Sie hatte ihren Mann.

Sonntags rief er: »Sieh zu, daß du fertig wirst, sonst verpassen wir die Predigt.«

Sie ging hinaus zum Wagen, und er lärmte und lachte. An Sonntagen war er besonders fröhlich. In einem seiner wie angegossen sitzenden Anzüge. In dem Hemd, das sie für ihn so schön gewaschen und gebügelt hatte. *Die Frauen, die man fürs Bügeln bezahlt*, pflegte er zu sagen, *legen nicht ihren Stolz in das, was sie tun*. Sonderbarerweise stellte sie fest, daß es ihr Spaß machte zu bügeln. Ihren Mann mit diesen leicht gestärkten, maßgeschneiderten Kragen zu versehen.

Sie ging zu ihm hinaus und wußte, daß er sich freute. Sie bewegte sich gewandt unter diesem großen Hut und in diesem grauen Kleid, das sie unter all den mitgebrachten Sachen ausgewählt hatte. Es lag locker über ihrem etwas vollen Busen und ließ ihre Arme durch die Schlitze in den langen, hauchdünnen Ärmeln weiß aufblitzen.

Meistens hatte der Gottesdienst schon begonnen, wenn sie kamen. Mrs. Mortlock genoß es, wenn sie durch den Mittelgang nach vorn schritten, der Aufseher, dessen ehrerbietiges Gesicht sie inzwischen erkannte, das Raunen der anderen, die einander mitteilten: »Da, die Mortlocks!« Sie kamen zu spät, aber ihre Kleidung zeigte, daß sie es sich erlauben durften. Und kniete sie so demütig nieder, daß ihr Kniefall in sich schon ein Stück Gottesdienst war. Während der alte Knabe neben ihr seinen Hintern auf die Kante des Sitzes schob und für ein paar Sekunden eine Hand über die Augen legte. Von alten Männern konnte man nicht erwarten, daß sie bis ganz nach unten gingen; womöglich kamen sie nachher nicht mehr hoch.

Einmal wurde Mrs. Mortlock hinter den gotischen Händen zu ihrem Entsetzen eine Vision der Leiber von Barry Flegg und Cherie Smith zuteil, sie waren mit Seilen aus Haar zusammengeschnürt. Gefesselt und fesselnd. Sie erschrak über sich selbst und fühlte sich einer Ohnmacht nahe. Sie wäre hinausgegangen, wenn ihr Mann nicht den Weg aus der Sitzreihe versperrt hätte. Niemand bemerkte, daß Mrs. Mortlock schwitzte. Ihr blieb nichts anderes übrig, als den Kopf zu senken und die Blasphemie zu erdulden, die über sie verhängt war, sie bis zum letzten krampfhaften Schauer über sich ergehen zu lassen.

»Geht es dir gut?« fragte er endlich, hatte also doch etwas bemerkt und neigte sich zu seinem vielleicht wertvollen Besitz hinüber.

»Ja.« Sie lächelte.

Als sie die Kirche verließen, hatte sie sich wieder beruhigt, schritt im anmutigen Gang ihrer jungen, selbstsicheren Weiblichkeit, während er zaghaft hinter ihr hertappte. *Man sieht doch, daß sie eine Dame ist*, hörte man Stimmen sagen. Einige Frauen seines Alters lächelten Mr. Mortlock zu, ohne ihre Münder auch nur im mindesten zu zügeln, denn sie kannten ihn seit vielen Jahren, waren enttäuscht worden und darüber hinweggekommen.

Hessell Mortlock gehörte zu jenen Männern, die der Versuchung nicht widerstehen können, sich lächerlich zu machen. Zu diesem Schluß waren die älteren Frauen schon seit langem gekommen, und so luden sie ihn und seine junge Frau ohne jeden Groll zu *chicken à la King* und Sherry-Biskuits ein, lächelten sie auf eine ganz bestimmte Weise an und baten sie, wenn die Unterhaltung versiegte, sich doch noch einmal zu nehmen – sie war ja auch so groß.

»Ich kann nicht mehr! Es war köstlich – köstlich«, erwiderte die freundliche Mrs. Mortlock seufzend. »Sie müssen da irgend etwas hineintun, von dem wir gewöhnlichen Sterblichen keine Ahnung haben.«

Dann näherte sich Hessell Mortlock in seinem dunklen, seinem besten Anzug, die Manschettenknöpfe trugen sein Monogramm, hakte sich am weißen Arm seiner Frau ein, sah sie prüfend an und fragte in die Runde: »Sie macht sich gut, nicht? Ich kümmere mich ja auch um sie, oder?«

Einige der Frauen spürten einen Stich, wenn sie sahen, daß es bei den Mortlocks wie zwischen jungen Leuten zuging.

14

Es dauerte fast fünf Jahre, ehe Mrs. Scudamore das Flugzeug bestieg und ihre Tochter besuchte. Immer wieder war etwas dazwischengekommen. Einmal Mamis Operation, und dann war Daddy für ein paar Monate zu »dieser Kur«. Während der Trennungszeit grämte sich Mrs. Mortlock aufrichtig um ihre kränkelnden Eltern und wäre gern zu ihnen gefahren. Warum sie es nicht tat, wagte sie sich kaum einzugestehen.

»Sie wird dich bestimmt nicht stören«, sagte sie zu ihrem Mann, als der Besuch näherrückte. »Ich fahre sie in der Gegend herum und zeige ihr die verschiedenen Parks. Natürlich nur, wenn du den Wagen nicht brauchst.«

»Warum sollte sie mich stören?« fragte Hessell Mortlock.

Es gab Augenblicke, da flüchtete er sich in eine stark rosafarbene Durchsichtigkeit der Haut, in ein vollkommen schattenloses blaues Starren, und war dann nicht mal mehr wie ein Junge. Er wirkte sehr selbstsicher in seiner kindlichen Unschuld.

Mrs. Scudamore kam und war anders, als ihre Tochter sie in Erinnerung hatte. Die Emaille war rissig geworden. Sie schien geschrumpft, war natürlich älter und fror jetzt leicht; immerzu rieb sie sich die Hände und sagte, sie müsse sich eine Strickjacke überziehen. Sobald sich die beiden Frauen erblickt hatten, gingen sie daran, einander zu umarmen, fast miteinander zu ringen, und gaben dabei kleine Geräusche von sich, die ein Dritter schwerlich hätte deuten können, die sie selbst jedoch genau verstanden. Die Tochter schien ihre geschrumpfte Mutter zu überragen und hätte ihr von dem eigenen Übermaß gern abgegeben.

In diesem Augenblick kam Hessell Mortlock herein.

»Schön, dich zu sehen, du hast dich gar nicht verändert, Betsy«, sagte er, galant wie immer.

»Oh! Ich?« lachte Mrs. Scudamore. »Und ich freue mich, daß du, daß ihr beide so zufrieden und *glücklich* ausseht.«

Denn nie hatte sie vergessen, daß das Glücklichsein den Kern ihrer Lebensphilosophie ausmachte.

»Ihr müßt ja auch glücklich sein, in diesem bezaubernden Haus voll herrlicher Sachen.«

Und bald wanderte sie durch die Zimmer und richtete kleine Seitenblicke auf die »Sachen«.

»Dieses Schreibpult! Unbezahlbar!« rief sie. »Echt, nicht wahr? Deine Frau muß einen sehr guten Geschmack gehabt haben.«

»Ach, Brenda!« sagte Mr. Mortlock. »Das hier war vor ihrer Zeit.«

Er zog sich zurück, und seine Frau war sich nicht ganz sicher, hatte aber das Gefühl, daß er sich darüber ärgerte, wie ihre Mutter das Haus inspizierte.

Eines Tages kam Mr. Mortlock zu seiner Frau und sagte: »Ich möchte, daß du ihr eines sagst, Anthea.«

»Was denn?« fragte sie freundlich.

»Ich möchte nicht, daß sie den Klodeckel schließt. Nicht, wenn es gerade benutzt worden ist.«

»Ich finde, das ist eine ganz harmlose Gewohnheit«, meinte Mrs. Mortlock.

Aber er verzog das Gesicht, und plötzlich sah sie vor sich ein altes, reizbares Baby, dem irgendeine irdische Notwendigkeit nicht paßte.

»Der Geruch staut sich!« beharrte er, und sein vorwurfsvolles Gesicht roch ihn.

Obwohl Mrs. Mortlock die ganze Sache höchst unappetitlich fand, sprach sie mit ihrer Mutter darüber. »Liebe Mami, würdest du bitte den Deckel offenlassen, wenn du auf der Toilette warst.«

Mrs. Scudamore war empört, um nicht zu sagen angewidert.

»Zunächst einmal braucht er einen neuen Sitz. Die Scharniere erfüllen kaum noch ihren Zweck. Aber davon mal abgesehen, du weißt genau, Anthea, daß wir den Deckel immer zumachen!«

Offenkundig war sie allein auf weiter Flur, um die guten Sitten vor dem Ansturm des Gewöhnlichen zu verteidigen.

»Sonst fängt es im Raum an – wie soll ich sagen – also, es fängt ganz einfach an – zu stinken.«

»Trotzdem, Mami, bitte«, bat Mrs. Mortlock.

Mrs. Scudamore antwortete nicht, sie zog nur ihre Strickjacke fester um sich.

Mrs. Scudamore schloß den Deckel auch weiterhin, und Mr. Mortlock ließ ihn weiterhin offen. Die Prinzipien der beiden erschwerten den weiteren Umgang miteinander. Und Mrs. Mortlock stellte fest, daß ihr das Haar ausfiel; sie fand ganze Büschel in ihrem Kamm.

Um diese Zeit schien es ihr notwendig, kleine Aufgaben und Beschäftigungen für ihre Mutter zu ersinnen. Sie holte ein paar Erbsen und ein Sieb hervor und sagte: »Hier, Mami, es wäre mir eine große Hilfe, wenn du die Erbsen schälst.«

Einmal vergoß Mrs. Scudamore ein paar Tränen, die in das Sieb fielen.

»Ich beklage mich nicht, Anthea. Ich bin nicht *un*glücklich. Aber manche von uns müssen ihr Kreuz tragen.«

»Meinst du meinen Vater?« fragte Mrs. Mortlock und stand starr.

»Das habe ich nicht gesagt«, sagte Mrs. Scudamore.

Und nun war es Mrs. Mortlock, die sich unglücklich fühlte. In gewissen Abständen fühlte sie sich krampfartig zutiefst unglücklich. Wegen jenes verschatteten Mannes, ihres Vaters. Wäre sie nur imstande gewesen, ihn anzurühren – vielleicht hätten sie beide ihre Geheimnisse dann zusammengelegt und den Grund aller menschlichen Verwirrung entdeckt. Aber da dies nicht möglich war, ging sie hinaus in den Garten.

Nachdenklich, mit gerunzelter Stirn ging sie umher, und irgendwann rief sie geistesabwesend: »Daddy, wo bist du? Da sind verschiedene Dinge, die ich dich fragen will.«

»Was ist los?« antwortete Hessell Mortlock, der sich zwischen den Sträuchern versteckt gehalten hatte.

Der Argwohn und das Erstaunen in seiner Miene verstärkten ihre Beschämung.

»O«, sagte sie lachend, errötend – denn »Daddy« hatte sie ihn nie genannt und rief ihn überhaupt selten bei einem Namen. »Ich war in Gedanken!«

»Was willst du fragen?« wollte er wissen, und sein Argwohn wuchs.

Er befürchtete, es könnte etwas mit dem Klodeckel zu tun haben.

»Ich hab's vergessen«, sagte sie und ging davon.

Ihr Versprecher schreckte sie jedoch aus ihrer Bekümmerung auf, und bald erteilte sie ihrer Mutter weitere Befehle.

»Wenn du dich jetzt umziehst, Liebe, ist der Braten in einer Viertelstunde fertig.«

Durch die Gitterstäbe vor dem Küchenfenster rief sie ihrem Mann zu: »Willst du dich nicht waschen und ein bißchen frisch machen, Lieber? Du weißt doch, daß du es nicht leiden kannst, wenn der Hammel ausdörrt.«

Mrs. Mortlocks Spielart von Vernünftigkeit schien aus langer Erfahrung im Umgang mit Kindern erwachsen. Aber zuweilen ließ sie sich auch gehen und ging auf Späße ein. Sie wurde dann zu einem großen, schlaksigen Mädchen, das über andere herzog und mit ihrer Freundin herumalberte, die rein zufällig auch ihre Mutter war.

Einmal stöberten sie in einem Schrank voller Krimskrams herum, der sie zu gemeinsamer Heiterkeit anspornte.

»Was ist das? Wer ist das?« fragte Mrs. Scudamore.

»Keine Ahnung!« erwiderte Mrs. Mortlock und kicherte. »Vielleicht Brenda.«

Beide kicherten über der alten Fotografie.

»Wie wir damals aussahen!« protestierte Mrs. Scudamore. »Na, ich nie! Sieh dir das Haar an – der Herrenschnitt! Der ausrasierte Nacken!«

»Die Schmachtlocke finde ich hinreißend!«

Beide kreischten.

»Und dieser Mmmm –« Mrs. Scudamore konnte sich nicht mehr halten vor Lachen und bekam es am Ende nur äußerst mühsam heraus, »hast du schon mal«, schrie sie, »so einen MUND gesehen?«

Ihre Augen starrten, in ihnen loderten die Flammen der Heiterkeit, während sie das wehrlose Foto untersuchten, auf dem das Opfer einen hilflosen Versuch machte, die Lippen zum Amorsbogen zu schwingen.

Plötzlich bemerkten die beiden Freundinnen, daß es Zeit war, zur Besinnung zu kommen.

»Herrje!«

Mrs. Mortlock wischte sich die Augen.

Mrs. Scudamore putzte sich die Nase.

Eher instinktiv als mit einer Absicht nahm Mrs. Mortlock die hinfällige Fotografie und legte sie in das Schreibpult, das ihre Mutter so sehr bewundert hatte. Vielleicht hatte sie vor, später etwas – aber was? – damit zu tun. Vielleicht, wenn Mami abgereist war.

Mrs. Scudamore, die für diesen Donnerstag einen Flug gebucht hatte, wurde entsprechend traurig. Sie sagte: »Du hast alles, Anthea. Ich hoffe nur, du bist glücklich. Ich frage mich, ob es irgendwas gibt. Ob ich dir einen Rat geben kann. Ich bin doch deine Mutter.«

»O ja, ich bin glücklich«, sagte Mrs. Mortlock und seufzte. »Aber es gibt da vielleicht eine Sache.«

Doch dann zögerte sie, denn es hätte sie verlegen gemacht, darüber zu sprechen.

Mrs. Scudamore wollte sie lieber nicht drängen; womöglich war es etwas Körperliches.

Und bald war sie davongeflogen.

15

Mrs. Mortlock hätte es als Erleichterung empfunden, wieder allein mit ihrem Mann in dem Haus zu wohnen, an das sie sich inzwischen gewöhnt hatte, wenn ihre Mutter nicht etwas zum Gären gebracht hätte, das andernfalls vielleicht immer ein stiller Groll geblieben wäre.

Nun aber begann sie, ohne es sich direkt vorzunehmen, mit ihrem Mann darüber zu sprechen, beim Frühstück, während sie ein paar Koteletts von der Hammelhälfte aus dem Sonderangebot vor sich hatten, die sie regelmäßig kauften.

»Über eines wollte ich seit längerem mit dir reden«, sagte die junge Frau. »Als ich hierherkam, nach der Hochzeit, habe ich zwar Kleider mitgebracht – sogar einen ganzen Schrankvoll –, aber das ist jetzt fünf Jahre her.« Sie kam sich schon albern vor. »Ein paar Kleider habe ich mir zwischendurch selbst zusammengenäht. Aber die waren nicht der Rede wert.«

Sie geriet ins Stocken. Und er kaute weiter auf dem kalt werdenden Kotelett herum, wobei sich die Falten um seinen Mund öffneten und schlossen.

»Ja, und?« fragte Hessell Mortlock.

»Na ja«, sagte sie, »außer dem Haushaltsgeld, das du mir gibst, habe ich kaum das Geld für einen Busfahrschein in der Tasche. Ich könnte nirgendwohin, selbst wenn ich wollte. Oder mal jemanden in ein Restaurant einladen.«

Obwohl er breit und aufrecht dasaß, sehr eindrucksvoll für sein Alter, konnte sie spüren, wie er sich innerlich krümmte.

»Wenn du mir nichts für Kleider gibst, wirst du mich bald in Lumpen sehen«, sagte sie zu ihm.

Er legte Messer und Gabel hin.

»Nichts hält ewig«, fügte sie fast wütend hinzu.

Hessell Mortlock räusperte sich und ging hinaus.

Am Abend jedoch, als sie gerade das Geschirr wegräumte, kam er, ohne ein Wort zu sagen, und schob ihr einen Fünf-Pfund-Schein in die Hand, einen neuen, ganz klein gefaltet. Beim Hinausgehen stützte er sich auf den Küchentisch. Sie sah, wie gebeugt er ging, sah die gefleckte Hand, die verschiedenen Stellen mit Landmannshaut, straff gespannt an dem Tisch, und ihr aufflackernder Ärger verwandelte sich in Mitleid für diesen alten Mann, den sie zu ehren und zu lieben versprochen hatte. Als sich die Dämmerung zwischen die gut gedeihenden immergrünen Büsche senkte, bemerkte sie, daß sie leise weinte, um ihn und um sich.

Aber nun war sie wild entschlossen, ihm auch etwas Gutes zu tun, und sie besann sich darauf, wie es ihre Mutter zuweilen gemacht hatte. Sie kaufte ein paar Dosen Farbe und machte sich daran, die Küche zu streichen, vor allem die Decke, die die Fliegen bekleckert hatten und die sich als ihre schwerste Prüfung erwies. Sie stand auf einem Tisch, und die Farbe tropfte ihr ins Haar und in die Augen.

Hessell Mortlock mußte dem Einsatz und dem Fleiß seiner Frau Beifall spenden.

»Du bist wirklich eine energische junge Frau, Anthea.« Er stand daneben und sah ihr bewundernd zu. »Du hast Geschmack«, sagte er; das kostete ihn nichts.

»Glaubst du, ich könnte eine Firma aufmachen?« fragte sie,

während sie grimmig mit der Walze hantierte und das Farbgetröpfel erbittert genoß.

Er lachte leise, um sie nicht aufzubringen.

»Das wäre vielleicht doch ein bißchen übertrieben.«

16

Mrs. Scudamore schrieb weniger als früher.

Es passiert heutzutage so wenig [fand sie]. So viele Leute sind weggezogen. In einer Stadt zu leben, in der man sich nicht mehr auskennt, ist traurig. Ach, eines wird Dich interessieren, Anthea. Doktor Flegg – Du erinnerst Dich –, der beruflich irgend etwas mit Strahlen zu tun hatte, hat von den Amerikanern ein Stipendium bekommen. Er zieht jetzt auch weg, zusammen mit seiner Frau, die den Wettbewerb gewonnen hatte. Nach Tennessee – oder? Sie haben zwei kleine Kinder, habe ich gehört – vielleicht auch drei ...

Mrs. Mortlock war außerstande, das Interesse ihrer Mutter an Fremden zu teilen. Nur das Bild jener fremdartigen Insel, auf der sie, so schien ihr, fast die ganze Jugend verbracht hatte, störte sie, weil es sich immer wieder durch die Nebel des Schlafs drängte, samt dem Möwengeschrei und der milchigen See, die an ihren vollen Brüsten saugte, bis sie wehtaten.

Aber nach dem Schlaf kam jedesmal der Morgen, und sobald sie erwachte, zwang sie sich aufzustehen, auch wenn es sie manchmal lockte liegenzubleiben. Sie stürzte sich in alle möglichen Aktivitäten, ob es das Anstreichen war oder die Fahrt zum Einkaufs-Center, wo sie Gemüse holte oder, wenn die alte verzehrt war, eine weitere Hälfte Sonderangebotshammel. Die Damen aus dem Bekanntenkreis der Mortlocks – etwas anderes wurde aus ihnen nie – lächelten einander zu: »Diese Sparsamkeit, sie hat sich seine Interessen wirklich zu eigen gemacht.« Und nur die ganz Boshaften fügten hinzu: »Der sorgt schon dafür, daß sie zu nichts anderem kommt.«

Sie widmete sich ihrem Mann, ihrem Haus, und noch ein zweites Mal, aber dann nie wieder, steckte er ihr verstohlen, mit greisenhaften Bewegungen von erlesener Gequältheit, eine Fünf-Pfund-Note zu. Damit war das Thema Geld erledigt.

Hessell Mortlock seinerseits freute sich darüber, daß er für ihre Bedürfnisse gesorgt hatte, nachdem er sich von dem Schock erholt hatte, den ihre Direktheit und die allgemeine Peinlichkeit der Situation ausgelöst hatten. Nie hatten die Frauen Verständnis dafür, was Geld bedeutete. Die Frauen, die er früher gekannt hatte – Anthea machte er, wohlgemerkt, keine Vorwürfe –, aber er hatte andere Frauen gekannt, die waren auf das Kapital losgegangen, als ginge es dabei nur um das Materielle, als wäre das nicht auch eine moralische Angelegenheit.

Hessell Mortlock ging seltener als früher in die Fabrik, um dem Geschäftsführer, der sie leitete, auf die Finger zu sehen. Nicht, daß ihm die Aufdeckung einer Unehrlichkeit weniger Vergnügen bereitet hätte – es war nur so, daß ihm seine Kräfte langsam abhanden kamen. Nichts Beunruhigendes, nichts Auffälliges, noch nicht. So hoffte er. Er konnte sich immer noch in Schale werfen und der Welt einen gepflegten Mann vorführen und vor den Frauen scharwenzeln, wenn er mit einem Teller Chicken à la King dastand. In solchen Momenten wurde seine Frau wieder stolz auf ihren vornehmen, älteren Gatten. Sein schütteres, silbriges Haar erfüllte sie mit Liebe und Mitleid.

Denn Mrs. Mortlock hatte sich die Methode zum Glücklichsein angeeignet, die vor ihr schon ihre Mutter praktiziert hatte. Sie *ordnete* ihr Leben – entwickelte diesem Leben gegenüber vielleicht auch einen gewissen Trotz, hielt jedenfalls alles fest im Griff, was sich lösen und ihr ins Gesicht fliegen konnte. Sie konnte von Glück sagen, daß sie ihre Gesundheit und ihre Kraft besaß, die ihr Auftrieb gaben. Selbst in den alten, geflickten, fleckigen Hosen, die sie in dem sauber gesaugten Haus ihres Mannes und dem Garten voll säuberlicher Sträucher trug, wirkte ihre körperliche Erscheinung durchaus eindrucksvoll. An Winternachmittagen wurde ihr das fast selbst bewußt, wenn sie den Rasenhang hinuntereilte, um ihrem Mann eine Nachricht zu überbringen oder sich davon zu überzeugen, daß alles in Ordnung war. Wie das Blut durch ihren festen Körper pulsierte, der Kälte zum Trotz. Und wie die von ihr selbst aufgewärmte Luft zurückwogte und sich um sie legte, gleich einem Pelz, den sie gar nicht besaß.

»Übernimmst du dich auch nicht, Liebling?« Sie sah genau hin und legte ihre Stirn in besorgte Falten.

Denn er hatte begonnen, Mist von der Koppel, die er an den Pferdehändler vermietet hatte, in einer Schubkarre den Berg hinauf zu schaffen.

»Kann das Zeug doch nicht einfach verkommen lassen«, sagte er, »wenn die Sträucher nach Futter schreien.«

»Aber du könntest dich überanstrengen. Dein Herz«, protestierte sie.

Er grunzte und schob weiter. Hessell Mortlock hatte es gern, wenn sie ihn an das erinnerte, was er nicht tun sollte. Mürrisch wurde er, wenn sie es nicht tat.

»Ich bin doch kein Wrack. Und ein Dummkopf bin ich auch nicht«, erwiderte er, während er mit den Griffen der Schubkarre kämpfte und seine Füße in dem tiefen Boden ins Rutschen gerieten.

Schließlich jedoch wuchs ihre Unruhe, und sie versuchte einen Plan zu entwickeln. Eines Nachmittags fiel ihr etwas ein. Sie kam mit einem Knäuel dicker Kordel den Hang hinunter, die sie vor längerer Zeit im Schuppen gesehen hatte.

»Jetzt wollen wir doch mal sehen«, sagte sie lachend.

»Was sehen?« Er hatte angehalten, um seine Neugier zu stillen und um Luft zu holen.

Sie antwortete nicht, sondern rollte die Kordel aus und befestigte ihre beiden Enden an der Schubkarre. Dann trat sie in die Schlaufe, schlang sie sich einmal um den Leib, flocht sich die straff gespannte Schnur ein paarmal um die Arme und verkündete ihrem Mann: »Du schiebst. Ich ziehe.«

Schon hatte sie begonnen, da packte auch er zu und kämpfte sich an den Griffen der Schubkarre vorwärts. Und schob.

»Wirklich eine famose Idee!« Er schnaubte und lachte.

Manchmal sah er hoch und erblickte den zum Hang hin gebückten Rücken seiner Frau. Oder ihre Schultern, die sich einen Moment lang aufrichteten und die Last der Arbeit abwarfen.

Dann gluckste er: »Hü hott, Neddy!« – der alte Schuljunge genoß das Spiel.

Und sie beugte sich vor und strengte sich von neuem an.

Mrs. Mortlock meinte es sehr ernst, es war Teil des notwendigen Rituals, das sie intuitiv entwickeln mußte, um sich das Dasein, das sie gewählt hatte, erträglich zu machen. Also bückte sie sich und zerrte. Die Rippen taten ihr weh. Ihr Hals schwoll an und sah häßlich aus. Ein stechender Schmerz fuhr ihr zuweilen in den Rücken. Während sie zog und sich auf die Lippen biß. Indem sie so nachhaltig litt, sicherte sie sich die Fortsetzung ihres Glücks.

Und nachher saßen sie da und hielten mit Butter bestrichenen Toast in den geschwollenen Fingern. Stopften ihn sich in die Münder. Atmeten zu schwer.

»Unabhängigkeit ist Gold wert«, bemerkte Hessell Mortlock einmal. »Wer will schon Lohnarbeiter anstellen!«

An diesem Nachmittag klingelte es, und vor der Tür stand der Junge vom Postamt. Er lächelte Mrs. Mortlock mit wissender Miene an und überreichte ihr das Telegramm.

Als sie in das abgedunkelte Sonnenzimmer zurückkehrte, sagte sie nur: »Es ist wegen Daddy. Er ist tot.«

Hessell Mortlock saß im Halbdunkel, und ihm schwoll der Hals unter der sehr privaten Nachricht, die ihm so gedankenlos und ohne Vorwarnung aufgenötigt worden war. Nicht, daß er irgendeine Zuneigung für seinen Schwiegervater empfunden hätte, außer vielleicht für kurze Zeit, damals, als der noch ein junger Mann gewesen war. Jugend oder die Idee der Jugend war etwas, das Hessell Mortlock anregte.

Aber seine Frau, das konnte er eben noch erkennen, stand nach wie vor in der Haltung da, in der sie verlassen worden war.

»Sie hätten das nicht telegrafieren dürfen«, protestierte er. »Durch ein Telegramm ändert man *auch* nichts mehr. Und wenn man es auf anständige Weise erfährt, in einem Brief, kann man sich darauf einstellen.«

Oder man kann dafür sorgen, daß sich ein anderer darauf einstellt.

Aber die dunkle Gestalt seiner Frau war wie für immer erstarrt.

Niemandem zuliebe hätte Mrs. Mortlock irgend etwas tun oder sagen können, am allerwenigsten für ihren Vater, mit dem ihr der Austausch nie gelungen war und nun nie mehr gelingen würde.

Das Bild ihrer Mutter trieb aus der Dunkelheit auf sie zu, tauchte vor den Inseln materieller Besitztümer auf, zwischen denen sie beide zu entkommen gehofft hatten, und verschmolz plötzlich mit ihr in gemeinsamem Elend.

»Ich muß«, wimmerte sie, »nach Hause.«

Wäre es nicht so dunkel gewesen, hätten ihre breiten Schultern vielleicht bizarr ausgesehen.

»Und was soll *ich* machen?« beklagte er sich, schaffte es aber, seine Verdrossenheit zu dämpfen. »Ich finde, wenn sich eine Frau für einen Mann entscheidet, dann kann sie nicht in den Streik treten und über halb Australien davonfliegen, sobald mal irgend etwas Unerfreuliches passiert.«

Aber ich fliege vor dem Unerfreulichen doch gerade *nicht* davon, hätte sie beinahe geantwortet, und erst im letzten Augenblick zögerte ihre Stimme, auszusprechen, was letzten Endes vielleicht sogar zutraf.

Eine Zeitlang kauerte sie, leise weinend, in einem Korbsessel, bis ihr die Schwägerin einfiel, die sie immer noch nicht kennengelernt hatte.

»Vielleicht könnte deine Schwester kommen und sich um dich kümmern, solange ich fort bin.«

»Grace taugt nicht für Notfälle. Nicht noch einmal. Das hat sie jedenfalls gesagt, als ich sie das letzte Mal sah.«

Obwohl Mrs. Mortlock aufgehört hatte zu weinen, herrschte in dem abgedunkelten Sonnenzimmer keine Stille; es war erfüllt von den Protesten des Korbgeflechts und dem Atem des alten Mannes.

»Und woher«, fuhr er trotzig fort, »soll ich wissen, daß du zurückkommst?«

Sie konnte sich nicht dazu durchringen zu antworten.

Als er sah, daß er sie gebändigt hatte, klopfte er ihr auf das Knie und erklärte väterlich bedächtig: »Ich werde den Topf aufstellen. Und zusehen, daß wir was zu essen bekommen. Wir sind es doch, die weiterleben müssen.«

Um des lieben Friedens willen klein beizugeben, war nie sehr klug.

Aber Mrs. Mortlock tat weiter, was von ihr erwartet wurde. Ihre Mutter schrieb endlich auch die Einzelheiten. Um sie zu demütigen wie noch nie, hatte sich Daddy an einem regnerischen Abend im Hof des Black Bull das Leben genommen. Wenn die Empfindungen der Tochter nicht zum Ausdruck kamen, so vielleicht deshalb, weil sie es in ihrer Erstarrung nicht wagte, sich den unvorhersehbaren Schrecknissen des Kummers auszusetzen. Sie war jetzt immer wie betäubt, zuweilen eingeschnappt und verschnupft. Sonst schweigsam. Und in diesem Schweigen schienen kleine Schmerzbeben nach ihr zu greifen, zwischen den Möbeln hervor, aus längst vergangenen Gelegenheiten heraus.

Während dieser Zeit trat sie eines Tages an das Schreibpult und holte die Fotografie von Brenda hervor. Die Perlenohrringe, die Schmachtlocke, die unsicher verzogenen Lippen verliehen diesem fast archaischen Gesicht etwas Brutales, das jetzt nicht mehr komisch wirkte.

Es war um die Nachmittagsstunde, in der ihr Mann immer nach draußen ging und zwischen seinen sorgfältig gepflegten Sträuchern den Mist harkte, den er aus der Koppel des Pferdehändlers geholt hatte.

»Arme Brenda«, mußte sie einfach sagen, »ihre Augen haben so etwas Trauriges.«

»Wer?« fragte er.

»Brenda«, sagte sie. »Deine Frau.«

Und hielt das knittrige Foto hoch.

Er war in mancher Hinsicht ein aufrichtiger Mann, aber vielleicht lag es nicht daran, vielleicht hatte er sich in einer jener Situationen verfangen, in denen die Wahrheit einfach die Macht übernimmt.

»Das ist nicht Brenda«, sagte er. »Das ist Alice.«

»Wer ist Alice?« fragte sie.

»Alice war meine Frau. Meine erste Frau.«

Es war so traurig, daß es die jetzige Mrs. Mortlock fast umgeworfen hätte.

»Ist sie gestorben?« mußte ihre geschwollene Zunge weiterfragen.

»Nein«, sagte er, und nun war ihm alles gleichgültig. »Sie hat mich verlassen.«

Danach aßen sie zu Abend.

Es begann an einem klaren Tag, am 27. August – woran sie es bemerkte, wußte Anthea Mortlock nicht, aber sie wußte, daß sie ihren Mann verlassen mußte, und das Datum loderte ihr vom Kalender entgegen.

Vielleicht hatte es eine Verschwörung in diesem Haus der Abtrünnigkeit gegeben, das im übrigen Hessell Mortlock gehörte. Seine Frau öffnete ihre Handtasche und stellte fest, daß sie über siebzehn Shilling und Sixpence verfügte. Dann überlegte sie, ob sie es mit List versuchen sollte. Indem sie vom Haushaltsgeld regelmäßig etwas auf die Seite legte, er lobte sie ja immer für ihre Sparsamkeit, und sie durfte darauf hoffen, die Summe nach und nach zu vergrößern. Aber sie wurde ungeduldig. Und am letzten Tag des Monats sah sie in der Schublade nach, in der seine Taschentücher lagen, und nahm sich das Nötige aus seinem Portemonnaie.

Als sie das Ticket für den Heimflug buchte, klang die Stimme am Telefon so warm und männlich, daß sie schon fast überzeugt war, sie hätte einen Ehebruch begangen.

Danach brauchte sie nur noch die wenigen Dinge einzupacken, die sie wirklich mitnehmen wollte. Überrascht stellte sie fest, daß die Fragen des alten Mannes, den sie geheiratet hatte, ihr nichts mehr anhaben konnten. Aber sie hatte ihn ja auch schon verlassen.

»Wohin gehst du?« fragte seine erschütterte Stimme.

»Ich gehe«, sagte sie, »ich gehe einfach.«

Sie machte sich das Haar vor dem antiken Spiegel im Flur zurecht und wich seinem Gesicht aus, dem, was daraus geworden war.

»Ich habe fünfzehn Pfund, acht Shilling und Sixpence aus deiner Schublade genommen«, sagte sie. »Aber ich habe sie nicht gestohlen.«

»Was noch«, hatte er begonnen.

»Ich zahle sie zurück.«

»Weißt du eigentlich, was du da tust, Anthea?«

Oh, nur zu gut! Sie hätte schreien können, in diesem Augenblick.

»Ich glaube nicht, daß du es weißt«, stieß er zwischen Zittern und Atemnot hervor. »Ich gehe am Montag zu Simpson. Du wirst keinen Penny bekommen, verstehst du. Nicht einen. Für ein derartiges Betragen. Die glauben alle, sie könnten sich benehmen.«

Inmitten der Komplikationen dessen, was jetzt nur noch Benehmen war – das Taxi war gekommen –, sah sie sich durch die Tür seines Hauses nach ihm um. Halbgefüllt baumelte der Koffer an ihrer Hand.

»Ich zahle es zurück«, murmelte sie immer wieder. »Ich zahle es zurück. Das Geld. Und wenn ich dir sonst etwas schulde, tut es mir leid. Unehrlich wollte ich nicht sein.«

Das mußte ihr Ersatz für die große Abschiedsrede bleiben, und während sie sich in das Taxi zwängte, wurde sie im nächsten Augenblick in die Knie gezwungen, weil sie mit der Stirn gegen irgend etwas aus Metall gestoßen war.

17

Eine längere Zeit der Genesung von ihrer Ehe konnte sich Mrs. Mortlock nicht leisten, weil das Haus verkauft wurde und ihre Mutter in ein kleineres umzog.

»Glaubst du denn«, überlegte Mrs. Scudamore, »daß uns überhaupt noch jemand besuchen kommt, in so einem kleinen, abgelegenen Haus, von Allem Anderen mal abgesehen.«

Aus Gründen der Schicklichkeit wurde die Trennung der Tochter von ihrem Mann jetzt nämlich als Alles Andere bezeichnet.

»Was soll ich ihnen eigentlich sagen?« fragte Mrs. Scudamore immer wieder.

»Sag einfach«, meinte Mrs. Mortlock mit erschöpfter Einfalt, »sag ihnen, ich hätte mich von meinem Mann getrennt.«

Aber bei dem Gedanken an soviel Offenheit zog Mrs. Scudamore nur ihre Strickjacke fester um sich. Ein Rätsel war ihr lieber – auch wenn es jeder lösen konnte, sofern es nur außer Hörweite geschah.

»Meine Tochter ist zu Besuch hier«, sagte sie. »Sie wird wohl ein Weilchen bleiben.«

Dann erkannte Mrs. Mortlock, daß sie etwas tun, etwas unternehmen mußte. Sie sagte: »Ich melde mich zu einem Auffrischungskursus in der Schule von Mrs. Treloar an. Ich muß mir jetzt eine Stelle suchen. Das muß sein. Aber du kannst doch für dich selbst sorgen, nicht wahr, Mami? Wenn ich mich um das Einkaufen kümmere – morgens früh oder abends spät. Und du wirst dich nicht einsam fühlen, hier draußen am Ende der Straße, nicht wahr? Die Aussicht auf den Berg ist herrlich.«

Ob herrlich oder nicht – Mrs. Scudamore hatte ein Alter erreicht, in dem sie froh war, auf ihre Autorität verzichten zu dürfen. Auch wenn sie manchmal schmollte, bewunderte sie doch insgeheim die tatkräftige Mütterlichkeit ihres Kindes.

»Ich kann mich nicht immer darauf verlassen, daß du das tust, was für dich am besten ist, weißt du«, hörte sich Mrs. Mortlock einmal sagen.

Sie genoß es ebenfalls. Und am meisten genoß sie es, aus der Stadt anzurufen, um sich zu vergewissern, daß ihre Mutter das Fleisch zum Auftauen aus dem Kühlschrank genommen hatte. Fast immer hatte es Mrs. Scudamore noch nicht getan.

Nur zu bald hatte Mrs. Mortlock den Auffrischungskursus beendet und mußte sich nun die Stelle suchen, der sie mit allerlei Befürchtungen entgegensah.

Aber vorher besuchte sie noch einmal die Insel ihrer Jugend.

Val Tulloch berichtete ihrem Mann: »Ich bin zufällig der alten Anthea Scudamore – oder Mortlock oder wie – begegnet, sah furchtbar mitgenommen aus, der Mistkerl muß sie entweder verprügelt haben, oder er hat sie verlassen. Egal, ich gebe ihr den Schlüssel für das Haus. Auf der Insel kommt sie vielleicht irgendwie drüber weg.«

»Ich glaube noch immer, daß Anthea genau das bekommt, was sie haben will«, beharrte Gil Tulloch. »Ihre Stimme ist das Echo der Stimme ihrer schrecklichen Mutter.«

»Arme alte Anthea!« sagte Val. »Dabei ist sie gar nicht so alt. Und ihre Mutter ist auch gar nicht so schrecklich. Eigentlich können sie einem beide ein bißchen leid tun. Ich glaube, sie wissen beide nicht, was sie wollen.«

»Sie sind auf dem besten Weg in einen Zustand der unerschütterlichen Verneinung«, behauptete Gil Tulloch eigensinnig, »in dem es keine Fragen mehr gibt, nur noch Antworten. Keine Ehemänner und keine Väter. Bill Scudamores schlimmster Fehler bestand darin, daß er auf die Frage, die sich nicht beantworten läßt, hingewiesen hat, sein Leben lang und am unverzeihlichsten dadurch, wie er dieses Leben verlassen hat.«

Gil glaubte nicht, daß seine Frau eine derart bündige Feststellung überbieten könnte, und sie versuchte es auch gar nicht, sondern ging hinaus und kümmerte sich um das Essen für ihre vielen Kinder. Sie hatte für Anthea getan, was sie tun konnte.

Und Mrs. Mortlock hatte schon gepackt und wollte sich gerade auf den Weg zur Insel machen, als der Brief von Hathaway und Simpson kam.

Mr. Simpson schrieb:

... entschuldige mich, daß ich mich nicht früher mit Ihnen in Verbindung gesetzt habe ... Schwierigkeiten, Ihren derzeitigen Verbleib zu ermitteln.

Mrs. Mortlock gelangte bald zum entscheidenen Punkt:

... Mein Klient und Ihr Gemahl, Mr. Hessell Mortlock, starb am 7. September nach einem Autounfall und einem Herzanfall. Schon am vierten war er allein in seinem Wagen losgefahren, um einen Termin bei mir wahrzunehmen, und stieß während der Fahrt, anscheinend infolge einer Herzattacke, mit einem Telegrafenmast zusammen. Am Tage danach begab ich mich zu ihm nach Hause, doch Mr. Mortlock war leider außerstande, mir die Natur seines Anliegens mitzuteilen. Drei Tage später wurde er von einem zweiten Schlaganfall dahingerafft. Vielleicht war es auch gut so, wenn man seine energische, unabhängige Denkungsart berücksichtigt. Ich möchte Ihnen mein tiefstes Beileid sowie das meines Seniorpartners, Mr. K. Y. Hathaway, aussprechen ...

Mrs. Scudamore war ausgegangen, um einen Besuch bei Leuten zu machen, denen sie, wie sie argwöhnte, nicht sehr willkommen war. Als sie heimkehrte, lag ihre Tochter im Bett.

»Was ist los, Anthea?« fragte sie und befürchtete, es könnte etwas sein, dem sie sich nicht aussetzen wollte.

Aber als sie es gehört hatte, sagte sie: »So! Das ist die gerechte Strafe! Für diesen schrecklichen Menschen. Den ich schon immer für einen Kriecher gehalten habe, bevor er sich zum Knauser und Grobian entwickelte. Und gemocht habe ich ihn nie.«

Sie setzte sich in dem Zimmer, das Mrs. Mortlock eigens abgedunkelt hatte, neben das Bett.

»Aber«, sagte Mrs. Scudamore, »ist das alles, was sie dir geschrieben haben?«

»Wer?«

»Die Anwälte! Wo ist der Brief?«

»Ich habe ihn zerrissen.«

»Dokumente dieser Art«, stöhnte Mrs. Scudamore, »muß man immer aufheben, damit man sie nötigenfalls vorweisen kann.«

Nun war ihre Tochter plötzlich wieder zum Kind geworden.

»Ich will nicht daran denken«, sagte dieses Kind. Teilte der Mutter aber doch mit: »Mr. Simpson hat am Schluß geschrieben, ich sei die einzige Erbin.«

»Dann hat er es also doch nicht geändert!« rief Mrs. Scudamore. »Aber er wollte gerade. Dieser Schuft! Wie ich gesagt habe! Die gerechte Strafe! Oh, Anthea, ich bin ja so froh! Für dich, meine ich.«

Noch zwei Tage lang hütete Mrs. Mortlock das Bett, zum einen, weil sie sich nach dem Schock ziemlich wacklig auf den Beinen fühlte, und außerdem, weil sie noch etwas länger in der, wie es ihr schien, moralisch einzig möglichen Entscheidung schwelgen wollte. Dem ekelhaften Geld von Hessell Mortlock zu entsagen. Dem Geld, das er ihr hatte vorenthalten wollen. Sich über die Demütigung zu erheben, die ihr das Leben mit ihm auferlegt hatte. Manchmal jedoch geriet Mrs. Mortlock angesichts ihres moralischen Triumphs in ein jämmerliches Schwanken, besonders nach einem Glas Wein. Sie brach dann in Tränen aus, und Mrs. Scudamore sagte zu ihr:

»Liebling, ich kann verstehen, daß du die Sache mit gemischten Gefühlen betrachtest, nach allem, was du durchgemacht hast. Aber schließlich warst du ihm volle zehn Jahre treu ergeben. Du hast eine Entschädigung verdient.«

»Ich kann sie nicht annehmen!« rief Mrs. Mortlock edelmütig.

»Aber es gehört alles dir.« Ihre Mutter schrie jetzt fast. »Die ganze Viertelmillion – abzüglich dessen, was die Erbschaftssteuer kassiert.«

Es war nutzlos, in dieser Situation zu diskutieren. Mrs. Mortlock genoß ihr Schweigen. Auch sah sie jetzt vor sich den alten Mann, wie er, eine Schubkarre voll Pferdemist vor sich herschiebend, den feuchten, dämmrigen Berghang hinaufstolperte. Und dann das erschreckendere Bild desselben, aber ganz anderen Gesichts, dem plötzlich die Wörter und das Blut wegbleiben, das in den Himmel blickt, am Fuß des Telegrafenmastes.

Zwei Tage nach der wichtigen Mitteilung von Mr. Simpson empfing Mrs. Mortlock eine zweite: Miss Mortlock, die Schwester seines Klienten, beabsichtige, das Testament anzufechten.

Mrs. Mortlock erhob sich aus ihrem Bett.

»Aber du wirst doch nicht zulassen, daß diese elende Kreatur damit durchkommt?« In dieser Situation durfte sich sogar Mrs. Scudamore eine grobe Redensart erlauben.

Ihre Tochter zog sich weiter an.

»Schließlich ...«, sagte Mrs. Scudamore.

»Ich bin so müde, Mami«, antwortete Mrs. Mortlock. »Ich werde auf die Insel fahren. Es war so freundlich und aufmerksam von Val Tulloch, diesen Vorschlag zu machen. Nachher fühle ich mich vielleicht stark genug, die Sache durchzustehen.«

Sie sah wirklich sehr hinfällig und erschüttert aus.

18

Ossie Ryan fuhr sie, wie damals. Er war eigentlich nicht gealtert, nur ausgetrocknet. Als er sich diesmal über das Lenkrad kauerte, nahm er sie anscheinend für selbstverständlich. Er war schweigsamer, so als wäre ihm die Erzählung des Lebens unter der Hand erschlafft.

Einmal fragte sie vorsichtig: »Was ist aus der Frau mit dem Säuglingsheim geworden?«

»Wie?« fragte er. »Ach so, die!«

Aber ihre Frage beantwortete er nicht. Erst später lächelte er und sagte: »Daß Sie sich daran erinnern!«

Es genügte auch. Sie war dankbar dafür.

Und für das schäbige, verschachtelte Haus, an dessen okkerfarbenen, jetzt klösterlichen Mauern die schiefstehenden Teebäume entlangscheuerten und ihre Kerben hinterließen. Nachdem sie die Tür aufgeschlossen hatte, saß sie eine Zeitlang in Hut und Handschuhen da, mit verdrehten Knien, den Koffer auf dem Fußboden neben sich. Vielleicht war ihr einfach die Kraft ausgegangen, oder sie fürchtete den unausweichlichen Befehl, sich einer unvollendeten Aufgabe erneut zu stellen.

Die Tage glitten rasch dahin, für Mrs. Mortlock. Wie in einer Blase ruhend, trieb ihre Insel zwischen den Jahreszeiten, durch eine Luft, die weder heiß noch kalt war. Wie ein Tier stapfte Mrs. Mortlock durch das Buschwerk. Wie ein Vogel stelzte sie durch den Sand. So einsam war ihr verlassener Strand, daß sie sich einmal alle Kleider vom Leib streifte, ohne auch nur einen Blick über die Schulter zu werfen, und in die milchige See watete. Fein gewirkte Schaumkränze schlossen sich um ihre Fußknöchel und schmiegten sich um ihre Schenkel. Es war so sanft vollkommen in dem heilenden Wasser, daß sie die Augen schloß und beinahe verstanden hätte, welche Richtung die richtige war. Doch das Wasser entströmte ihrem Griff, zusammen mit den Seetangkapseln, als wäre beinahe schon nahe.

Aber vollkommene Aufklärung hatte sie gar nicht erwartet und stand wieder auf, durchaus zufrieden, in die feste Skulptur ihres Körpers zurückzukehren. Die Kleider anzulegen, die sie fand. Die Felsen in der Ferne zu betrachten, die den Ringkampf ihrer Mädchenzeit verdeckten. Was sie damals für schmutzig, häßlich, erschreckend gehalten hatte, schien ihr jetzt bloß unerwünscht oder absurd. Und über den harten Sand ging sie davon, nachdenklich mit den Fingern durch ihr Haar fahrend, damit es trocknete.

Absurd. Ja, absurd. An diesem Abend erkannte Mrs. Mortlock, daß sich ihr Zustand leicht kurieren ließ. Sobald sich diese Überzeugung in ihr festigte, war sie drauf und dran, durch das Haus zu laufen und Türen zu Zimmern aufzustoßen, die sie nicht brauchte. Sie konnte nicht bleiben; das war so klar wie Türenschlagen.

Kurze Zeit später telefonierte Mrs. Mortlock zweimal, beim zweiten Mal mit ihrer Mutter.

»Ja, Mutter, ganz recht«, sagte sie. »Geht es dir gut?« fragte sie, als würde sie es wissen wollen. »Vielleicht liegt es am Wetter ... es schlägt auf die Leber. Ich habe gerade meinen Platz gebucht, in der Maschine morgen früh. Zum Mittagessen bin ich bei dir. ... Nein, Mutter, ein Salat reicht. Paß auf, ich habe beschlossen«, sagte sie, »ich habe beschlossen, gegenüber Miss Mortlock nicht nachzugeben. Ich weiß nicht, warum sie das Geld bekommen soll. ... Das *Geld*!« schrie sie in die Ferne.

Früher hatte sie gezögert, ein Wort mit so metallischem Klang auch nur in den Mund zu nehmen.

19

Wenig später, kurz nach ihrer Rückkehr von der Insel, flog Mrs. Mortlock nach Osten – die Leute machten sich nicht die Mühe zu zählen, wie viele Monate sie fortblieb; sie hatten mit dem eigenen Leben genug zu tun. Mrs. Scudamore hätte sich über die Gleichgültigkeit ihrer Bekannten vielleicht geärgert, wenn sie weniger zu berichten gehabt hätte.

»Die Entscheidung ist, völlig zu Recht, zugunsten meiner Tochter gefallen«, konnte sie verlauten lassen und in diskreterem Ton hinzufügen: »Wieviel, weiß ich nicht, aber sie wird ein, na ja, ein bequemes Auskommen haben.«

Zu ihrer Tochter sagte sie, als sie, wiedervereint, über der ersten köstlichen Tasse Tee verweilten: »Ich wußte gar nicht, daß du dir die Nägel anmalst. Findest du dieses leuchtende Rot sehr geschmackvoll, Anthea?«

Mrs. Mortlock sah auf die hübschen Tropfen ihrer Fingernägel hinab.

»Die Leute«, sagte sie, »werden sich damit abfinden.« Dann blickte sie auf, denn sie hatte sich angewöhnt, die Pingpong-Bälle der Wörter direkt auf die gegenüberliegende Wand zu spielen. »Und warum soll man nur das tun, was man immer schon getan hat?«

Mrs. Scudamore stand auf und bückte sich, um den Silberfuchs aufzuheben, der von der Lehne eines leeren Sessels auf den Boden gerutscht war.

»Und was hast du jetzt vor, Anthea?«

»Ich glaube, ich werde reisen.«

»Wohin, Liebes?« Mrs. Scudamore erhob keine Einwände.

»Vielleicht überallhin. Ich habe noch nicht darüber nachgedacht. Hauptsache, ich reise.«

Mrs. Scudamore, die sich über eine weniger ausgreifende Antwort vielleicht geärgert hätte, war voll der Bewunderung für eine so kostspielige Entscheidung.

»Ich finde, du bist sehr klug«, sagte sie.

So begann Mrs. Mortlock, wie man aus der Zeitung erfahren konnte, zu reisen. Wenn die Einzelheiten ihrer Reisen nicht mitgeteilt wurden, so deshalb, weil solche Einzelheiten nie von Wichtigkeit sind, auch für den Reisenden nicht immer. Außer, daß Mrs. Mortlock in vielen, und zwar den besten Hotels logierte, in die Schaufenster der vornehmsten Geschäfte blickte, teure Dinge kaufte, die sie gar nicht brauchte und die sie oft nachher irgendwo zurückließ, weil sie viel zu schwer waren. Im übrigen überquerte sie Ozeane, erklomm Berge, wurde große Flüsse hinabgeflößt und spielte mit dem Gedanken, sich für immer auf einer griechischen Insel niederzulassen – nur die unberechenbaren Sanitäranlagen brachten sie davon ab. Im Laufe ihrer Reisen wurden ihr natürlich mehrere Heirats- und noch mehr unschickliche Anträge gemacht, aber sie war umsichtig genug, die Tür hinter sich stets abzuschließen.

In Athen überkam sie dann plötzlich Langeweile, und sie verfiel auf den Gedanken, in ihre Heimatstadt zurückzukehren und sich im Ruhm des Vollbrachten zu sonnen.

Bald stand ihr Entschluß fest. Sie hatte schon gepackt. Und obwohl sie es gründlich satt hatte, sich durch den Staub kutschieren zu lassen und mit anderen Touristen Konversation über antike Sehenswürdigkeiten zu treiben, bestieg sie an diesem letzten Nachmittag, um sich die Zeit zu vertreiben, den schrecklichen Linienbus, der an der Küste entlangfuhr, und stieg schließlich irgendwo aus, um zwischen den kümmerlichen Pinien herumzuspazieren. In ihrem weißen, ziemlich schweren Kleid. Das ihre kräftige Figur hervorhob und den Eindruck verstärkte, hier habe sich eine Statue in Bewegung gesetzt.

Mrs. Mortlock spazierte herum, und die Steine waren ihren hohen Absätzen unerträglich. Sie strich mit der Hand über die Stämme der Pinien. Sie runzelte ein wenig die Stirn, als sie feststellte, daß ihr etwas von der weißen Milch auf die Finger geträufelt war und daß das schmutzige, klebrige Zeug wahrscheinlich so leicht nicht wieder abgehen würde.

Doch das Licht wusch sie, und die See erhob sich um ihre Füße und stieg höher, so daß sie sich auf einen Felsen setzen mußte. Sie war so geblendet von dem saronischen Blau, daß sie die vier Kinder anfangs gar nicht bemerkte. Und dann – waren sie da. Spielten oder waren einfach da. Nie hatte für sie ein Anlaß bestanden, sich mit den Gewohnheiten von Kindern zu beschäftigen, außer mit denen der erwachsenen Kinder.

»Los, komm! Schluß mit dem Quatsch!« befahl das älteste von ihnen, ein hochgeschossener Junge, und gab seiner jüngeren Schwester einen Klaps. Sie hatte das Meer und den Staub zu einem Brei vermischt, mit dem sie sich nun ihr braunes, rundes, ernstes Gesicht salbte. »Du hast dich schon dreckig genug gemacht.«

Das kleine Mädchen fing an zu weinen.

Da war etwas, irgend etwas mit diesen Stimmen. Plötzlich wurde Mrs. Mortlock klar, daß sie jedes Wort verstand. Sie verstand diese gedehnten, monotonen, von sich eingenommenen, diese australischen Stimmen. Sie wurde ganz aufgeregt.

»Oh«, rief sie und näherte sich ihnen fast im Laufschritt, »woher seid ihr?«

Das kleine Mädchen hatte aufgehört zu weinen. Alle Kinder machten bestürzte Gesichter.

Ein älteres Mädchen spielte mit einem seiner Zöpfe und antwortete.

»Aus den Staaten.«

Doch ihr älterer Bruder, der sich mit der seltsamen, wohlhabend aussehenden Frau gar nicht hatte einlassen wollen, mußte nun doch die Wahrheit sagen.

»Aber nur, weil Daddy dort arbeitet«, sagte er mißmutig. »Wir sind Australier«, verkündete der Junge angriffslustig.

»Wie interessant, daß wir uns alle hier treffen. Am Meer«, stieß sie in einem beflissenen, um nicht zu sagen lächerlichen Tonfall hervor, und obwohl sie den Kindern ansah, daß es sie nicht besonders interessierte. Verlegen, das war vielleicht der richtige Ausdruck.

Aber Mrs. Mortlock war zu erschüttert, um sich in wohlgesetzten Worten auszudrücken. Die Augenlider des Jungen faszinierten sie und dieser Mund, der sich seines Erbteils an Sinnlichkeit noch nicht bewußt war. Jetzt wußte sie es.

»Aber *sie* ist in Amerika geboren, nicht wahr?« fragte Mrs. Mortlock und strich dem kleineren Mädchen über das Haar.

»Ja«, sagten sie argwöhnisch, bebend, mit steifen Hälsen.

»Ich habe nämlich vor einiger Zeit mal gehört, ihr wärt nur drei.«

Die sonderbare, gedankenverlorene Frau hätte die Kinder vielleicht erschreckt, wenn nicht das Licht allen Anschein von Bosheit aus dem Oberteil ihres weißen Kleides vertrieben hätte. Es war, als hätte sie sich aus einer anderen Gruppe von Wesen hierher verirrt, aus der Gruppe der Gottheiten und Statuen.

»Eigentlich wollte ich einen Spaziergang machen«, sagte sie, »aber nun stelle ich fest, daß ich mit den falschen Absätzen gekommen bin.«

»Sie können Ihre Schuhe ja ausziehen«, sagte der zweite Junge.

»Ja«, murmelte sie, »ich könnte sie ausziehen.«

Einen Moment lang standen sie alle da und starrten auf das lästige Paar Schuhe, aber sie befolgte den Rat des Jungen nicht, und dann setzten sie sich, mit Schuhen oder barfuß, in Bewegung, stelzend, aber einigermaßen zufrieden.

Bis Mrs. Mortlock den Mann erblickte, der eine Felskante überragte und von Schritt zu Schritt der Vater dieser Kinder wurde.

»He, ihr!« rief er, eher träge als zornig. »Wo habt ihr wieder gesteckt? Eure Mutter hat sich schon Sorgen gemacht.«

Es war natürlich Doktor Flegg. Nach dem Schock, als sie Spuren von ihm an seinem Kind entdeckt hatte, verspürte Mrs. Mortlock jetzt nicht einmal mehr Aufregung. In ihrer Anonymität besaß sie sogar Macht über diesen nichtsahnenden Mann, dessen jugendlicher Körper sich verhärtet hatte, gekerbt und schon ergraut war, durch Anteilnahme.

Er fing an zu blinzeln und legte eine Hand über die Augen, um sie vor dem unerwarteten Anblick der fremden Frau in dem blendenden Kleid zu schützen.

»Wir sind uns«, erklärte sie, »drüben auf der anderen Seite begegnet und sind ein bißchen herumspaziert.«

Sie konnte sehen, wie seine Zunge, während er auf sie zukam, nach Worten zu suchen begann und sich darauf vorbereitete, diese Worte über das Hindernis seiner Unterlippe zu bugsieren.

Dann legte Mrs. Mortlock an und zielte.

»Es war eine große Überraschung und eine große Freude für mich, Barry Flegg.«

Als sie sah, wie sich die Verwirrung in seinen nun ungeschützten Augen löste, fuhr sie fort, war sich ihrer Stärke bewußt, stützte sich nun nicht mehr auf ihre Anonymität, sondern auf das Bild, das sie abgab und das sie aus zahllosen Hotelspiegeln kannte. Sie hielt sich also sehr gerade, lächelte und wußte, daß das Rouge auf ihren Lippen noch in ziemlich guter Verfassung war.

»Anthea Scudamore!« sagte er. »Ja, gibt es denn das?« Und dann wieder fast atemlos, halb belustigt, halb ungläubig: »Anthea!«

Daß er an ihre unbestreitbare Realität gar nicht recht glauben mochte, erfüllte Mrs. Mortlock mit einem paradoxen Vergnügen. Wäre sie länger geblieben, so hätte sie einen Scheck eingelöst, um Geschenke für seine Kinder zu kaufen. Nicht zu teuer, um die Kinder nicht zu verwöhnen. Aber teuer genug, diesen zweifelnden Vater zu überzeugen.

»Ach, ich reise eben«, erklärte sie, während sie dahinschlenderten. »Aber jetzt mache ich mich auf den Heimweg. Ohne besonderen Grund. Aber irgendwann kommt der Zeitpunkt.«

»Tja. Wir fahren auch zurück. Wir müssen«, sagte Barry Flegg. »Zurück in die Pampas! Wird gut werden«, sagte er und dann: »Nehme ich an.«

Er blieb einen Augenblick stehen, um einen Streit zwischen den Kindern zu schlichten. Ein kleiner Junge drohte einem kleinen Mädchen, ihr die Augen auszukratzen.

»Ja, Anthea«, sagte er, »haben Sie denn nun gefunden, was Sie gesucht haben?«

Sie zögerte. Es war zu lange her, seit ihr eine so direkte, um nicht zu sagen indiskrete Frage gestellt worden war. Dann hob sie den Kopf und lächelte und hätte beinahe die Grübchen in den Wangen gehabt, die sie nie zustande brachte.

»Oh ja«, sagte sie. »Ich habe alles. Ich bin sehr glücklich.«

Sie gingen weiter.

»Sind Sie zufrieden?« fragte sie, denn nun war sie an der Reihe.

»Nein«, sagte er. »Nicht besonders. Aber ich schätze, so war das auch nicht vorgesehen.«

Sie kicherte nicht über diese ungebärdigen Bemerkungen, die man, wie der Umgang mit höflichen Menschen sie gelehrt hatte, besser nicht ernst nahm. Jedenfalls war es nicht nötig, darauf zu antworten.

In einem Pinienhain auf der anderen Seite der Felskante stießen sie auf einen Kleinbus, in dem sich die Fleggs durch Europa gequält haben mußten. An einer Seite war zusätzlich ein Zeltvorbau angebracht.

»Anders geht es nicht«, erklärte Doktor Flegg. »Vier Kinder fressen einem sämtliche Taschen leer.«

»In Athen habe ich was gegessen«, erzählte das ältere Mädchen, »da kam auf allen Seiten die Sahne raus. So eine Art Törtchen. Schmeckte toll«, erinnerte sie sich.

Unter der Zeltplane erschien eine Frau, mußte sich zuerst

bücken und richtete sich dann auf. Sie kniff die Augen zusammen, vielleicht aus Mißtrauen oder weil sie eine Brille brauchte. Sie zog sich die Matadorhosen mit dem Leopardenfellmuster straff.

»Cherie, das ist Anthea Scudamore. Ich kenne sie aus Adelaide. Sie ist zufällig hier an der Küste aufgetaucht.«

Mrs. Flegg murmelte, hier hockten offenbar unter jedem Stein Australier. Sie hatte sehr helle, blaue Augen, umgeben von leuchtend goldener Haut. Diese Augen wirkten beunruhigend, nicht durch das, was sie sahen, sondern durch das, was sie nicht sahen.

»Ich heiße jetzt Mortlock«, hielt Mrs. Mortlock für angebracht, nun einzuflechten.

»Und der Gemahl? Nicht mitgekommen?« fragte Doktor Flegg.

»Mein Mann ist verstorben«, sagte sie. Und obwohl es gar nicht nötig war, glaubte sie, hinzufügen zu müssen: »Aber wir hatten uns schon vorher getrennt.«

Cherie Flegg, die an den Spitzen ihres unbändigen blauschwarzen Haars spielte, besann sich darauf, daß sie irgend etwas tun, ein bißchen Gastfreundlichkeit verbreiten mußte.

»Wir haben noch einen Schluck von diesem Zeug, diesem Ouzo«, sagte sie, »von gestern abend. Aber ich könnte Ihnen auch eine Tasse Tee machen. Eine richtige australische Tasse Tee.«

Anthea lachte und sagte, Tee fände sie herrlich. Cherie Flegg gab ihr das Gefühl, sie müßte sich irgendwie anders verhalten. Aber wie? Sie hoffte, ihr Instinkt würde ihr dabei helfen.

Während ihre Gastgeberin in einem zerbeulten Aluminiumkessel auf einem Primuskocher Wasser zum Sieden brachte und ein paar Scheiben Brot mit Butter bestrich, verteilten sich die übrigen Fleggs in der Umgebung. Für Mrs. Mortlock wurde ein Hocker herbeigeschafft, und sie war froh darüber – wegen ihres Kleides. Dann saß sie da, alle blickten zu ihr auf, und mit der Zeit nahm sie es als etwas, das ihr zustand.

»Verdammt nochmal, dummes Gör!« Mit dünner Büchsenöffnerstimme begann Mrs. Flegg zu kreischen.

Das kleine Mädchen, das die Finger in die Butter gesteckt hatte, um sich das Gesicht damit zu beschmieren, lachte nur.

»Entschuldige, Kleines, aber das sollst du nicht tun, wie oft muß ich dir das noch sagen? Immer dasselbe, verdammt!«

Nachdem die Mutter ihr jüngstes Kind zunächst ermahnt hatte, nahm sie es auf den Arm und stellte nun anscheinend fest, daß es eßbar war. Während das kleine Mädchen lachte.

Zwischen denen muß es wie geschmiert gehen, dachte Mrs. Mortlock.

Flecken der Unachtsamkeit und der Hast hatten die stilisierten Leopardenflecken auf der Hose von Cherie Flegg mit einem eigenen, abstrakteren Muster überzogen. Ihre hellen Augen konnten kaum mehr wahrnehmen als das Betragen ihrer Kinder oder das Erscheinen anderer Frauen. Mrs. Mortlock spürte eine Traurigkeit, als sie den gekonnten Gang von Cherie Smith bemerkte und diese Figur, deren Anmut die Natur noch nicht weggezaubert hatte. Als sich Mrs. Flegg auf den Boden legte, fiel das blauschwarze Haar ganz natürlich um sie, und ihre langen Beine flochten sich in vielsagenden Windungen.

»Erzählen Sie mir von Ihrer Arbeit«, bat Mrs. Mortlock den Doktor, obwohl sie es gar nicht wissen wollte.

Während er von dem Stipendium und dem Leben in den Staaten berichtete, lauschte sie begierig auf seine Stimme – wie sie vor den Fächern summte, in die ihre Gedanken aufgeteilt waren. Sie musterte seine Hände und versuchte festzustellen, woran sie sich bei diesen Händen noch erinnerte. Ihre männliche Haut war unglaublich. Aber sie blieben zurückhaltend, außer wenn sie auf einen scherzhaften Zärtlichkeitsbeweis seiner kleineren Kinder oder, im Falle seiner älteren Tochter, auf einen Ausbruch von offener Liebe reagierten.

»Und jetzt werden wir uns in Canberra niederlassen«, brachte Barry Flegg seine Geschichte zu Ende.

»Zur Akademikergattin tauge ich nicht. Wirklich nicht!« murmelte Mrs. Flegg, war aber offensichtlich nicht bereit, ihre Stellung preiszugeben.

Mrs. Mortlock hatte eine halbe Scheibe Brot mit ziemlich ranziger, sandiger Butter gegessen und sich den Mund an der Blechtasse verbrannt. Obwohl sie auf dem Campinghocker thronte, war ihr Status durch die zunehmende Vertraulichkeit immer fragwürdiger geworden.

»Warum läufst du mit einem Hut herum?« fiel dem kleineren Jungen schon ein.

So war sie denn im Begriff zu gehen, als der alte Grieche mit den Rosensträußen, den tiefroten, purpurroten Bauernsträußen des Weges kam. Weil er gefragt wurde, kaufte Doktor Flegg einen Strauß, zahlte zuviel, wie Mrs. Mortlock bemerkte – denn mit der Währung in fremden Ländern kam sie immer schnell zurecht –, und warf die Rosen in den Leopardenfellschoß seiner Frau.

»Was soll ich mit einem Strauß Rosen?« beschwerte sich Mrs. Flegg und lachte. »Schenk sie doch Mrs. Scudamore.«

»Oh nein! Bitte!« protestierte Mrs. Mortlock.

Ihre Lippen bebten unerklärlicherweise unter den letzten Schichten von Lippenstift.

»Oder vielleicht eine!« bat sie.

Und steckte sich die Rose mit einer Brosche fest, wodurch sie die Aufmerksamkeit, ohne es zu wollen, nur auf die Diamanten lenkte.

»Blumen«, entschuldigte sie sich, »welken schnell an mir.«

Sie sprach leiser, als es ihre Gewohnheit war, fast wie ein Kind, während sie zu Mrs. Flegg hinübersah, die immer noch dasaß, für einen Augenblick alleingelassen in der Zeit, so hätte man glauben können, wären da nicht die Kinder und die tiefroten, glühenden Rosen gewesen, die aus ihrem fleckigen Schoß hervorquollen.

Wenig später brach Mrs. Mortlock auf, und Doktor Flegg, gefolgt von einem Trupp trödelnder Kinder, begleitete sie, weniger aus Pflichtgefühl als vielmehr, um der abendlichen Langeweile zu entgehen. Ein Geruch von Staub und Rosen hing in der Luft, während sich der Himmel mit Purpur überzog und Schatten den Staub um die Wurzeln der Pinien immer tiefer machten.

Als sie den höchsten Punkt des Felskamms erreicht hatten, deutete ein Widerstreben in Barry Fleggs Gang an, daß er nicht die Absicht hatte, seinen Gast noch weiter zu begleiten. So daß ihr nur das Gefühl blieb, die ereignislose Begegnung unter so ungünstigen Umständen, in Gegenwart seiner Frau – Mami hätte sie als »so eine ordinäre kleine Person« bezeichnet – müsse für immer eine sinnlose Gelegenheit bleiben.

Vielleicht aus diesem Grund konnte Mrs. Mortlock, während sie zwischen den Felsen standen, der Versuchung nicht widerstehen: »Ich war noch einmal auf der Insel, Barry, kurz bevor ich abgereist bin. Ich war allein. Ich habe mich von Eiern ernährt. Und Brot. Ich bin im Busch herumgelaufen. Es ging mir damals ziemlich schlecht. Ich bin geschwommen.«

Sie war überrascht von der Direktheit, der freimütigen Sanftheit ihrer eigenen Stimme. Hoffte sie etwa, er würde vor sich sehen, wie sie sich aus der See erhob? Aber er sah zu Boden, und schweres Kupfer lastete auf seinen Augenlidern. Und runzelte die Stirn. Sie sah, sein Blick war nach innen gerichtet, sein sprunghafter Verstand ohne Zweifel mit etwas sehr viel Wichtigerem beschäftigt.

Dann sah er auf und lachte: »Ach ja, die Insel!« und sah sie für einen kurzen Augenblick an.

Sie bemerkte, daß er verlegen war. Also ging sie davon und überließ es ihm, einen geheimen Teil seiner selbst zu verhüllen, den sie auswendig kannte.

Ein paarmal sah Mrs. Mortlock sich um, wollte sichergehen, daß niemand bemerkte, welchen Gedanken sie sich so unbekümmert überließ, und fand die Landschaft, von ihrer heiteren Vollkommenheit abgesehen, leer. Und durch sie taumelte und torkelte ihr Geist, nahm eine verzerrte Leiblichkeit an, und die Gedankenlippen teilten sich, um zu empfangen. In ihrem Schweigen gab sie kleine Keuch- oder Grunzlaute der Erwartung oder der Kapitulation von sich. Einmal lachte sie sogar laut.

An diesem Punkt entschloß sie sich, den jungen Griechen zu bemerken. Sein Körper war kaum weniger nackt als sein Gesicht, und gelassen saß er auf der Mauer, an der sie soeben vorübergegangen war. Mrs. Mortlock sah weg, um nicht zu erblicken, was sie, wenn es nach ihm ging, wohl erblicken sollte. Auf dieser Seite zog sie die Krempe ihres Hutes so tief herunter, daß sie an ihrer Wange scheuerte. Durch den Tumult aus Strohgeflecht und Gefühl rief ihr der sehnige Grieche etwas nach, kurze, fremde, dennoch ausdrucksstarke Wörter, und dabei balancierte er über den Steinen der unregelmäßigen Mauer fast auf einer Hand. Bevor er sprang. Sie hörte. Sie bildete sich ein, wie seine Gummisohlen auf der Erde stampften. Sein Atem jedenfalls, der hinter ihr ein monströses Drängen in den Abend posaunte, war deutlich zu hören.

Mrs. Mortlock rannte und hielt ihren Hut. Die Landschaft aus Staub und Steinen schlingerte vorüber. Von nun an mußte sie alle ihre Kraft daran setzen, sich von dem Gummi nicht einholen zu lassen. In ihrem zerrissenen Kleid wirkte sie lächerlich. Glücklicher- oder unglücklicherweise hatte sie ihr Mieder nicht angezogen, so daß ihre Brüste in großen Klumpen hierhin und dorthin schleuderten. Sie waren nicht länger ein Teil von ihr. Während sie rannte und sprang. Während sie vor dem Gummigriechen davonlief, packte sie der Schrecken vor den glänzenden Adern in den sehnigen Armen, die sie gar nicht sehen konnte.

Oh, die kreisenden Zypressen. Der Purpurabend, der sie zu verschlucken drohte.

Zwei ungläubige Gesichter von zwei Bäuerinnen in Schwarz starrten Mrs. Mortlock aus einem Schuppen an.

»Können Sie nicht«, krächzte sie unter einem Tränenschwall, »*wollen* Sie nicht?«

Aber für die beiden Gesichter war sie wie ein vorüberrollender Stein.

So konnte sie sich zuletzt, rennend, nur auf sich selbst verlassen. Auch wenn sie anfangs mehr erwartet hatte. Sogar ihr eigener Hut war zwischen die gelben Disteln gefallen.

Das Seufzen der verdörrten Disteln verfolgte sie noch, als sie auf die Hauptstraße hinausstürzte.

»Ein Mann«, so wimmerte Mrs. Mortlock einem Polizisten ins Gesicht, »hat mich verfolgt, rannte mir nach, wollte mich belästigen. Verstehen Sie? *Belästigen*?« fragte sie und zweifelte.

Der Polizist stieg von seinem Motorrad. Seine Augen folgten dem Finger der verrückten *Engleza*, der in den erschöpften Abend, in eine friedliche Dämmerleere zurückzeigte.

Auch Mrs. Mortlock war über diese Leere ziemlich erstaunt, und da sie selbst hier nichts mehr ausrichten konnte, ließ sie sich von dem Polizisten in den überfüllten Bus helfen.

Dafür, daß sie ein derart abscheuliches Erlebnis hinter sich hatte, war sie ziemlich gefaßt, als sie ihr mit vielen Sternen dekoriertes Hotel betrat. In der Eingangshalle, im Gedränge der Fremden, fiel sie niemandem auf. Niemand bemerkte den ausgerissenen Saum, jeder sah in ihrem wirren Haar eine modische Frisur.

Nachdem sie ihr Zimmer erreicht hatte, zog sie sich aus und warf eine verwelkte Rose in den Abfallkorb, die sie von diesen Leuten angenommen hatte, obwohl eine innere Stimme sie davor gewarnt hatte. Sie nahm ein Bad. Sie bestellte sich eine Tasse eisgekühlte Consommé. Ihr Ritual machte sie fast spöttisch, und nachdem sie ihr Flugticket und ihre Traveller-Schecks sicherheitshalber unter dem Kopfkissen versteckt hatte, nahm sie ein paar von den »Mrs. Parkinson Keyes«, die sie zum Glück in einem ansonsten widerwärtigen Laden gefunden hatte. Sie schlief sehr bald ein.

Wie lange Mrs. Mortlock tot für die Welt war, hätte sich schwer schätzen lassen. Die Uhren von Athen standen still. Aber irgendwann in dieser unberechenbaren Nacht erwachte sie und sah ihr eigenes Gesicht vor sich. Das Glas floß über davon. Das graue Gesicht, das aus dem Unrat des Schlafes auftauchte, war gnadenlos mißhandelt. Erloschene Schrecken überkrusteten ihre Lippen, erstickten ihre tiefe, staubige Kehle. Aber nicht die Absonderung des eigenen, gespiegelten und spiegelnden Gesichts war Mrs. Mortlock besonders deutlich bewußt. Erfüllt von einem langsamen Widerwillen, wurde ihr klar, daß sie von Cherie Flegg geträumt hatte, von ihren fleckigen Matadorhosen mit dem Leopardenfellmuster.

Da erst schob sich Mrs. Mortlocks Gesicht aus dem Glas und glitt über sie, mit einem Knirschen fuhr ihr der Atem in die Kehle, sie sank zurück und schaltete das Licht aus.

WIPPSTERZE IM MONDENLICHT

Die Wheelers fuhren pünktlich um halb sieben bei den Mackenzies vor. Dies war die ausgemachte Zeit. O Gott, dachte Jum Wheeler. Es hatte ein wenig geregnet, und die Reifen knirschten weicher auf dem feuchten Kies.

Vor dem Haus der Mackenzies (das zum Typ »Prächtiges altes Anwesen – Kolonialstil« gehörte), zwischen einigen sorgfältig natürlich aufgestellten Eukalyptusbäumen gelegen, stand ein Taxi.

»Arch und Nora haben uns doch noch nie mit wem anderen eingeladen«, sagte Eileen Wheeler.

»Vielleicht auch diesmal. Auch jetzt nicht. Vielleicht ist es jemand, den sie nicht losgeworden sind.«

»Oder was Eiliges aus der Apotheke.«

Eileen Wheeler gähnte. Sie mußte daran denken, sich mitfühlend zu zeigen, denn Nora Mackenzie hatte diesmal besondere Schwierigkeiten.

Jedenfalls, sie waren da, und die Tür des hellerleuchteten Hauses stand offen. Selbst das Leben von Leuten, die man kennt, selbst das Leben von Nora und Arch sieht einen Sekundenbruchteil lang interessant aus, wenn man vorfährt und es durch einen erleuchteten Türspalt erblickt.

»Es ist diese Miss Cullen«, sagte Eileen.

Denn da stand Miss Cullen und hantierte in der Diele mit einer Aktentasche.

»Häßliche Ziege«, sagte Jum.

»Sagen wir: unattraktiv«, berichtigte Eileen.

»Arch wäre verloren ohne sie. Schmeißt praktisch den ganzen Laden.«

Sicherlich sah diese Miss Cullen sehr umsichtig aus, wie sie die makellosen Papiere ordnete und sie in eine neue schweinslederne Aktentasche steckte, in der Diele von Arch und Nora.

»Gute Figur«, gab Eileen zu.

»Aber kein Kinn.«

»Ach, hallo, Miss Cullen. Na, der Regen hat aufgehört.«

Es war allzu hell, als sie plötzlich in die Diele eintraten; die Wheelers blinzelten strahlend. Sie sahen nagelneu aus.

»Alles in Ordnung bei Ihnen, Miss Cullen, hoff ich?«

»Ich kann nicht klagen, Mr. Wheeler«, erwiderte Miss Cullen.

Sie ließ den Verschluß einschnappen. Kleine, ziemlich spitze Brüste unter dem Regenmantel. Aber – eindeutig – kein Kinn.

Eileen Wheeler ordnete ihr Haar vor dem Quasi-Sheraton-Spiegel.

Sie war kürzlich im Frisiersalon gewesen, und die Frisur saß noch immer etwas eng.

»Also dann, auf Wiedersehen«, sagte Miss Cullen.

Wenn sie lächelte, blinkte es golden auf, doch diskret, nur eine Brücke. Dann schloß sie ihre Lippen fest und leckte sie sich ganz, ganz zierlich, als hätte sie ein angenehm säuerliches Bonbon gelutscht.

Miss Cullen ging hinaus und schloß die Haustür fest, aber leise hinter sich.

»Das war Miss Cullen«, sagte Nora Mackenzie, die nun die Treppe herunterkam. »Archs Sekretärin!«

»Er wäre verloren ohne sie«, fügte sie hinzu, als ob's die Wheelers nicht wüßten.

So war Nora. Eileen fragte sich, wie sie und Nora so lange Freundinnen geblieben waren, seit Goulburn, all die Jahre.

»Wie die *aus*sieht!« sagte Jum.

Nora runzelte nicht direkt die Stirn, aber es erschienen dort winzige Fältchen wie stets, wenn die Qualitäten anderer kritisiert wurden. Solche Angriffe schienen ihr persönlich, beinahe körperlich weh zu tun.

»Aber Mildred ist ein so liebenswürdiger Mensch«, sagte sie mit Nachdruck.

Nora Mackenzie ließ es sich angelegen sein, alle Angestellten ihres Mannes mit Vornamen zu nennen – ein Versuch, aus ihnen Mitglieder einer einzigen großen Familie zu machen, welche sich Nora vielleicht als einzige wünschte.

»Sie hat mir damals Hühnersuppe gebracht, den ganzen Weg von Balgowlah, als ich meine Virusgrippe hatte.«

»War sie gut, Darling?« fragte Eileen.

Routinemäßig rieb sie ihre Wange gegen die Noras. Nora war blaß. Sie mußte daran denken, nett zu ihr zu sein.

Nora gab keine Antwort und ging voraus in das große Wohnzimmer.

Nora sagte: »Ich glaube, ich laß das Licht noch ein Weilchen aus. Es tut meinen Augen weh, und es ist so friedlich, hier im Dämmerlicht zu sitzen.«

Nora *war* blaß. Sie hatte in der Tat soeben ein paar Disprintabletten genommen.

»Bißchen abgekämpft, Liebes?« fragte Eileen.

Nora gab keine Antwort und bot ihnen ein trockenen Martini an.

Sehr wäßrig, wie Jim aus Erfahrung wußte, aber immerhin eine Form von Alkohol.

»Arch kommt gleich auch herunter«, sagte Nora. »Er mußte sich noch um etwas Geschäftliches kümmern, Miss Cullen hat da so Briefe gebracht. Dann hat er noch geduscht.«

Noras Hände zitterten, als sie die Martinis herumreichte, aber Eileen erinnerte sich: sie hatten immer schon gezittert.

Die Wheelers setzten sich. Es war alles so vertraut, man mußte nicht warten, bis man gebeten wurde – ein Glück, da Nora Mackenzie immer Schwierigkeiten damit hatte, ihre Gäste zu den Sitzgelegenheiten hinzukomplimentieren. Jetzt nahm sie selbst Platz, mit weit größerer Schüchternheit als ihre Freunde. Die quadratischen Kissen lehnten auf ihren Spitzen.

Eileen seufzte. Alte Freundschaften und der erste Ginduft des Abends versetzten sie stets in nostalgische Stimmung.

»Na, der Regen hat aufgehört«, sagte sie und seufzte.

»Geht's Arch auch gut?« fragte Jum.

Als wär's ihm nicht egal. Sie hatte zuviel Eis in ihrem Cocktail schmelzen lassen, er war fast reines Wasser.

»Die alte Geschichte«, sagte Nora. »Ihr wißt ja, sein Rükken.«

(Wehe, ihr habt das vergessen.)

Nora liebte Arch. Eileen schämte sich richtig.

Was für ein Glück, daß die beiden einander gefunden hatten. Nora Leadbeatter und Arch Mackenzie. Zwei derartig verschnarchte Gestalten. Und der gemeinsame Enthusiasmus für die Vogelbeobachtung. Obwohl Eileen Wheeler immer davon überzeugt gewesen war, daß Nora die Leidenschaft für vogelkundliche Exkursionen erst erlernen mußte.

In Goulburn, damals, da kam Nora manchmal an den Wochenenden mit Eileen nach Glen Davie. Mr. Leadbeatter war eine Weile Geschäftsführer am Wales gewesen. Er achtete immer darauf, daß seine Tochter die saubersten Geldscheine mitbekam. Nora war unbeholfen, aber besser als nichts, und die beiden Mädchen saßen sommerabends auf der Veranda, polierten sich die Nägel und lauschten dem Husten der Schafe auf der Weide. Eileen zeigte Nora Make-up-Tricks. Nora hatte protestiert, sich aber gefreut.

»Deiner Mutter geht's gut, Darling?« fragte Eileen und nahm ein Schlückchen von dem traurigen, wäßrigen Gin.

»Nicht gerade *gut*«, erwiderte Nora schmerzlich.

Weil sie in Orange gewesen war, ihre verwitwete Mutter besuchen, die an der Parkinsonschen Krankheit litt.

»Du weißt, wie ich das meine, Liebes«, sagte Eileen.

Jum fiel die Asche auf den Teppich. Vielleicht würde es besser, wenn der arme blöde Arch runterkam.

»Ich habe so ein Gefühl, daß diese Frau, diese Mrs. Galloway, nicht nett ist zu ihr.«

»Such dir jemand anders«, riet Eileen. »Ist jetzt nicht wie nach dem Krieg.«

»Man kann sich nie sicher sein«, überlegte Nora. »Man will die Gefühle der Frau nicht verletzen.«

Wie sie in der Dämmerung dasaß, war Nora Mackenzie von der Farbe eines Nachtfalters. Ihr Gesicht sah aus, als hätte sie es mit Kreide eingerieben. Wäre ihr auch trotz all der Make-up-Lektionen zuzutrauen gewesen. Sie saß da und verschlang die Hände ineinander.

Wie rot Noras Hände in Goulburn gewesen waren – in der Klosterschule, welche die beiden Mädchen besucht hatten. Nicht, daß sie zu *denen* gehörten. Es war bloß praktisch. Noras Hände waren rot und zittrig gewesen, nachdem sie eine Tarantella geübt hatte, frühmorgens, in der Kälte. So früh war das alles gewesen. Eileen hatte kurz nach der Pubertät erfahren, wie das Leben war. Sie hatte Nora das eine oder andere sagen wollen, doch Nora wollte nichts hören. O nein, nein, *bitte*, Eileen, rief Nora. Als hätte ihr ein Junge den Arm umgedreht. Sie hatte so lange, beschwörende, sensible Hände.

Und da lagen sie immer noch. Ineinander sich verschlingend, sich entschuldigend. Für das, was sie nie getan hatten.

Arch trat nun ein. Er schaltete die Lichter an, daß Nora zusammenzuckte, obwohl die Lichter in der Neutralität von Noras Wohnzimmer kaum für sich existierten. Nora sagte nichts, sie lächelte nur, da es Arch war, welcher das Verbrechen begangen hatte.

Arch sagte:

»Ihr beide seid schon wieder gehörig am Schlucken.«

Er goß sich den Rest des Cocktails ein.

Eileen lachte ihr Lachen, das die Leute auf Parties amüsant fanden.

Jum sagte – und zog sein Bein an den Leib –, daß nur wegen Arch und seiner Dusche der Alkohol hier in Strömen geflossen sei.

»Ein wenig Alkohol weckt die Lebensgeister«, sagte Nora sanft, ach, so sanft.

Sie wurde immer etwas ängstlich, wenn die Scherze persönlich waren.

Arch zog seinen Mund unter dem gepflegten, an den Seiten lang gewachsenen Schnurrbart zurecht, und Jum wußte, was ihnen bevorstand.

»Miss Cullen war noch mit ein, zwei Briefen da«, erläuterte Arch umständlich. »Etwas, wo sie meinte, es sollte heute abend noch rausgehen. Ich nehme abends eigentlich immer eine Dusche. Im Sommer zumindest.«

»Diese Luftfeuchtigkeit«, half Nora ihm.

Arch starrte in sein Glas. Vielleicht dachte er sich weitere Darlegungen aus, doch er sagte nichts mehr.

Dieser doofe, dieser lächerliche britische Luftwaffenschnurrbart. Das einzige, was sich Arch im Leben je getraut hatte. Der Krieg hatte ihm Mut gemacht, ein Detail zu klauen, das ihm nicht gehörte.

»Diese Miss Cullen, nützliche Kraft«, schlug Jum vor.

»Schmeißt den ganzen Laden.«

»Vierzig, aber mindestens«, sagte Eileen, deren Figur langsam schlaffer zu werden begann.

Arch meinte, das entziehe sich seiner Kenntnis, und Jum machte einen Witz über Miss Cullens *cul-de-sac*.

Die kleinen Fältchen waren wieder auf Nora Mackenzies kreideweißer Stirn erschienen. »Nun!« rief sie, aufspringend, ganz jungmädchenhaft, »ich hoffe, das Essen wird ein Erfolg.« Und lachte.

Nora war jetzt halb durch den zweiten Kurs bei dieser Frau im »Chanticleer«. Eileen vermutete, es würde krabbengefüllte Avocados, Huhn à la Mornay und Crêpes Suzette geben.

Eileen hatte recht.

Arch schien am Kopfende seines eigenen Tisches an Autorität zu gewinnen.

»Probiert doch einmal diesen Wein, es würde mich interessieren«, sagte er. »Er ist ganz leicht.«

»Ach ja?« sagte Jum.

Der Wein schmeckte nach dem Korken, aber niemand sagte etwas. Die zweite Flasche war dann später ein wenig besser. Die Mackenzies legten sich heute abend mächtig ins Zeug.

Arch knallte ein-, zweimal zur Bekräftigung von irgend etwas mit der Serviette auf den Tisch. Er strich sich den Luftwaffenschnurrbart, der eigentlich eine Hasenscharte hätte verdecken sollen, aber es gab keine. Jum kannte ihn schon vor dem Schnurrbart, lange, *lange* vorher.

Arch sagte:

»Diese Geschichte hat mir Armitage beim Mittagessen erzählt. Ein Witz, von einem Mann, der einen Rasenmäher kauft. Und der Mann hatte Schwierigkeiten mit der Verdauung. Wie ging das nun noch ... gleich?«

Jum hatte angefangen, kleine Brotkügelchen zu rollen. Es faszinierte ihn immer wieder, wie dreckig diese Kügelchen am Ende waren. Und dabei war er durchaus kein schmutziger Mann.

Arch fiel die Pointe des Armitage-Witzes nicht mehr ein.

Man konnte sich nur schwer vorstellen, wie Arch sein Unternehmen zum Erfolg geführt hatte. Vielleicht war's diese Miss Cullen, Brüste und alles, unter dem Regenmantel. Lange Zeit hatte Arch mit dem und jenem seine Zeit verplempert. Vertreter. Ersatzteile für Zentrifugen. Dann die Vertretung für irgendeine schwindulöse Maschine, mit der öffentlichen Gebäuden *Ozon* zugeführt werden sollte. Damals wohnten die Mackenzies in Burwood. Arch trödelte weiter so rum. Der Krieg war wirklich ein Geschenk des Himmels. Arch war der ideale Adjutantentyp. Pflichtbewußt. Sparsam mit dem Sold dazu.

Und dann plötzlich nach dem Krieg hatte Arch Mackenzie ausgeholt. Import-Export. Eigenartig, wie ein Mann auf einmal genau die Idee entdeckt, die seiner spezifischen Form von Dummheit angemessen ist.

Die Mackenzies waren an das Nordufer gezogen, in das Haus, das Nora immer noch manchmal in Verlegenheit setzte. Sie kam sich vor, als müsse sie sich für den Erfolg entschuldigen. Aber sie hatten ja ihre Vogelbeobachtung. An den meisten Wochenenden zogen sie ab in den Busch, in die Berge oder sonstwohin. Sie fühlte sich in bescheideneren Umständen glücklicher. Im Lauf der Zeit hatte sie sich an das Tonbandgerät gewöhnt, das sie immer mitnahmen. Sie zwang sich, es als notwendigen Gebrauchsgegenstand zu sehen, nicht als Luxusartikel.

Eileen verging vor Sehnsucht nach einer Zigarette.

»Darf ich rauchen, Arch?«

»Wir sind doch unter Freunden, wie?«

Eileen beantwortete die Frage nicht. Und Arch holte den Aschenbecher, der für die bereitstand, die das brauchten.

Nora fielen in der Küche die Bohnen runter. Alle hörten es, aber Arch fragte Jum nach ein paar Investmenttips, wie er es immer tat, wenn Nora gerade nicht im Zimmer war. Nora hatte so eine Vorstellung, daß die Börse unmoralisch war.

Dann brachte Nora die Schüssel mit den kleinen, blassen Dosenerbsen.

»Ah! Pötti po-ah!« sagte Jum.

Er formte seine vollen und ziemlich fettigen Lippen zu einem Schalltrichter, durch den die kleinen gerundeten Silben sehr eindrucksvoll strömten.

Nora vergaß ihre Verlegenheit. Sie beneidete Jum um seine Courage im Umgang mit Fremdsprachen. Obwohl sie ja ihren Italienischkurs machte, hätte sie nie gewagt, in der Öffentlichkeit etwas auszusprechen.

»Kann ich euch Crêpes Suzette zumuten?« Nora mußte sich entschuldigen.

»Wunderbar, Darling.« Eileen lächelte.

Sie hätte einen Tiger verschlungen. War aber, *au fond*, übelster Stimmung.

Was galt die Wette, daß Nora die Crêpes Suzette fallen lassen würde? Es waren diese langen, zittrigen Hände, an denen der Türkisring zu klein und unschuldig aussah. Die Mackenzies waren zur Zeit ihrer Verlobung noch in der Halbedelsteinklasse.

»Und was macht die alte Vogelschau?«

Jum mußte sich zwingen, aber schließlich hatten sie den Wein der Mackenzies getrunken.

Arch Mackenzie setzte sich tiefer in seinem Stuhl zurecht, fast unbefangen.

»Wir haben neue Bänder!« sagte er. »Die spielen wir nachher vor. Am Sonntag sind wir rauf nach Kurrajong und haben die Glockenvögel erwischt. Ich spiel euch auch den Leierschwanz. Das war am Mount Wilson.«

»Haben wir den Leierschwanz nicht letztes Mal gehört?« fragte Eileen.

Arch sagte: »Ja.«

Bedachtsam.

»Aber wollt ihr ihn nicht noch einmal anhören? Das ist schon eine echte Rarität.«

Nora sagte, man würde bequemer sitzen, wenn sie den Kaffee im Wohnzimmer tränken.

Dann holte Arch das Tonband. Er stellte es auf den runden Queen-Anne-Nußbaumtisch. Es war tatsächlich ein imposantes Gerät.

»Ich spiel euch den Leierschwanz.«

»Die *pièce de resistance?* Den Stolz der Sammlung? Sollten wir mit dem nicht warten?«

»Er kann es nie erwarten mit dem Leierschwanz.«

Nora saß beinahe selbstgefällig da; sie hielt ihre Kaffeetasse und lächelte leicht durch den Dampf. Die Kinder, die sie nie mit Arch gehabt hatte, würden gleich auftreten.

»Herrlicher Kaffee«, sagte Eileen.

Sie hatte keine Zigaretten mehr. Sie hatte sich nie so trostlos gefühlt.

Das Tonband hatte zu schniefen begonnen. Man hörte ein ungewöhnlich lautes und anhaltendes Knistern und Knacken. Vielleicht war es der Busch. Ja, das war es. Der Busch!

»Also, es ist wirklich bemerkenswert, was ihr beide für eine Geduld habt«, mußte Eileen Wheeler sagen.

»Sssst!«

Arch Mackenzie hatte die Stirn gerunzelt. Er lehnte sich in seinem Stuhl (dem Stilmöbel) weit vor.

»Jetzt kommt's gleich.«

Sein Gesicht zeigte tragische Züge im gedämpften Licht.

»Hört ihr's?« flüsterte er.

Seine Hand half. Oder befahl.

»Wirklich bemerkenswert«, wiederholte Eileen.

Jum fiel plötzlich ein, daß er ja nur noch zwei Tage hatte, um für den alten Dingens die Rechte zu sichern.

Nora sah in ihre leere Tasse. Liebevoll jedoch.

Nora hätte eine Schönheit sein können, sah Eileen jetzt. Und fühlte sich plötzlich alt, sie, die ein-, zweimal bei amüsanten Parties einen Strip hingelegt hatte. Davon wußte Nora Mackenzie nichts.

Irgendwo in den Tiefen des Buschs rief Nora, daß es eben vier Uhr war, daß sie aber die Thermosflasche vergessen hätte!

Die Maschine schniefte.

Arch Mackenzie lauschte. Er kaute an seinem Schnurrbart.

»Gleich kommt noch eine Stelle.« Er runzelte die Stirn.

»Liebling«, flüsterte Nora, »vielleicht kannst du nach dem Leierschwanz rasch in die Küche und die Birne auswechseln. Sie ist kaputtgegangen, als ich den Kaffee gemacht hab.«

Das Stirnrunzeln Archs vertiefte sich. Selbst Nora ließ ihn im Stich.

Doch sie sah es nicht. Sie liebte ihn so.

Es hätte komisch sein können, wenn es nicht so kläglich

gewesen wäre. Die Menschen, entschied Eileen Wheeler, waren eine klägliche Gesellschaft. Bemitleidenswert. Sie hatte ihre intellektuellen Momente. Außerdem war ihr schlecht. Noras Crêpes Suzette, wie die Steine.

»Es ist euch klar, daß es ein, zwei problematische Abschnitte gibt«, sagte Arch, der sich erhoben hatte, als das Band zu Ende war. »Ich schneid's vielleicht noch.«

»Es könnte ein paar kleine Kürzungen vertragen«, stimmte Eileen ihm zu, »aber vielleicht wirkt es natürlicher, wie es ist.«

Bin ich eine wie-sagt-man, eine Masochistin? fragte sie sich.

»Vergiß die Birne in der Küche nicht«, erinnerte Nora.

Sehr sanft. Sehr verträumt.

Ihr Haar war, rührend schlampig, ganz über ihre weiße Wange hinabgeglitten.

»Ich leg euch die Glockenvögel auf, bis ich wieder da bin.«

In Jums Kehle hatte sich ein rasselndes Husten geformt. Er setzte sich aber rechtzeitig auf und rettete mit derselben Bewegung auch seine Tasse.

»Ich erinnere mich an die Glockenvögel«, sagte er.

»Nicht an die hier. Die sind neu. Das sind die neuesten. Die besten Glockenvögel.«

Arch hatte das Band angeschaltet und war aus dem Zimmer geschritten, als wolle er die Glockenvögel für sich selbst sprechen lassen.

»Das ist eine unserer schönsten Aufnahmen«, versprach Nora.

Alle hörten zu oder gaben sich den Anschein.

Als Nora sagte:

»Ach du liebe Zeit« – sie stand auf – »ich glaube fast« – (beinahe keuchend) – »das Glockenvögelband« – (zitternd) – »ist beschädigt!«

Zweifellos war das Knistern noch intensiver.

»Das wird Arch furchtbar arg sein.«

Sie hatte das so bedrohliche Gerät ausgeschaltet. Mit überraschendem Geschick für eine so hilflose Person. Einen Augenblick lang schien es Eileen Wheeler, daß Nora Mackenzie nun das Anstoß erregende Band in ihrem Busen verbergen würde. Aber sie überlegte es sich anders und legte es beiseite auf eins der überflüssigen kleinen Tischchen.

»Vielleicht ist es das Gerät, das defekt ist«, meinte Jum.

»Ach nein«, sagte Nora. »Es ist das Band. Ich weiß schon. Wir müssen euch etwas anderes vorführen.«

»Ich begreife gar nicht« – Eileen grinste – »wie du, Nora, es je geschafft hast, dich technisch so auszukennen.«

»Wenn man entschlossen ist«, sagte Nora.

Ihr Kopf war konzentriert gesenkt.

»Wenn man etwas wirklich möchte.«

Sie legte ein neues Band ein.

»Und wir lieben unsere Vögel. Unsere Sonntage zusammen im Busch.«

Das Gerät hatte wieder mit seinem Schniefen und Schnuffeln begonnen. Nora Mackenzie hob den Kopf wie zu einer Anrufung.

Zwei oder drei Töne eines Vogelrufes fielen überraschend rein und klar aus dem Knistern in das beige- und bindfadenfarbene Zimmer.

»Das ist eins«, sagte Nora, »das ich, glaube ich, noch gar nicht gehört hab.«

Sie lächelte jedoch und hörte aufmerksam zu, um die Vogelstimmen zu identifizieren.

»Wippsterze«, sagte Nora.

Wippsterze machten sich gut auf Band. Der Sang trillerte und frohlockte.

»Das muß eins sein«, sagte Nora, »das Arch gemacht hat, als ich bei Mutter war. An ein paar Sonntagen hat er kleine eigene Exkursionen gemacht.«

Nora hätte sich wohl einer stillen Melancholie überlassen, all dessen eingedenk, was ihr entgangen war, wenn sich nun die Dinge nicht dramatischer entwickelt hätten. Da stand Arch unter der Tür. Das Blut lief herab.

»Verflixte Glühbirne! Ist mir in der Hand einfach zerbrochen!«

»O Liebling! Um *Himmels*willen!« rief Nora.

Die Wheelers waren beide fasziniert. Das Blut tropfte auf den beigen Teppichboden.

Wie die Wippsterze kicherten!

Nora Mackenzie taumelte buchstäblich auf ihren Gatten zu, um, wenn irgend möglich, die ganze entsetzliche Angelegenheit auf sich zu nehmen. »Komm, komm mit, Arch«, stöhnte sie. »Wir versorgen dich. Nur einen Moment.«

Und einfach durch das Zuziehen der Tür gelang es ihr, die Situation ganz und gar auszulöschen, bis auf die Tröpfchen Blut, die auf dem Teppich zurückblieben.

»Armer alter Arch! Blutet wie ein Schwein!« sagte Jum Wheeler und lachte.

Eileen fügte hinzu:

»Wir werden die Wippsterze allein durchstehen müssen.«

Vielleicht war es besser so. Man konnte sich entspannen. Eileen fing an, an ihren Schuhen zu zerren; die Pumps hatten sich in ihr Fleisch gegraben.

Die Wippsterze waren eifrig zugange.

»Spinn ich eigentlich?« fragte Jum. »Hören hier diesen blöden Vögeln zu!«

Als jemand lachte. Aus dem Band. Die Wheelers saßen da. Reglos.

Schon drei Viertel von der Flasche! Schnuffel, knister. *Arch Mackenzie, du gehst ganz schön ran*! Wieder dieses ziemlich metallische Lachen.

»Jetzt geht's aber los!« sagte Jum Wheeler.

»Aber das ist diese Miss Cullen!« sagte Eileen.

Die Wheelers lebten auf; in dem Maße, in dem die Töne der Wippsterze sanken und verklangen, trat ihr neues Interesse seinen Höhenflug an.

Aber es ist doch viel zu steinig und viel zu spät. Außerdem sind wir wegen der Wippsterze hier! Wie Miss Cullen lachte! *Wippsterze im Mondenlicht*! Arch war weniger deutlich auszumachen, als hätte er zu vielen Vögeln gelauscht und sich an ihre vage Ausdrucksweise gewöhnt. Schnuffelnd und knisternd rollte das Band weiter ... *diese Knöpfe sind nicht zum Aufmachen* ... erläuterte Miss Cullen. *Hör auf, Arch. ARCH*! Du REISST mir ja alles ab!

So daß das erbarmungslose Gerät vom Zimmer Besitz ergriff. Da saßen die beiden Wheelers im Knacken der Zweige, im strengen Ameisengeruch. Der lange, dünne Harry Edwards, fiel es Eileen ein, mit seinen knochigen Handgelenken, hatte sie hinter der Scheune zu Boden geworfen. Erst war es ihr ganz zuwider gewesen. Alle Fröhlichkeit war aus Miss Cullens aufgezeichnetem Lachen gelöscht. Das drehte sich und drehte sich. So viel vom Leben wurde heutzutage aufgezeichnet. Als sie spät in der Nacht von einem Tanz auf dem Lande heimkamen, waren die Wheelers unter Stein und Holz hingefallen und hatten sich, wie man sagt, geliebt, und waren im grauen Morgen aufgestanden, betäubt, verformt.

Wenn nur das Band. Wenn man nur den Trick mit dem Schalter wüßte.

Jum Wheeler beschloß, seine Frau nicht anzusehen. In seinem Kopf wurden kleine Taschen voller Schuld umgestülpt und ausgeleert. Die Frau im Locomotive Hotel. Taschen und wieder Taschen voll stinkendem Kram. Drunten am Bach, zwischen den Grasbüscheln und den Schafsköteln, wo die Sonne auf seine Knabenhaut brannte, spielte er die Ouvertüre zum Sex. Allein.

Das ist ja alles schön und gut, entschied Miss Cullen. *Es wird jetzt Zeit, daß wir praktisch denken. Bist du sicher, daß wir zum Auto zurückfinden*?

Dreht sich im Kreis. Knistert. Aber da waren wieder die Wippsterze.

»Haben die das Band ganz vergessen?«

»Mein Gott! Stell dir vor, das Ding läuft in Pymble!«

Ein einzelner Wippsterz streute seine Koloraturen durch das muffige Zimmer.

»Es ist alles in Ordnung«, erklärte Nora. »Er ist jetzt ruhiger. Ich habe ihn überredet, einen Schluck Brandy zu nehmen.«

»Dann ist sicher alles gut«, sagte Jum.

Aber Nora lauschte dem einsamen Wippsterz. Sie stand im Busch. Lauschend. Die Töne des Vogelgesanges fielen wie Gebirgswasser, wenn sie nicht in das Mondlicht geritzt waren.

»Es gibt nichts Klareres«, sagte Nora, »als den Gesang der Wippsterze. Außer Schubert«, fügte sie hinzu. »Manches von Schubert.«

Sie war so schüchtern-froh, daß es ihr eingefallen war.

Aber die Wheelers saßen bloß da.

Und wieder stand Nora Mackenzie allein unter den unerbittlichen mondenbeschienenen Eukalyptusbäumen. Sie dachte, daß sie sich vielleicht immer einsam gefühlt hatte, sogar mit Arch, war aber selbst für die Einsamkeit dankbar.

»Ach, da bist du!« sagte Nora.

Es war Arch. Er stand da und hielt seine bandagierte Wunde vorgestreckt. Ziemlich steif. Er hätte vor einem Kriegsgericht stehen können.

»Ich habe die Wippsterze versäumt«, sagte Nora und hob ihr Gesicht zu ihm auf, das ihre Bekümmertheit zeigte, wie bei einem kleinen Mädchen. »Du mußt es mir einmal vorspielen. Wenn du Zeit hast. Und wir uns konzentrieren können.«

Die Wheelers hätten ebensogut nichtexistent sein können.

Das Band hingegen hatte das Schweigen entdeckt.

Arch murmelte, daß wohl alle besser nun etwas trinken sollten.

Jum pflichtete ihm bei: eine gute Idee.

»Geradezu brillant!« sagte Eileen.

EIN GLAS TEE

Malliakas hatte sich entschieden, erst bei seinem zweiten Besuch in Genf von der Empfehlung Gebrauch zu machen. Er war wegen der Erbschaft einer Tante hierhergekommen, einer reichen Witwe aus Alexandria, die ihr Alter in Lausanne verbracht hatte und schließlich dort gestorben war. Bei seinem ersten Besuch – das war ihm klar gewesen – hätte ihn eine solche Begegnung nur gelangweilt, und sogar jetzt – als er den Brief in den Kasten fallen hörte – überlegte er, warum er wohl auf die Empfehlung zurückkam, die ihm von Ellison, dem ältlichen Engländer, der Philippides in der Levante kennengelernt hatte, geradezu aufgezwungen worden war. Nachdem Malliakas noch eine kurze Frist geblieben war, nun zu hoffen, daß sein Fehler sich von selbst korrigieren würde, schrieb Philippides mit gestochenen Worten, er wünsche den Bekannten seines Freundes zu empfangen. Wenn auch die Mitteilung nur kurz und sachlich war, bedeutete ihr Eintreffen eine Unumgänglichkeit. Malliakas erschrak – aber am Tag vor seiner Abreise nahm er den Bus nach Cologny.

Es hatten ihn wohl auch andere Kräfte bewegt. Vielleicht waren es die Melancholie, die üppige Schläfrigkeit der Schweizer Landschaft oder das buntgescheckte Vieh auf den Schweizer Weiden, die ihn letztlich umgestimmt hatten. Malliakas war Junggeselle und Anfang vierzig, und es bewegten ihn nur emotionale Impulse oder seine Leber. Nicht reich genug – materiell wie geistig –, um an die höheren Dinge des Lebens heranzukommen, war er andererseits doch zu reich, um jenes Werk zu vollbringen, das man anfänglich von ihm erwartet hatte. Dennoch ließ er nicht nach in seinen Bemühungen; die Feder bedrohte das Papier, schwer von jener unerfüllten Erwartung. Zumindest aber ließ sein Talent fürs Fragmentarische Malliakas an seinen eigenen Fragmenten Gefallen finden. Was ihm jedoch die größte Befriedigung schenkte, war dies: morgens auf den Balkons der besten Hotels, die er sich leisten konnte, zu faulenzen, während er seinen Kaffee trank und mit einem *Komboloyi* spielte, das er von einem Verwandten geerbt hatte. Solche Zufriedenheit ist nicht minder wohltuend für das Gefühl eigener Unzulänglichkeit, und in derartigen Momenten pflegte Malliakas seine Beine gelassen zu verschränken und unter dunklen Lidern auf ein Gewirr von Haarschöpfen und ein Gedränge von Hinterteilen unten auf dem Platz unter den Bäumen hinabzustarren. Wenn Malliakas zudem manchmal seufzte, so deshalb, weil er sich der ganzen Reihe von Geliebten erinnerte, die er gehabt hatte – jede von ihnen seiner würdig, doch keine sonderlich bemerkenswert für jenen nachhaltigen Zauber, den seine Phantasie unbeirrt forderte.

Phantasie – von allen seinen Qualitäten hegte er diese am meisten; doch er vermochte ihrer sich nicht zu brüsten, solange selbst Freunde sie bestenfalls nur erahnen konnten. Auf dem Weg nach Cologny, wo er Philippides besuchen sollte, spielte er mit seinem heimlichen Juwel. Während er in dem bockigen Bus herumgeschüttelt wurde, stellte er mit Bedauern fest, daß alle die Schweizer ein Gleichgewicht erlangt zu haben schienen, dem er, der Grieche, nur sein verborgenes Innenleben und eine Art sanfter Eleganz entgegenzusetzen vermochte. Er empfand den bitteren Geschmack des Ärgers auf seiner Zunge, als er seine Hand emporhob und spürte, daß er sich zu rasieren vergessen hatte. Sein Kinn würde tiefblau aussehen.

Als man ihn an der Straße absetzte, war Malliakas das, was seine englische Gouvernante immer *grumpy* – mürrisch – genannt hatte. Da er sich zudem erinnerte, daß Ellison Philippides nicht nur als einen *hearty octogenarian* – einen liebenswerten Achtzigjährigen –, sondern auch als einen *grand old gentleman* bezeichnet hatte, stiegen in ihm die schwerwiegendsten Zweifel auf. Es hatte an diesem Morgen geregnet, und überall waren noch Wasserpfützen. Wolken hingen in sommerlicher Fülle über dem sich ballenden Grün der Bäume. Malliakas nieste. Nun war schon nichts mehr zu retten. Schmutz bespritzte seine italienischen Schuhe, als er weiterging, in den Garten des Hauses, in dem Philippides lebte, und zwar anscheinend noch immer in gewissem Reichtum, wenngleich Ellison angedeutet hatte, daß es um das Vermögen des alten Mannes nicht mehr so gut stehe.

Unter dem wohlgestalteten Schweizer Türeingang des geräumigen, doch schlichten Hauses informierte ein diesem Stil entsprechendes Mädchen den Fremden, daß Madame Philippides an ein Krankenbett gerufen worden sei. Man würde jedoch Monsieur in dem kleinen Gartenhaus am Ende der Allee finden. Sie führte den Besucher sogleich über den Kiesweg und sprach über das Wetter. Malliakas studierte indes düsteren Blickes die Konturen der Rückseite des Mädchens.

Als sie bei dem Gartenhaus angekommen waren, erhob das Mädchen die Stimme: »Hier«, rief sie, »ist der griechische Herr, den Sie erwarteten, Monsieur Philippides.«

In dem kleinen Gartenhaus aus zerbrechlichem weißem Gitterwerk, das stellenweise schon auseinanderging, saß ein eingeschrumpft, doch recht lebhaft wirkender alter Mann.

»Ja«, sagte er – er sprach den Besucher auf englisch an – mit der ruhigen, unbeirrbaren Stimme eines Schwerhörigen, »wir haben Ihre Nachricht erhalten. Ebenso – vor ein paar Jahren schon – einen Brief von Tillotson, der uns auf Ihren möglichen Besuch vorbereitete. Mit Ellison – er wird es Ihnen erzählt haben – war ich damals in Smyrna befreundet, ja schon zuvor, in Konya. Ich lebte mehrere Jahre in Konya. Ein Vetter hatte mich dorthin geschickt, dem mit einem Teppichweberei-Unternehmen einiges schiefgegangen war. In drei Jahren vermehrte ich die Anzahl der Webstühle von dreiunddreißig auf dreihundertzwanzig.«

Der alte Herr Philippides schwelgte in der Erinnerung und lachte vor sich hin, und der Gast wußte nicht recht, was er sagen sollte. »Möchten Sie Tee?« fragte Philippides.

Obgleich sich Malliakas nicht viel aus dem Zeug machte, nahm er die Einladung an.

»Geneviève, eine Kanne Tee! Tillotson trank auch immer eine Kanne Tee. Eine ganze Kanne. In den alten Tagen.«

Das Mädchen war schon die Stufen hinabgegangen.

»Aber Sie sind ja kein Engländer«, erinnerte sich Philippides und sprach nun zuvorkommenderweise griechisch.

Er wirkte außerordentlich heiter, wie er da an dem kleinen Gartentisch saß, mit einem Jägerhut, einer Decke um seine Schultern, während seine roten vogelkrallenartigen Finger aus braunen handgestrickten Umhüllungen hervorsahen. Vor ihm auf dem Tisch stand auf einem Zinntablett ein halbvolles Glas Tee.

»Es wird meiner Frau leid tun, Sie verpaßt zu haben.« Philippides rührte seinen Tee um, und der Löffel klang gegen das Glas. »Sie wurde weggerufen – zu irgendeiner Dame – ich habe vergessen zu wem –, die dabei ist, ihren Geist aufzugeben«, sagte er.

Ohne offenbar den Gedankenfluß seines Gastgebers zu stören, setzte sich Malliakas nieder. Der Eisenstuhl drückte seine Oberschenkel. In dem Sommerhaus herrschte ein moderiger Geruch.

»Man ruft sie immer«, erklärte Philippides, wechselte dann aber rasch das Thema. »Nun, *Sie*«, sagte er anklagend, »müssen ja sehr sprachbegabt sein. Wie alle Alexandriner. Meine Frau lernte Sprachen. Alle Gouvernanten der Levante wurden zu ihrer Erziehung herangeholt. Und der ihrer Schwestern. Beinahe jeder in Smyrna wußte von ihren Fertigkeiten. Constantia – ob Sie es glauben oder nicht – lernte eine Kerzenflamme von der entgegengesetzten Seite des Gartens ausschießen. Mit der Elfenbeinpistole, die ihr ihr Onkel geschenkt hatte.«

Wenn Malliakas seiner Bewunderung für ein solches Talent nicht in Worten Ausdruck verlieh, so deshalb, weil er in seinem Gastgeber gerade einen beachtenswerten Porträtisten zu entdecken begann.

»In bestickten Kleidern zwischen Granatapfelbäumen an Sommerabenden – alle diese Mädchen, die darauf warteten, gepflückt zu werden ...«

Herr Philippides nahm einen Schluck Tee und kostete seinen Geschmack – unter seinem fast dandyhaften Schnurrbart – aufs äußerste aus. Eine leichte Brise kam auf und bewegte das feuchte grüne Gebüsch des Gartens.

Malliakas blickte über seine Schulter zurück, da er das Herannahen von Röcken zu hören glaubte und umständliche Vorstellungsprozeduren befürchtete. Aber es war nur das Mädchen, das die Teekanne brachte und wieder ging.

»Tee!« seufzte Philippides. »Einer der wenigen Genüsse, die einem noch bleiben. Jeder stirbt – Sie verstehen.«

Der Gast respektierte die Zerstreutheit seines Gastgebers und bediente sich. Als er nach dem Zucker angelte, sah er, daß seine behaarten Finger angeschwollen waren. Die Vorstellung von Mädchen in bestickten Kleidern hatte sie unsicher gemacht.

»Wenn Sie mir Zeit lassen, werde ich Ihnen über meine Frau erzählen«, sagte Philippides. »Constantia. Eine leidenschaftliche, schwierige Frau – aber wert, sie so zu ertragen.«

Er lachte mit einem leichten inneren Zittern.

»Ich habe niemanden kennengelernt, der so hassen kann. Und wie sie diese Dinger haßte«, sagte er, an sein Glas klopfend.

»Oh!« murmelte Malliakas.

Er fühlte sich etwas müde, aber bereit, sich verzaubern zu lassen, lauschend, die Vergangenheit witternd, und den allgegenwärtigen Modergeruch, als er den Tee aus einer bläulichen Tasse schlürfte.

»Ja. Sie haben nur eine Tasse bekommen«, bemerkte Philippides. »Denn dieses ist das letzte von den Gläsern. Von den zwölf Gläsern, die ich von einem Russen kaufte, der von Konya wegging. Und die meine Frau mitnahm, auf dem Zerstörer, in einer Pappschachtel. Ich werde Ihnen alles erzählen, wenn Sie Zeit haben.«

»Die habe ich«, sagte Malliakas, der plötzlich den aufrichtigen Wunsch zuzuhören empfand.

Denn dem Besucher wurde es jetzt klar, wie wichtig es sei, daß sich alle diese Fragmente zusammenfügten, und noch wichtiger, die Rückkehr von Frau Philippides abzuwarten.

»Oh, man hat nicht immer genug Zeit. Beim besten Willen nicht«, erinnerte sich Philippides. »Da war die Zigeunerin. Habe ich das schon erwähnt? Das war in Chios. Nachdem wir geflohen waren. Die Zigeunerin wollte mir die Zukunft voraussagen; und Constantia war wütend, weil nicht *sie* ihr begegnet war.«

Der alte Mann begann heftig zu lachen.

»Und sagte sie Ihnen die Zukunft voraus?« fragte Malliakas mit der schwerfälligen Stimme eines faszinierten Zuhörers.

»Schließlich ja. Die Zigeunerin sagte: ›Zuerst müssen Sie ein Haar von Ihrer Brust ausreißen, und ich werde es nehmen und tanzen, vorn und hinten entblößt, zwischen den Felsen bei Ayia Moni.‹«

Malliakas hörte sich selbst atmen.

»Und das haben Sie?« fragte er.

»Schließlich ja«, sagte Philippides. »Es war nicht einfach. Denn wie Sie sehen, bin ich ziemlich kahl.«

Durch mehrere Lagen wollener Bekleidungsstücke begann er seine alte Brust zu kratzen, während er der Vergangenheit nachlächelte.

»Und was sagte die Zigeunerin?«

»Sie sagte«, antwortete Philippides, »– ich trank damals aus einem dieser Gläser Tee – sie sagte: ›Sie werden leben‹, sagte sie, ›bis das letzte dieser zwölf Gläser zerbricht.‹«

»Nun denn« – Malliakas wollte dieses liebenswürdige alte

Kind zu trösten versuchen –, »Sie haben gelebt, und Sie leben! Wie die Zigeunerin es prophezeite.«

»Ich möchte allerdings wissen«, überlegte Philippides, »ob jemand nicht auch sterben kann, bevor seine Zeit gekommen ist.« Doch rasch fügte er etwas heiterer hinzu: »Constantia war so wütend, als das passierte. Sie sagte, es sei nichts als Unsinn, und die Zigeunerin müsse über die zwölf russischen Gläser Bescheid gewußt haben, von Kyria Assimina, die dumm war und eine Schwätzerin und die zwei ihrer wertvollsten Schüsseln zerbrochen hatte. Ob nun Constantia mit all ihren Beschuldigungen recht hatte oder nicht – Kyria Assimina hatte jedenfalls immer viel zerbrochen. Sie zerbrach auch, glaube ich, vier der Gläser, ehe sie von uns entlassen wurde.«

Malliakas war von dem einen übriggebliebenen Glas fasziniert.

»Jener Russe in Konya«, erzählte Philippides, »pflegte Herrenempfänge zu geben, mit Wodka und viel *Mezedes* – heiß oder kalt – und danach Tee aus einem großen silbernen Samowar.« Er hielt ein, dann bekannte er: »Constantia war auf diesen Russen eifersüchtig. Sie war auch auf Kyria Assimina eifersüchtig, die wohl schöne Augen hatte, aber genau über dem Ausschnitt ein behaartes Muttermal.«

Die Abenddämmerung senkte sich hernieder. Auf dem schiefergrauen Himmel schrieb ein Flugzeug etwas, das wie eine Art Geheimschrift wirkte.

»Ich erinnere mich, daß ein Gewitter an dem Abend aufzog, als Kyria Assimina die Sèvres-Schüsseln zerbrach. Ein Fensterladen schlug im Wind. Constantia war unpäßlich. Das war ihre Zeit! Obwohl sie immer heißblütig war – na, ich kann Ihnen sagen! Sie sagte, sie würde fortgehen, nach Athen. Und dort bleiben. Nun, sie ging. Als sie zurückkam – ich wußte, sie würde wiederkommen –, brachte sie ein Mädchen mit. Ein junges Bauernmädchen aus Lemnos. Aglaia zerbrach auch zwei der Gläser, aber das war erst später.«

»Angesichts eines derartigen Wettstreits, Sie umzubringen«, konnte Malliakas nicht umhin zu bemerken, »haben Sie sich doch recht gut gehalten.«

Das gefiel Philippides.

»Oh, ich werde Ihnen alles erzählen«, versprach er, »wenn Sie Geduld haben. Es war ein Wunder, daß Constantia mich nicht umgebracht hat. Aus Liebe.«

Philippides hustete. Dann sagte er mit einem plötzlichen Anflug von Unschuld: »Die Menschen sind eben so, wissen Sie.«

Malliakas lehnte sich vor. Er hörte den Fensterladen schlagen. In Chios. Oder war es in Constantias Kopf gewesen? Es war äußerst wichtig, daß er alles hörte und sah, alles. Und während er seinen Tee aus der opalisierenden Tasse schlürfte, wob Philippides nur zu bereitwillig die Schleier seiner Geschichte und rührte dabei in seinem Todesglas.

Nach und nach wurde Malliakas – wie er es erwartet hatte – von Constantia so besessen, daß er ihre Geschichte später niederschrieb, sie auch zu Ende führte und damit sogar zufrieden war. Doch es war ja erst der Beginn von allem, als er jetzt auf dem Eisenstuhl in dem Gartenhaus in Cologny saß, hörte, was er erwarten mußte, und ziemlich besorgt auf die Rückkehr von Frau Philippides wartete.

Anfangs war die Familie in der Frankish Street nicht bereit gewesen, die so überaus hoch geschätzte Tochter einem jungen Mann bescheidener Herkunft und unsicherer Vermögensverhältnisse zu geben. Auch Constantia war im Zweifel, ob sie einem Verehrer ihr Jawort geben sollte, der einen Kopf kleiner war als sie. Sie pflegte unter gesenkten Augenlidern hervorzublicken, während sie eine Granatapfelblüte entblätterte. Sie verbrachte ganze Vormittage damit, Passagen aus Werken von Dante und Goethe in ledergebundene Notizbücher zu übertragen oder sich mit Wasserfarben an Landschaftsbildern zu versuchen, jenen englischen Landschaften, die sie nie gesehen hatte. Doch bei all dem lauschte sie nach den stählernen Tritten des kleinen unerwünschten, muskulösen Mannes. Ihre Schwestern sahen aus den Fenstern und sagten es ihr, wenn er zu erwarten war. Dann wurde sie wütend.

Sie sagte, noch immer mit gesenktem Blick, denn sie hatte eine vollendete Nase: »Findest du nicht, daß der Größenunterschied uns lächerlich erscheinen läßt?«

»Darüber habe ich nie nachgedacht«, antwortete er.

»Oh, und bitte rühr mich nicht an! Ich hasse es, von jemandem angefaßt zu werden«, gab sie zu, »der mir so wenig bedeutet. Sogar meine Schwestern, die ich sehr gern mag, respektieren meine Gefühle.«

Sie sprach mit zitternder Stimme.

»Und doch bist du nicht kalt.«

Sie errötete – oder war es die Granatapfelblüte, die auf ihren Wangen widerschimmerte?

»Oh, laß mich! Wer weiß, was ich bin? *Ich* weiß es nicht einmal!« Sie rief das, schien es aber zu sich selbst zu sagen.

Und doch hat er sie berührt. Er hatte kleine, ziemlich unwiderstehliche Hände.

Das junge Paar heiratete in dem Haus in der Frankish Street, und die Gäste hatte noch kaum ihr Entzücken über die Bonbonnieren vergessen, als der Bräutigam schon von seinem Vetter nach Konya geholt wurde.

Constantia schrieb: »Was tust Du da unten, Yanko, bei all diesen Türken? Und den Russen, die Du erwähnst. Ich verabscheue Parties, die Männer für Männer geben. Manchmal hat das Gehabe der Männer etwas ziemlich Geheimnistuerisches.«

Sie schrieb: »Willst Du mich nicht holen lassen? Schmutz, Fliegen, Türken, Langeweile – das macht mir nichts. Es wird kaum langweilig werden. Ich werde unser Leben gestalten. Ich werde das schönste der fünf Teegedecke mitbringen, die wir zu unserer Hochzeit bekommen haben. Wenn Du mich nur holen läßt! Ich schaue mich nach Vorhangstoffen um. O Yanko, ich kann nicht mehr schlafen! Und Du schreibst nichts anderes als nur über die verdammten Teppiche.«

Als das Wetter kühler wurde, kam er und holte sie, und als sie bei der *Lokanda* die Pferde wechselten, hob sie ihren Schleier und rief: »Es riecht ja nach Kamelen!« – und zwar mit solchem Ekel, daß er sich fragte, ob ihre Gefühle für ihn Bestand haben würden.

Später veranlaßte sie der Mond am Herbsthimmel zu der Bemerkung: »Siehst du diesen Mond? So ein Splitter, so ein *Eiszapfen* von einem Mond!«

Sie pflegte seinen Kopf in ihren Armen zu halten, als gehöre er nicht mehr zu ihm und als wolle und könne sie ihn vor der ganzen Welt beschützen, außer vor ihr selbst. In der Morgendämmerung betrachteten sie seitlich den Mund des anderen, wegen der Quetschflecken, die jemand entdecken könnte. Ganze Abende lang lauschten sie durch den Staub ihrer löcherigen Provinzstraße den Stimmen; doch er fürchtete nicht mehr, daß sie sich einmal in der Situation von Ehepaaren an getrennten Tischen finden würden, die gelangweilt das Etikett auf der Weinflasche lesen und Brotkrümel kneten. Sie formten indessen das Schweigen, sie wurden mit den unausgesprochenen Gedanken des anderen vertraut.

Nach der Zeit in Konya schien das Leben in Smyrna sie auseinanderzutreiben. Es waren weniger die Geschäftsreisen, die ihn nach Athen, Alexandria, manchmal nach Marseille führten – sie waren sich dann durch ihre Korrespondenz sehr nahe –, als vielmehr die gesellschaftlichen Verpflichtungen, die von jedem von ihnen beiden verlangten, in einem gesonderten Kreis zu verkehren. Es geschah, daß sie sich in den Räumen anderer Leute begegneten: ein Gesicht, das man zu besitzen geglaubt hatte, das aber in Wirklichkeit Gemeingut geblieben war. Unter diesen Umständen bewunderte er ihre Gestalt und ihre Juwelen, während sie mit Schmerzen die

Werte erkannte, die Schmeichler an ihrem Mann entdeckt zu haben beanspruchten.

Manchmal geschah es sogar, daß sie miteinander tanzten – im Haus irgendwelcher Bekannten.

Er machte sich nicht einmal die Mühe, Vermutungen anzustellen, ob sie einen Liebhaber hatte. Sie andererseits nahm die Geliebten ihres Mannes hin – da die gesellschaftliche Konvention in gewissem Umfang die Untreue des Mannes zuließ. Außerdem, so sagte sie sich, wird er mich nie verlassen.

Er hätte es auch nicht. Denn sie liebten sich.

Sie ritten – manchmal zu zweit, öfter mit Begleitern – durch die Olivenhaine oberhalb von Bournova. Von der braunen Stute, die er ihr einmal zum Geburtstag geschenkt hatte, blickte sie oft zurück, um ihren Mann ausfindig zu machen. Doch ohne es sich anmerken zu lassen. Dann, nachdem sie den Schimmer des Leders von Gamaschen, die sich vom Dunkel der Olivenstämme abhoben, erblickt hatte, vermochte sie sich wieder umzudrehen, um mit dem Franzosen, dem Engländer und dem Polen über Literatur zu diskutieren. So saß sie lustlos auf ihrem gestriegelten Pferd und scheuchte die Fliegen mit ihrem Handschuh. Unter den drei Männern bevorzugte sie den Franzosen, da seine Unaufrichtigkeit ihr ein Gefühl der Sicherheit gab.

Es war Nétillard, der sie an dem Morgen, als sie gestürzt war, zur Straße hinuntertrug.

»Ich hasse es, daß Sie mich so sehen«, beklagte sich Constantia bei niemand Bestimmtem. »So grotesk. Aber es ist jemand da, in nahezu allen Situationen, in denen die Realität einen überwältigt.«

Sie litt viel, vor allem als sie das Kind verlor, auf das sie sich beide so gefreut hatten.

Sie versuchte ihn zu überzeugen. Sie sagte: »Yanko, es war nicht unsere letzte Chance.«

Aber es konnte sie gewesen sein.

Wenigstens hatten sie eine Fassade, die in Ordnung zu sein

schien: das Haus mit rosenfarbenem Marmor entlang der Kaiseite, von welcher, wenn die Türen zurückgeschoben waren, der Wind aus dem Blau der Ägäis hereinströmte. Fremde, die die *Kyrioi* – die Herrschaften – durch das Gitter betrachteten, beneideten sie um die Vollkommenheit ihres Lebens.

Anfangs schien es unvorstellbar, daß ihre Lebensweise durch einen bösen Trick der Geschichte so jäh eingeschränkt werden sollte – doch es geschah, vorübergehend zumindest, an Deck des Zerstörers, nach dem Untergang ihrer Stadt. Denn es war das Ihre gewesen, was nun in Explosionen, langen Rauchschwaden und Reflexen trägen, öligen Lichts verbrannte. Als er nach seiner Ehehälfte lief, die er im Gedränge verloren hatte, schlug er sich das Schienbein an einer Kajütentreppe auf. Aber er bemerkte es gar nicht. Er rief ihren Namen. Keiner aus diesem Pöbel der Betroffenen – naß oder ausgedörrt oder versengt oder blutend, vom Schmerz ihrer ersten geschichtlichen Stunde entstellt –, keiner von ihnen *wußte* etwas, wie sie da in ihren pittoresken Fetzen standen und ihre Stadt verbrennen sahen. Immerhin war es ihnen gelungen, durch Bestechung an Bord des französischen Zerstörers zu kommen. Aber wozu? Ein kleiner Mann, der sich in einem ramponierten englischen Fischgrätenanzug zwischen ihnen herumdrängte, konnte sie gewiß nicht in die Grenzen der Wirklichkeit zurückweisen, indem er einen Namen wiederholte. Er kaute den Rand seines Strohhutes wie einen Kuchen. *Constantia*, rief er, *Constantia*! Wie er schob und schlug, wandten sich die Augen der anderen nur langsam in seine Richtung, und eine bestimmte Gestalt, dunkler, massiger, furchterregender als der restliche Mob, löste sich heraus und versetzte dem verwirrten Herrn einen Stoß mit der Faust, vielleicht weil er unfähig war, die Ironie der Standhaftigkeit zu ertragen.

Philippides – indes er kämpfte und sich durchzuwühlen suchte – hielt kaum ein, um zu überlegen, warum Kykkotis –

ein Drogist, nicht wahr? – ihn auf dem Eisendeck jenes zweifelhaften Schiffes angegriffen hatte. In späteren Jahren zog er es vor, sich dieses Vorfalls überhaupt nicht mehr zu erinnern. Aber damals hatte er seine ganze Kraft und Aufmerksamkeit gebraucht, um *noch einmal* die Strickleiter zu erklimmen, um ihren Körper auf dem Seilgewebe, im Schwindel der feindseligen Luft, festzuhalten. Bevor sie auf so unerklärliche Weise getrennt wurden.

»*Constantia*?« rief er bittend, um sie zu dem zurückzurufen, was vom Leben geblieben war.

Dann sah er sie auf sich zukommen, aus den Schatten heraus, und das Licht der brennenden Stadt schlug die Farbe von Grünspan aus ihrem Helm aus Vogelfedern, den sie unpassenderweise auf ihrem Kopf trug. Aber aus Gewohnheit hatte sie ihn aufgesetzt, als sie floh. Das einstmals so glatt fließende Silber ihres Kleides war zerschlitzt, aber es fühlte sich noch immer weich an. Sie stand an ihn gelehnt und beruhigte ihn.

»Aber Yanko«, entschuldigte sie sich, »ich hätte doch beinahe unsere Schachtel verloren. Ich hatte sie abgestellt. Nur für eine Sekunde. Als ich sie wiederfand, saß jemand darauf.«

Er erinnerte sich schwach der Pappschachtel, zerbrechlich und entbehrlich, wäre sie nicht notwendig gewesen als ihr einziger verbleibender Besitz, der eine Strickleiter hinaufmanövriert werden mußte.

Nun stand sie da, Constantia, umgeben von dem unnatürlichen Leuchten, in ihrem idiotischen kleinen Federhut, und hielt die gerettete Pappschachtel fest.

»Wie, zum Teufel«, rief er erleichtert, »wie kamst du nur darauf, diesen Karton mitzubringen?«

»Die Teegläser«, antwortete sie. »Von dem Russen aus Konya.«

»Die ihm meinetwegen hätten nach Rußland folgen sollen. Oder in Konya hätten zerschmettert werden können! Die Schachtel! Mein Gott, die Gläser!«

Der Feuersturm war zuviel für sie gewesen. Sie war geblendet. Auf Deck, wo sich niemand mehr im geringsten für private Szenen interessierte, brach sie in Tränen aus.

Ein letztes Boot trieb leer und verlassen vorbei. Ein Leichnam schwamm friedlich und mit dem Gesicht nach unten vorbei, seine Nase in die Wellen tunkend. Anonyme Stimmen riefen: *Wir bewegen uns, wir sind gerettet* – als sei dies wirklich möglich, soviel wie: *Auferstanden von den Toten.*

Jedenfalls schob er seinen Arm unter ihren, um den Tod von Smyrna zu beobachten, und die Pappschachtel drückte gegen ihr Kleid, während sie weiter schluchzte. Doch war sie entschlossen, sie festzuhalten.

In dem kleinen Gartenhaus außerhalb von Genf saß Philippides und rührte im Bodensatz seines Tees. Malliakas hatte zuviel von dem Zeug getrunken. Sein nüchterner Magen begann aufzubegehren. Er fühlte sich unwohl.

»Nun, es war nicht das größte Unglück«, sagte Philippides, »abgesehen davon, daß es unseres war.«

Der alte Mann in seinem Jägerhut hatte jetzt zu seinem eigenen Unglück vielleicht zuviel Abstand gewonnen. Ihn beschäftigten jetzt gegenwärtige Probleme. Indem er auf seine Uhr sah, bemerkte er:

»Es ist ermüdend, daß meine Frau so spät kommt. Wir hatten uns für *Avgolemono* entschieden. Sie kocht eine ausgezeichnete *Avgolemono*-Suppe, die sie, glaube ich, von Kyria Assimina zu machen lernte, auch wenn sie es nicht zugeben will – von einer Haushälterin, die sie nicht mochte und die in Chios zu uns gekommen war.«

Philippides' Augen konzentrierten sich wieder. Seine Vision war durch die wohltuende Verheißung der Suppenterrine seiner Frau neu belebt worden.

»Wir lebten eine Zeitlang in Chios«, sagte er, »im Haus meines Großvaters, das uns, glaube ich, immer noch gehört.«

»Das Haus, in dem die Fensterläden schlagen.«

»Ja!« sagte Philippides. »Sie erinnern sich?«

Aber sein Gast gab keine Antwort. Er lebte bereits in all dem.

»Immer wenn der *Meltemi* wehte«, hörte er Philippides murmeln. Er blies durch die übermöblierten Zimmer. Die verschnörkelten Möbel waren mit feinem Bimssteinsand übersät, während Constantia Philippides durch die graugestaubten Räume lief und kontrollierte, immer kontrollierte.

»Aglaia! Kyria Assimina!« rief sie – unfähig, lebendige Wesen oder Fensterläden unter ihre Kontrolle zu bekommen. »Sie *schlagen*!« Sie beklagte sich, und der Wind gab ihrer Stimme einen schrillen Unterton. »Zwei Frauen«, kreischte sie, »und kein selbständiger Gedanke, wenn ich ihn nicht in eure Köpfe hämmere! Schnell! Helft mir! Meine Fingernägel brechen ab!«

Und die beiden Dienerinnen kamen in ihren Pantoffeln angerannt, um Unheil zu verhüten, Kyria Assimina, die immer gleich beleidigt war, und das Mädchen aus Lemnos.

»Aglaia ist stark«, pflegte Frau Philippides zu ihrem Mann zu sagen. »Sie ist wie ein Pferd.«

Er aß Kirschen und antwortete nicht, aber er spuckte die Kerne auf eine Art in seine Hand, die sie dazu brachte, sich auf die Lippen zu beißen.

»Aber gut.« Frau Philippides seufzte.

Das kräftige, aber ruhige, dunkelhäutige Mädchen konnte die rostigen alten Haken der verhaßten Fensterläden in Chios gut festmachen. Frau Philippides war froh, sie ins Haus gebracht zu haben, zumal ihr Mann oft verreist war, nach Alexandria oder Marseille.

Manchmal, wenn er da war und sie am Abend beisammensaßen, er mit seinen ausländischen Zeitungen, während sie eine Patience legte, verfielen sie wieder ins Englische, jenes Vermächtnis der Gouvernanten und der Kindheit.

»Vor allen Dingen brauchte ich Aglaia, um Gesellschaft zu haben«, bemerkte Frau Philippides einmal.

»Brauchte?« Er lachte.

»Brachte!« korrigierte sie ihn, merklich verärgert, und wiederholte: »*Brachte! Brachte!*«

Er ging nicht weiter auf eine Sache ein, die sich näher auf ihre Dienerin bezog.

»Soll ich dein Haar bürsten, *Kyria*?« fragte das Mädchen seine Herrin zuweilen an einem ruhigeren Morgen.

Constantia mochte das. Aglaias Strich, kräftig und dennoch sanft. Constantia Philippides saß in einem Morgenrock da und las die Bücher des Großvaters, die Gedichte von Heredia und Leconte de Lisle, die Briefe von Paul-Louis Courier; sie las *Ivanhoe*. Wenn ihr Mann abwesend war, langweilte sie sich oft sehr, sehr.

Sie stand auf und ging durch das leere Haus. Oh, sie liebte ihn, auch wenn er sie nicht lieben würde – niemand kann überhaupt wirklich lieben.

»Verstehst du, wie er diesen Teufel lieben kann?« hörte Constantia einmal zufällig.

Es war Kyria Assimina. Dann hörte Frau Philippides das Schweigen – von Aglaia.

»Diesen Teufel!« schimpfte Kyria Assimina.

Einmal hatte Kyria Assimina geschrien: »Wenn sie nicht der Teufel ist, was ist sie dann? Die Kaiserin von Byzanz?«

Ein andermal setzte Kyria Assimina einen Nachttopf auf ihren Kopf. Frau Philippides tadelte sie: »So etwas Ekelhaftes! Ich muß mich schon sehr wundern, Kyria Assimina – eine Person, die etwas Geschmack haben sollte ...«

Als das Glas in die Brüche gegangen war, eines der russischen Teegläser, die aus einem bestimmten Grund so kostbar waren, war Frau Philippides auf Aglaia losgefahren und hatte sie ins Gesicht geschlagen. Aber in jenen Tagen waren Hausmädchen an so etwas gewöhnt. Deshalb blieb Aglaia still wie zuvor.

»Mein Gott! Ich danke dir, Aglaia!« hörte Frau Philippides. »Ich hätte geschrien, das weiß ich«, gab Kyria Assimina zu. »Diese blöden, alten, scheußlichen Gläser! Als wenn nicht noch genug übrig wären! Sie macht mich wirklich ganz verrückt. Deshalb fallen mir auch die Sachen aus der Hand.«

Aglaia schwieg.

Als es Abend wurde, ließ Frau Philippides ihr Mädchen kommen. Sie entschuldigte sich nicht, denn man konnte sich nicht entschuldigen. Nicht bei einem dunkelhäutigen Mädchen von einer Insel.

»Hol dein Nähzeug«, sagte sie freundlich, »und setz dich ein bißchen her. Ich lese derweilen. Es ist so einsam.«

So saßen sie beisammen, es war ziemlich unüblich, aber niemand erfuhr es ja.

Niemand erfuhr auch, daß Frau Philippides aus ihrem Haus hinter der Feigenhecke durch die großen Fenster mit den verwünschten Läden spähte, nach den reichen Athenern, die im Sommer hierher zu Besuch kamen und die man zu ignorieren pflegte – und daß diese unter ihren Hüten ihre Blicke erwiderten. Dem Tageslicht ausgeliefert, wirkte sie wie eine graue Frau, jedoch eine, die nicht bereit ist, auf alle Eleganz zu verzichten.

Wenn ihr Mann abwesend war, ging sie abends im Garten von des Großvaters Haus spazieren, knackte Mandeln und aß die süßen Kerne. Für gewöhnlich begleitete ihr Mädchen sie, ein untersetztes Mädchen mit gekräuseltem Haar, das sie von irgendeiner Reise mitgebracht hatte.

Denn auch Frau Philippides war zuweilen fort. Nach der Sache mit der Zigeunerin fuhr sie nach Athen.

Als die Zigeunerin kam, saß Herr Philippides mit einem Glas Tee auf der Terrasse. Kyria Assimina hatte den Tee gebracht. Denn zweifellos war Aglaia, das Mädchen aus Lemnos, damals noch nicht auf der Bildfläche erschienen.

»Für einen *Taliro, Kyrie mou* – mein Herr –, ich will dir die Zukunft voraussagen«, versprach die Zigeunerin.

Unter einem Baumwollkleid hatte sie lange, lederartige Brüste, und sie roch nach dem Rauch von Holzkohlenfeuern und nach einer besonderen Bonbonsorte, die an dem Kiosk an der Ecke des Parkes verkauft wurde.

»Aber ein Haar! Sie müssen mir ein Haar geben«, forderte die Zigeunerin, »von Ihrer Brust.«

Und der kleine, kahle Philippides suchte.

Wie lange die Zigeunerin tanzte, vorn und hinten entblößt, zwischen den Felsen von Ayia Moni, das wissen die Götter. Aber getanzt haben mußte sie. Sie ging mit langen, schwebenden Schritten; ihre Kleider waren ihr zu weit. Manche Frauen haben verbrauchte Körper, über die sie rasch die Herrschaft verlieren. Frau Philippides konnte sich den Tanz der Zigeunerin gut vorstellen, den sich loslösenden Schatten ihres Körpers unter dem vollen, gleichgültigen Mond.

Deshalb war Constantia so wütend über die Prophezeiung der Zigeunerin, deshalb ging sie fort und hätte auch fortbleiben können – sie hätte nach Paris gehen können – mit ihrem in einem Silberrahmen konservierten Gemahl –, aber sie kehrte zurück und brachte zu ihrer eigenen Bedienung das Mädchen aus Lemnos mit.

»Du siehst«, sagte sie zu ihrem Mann, »im Leben renkt sich alles wieder ein, bei anderen Leuten wie auch bei dir.«

In dem grauen Haus trugen die Stimmen weit.

In der Nacht ihrer Rückkehr jedoch erstickten sie ihre Stimmen.

»*Ach*!« weinte sie. »Yanko! Du bist wahnsinnig! *Wahnsinnig*!«

Sie lachte über seinen Wahnsinn. Sie grub ihre Zähne in ihn.

Kyria Assimina, die noch nicht entlassen worden war, konnte nicht genug lauschen.

»Wir werden also fortgehen. Wir gehen nach Athen«, sagte er schließlich, nachdem er lange darüber nachgedacht hatte.

»Oh, ich habe dich *nicht* darum gebeten!« Sie versuchte sich zu verteidigen, da er nun ihre Schwäche als gegeben ansah.

»Aber es geht doch um deine Gesundheit.«

»Es ist mein Alter«, antwortete sie und preßte ihre Lippen zusammen. »Ich weiß, Frauen in meinem Alter sind seit jeher Gegenstand von Witzen. Aber das ändert nicht meine Lage.«

Er legte seine Hand auf ihre, mit einer Gebärde, die sie kaum ertragen konnte, denn sie wünschte, seine schon welkende Hand für immer an ihrem Busen bergen zu können. Wo alles jung bleibt.

Es war nicht ihre anfällige Gesundheit, obwohl auch diese eine Rolle dabei spielte. Es gab viele andere Gründe: das sandige Haus, in dem die Fensterläden schlugen und das vom Licht des Leuchtturms an der anderen Seite der Mole nachts aufgeschlitzt wurde, die tiefen Furchen in den Straßen der Insel, der lange Bimssteinberg, die Abende, an denen den Frauen nichts anderes blieb, als Marmelade aus Untertassen zu löffeln und an die Handtaschen zu denken, die sie aus Athen bestellen mußten.

Oh, die langen, seufzerschweren Abende in Chios, an denen die Feuchtigkeit ohne Niederschlag kam. Am schlimmsten mag gewesen sein, daß Frau Philippides fühlte, wie das Geschick ihres Mannes ihr entglitt, irgendwohin.

So bestellte Constantia Philippides anstatt einer Handtasche ein neues Leben. Ihr Mund bebte vor Entschlossenheit – in dem Silberspiegel mit den Liebesschleifen und dem Irismuster.

»Du sollst doch nicht zusehen!« protestierte sie und legte den Spiegel nieder, wenn ihr Mann ihr über die Schulter sah. »Weißt du nicht, daß das Gesicht einer Frau im Spiegel privater ist als im wirklichen Leben?«

Was war ihr *wirkliches* Leben? überlegte er. Verwirrung hatte ihre Stimme brüchig gemacht. Die Stelle unter ihrem linken Auge begann zu zucken. Er liebte sie der Geheimnisse wegen, die sie gemeinsam ergründet hatten, doch noch tiefer jener wegen, die zu lösen er ihr nie helfen konnte.

Danach gingen sie fort, sie nahmen den kleinen Dampfer,

zu dem immer die ganze Stadt kam, in der Hoffnung auf etwas, das er nie brachte.

Die Philippides zogen nach Athen, in das Appartement am Fuß des Lycavitos. Als Adresse war diese Wohnung durchaus gesellschaftsfähig, allerdings hätte sie besser sein können. Jedenfalls hatte sich Frau Philippides mehr oder weniger aus der Gesellschaft jener zurückgezogen, bei denen sie, wie man hätte erwarten können, Unterhaltung gefunden hätte.

»Ich bin vollkommen zufrieden«, sagte sie, um ihre Haltung zu verteidigen, »und zu selbstsüchtig, wenn du willst, um mich um andere zu kümmern!«

Sie sprach mit solcher Überzeugung, als wolle sich jemand deswegen mit ihr anlegen. Aber ihr Mann reagierte nie. Und die Dienerin war die Dienerin.

Frau Philippides hatte sich damit abgefunden, allein zu sein, während ihr Mann auf diesen Geschäftsreisen zu den Mittelmeer-Hafenstädten war. Die Entfernung – das schien aus ihren Briefen hervorzugehen – erlaubte es ihr, die innere Ruhe zu finden.

»Liebster Yanko (schrieb sie einmal), immer wenn Du fort bist, kann ich die Vergangenheit wiedererleben, ohne all diese Störungen – diese jähen Ereignisse, die immer wieder die Gegenwart zerreißen! Du wirst sagen: Wie war es denn mit den jähen Ereignissen in der Vergangenheit? Nun, sie können einem ja jetzt nichts mehr anhaben.

Ich muß Dir übrigens gestehen, daß Aglaia eines dieser Gläser zerbrochen hat. Ich schlug sie. Aber sie weinte nicht. Ich überlege oft, ob dieses Mädchen überhaupt gefühllos ist, aber ich bin zu dem Schluß gekommen, daß sie zu rücksichtsvoll ist, um sich einen solchen Luxus zu gestatten. Ich glaube, Yanko, ich schätze sie mehr als irgend etwas sonst. Und ich kann es ihr nie sagen. Wie verlegen wir beide wären! Aber sie hat *das Glas zerbrochen*, und nun sind nur noch zwei übrig von allen, die Du von dem Russen in Konya kauftest. Von allem Unglück, das uns widerfahren ist, ist dies ohne Zweifel das schlimmste. Wenn man etwas so Festes, *Unzerbrechbares* verliert, erleidet man einen regelrechten physischen Schock...«

Solch einen Schock, daß Frau Philippides das Bett hüten mußte. Da fand er sie bei seiner Rückkehr.

»Es ist nichts Ernstes«, sagte sie. »Nichts weiter als eine Migräne.« Aber ihre Stimme war eingetrocknet, und sie vermochte sie nur mit Anstrengung zu heben.

»Nein«, erzählte sie, »es ist nichts passiert, während du weg warst. Mit Ausnahme des Glases. Des elenden, alten russischen Glases, das zerbrochen ist.«

Sie lachten gemeinsam über das, was geschehen war, und er berührte sie leicht, nicht wie ein Mann seine Frau, sondern wie er es bei Ärzten gesehen hatte. Sie war froh, daß er keine weitere Intimität beabsichtigte.

Bald war Frau Philippides wieder auf den Beinen. Sie ging in ihrem Morgenrock auf der Terrasse spazieren, goß die zarten Pelargonien, besonders auch die Gardenien, die ihre schweren Blütenköpfe in die spätsommerliche Luft hoben.

»Er ist zu schwer, der Duft«, klagte Constantia, »ich möchte sie hier weghaben.« Sie unterbrach. »Verschenke sie, *Yanko mou*, schenke sie einer deiner hübschen Freundinnen.«

Obwohl es ihr schwerfiel, einen Scherz daraus zu machen, wollte sie doch damit andeuten, daß sie den Tatsachen ins Gesicht zu sehen bereit war, mit Toleranz, sogar mit Verständnis.

Denn er sah immer noch gut aus in seinen englischen Anzügen und mit dem gestutzten Schnurrbart. Manchmal nahm sie eine Nagelschere und schnitt ein oder zwei Haare ab, die sich in seinen Nasenlöchern zeigten.

»Damit du noch attraktiver wirkst«, erläuterte sie, »auf deine hübschen Bridge-Partnerinnen.«

Er kam meist spät von den Bridge-Partien zurück, die sie mied, und sie rief ihn von der Terrasse aus, bis er kam und sich am Fußende der Korbliege niedersetzte, auf der sie ruhte. Vielleicht waren dies die Augenblicke, in denen sie ihn noch am vollständigsten besaß.

»Wer war denn alles da?« pflegte sie zu fragen.

Allerdings wollte sie das gar nicht wissen und er sich nicht erinnern.

Er fühlte sich angenehm müde, während sie sich erfrischt erhob und spazierengehen wollte, ja schreiten in einem Seidenrauschen, zwischen den Pflanzen auf der Terrasse, die der Abend wiederbelebt hatte. Constantia trug ihr Haar noch immer hochgesteckt. Denn es stand ihr. Und wie sie sich bewegte, traf das Licht der Stadt oder des Mondes auf ihr Gesicht, seine Konturen in ein glitzerndes Mosaik auflösend, fragmentarisch, doch unvergeßlich.

»Nun da ich dürr und häßlich bin«, pflegte sie zu sagen und zu verstummen.

Aber sie wußten beide, daß sie das nicht war. Sie war wie ein Kunstwerk, das nur die Leidenschaft so schaffen konnte, an den vielen Spätsommerabenden, die zusammengenommen ein Leben ausmachen.

»Ich habe Hunger«, sagte er. »Ich werde Aglaia bitten, mir etwas zu essen zu geben.«

»Ja, unsere Aglaia wird dir etwas machen. Wenn du es brauchst.« Und hier machte sie ihre Stimme zu einem Instrument heiserer, lasterhafter Vulgarität. »Wenn du dich nicht schon beim Bridge vollgestopft hast, bei hundert kleinen Obszönitäten.«

In der Dunkelheit konnte er hören, wie sie die Gruppen ihrer Blumentöpfe zu neuen aufregenden Gruppen ordnete.

»Zumindest wird dir Aglaia etwas *Richtiges* machen. Hier bin ich – ich habe nicht einmal kochen gelernt.«

»Du hättest es können«, erinnerte er sie bei einer dieser Gelegenheiten sacht, »wenn du gewollt hättest.«

Dann ging er weg.

»Um mich zu Tode zu langweilen beim Rühren und Rühren? Nein, ich danke schön!«

Sie lachte vor Wut auf. »Langweilig! Langweilig! Langweile ich dich jemals, Yanko?« rief sie.

Da er nicht antwortete, nahm sie an, er habe sie nicht gehört; jedenfalls konnte er sie nie mit Antworten zufriedenstellen, und deshalb holte sie ihr zerknittertes Taschentuch aus dem Ausschnitt hervor und putzte sich die Nase.

Sie pflegte ihnen zuzuhören – sie verabscheute es, ein Gespräch zu belauschen, das alles andere als eindeutig war –, sie hörte ihre Stimmen in der Küche, den leichten metallischen Ton lückenhafter Verständigung. Nicht einmal Unterhaltung. Die Stimme dieses schwerfälligen Mädchens wurde leichter im Gespräch mit anderen Menschen. Nicht einmal mehr ein Mädchen, sondern schon etwas rundlich.

»*Yanko mou*«, rief dann Constantia, »bitte doch Aglaia, es heraus auf die Terrasse zu bringen. Wir können dann ein bißchen schwatzen, wenn du ißt.«

Da stand sie in der Dunkelheit, hörte ihrer eigenen Stimme zu. Oder lauschte.

Sie schüttelte ihm gern die Serviette aus und brachte ihm eigenhändig sein Glas Tee.

An dem Abend, als Aglaia mit dem Polizisten aus Menidi aufs Land ging – es tat ihr gut, von ihm zu wissen, obwohl Aglaia betont hatte: *O nein, Kyria, dieser Mann ist nicht ernst zu nehmen, er ist nur irgendeiner* –, hatte Constantia die beiden Gläser gebracht, die noch von dem ganzen Service übriggeblieben waren.

»Da«, sagte sie und stellte sie hin. »Wenn ich auch nicht kochen kann, so bin ich immerhin so häuslich ...«

Er beobachtete die erregte Bewegung ihres Fußknöchels, während sie dasaß und ihr Glas Tee schlürfte.

»Aber du wirst Hunger haben«, bedauerte sie, »nach dem Bridge, und ich bin nicht Aglaia.«

»Ich habe keinen Hunger.«

»Keinen Hunger? So spät! Das ist doch nicht natürlich!«

Der kleine Mann, ihr Gemahl, saß da und schlürfte langsam. Sah er sie an? Dachte er über sie nach? In ihrer Unruhe hatte sie sich wohl den Mund verbrannt. Ein langer, vorsichtiger Lichtfinger wagte es, ihre Stirnrunzeln zu berühren.

Dann, als sie ihre Stimme wiederfand, fragte sie: »Sag mir wenigstens, wer bei Sarandidis beim Bridge war!«

»Weiß nicht«, antwortete er. »Ich hab's vergessen.«

Es war zu ermüdend.

Die Augusthitze war so stark, daß die Dunkelheit granatrot schwelte. Künstliches Licht konnte sich als tückisch erweisen in Augustnächten. Es zeigte die Makel deutlich. Der Tag hatte, wie sie mit Bitterkeit bemerkte, ihren Gardenienblüten braune Ränder gebracht.

»Ach«, rief sie und riß eine ab, »ich überlege, warum man es für notwendig hält, andere zu täuschen.«

Sie zupfte die schrumpeligen, aber noch berauschend duftenden Blütenblätter ab, und sie hätte ihm jetzt nicht antworten können, was sie eigentlich zu sagen hatte.

»Findest *du* es nötig«, so fragte er, »zu täuschen?«

»Man weiß nicht! Man weiß nicht!« wiederholte sie. »Es geschieht, ohne daß man es will.«

»Für sich *selbst* sollte man antworten können«, versicherte er ihr.

»Aber kannst du?« fragte sie, wobei sie sehr aufrecht dasaß; er konnte die Form ihres hochgesteckten Haars erkennen.

»Kannst du sicher sein«, hörte er, »welche Wirkung du auf andere Leute hast?«

Ihre Stimme hatte den Punkt erreicht, wo sie sich überschlug. Das Licht aus den Zimmern drang durch die Dunkelheit auf die geneigte Terrasse.

»Alle diese Frauen in Pariser Kleidern! Diese Zigarettenweiber! Krallen sich an eine Handvoll Karten! Habgierige, bridgespielende Weiber!«

Sie war aufgestanden, um den Schluß ihrer Rede anzubringen.

»Das ist *eine* Sache«, sagte sie. »Aber Aglaia... Nun ja – Aglaia...«

»Um Himmels willen!«

»Ja«, weinte sie, und vor Wagemut wirbelte sie herum. »Aglaia! Du bist schier trunken von deinem Erfolg bei Frauen, daß du es einfach nicht lassen kannst, jeder den Hof machen mußt, ja sogar dem Hausmädchen den Kopf verdrehst.«

Der lange, zeitlose Seidenrock quirlte die Dunkelheit herum, während er seinen Haß austanzte. Die vom Haß erstickte Stimme der Dunkelheit.

»Um Himmels willen!« wiederholte er. »Wenn Aglaia hereinkommt und deine Lügen hört!«

»O ja! Lügen! Lügen! Aglaia ist ganz ehrlich. Sie ist aufrichtig. Ja. Sie ist der Felsen, der niemals bricht, es sei denn, Gott schlägt sie zu hart.«

Dann nahm Constantia, die nun schon so weit gegangen war, daß es kein Zurück mehr gab, das Teeglas, aus dem sie getrunken hatte, und schleuderte es in eine Ecke der Terrasse. Die Scherben splitterten zischend über die Steinplatten.

Später, als er sie aufrichtete, glaubte sie ihn sagen zu hören: »Du wirst niemals das töten können, Constantia, was ich für dich empfinde, wie sehr du es auch versuchen magst.«

Sie wünschte sich so sehnlich, ihm glauben zu können, wenn er von Beständigkeit sprach. Sie sehnte sich, die Ebene zu erreichen, auf der er stand. Doch letztlich war die Entfernung zu groß.

»Ich glaube«, sagte sie, »vielleicht habe ich getötet. *Mich*. Und das – war das beste.«

Aber er hob sie auf und hielt sie, um in ihren ausgehöhlten Körper etwas von seiner Kraft zu gießen.

Schließlich nahm sie mit dem Rest von Kraft, der ihr noch geblieben war, das letzte Glas; Aglaia kam, im Hut, und nahm das Glas aus der Hand ihrer Herrin, spülte es ab und stellte es weg.

Malliakas saß nun schon so lange in dem Gartenhaus in Cologny, daß der Eisenstuhl sich in sein Hinterteil und seine Hüften gefressen hatte und sich Anzeichen von Leberbeschwerden in Flecken um seine Augen bemerkbar machten. Doch er bedauerte die hier verbrachte Zeit nicht. Vielmehr hatte er etwas von sich Besitz ergreifen lassen – in einem Ausmaß wie nie zuvor.

Dennoch begann er jetzt zu husten und auf seine teure Schweizer Uhr zu sehen.

»Sie hat sich verspätet«, sagte der alte Mann und starrte hinaus auf den düsteren See. »Das macht ihre Gutherzigkeit. Sie läßt zu, daß man sie ausnützt.«

Doch fast im selben Moment, als der Stuhl des Besuchers schon unter den Vorbereitungen des Abschiednehmens knirschte, hörte man jemanden kommen, den Kiesweg entlang, aus der Richtung des Hauses.

Ohne sich zum Umsehen zwingen zu können, verharrte Malliakas gekrümmt in dem beschränkten Raum des vergitterten Pavillons und hörte den eigenen Atem ängstlich in seiner Brust rasseln.

Dann, als die Schritte bis unausweichlich herangekommen waren, wiederholte der alte Mann: »Daß man sie ausnützt.« Und mit Überzeugung, doch ohne hinzusehen, fügte er hinzu: »Nun ist sie doch noch gekommen, und Sie sollen sie kennenlernen, und ich werde meine Suppe bekommen.«

Der Besucher blickte auf die dunkelhäutige Frau, die sich dem kleinen Gartenhaus näherte. Schwerfällig, aber sicher kam sie, knirschend auf dem nassen Kies, Schmutz und Pfützen meidend.

»Aglaia«, sagte schließlich Herr Philippides, »dieser Herr ist der Alexandriner. Der Freund von Tillotson, der uns schrieb. Erinnerst du dich? Aus Smyrna. Tillotson handelte mit Feigen, glaube ich. Und er spielte sehr gut Tennis.«

In Frau Philippides' selbstsicherem Auftreten verriet nur ihr Lächeln etwas Schüchternheit. Es war dennoch ein helles und angenehmes Lächeln, eingerahmt in ihr ziemlich dunkles Gesicht.

Auch die Erleichterung hinderte Malliakas nicht daran, etwas von seinem Bus zu murmeln.

»Ja, ja, wir werden den Bus erreichen«, versprach Frau Philippides, aber erst berührte sie ihren Mann. »Es ist feucht«, sagte sie, indem sie ihren Wollumhang zurechtrückte. »Dein Tee ist kalt.«

»Und könnte noch erheblich kälter sein, wenn man die Zeit berücksichtigt, die wir auf dich gewartet haben«, sagte Philippides übellaunig. »Was ist mit der *Avgolemono*? Wir haben lange genug darüber gesprochen, um nun Hunger darauf zu haben.«

»Ja«, tröstete sie ihn. »Du sollst deine *Avgolemono* haben.«

Ohne Eile verharrte ihre breite Hand mit dem Goldring in ihrer beruhigenden Berührung.

Sie sagte unbeirrt: »Ich werde den Herrn zum Bus bringen.« Dann versuchte sie ihn aber zu überreden: »Willst du nicht mit uns bis zum Haus kommen? Geneviève soll ein Feuer anmachen.«

»Feuer! Ich werde noch ein bißchen hierbleiben. Allein«, beharrte Herr Philippides mit seiner trockenen Stimme. »Und den Sonnenuntergang beobachten. Wenn es einen gibt.«

Denn alle diese Schweizer Wolken schienen diese Möglichkeit in Frage zu stellen.

Als Frau Philippides Anstalten machte zu gehen, war Malliakas bereit, ihr zu folgen.

»Kommen Sie wieder«, sagte der alte Mann. »Ich muß Ihnen von meiner Frau erzählen. Wir wollten immer wieder zurück, um nach unserem Besitz in Smyrna zu sehen. Aber sie legte keinen Wert darauf, die Türken zu sehen. Wir wollten immer dieses oder jenes tun. Kochen lernen. Oder uns beherrschen.«

Aber die andere Frau Philippides hatte schon den Besucher weggeführt, und er gehorchte, folgte ihrer untersetzten Gestalt unter dem breiten Sommerhut.

Da sie dem Herrn ihren Rücken zuwandte – was der Pfad nicht vermeiden ließ –, gewann sie möglicherweise an Mut. Sie begann zu sprechen.

»Er sitzt dort stundenlang. Es ist sein Lieblingsplatz. Sein größtes Vergnügen. Tee aus diesem Glas zu trinken. Er hat Ihnen davon erzählt.« Sie stellte das gar nicht in Frage.

»Wird er sich nicht erkälten?«

»Ach, er verträgt jede Menge frischer Luft. Und er hängt seinen Gedanken nach.«

Sie stapfte weiter. Leiser.

»Er hat Ihnen von *ihr* erzählt?« fragte sie. »Sie hätte Sie gut unterhalten können. Wußte, was zu sagen ...«, sagte Frau Philippides.

Immerzu knirschend.

»Sie war die *Archontissa*«, erklärte sie. »Ich bin eine Bäuerin. Eine Dienerin. Aber ich habe auch als Ehefrau meine Pflicht erfüllt. Denn ich liebte sie. Ich hoffe, ich *glaube*, sie hätte es nicht mißbilligt. Nicht alles.«

»Ist es schon lange her, daß Frau Philippides starb?« fragte Malliakas vorsichtig.

»Lang? O ja. Wie lang? Jedenfalls lang.« Die zweite Frau Philippides seufzte, als sei die Kluft zwischen einst und jetzt zu groß, um von ihr ermessen werden zu können.

»Ihre Gesundheit war offenbar nicht die beste.«

»O nein, es war nicht ihre Gesundheit!« antwortete Frau Philippides. »Die *Kyria* starb eines gewaltsamen Todes. Oh, gewaltsam! Ich hatte es erwartet.«

Und plötzlich begannen die Worte über die Lippen dieser Bäuerin zu fließen wie nie zuvor, stoßweise zuerst, dann in bitteren Strömen, so sehr, daß der Fremde selbst mitgerissen wurde, mit ihr gewirbelt wurde, vom oberen Stockwerk, die Wendeltreppe hinab auf die Straße.

Die Dienerin rannte in ihren Pantoffeln. Schlug damit auf die Marmortreppen.

Es war die Stunde einer rötlichen Sommer-Abenddämmerung, die sich um den Kopf verdichtet. Gleichsam Schulter an Schulter stand er neben ihr auf dem Gehsteig. Er konnte die Angst ihres kräftigen, aber hilflos bäuerlichen Körpers riechen.

»*Kyria mou! Kyria*!« schrie die Dienerin.

Dann bückte sie sich.

Ihr breites Hinterteil zitterte vor Kummer. Ihre Brust schien nicht mehr atmen zu können.

Sie beugte sich über die Gestalt in der Gosse.

Constantia Philippides konnte gerade noch ihren Kopf bewegen. Ihr Körper war zerschmettert, wiewohl die Dienerin die Glieder unter dem zerrauften Rock zurechtzulegen versucht hatte. Es war noch zu früh, als daß die Leute zusammengelaufen wären, außer einem Hund und den beiden Damen aus dem Parterre.

»Aglaia«, begann Constantia, gegen das kleine Rinnsal dunklen Blutes ankämpfend, ihre Aufträge zu erteilen.

Der knienden, geschüttelten Dienerin.

»*Kyria! Ach, Kyria mou*! Was sollen wir jetzt tun? Was sollen wir denn tun?«

Geschüttelt und wehklagend, schon in einem schwarzen Kleid.

»Ich bin froh, Aglaia«, sagte Constantia Philippides, »daß *du* niemals zerbrechen wirst. Nie. Das darfst du nie!« Dann, nachdem sie sich einen Augenblick über die steigende Flut des Blutes aufgerichtet hatte: »Ich bin es, siehst du, die zerbrochen ist.«

Ein Polizist trug sie die Treppe hinauf, was die Dienerin schon versucht hatte.

Als es vorbei war, hatten die beiden Gestalten, die durch die teilnahmslose Landschaft gingen, nahezu die Bushaltestelle erreicht.

»Sie werden ihn nicht verpassen. Auch wenn die Schweizer pünktlich sind«, beruhigte ihn Frau Philippides.

Sie war wieder ganz sie selbst – anständig, schwerfällig, gelassen.

»Es ist gut, daß der *Kyrios* mit Ihnen gesprochen hat«, sagte sie. »Es wird ihm gefallen haben. Es gibt jetzt so wenig, woran er Anteil nimmt.«

Dann schwieg sie nachdenklich, als käme etwas von ihrer Angst zurück.

»Sie wissen«, sagte sie in schnellem, atemlosem Flüstern, »es ist das letzte der Gläser – und wenn es zerbricht, was soll ich tun? Ich habe dann nichts mehr.«

Plötzlich blieb Frau Philippides stehen, wie es schien, ihrer Blöße gewahr werdend, wandte sich um und polterte zurück in den feuchten, stickigen Garten. Malliakas brachte auch nicht den Mut auf, ihr nachzusehen. Außerdem kam der Bus. Pünktlich und schweizerisch. Er rannte, um einzusteigen. Fort von der Stille. Starr lächelnd. Er hätte es nicht ertragen können, ein letztes Splittern von Glas hören zu müssen.

CLAY

Für Barry Humphries und Zoe Caldwell

Als Clay fünf Jahre alt war, fragten ihn ein paar Kinder, warum seine Mutter ihn Clay genannt hatte – *Lehm, Ton.* Und er wußte es nicht. Fragte es sich nun aber auch. Fragte es sich sogar sehr oft, vor allem wenn er von den Bäumen die Rinde abzupfte oder eine Blüte bis auf ihren Rätselkern entblößte. Auch fragte er zuweilen laut, bekam aber meistens keine Antwort, weil seine Mutter sich nicht dazu durchringen konnte, aus ihren eigenen Gedankengängen aufzutauchen.

Mrs. Skerritt sagte: »Wenn bloß dein Vater nicht gestorben wär dann würde er den Müll noch raustragen die Tonne ist zuviel für mich das Bücken und die Schlepperei erst recht für jemanden der so kurzatmig ist aber du Clay das weiß ich du wirst lieb zu deiner Mama sein und helfen wenn du älter bist und stärker aber bis da ist es noch lange hin.«

Und nun war es Clay, der keine Antwort gab. Was sollte man denn auch sagen?

Mrs. Skerritt sagte: »Ich würde keinen um was bitten aber es gibt doch ein paar Sachen natürlich würde ich nicht direkt erwarten daß ein Herr in der Straßenbahn für mich aufsteht solange ich noch eigene Beine habe und trotzdem sollte ein Herr sowas tun und es gibt Damen zum Beispiel Mrs. Pearl die erwarten das von ihrem Mann und dabei hat er Zucker.«

Clay trieb sich im Haus herum und lauschte, wie die Stimme seiner Mutter zusätzliche Löcher in die hölzernen Verkleidungen und Verzierungen bohrte, denn Laubsägearbeiten waren Daddys Hobby gewesen: überall waren Zierleisten und Verkleidungen angebracht, an Wandbrettern und allem möglichen, sogar vom Tisch hing eine Zierleiste aus Spitzen herunter und in der Tür. Steif. Wenn die Stimme seiner Mutter bohrte und sägte, brach Clay manchmal Stücke von den braunen Laubsägearbeiten ab und versteckte sie unter dem Haus. Unter dem Haus lagen zuletzt lauter Laubsägeverzierungen.

Oder er trieb sich in den verschiedenen Abteilungen des terrassierten Gartens herum, zwischen zusammensackenden Spalieren, wo Blumentopfscherben unter seinen Füßen knirschten und die Ausläufer dunkler, ledriger Pflanzen nach ihm schlugen und wo ihm der erstickende Dunst des Spargelgrüns die Lungen füllte. Manchmal schlenderte er zum Hafen hinunter, wo es grünlich nach Meersalat roch, zu der Steinmauer, die die Möwen mit ihrem weißen Kot bekritzelt hatten. Das Haus selbst hatte sich ziemlich stark zum Hafen geneigt, aber es war nicht gestürzt, denn Männer waren gekommen und hatten es abgestützt. Da hing es nun.

Clay trieb sich also herum. Und kehrte oft zu der Fotografie zurück. Als wäre seine Kindheit an dieses Hochzeitsbild genietet. Da stand sein Vater mit den dicken Schenkeln, die Hose spannte im Schritt (anders als bei dem Daddy seiner Erinnerung, der unheilbar krank zu Bett lag), und der einflußreiche Mr. Stutchbury und Tante Ada und Nellie Watson (die gestorben war) und noch jemand, der im Krieg gefallen war. Aber vor und nach allem fühlte sich Clay zu seiner Mama hingezogen, in den Satinsturzbach ihres Schoßes, und zwar durch ihr Gesicht, das sich aus dem Rahmen von durchbrochener Spitze zu lösen begann. Und durch den Schuh. Der weiße Schuh faszinierte ihn. Manchmal trieb dieser Schuh als großes Boot von der Küste der erstarrten Zeit in die Gewässer seiner Einbildungskraft und schaukelte Clays Ladung, lauter fast durchsichtige Gedanken.

Einmal kam Mrs. Skerritt ins Zimmer und erwischte ihn mit dem Bild, obwohl sie Clay so genau gar nicht sah, weil sie sich selbst betrachtete.

»Oh je«, sagte sie, »am Ende geht alles traurig aus.«

Sie weinte oft still vor sich hin, und in solchen Augenblikken sah ihr Haar mehr als sonst wie graue Kordel aus, oder – an windigen Tagen – wie ein ausgefranstes Geschirrtuch, das sie sich über den Kopf gehängt hatte.

Als sie Clay an diesem Tag dabei ertappte, wie er die Fotografie betrachtete, schwoll seine Kehle, und er getraute sich zu fragen:

»Warum heiße ich Clay, Mama?«

Denn inzwischen war er sieben, und die Kinder fragten ihn bösartiger denn je und verprügelten ihn (sie hatten Angst, er könnte anders sein).

»Warum«, sagte sie, »laß mich nachdenken dein Vater wollte Percival weil Mr. Stutchbury so heißt aber da war ich gegen ich sagte es gibt so viele Sachen die du nicht tust aber gern tun würdest zum Beispiel Namen ein Name gehört dir zum Beispiel Töpfern sagte ich vielleicht probier ich das mal aus wenn ich irgendeinen Kerl oder eine Dame finde man weiß ja nie vielleicht habe ich eine künstlerische Ader habe es aber nicht gemacht die Zeit fehlt immer soviel zu tun die Leute denen man alles sagen muß alles und dann Daddys unheilbare Krankheit und deshalb hab ich das nicht gemacht immer nur drüber nachgedacht und nachgedacht und deshalb heißt du glaube ich Clay.«

Dann ging sie hintenherum nach draußen und leerte eine Teekanne über einem Beet mit Venushaar, das vor lauter Feuchtigkeit immerzu glitzerte.

Die Kinder verprügelten Clay also weiter und fragten ihn, warum er so heiße, und er konnte es ihnen nicht sagen, denn wie hätte er es ihnen sagen sollen, selbst wenn er es gewußt hätte.

Manchmal wurde es ganz schlimm, und einmal verfolgten sie ihn mit einem alten ausrangierten Damenschuh. Er rannte wie der Blitz, aber zuletzt doch nicht schnell genug – sie bekamen ihn an der Ecke der Plant Street zu fassen, wo er zur

Welt gekommen war und immer gelebt hatte, und der Absatz ihres alten Schuhs bohrte sich ihm für immer ins Gedächtnis.

Später, als er sich die Tür zum Garten des schiefen Hauses selbst geöffnet hatte, verloren zwischen sackenden Spalieren und dem gelblichen Geflimmer des Spargelgrüns, weinte er ein bißchen wegen des Unterschieds, mit dem er geboren war. Aber zuletzt rieb er sich mit schmutzigen Händen Augen und Nase. Über der Bucht erhob sich das Licht in grüner Friedlichkeit, so als würde es die Welt der spitzen Gegenstände neben der des Brautschuhs seiner Träume gar nicht geben.

Aber er ging nicht an Bord. Damals nicht. Seine Rippen hatten noch nicht nachgegeben.

Einmal hatte Clay einen Traum und kam nachher hinunter in die Küche. Eigentlich wollte er den Traum für sich behalten. Aber dann war es zu spät, und er hörte, wie er ihn seiner Mama erzählte. Obwohl sein Mund steifgefroren war, mußte er weitererzählen.

»In diesem Traum«, sagte er, »führten die Stufen immer weiter nach unten.«

Seine Mama schob die Speckschnitten umher, die sich in der Pfanne wölbten.

»Bis auf den Meeresgrund«, sagte Clay. »Es war schön.«

Es tat ihm leid, aber er konnte nichts daran ändern.

»Alles ausgerissen. Haare und so. Und Tang. Der mit den Knoten. Und der, der wie Salat aussieht. Manche Fische hatten Bärte, Mama, und bellten wie Hunde.«

Seine Mama hatte das gebräunte Brot auf einem Teller beiseite gestellt, auf dem die kleinen Quadrate schon zäh wurden.

»Und Muscheln, Mama«, sagte er, »überall Blasen und Echos, und ich ging immer weiter nach unten. Es fühlte sich gut an. Ganz weich. Ich brauchte mich gar nicht anzustrengen. Habe mich einfach treiben lassen. Nach unten.«

Er konnte sehen, wie der Hintern seiner Mutter zu beben begonnen hatte, und er fürchtete sich vor dem, was passieren würde, wenn er es erzählte. Aber es ließ sich nicht vermeiden, und seine Mama stieß den Speck in der Pfanne herum.

»Und als ich unten ankam«, sagte er, »und die Stufen zu Ende waren, da hättest du sehen müssen, wie sich das Meer erstreckte, über den Sand und kaputte Flaschen. Alles irgendwie silbern. Sonst weiß ich nicht mehr viel. Außer, daß ich etwas gefunden habe, Mama«, sagte er.

»Was?« fragte sie.

»Eine Wolke, Mama«, sagte er, »und sie war tot.«

Da drehte sich Mrs. Skerritt um und sah erschreckend aus. Sie öffnete den Mund, aber zuerst kam nichts heraus, Clay sah nur das kleine Ding ganz hinten. Es sträubte sich. Und plötzlich bewegte es sich wie verrückt. Sie fing an zu schreien und sich aufzuregen.

»Was tust du mir bloß wieder an?« rief sie und walkte und knetete den feuchten, grauen Teig ihrer Wangen.

»Daß ich obendrein auch noch eine Mißgeburt habe, hätte ich nie gedacht!«

Aber Clay stand nur da und empfing die Schläge, die ihre Stimme austeilte. Es war, als hätte sich jemand einen Stock genommen und damit einen Kreis um ihn gezeichnet. Mit ihm in der Mitte. Möbel gab es da nicht mehr.

Der Speck verbrutzelte in der Pfanne.

Als Mrs. Skerritt nachgedacht und sich mit ein bißchen Eau de Cologne betupft hatte, nahm sie ihn mit zum Laden von McGillivray. Es war schon spät und außerdem Samstagvormittag. Unterwegs lauschte Clay ihrem Atem und manchmal dem Geräusch ihres Mieders. McGillivray wollte gerade zumachen, war aber doch bereit, den Jungen von Mrs. Skerritt noch dranzunehmen. McGillivray war nett.

»Wir wollen es kurz ganz kurz Mr. McGillivray bitte«, sagte Mrs. Skerritt.

Während der Friseur schnibbelte, hörte Clay den Atem seiner Mutter von dort, wo sie saß, hinter seinem Rücken, unter dem farbigen Bild des Königs.

Mr. McGillivray machte seine Sache gut wie immer und wollte gerade eine kleine Stirnlocke anlegen, als Mrs. Skerritt ihn unterbrach.

»Das ist nicht kurz Mr. McGillivray nicht so wie ich mir das vorstelle überhaupt nicht aber es ist auch schwer zu erklären da kommt viel zusammen und ich bin mit vierzehn von der Schule abgegangen.«

McGillivray lachte und sagte: »Kurz ist nicht kahl!«

»Das ist mir egal«, sagte sie.

Clay konnte nur in den Spiegel sehen und die Wangen nach innen saugen.

»Ich habe kurz gesagt und kurz gemeint«, beharrte Mrs. Skerritt. »Ich gehöre nicht zu den Menschen die sich unklar ausdrücken.«

McGillivray war ein freundlicher Mann, aber nun ging auch sein Atem schwerer, er nahm die Haarschneidemaschine und mähte eine Spur durch das Haar seines Opfers. Er mähte und mähte. Bis Clay zum Vorschein kam. Preisgegeben.

»So recht?« fragte McGillivray.

»Danke«, sagte sie. Unterwürfig.

Dann gingen sie nach Hause. Der Asphalt knirschte unter ihren Schritten. So schwer waren sie, beide.

Als sie den Berg hinunter auf die Ecke zukamen, wo mal der Wagen des Milchmanns umgekippt war, sagte Mrs. Skerritt:

»Also Clay manchmal ist man gezwungen etwas zu tun um die die wir kennen und lieben zu schützen und ich hätte das nicht gemacht wenn ich dich nicht beschützen hätte wollen vor dir selbst denn du wirst was zu leiden bekommen im Leben wenn du anfängst komisch daherzureden denk immer dran es zahlt sich nicht aus anders zu sein und wer anders ist bei dem stimmt irgendwas nicht.«

Clay fuhr sich über das stachlige Haar.

»Und denk immer dran«, sagte sie, »daß deine Mama dich lieb hat, deshalb.«

Aber Clay konnte nicht mehr an die Liebe glauben, und die Kinder verprügelten ihn noch schlimmer als vorher, weil er mit seinem Nichthaar so ganz, ganz anders aussah.

»Wofür haben sie dich eingelocht?« fragten die Kinder und drehten ihm Windmühlen in die Stoppeln. »Du Zuchthäusler!« schrien sie und schlugen zu.

Aber Clay wuchs und war schmal. Nichts als Fingerknöchel und Handgelenk. Die Arme zogen sich in die Länge. Die Haut war grünlich, weil er unter zu vielen Pflanzen gelebt hatte. Er war lang. Und in der Dämmerung liefen ihm die Augen über und vermischten sich mit den Straßenlaternen und den Ölflecken auf plätscherndem Wasser.

»Bist du einsam, Clay?« fragte Mrs. Skerritt.

»Nein«, sagte er. »Warum?«

»Ich dachte, du bist vielleicht einsam und solltest mal ausgehen und dich mit jungen Leuten in deinem Alter treffen und nette Mädchen kennenlernen sonst ist es nicht normal.«

Dann drückte sie ihr Kinn auf die Brust und wartete.

Aber Clay strich sich über das stachlige Haar. Denn seit es so über ihn verhängt war, ging er regelmäßig zu Mr. McGillivray. Als er in den Stimmbruch kam, schlugen die anderen ihn nicht mehr, da hatten sie ihre eigenen Probleme. Die Mitesser kamen, die Pickel und die Barthaare.

Manchmal weinte Mrs. Skerritt, wenn sie auf der verfallenen Veranda über der kleinen Bucht saß, in der so oft Katzen ertranken.

»Ach, Clay«, jammerte sie, »ich bin deine Mutter und habe Verantwortung und sogar doppelte seit Daddy nicht mehr ist ich werde Mr. Stutchbury fragen aber man kann sich nicht völlig darauf verlassen weißt du denn was du mal werden möchtest?«

Clay sagte: »Nein.«

»O je«, jammerte sie heftiger denn je, »womit habe ich bloß einen Jungen verdient der nichts sagt und der wer weiß was liebt sich selbst vielleicht sich selbst.«

Clay wußte tatsächlich nicht, was er liebte. Der Gedanke, daß er seine Mutter liebte, hätte ihm gefallen, aber es konnte auch Daddy sein. Deshalb versuchte er sich zu erinnern, aber da war nur kalte gelbliche Haut und der Geruch von kranken Laken. Als man ihn gezwungen hatte, sich dem Vater zu nähern, der unheilbar zu Bett lag, wäre ihm beinahe das Herz aus dem Wehrturm seines Körpers gestürzt.

Einmal, es war abends, drückte die Mutter seinen Kopf so fest gegen ihre Schürze, daß sie sich an ihm die Hände stach.

»Du bist nicht mein Sohn«, schrillte sie, »sonst würdest du dich anders benehmen.«

Aber das konnte, das wollte er nicht. Manchmal in diesem Alter war ihm wirklich schwindlig, vom Wachsen.

»Wie denn?« fragte seine Stimme oder krächzte.

Aber sie erklärte es ihm nicht. Sie stieß seinen Körper von sich.

»Darüber«, sagte sie, »kann man nicht mit jedem reden. Ich werde Mr. Stutchbury fragen und herausfinden was wir tun müssen und wie.«

Mr. Stutchbury hatte viel Einfluß und war außerdem ein alter Kumpel von Herb Skerritt. Mr. Stutchbury, so glaubte Mrs. Skerritt, war ein höheres Tier im Erziehungsministerium, aber sie verschaffte sich in diesem Punkt keine Klarheit, denn sie hielt es nicht unbedingt für notwendig.

Sie kaufte ein T-Bone-Steak und lud ihn ein.

»Was«, so fragte sie, »sollen wir mit Clay machen ich bin eine Witwe wie Sie wissen und Sie waren der Freund seines Vaters.«

Mr. Stutchbury kaute an seinem Schnurrbart.

»Wir werden sehen«, sagte er, »wenn es soweit ist.«

Dann schloß er die feuchten Lippen über einem Stück gelben Fetts des nicht besonders zarten T-Bone-Steaks.

Als es soweit war, ließ sich Mr. Stutchbury einen Brief an einen Bekannten bei der Zoll- und Finanzbehörde einfallen.

Lieber Archie [so schrieb er]

Ich möchte Dir hiermit den Sohn eines alten Freundes empfehlen, von Herb Skerritt, er war viele Jahre bei der Straßenbahn und ist unter tragischen Umständen gestorben – genauer gesagt, an Krebs...

(Clay, der den Brief natürlich öffnete und las, war sehr bestürzt über ein Wort, das seine Mutter unter keinen Umständen in ihrem Haus duldete.)

... es ist meine Pflicht und mein Wunsch, dem obenerwähnten Jungen weiterzuhelfen. Kurzum, ich wäre Dir sehr verbunden, wenn Du Dich bereit erklären würdest, ihn »unter Deine Fittiche zu nehmen«. Ich kann Dir keine Wunderdinge von dem jungen Skerritt versprechen, bin aber der Meinung, daß er ein ordentlicher, durchschnittlich begabter Junge ist. Und Wunder sind ja auch nicht unbedingt erwünscht, zumindest nicht im Öffentlichen Dienst. Es ist die Hand der Stetigkeit, die ein Leben lang den Federhalter führt.

Ich will mich nicht noch weiter auslassen, sondern schicke Dir meinen

Salut

Die junge Frau, die Mr. Stutchbury dazu überredet hatte, den Brief zu tippen, war noch nicht aus dem Zimmer, als sein Vorgesetzter anrief, so daß er vergaß, wie es seine Absicht gewesen war, noch hinzuzufügen: »Mit den besten Grüßen an Mrs. Archbold«. Denn auch einflußreiche Menschen müssen sich überlegen, wohin sie ihre Füße setzen.

Aber Clay fing beim Zoll an, denn Mr. Archbold war nicht der Mann, der sich dagegen gesperrt hätte, Mr. Stutchbury einen Gefallen zu tun. So nahm Clay morgens die Fähre, in dem steifen dunklen Anzug, den seine Mutter ausgesucht hatte. Seine langen, dünnen Finger lernten, mit Formularen umzugehen. Er verfrachtete die Papiere von einem Ablagekorb in den anderen. Mit der Zeit gewöhnte er sich an die dreifache Ausfertigung und befeuchtete den Kopierstift, bevor er in seiner langen, dünnen Handschrift die Einzelheiten notierte und die Einzelheiten.

Clay Skerritt beklagte sich nicht, und wenn ihm niemand Beachtung schenkte, so hatte er gewiß schon Schlimmeres erlebt. Denn Beachtung schenkte ihm niemand, weder die Herren von der Zoll- und Finanzbehörde, die zwischen den Ablagekörben saßen, noch die Fräuleins, die ihre Fingernägel so schön pflegten, die ihre persönlichen Handtücher mit auf die Toilette nahmen und über ihren Privatangelegenheiten und ihren Tassen mit Milchtee kicherten. Falls sie je speziell über den jungen Angestellten lachten, über seine seltsame Figur, seine Pickel und sein Stoppelhaar, so bekam Clay Skerritt nichts davon mit. Warum auch? Er war mit Augen auf die Welt gekommen, die nach innen blickten.

Daß trotzdem nicht alles in Ordnung war, entnahm er dem, was seine Mutter sagte.

»Wenn ich mal nicht mehr bin, Clay«, sagte sie – es war an dem Abend, an dem das Spülbecken verstopfte –, »wirst du dich daran erinnern was für eine unordentliche Frau deine Mutter war und daß sie die Teller immer nur im Spülbecken abkratzte weil sie sich in Gedanken sonst allein mit dir beschäftigte Clay mit deinem Wohlergehen irgendeine praktisch veranlagte junge Frau wird das alles in Ordnung bringen was deine Mutter in guter Absicht getan hat ich möchte dich nicht drängen aber ich gebe dir einen Rat man darf die Zeit nicht außer acht lassen.«

Aber an Tagen, wenn der Wind schwarz über das graue Wasser blies, sagte Mrs. Skerritt zuweilen aus den Spargelgrünbüschen heraus:

»Irgendeine junge Frau die sich mit Nadel und Faden auskennt und mit dem Backblech umzugehen weiß wird schon dafür sorgen daß du deine arme Mama vergißt ja so geht es.«

Ihr Sohn neigte dazu, das, was er nicht glauben mochte, zu übersehen. Er warf einen Blick auf das Hochzeitsbild. Die

Gestalten, alle so greifbar lebendig, schienen eine Wahrheit zu verkünden, über die er allein würde urteilen können, so wie der große weiße Schuh eines Tages auslaufen würde, der Ferne zu, Zielen entgegen, die er bestimmte.

Seine Mutter jedoch fuhr fort mit ihren verfehlten Versuchen, das Schwinden der Wirklichkeit zu zelebrieren. Eines Tages rief sie, und ihre Stimme drängte sich zwischen die Dinge, die ihn umgaben:

»Lieber bring mein graues Kostüm in die chemische Reinigung an der Kreuzung Tomatensoße ist fatal wenn man ein bißchen korpulent ist.«

Clay tat, wie ihm befohlen war. Oder die Straßen um ihn taten es und die Straßenbahnen. Der Tag war hell. Metall sang. Die Häuser hatten nichts Verstohlenes mehr an sich, sondern standen offen und offenbarten Leben. In einem Fenster sah sich eine Frau unter die Achselhöhle. Darüber mußte Clay lachen.

In der Reinigung beendete eine Frau gerade einen Plausch mit dem jungen Mädchen. Die Dame sagte an ihrer Zigarette vorbei:

»Dann sehen Sie mal zu, Marj. Ich mach, daß ich nach Hause komme und mir die Schuhe ausziehe. Mir tun die Füße höllisch weh.«

Dann die Glocke.

Clay lachte immer noch.

Das junge Mädchen sah durch den Reinigungsgeruch hinunter auf die frischen braunen Packpapierbögen. Sie hatte selbst eine gereinigte, blasse Haut, mit Poren.

»Was ist denn?« fragte sie, als der Kunde nicht aufhörte zu lachen.

Sie sprach so ausdruckslos und höflich.

»Nichts«, sagte er, aber er fügte hinzu: »Ich denke, vielleicht sind Sie wie meine Mutter.«

Was in gewisser Hinsicht nicht stimmte, denn das Mädchen war noch flach, zurückhaltend und farblos, während seine

Mutter rundlich und redselig war und zumindest verschiedene Schattierungen von Grau aufwies. Aber Clay hatte es einfach sagen müssen.

Das Mädchen erwiderte nichts. Zuerst senkte sie den Blick, als wäre er zu weit gegangen. Dann nahm sie das Kostüm und prüfte die Tomatensoßenflecken.

»Bis morgen«, sagte sie.

»Nicht möglich!«

»Warum denn nicht?« erwiderte das Mädchen. »Wir sind eine Schnellreinigung.«

Klang aber ausdruckslos und abwesend.

Clay wußte nicht warum, aber er fragte: »Irgend etwas bedrückt Sie.«

Sie sagte: »Bloß, daß gestern abend der Abfluß verstopft ist.«

Es klang furchtbar grau, und dabei starrte sie mit diesem Ausdruck von Dauerhaftigkeit vor sich hin. Da wußte er plötzlich, daß er recht hatte und daß das Mädchen in der chemischen Reinigung etwas von seiner Mutter hatte: es war der innerste Kern der Dauer. Und Clay wurde ganz aufgeregt. Er glaubte nämlich nicht an das Nichtdauernde, nicht einmal, wenn seine Mutter ihn davon zu überzeugen versuchte, nicht einmal, wenn er zusah, wie Erdklumpen auf den Sargdeckel fielen. Nicht, solange er er war.

Also sagte er: »Morgen.«

Es klang so entschieden, als wäre es schon fast heute.

Clay gewöhnte sich an Marj, so wie er sich an seine Mama gewöhnt hatte, nur anders. Hand in Hand spazierten sie auf dem verdorrten Gras mehrerer Parks umher oder starrten Tiere in Käfigen an. Sie lebten da schon zusammen, das heißt, sein Schweigen mischte sich mit dem ihren. Beide hatten sie etwas feuchte Hände. Und wenn Marj etwas sagte, bestand keine Notwendigkeit zu antworten, so ausdruckslos war es. Ihre Bemerkungen hatten die Farbe von Preßspanplatten.

Marj sagte: »Wenn ich eine eigene Wohnung habe, bringe

ich freitags das Wohnzimmer in Ordnung. Ich finde: alles hat seine Zeit und alles seinen Ort. Und dann auch noch die Schlafzimmer.«

Sie sagte: »Mir gefällt es, wenn alles ordentlich ist.«

Und: »Die Ehe ist eine ernste Sache.«

Wie ernst, das erkannte Clay langsam, der seiner Mama nichts erzählt hatte.

Als er es schließlich doch tat, trocknete sie gerade die Sammellöffel mit den Apostelgestalten in den Griffen ab und ließ einen von ihnen fallen. Er überließ es ihr, ihn aufzuheben, denn er sah, daß ihr ein bißchen Bewegung in diesem Augenblick guttat.

»Ich bin ja so froh«, sagte sie, ziemlich rot, nach einer Pause, »ich kann es gar nicht erwarten das nette Mädchen zu sehen wir müssen das arrangieren wir müssen das absprechen kein Grund warum ein junges Paar mit der Schwiegermutter nicht gut auskommen sollte wenn das Haus groß genug ist nicht das Temperament sondern der Platz in der Wohnung ist schuld wenn es Reibereien gibt.«

Mrs. Skerritt hatte immer gewußt, daß sie eine vernünftige Frau war.

»Außerdem ist Marj dir sehr ähnlich, Mama.«

»Hä?« sagte Mrs. Skerritt.

Er konnte nicht erklären, daß für ihn, für das, was er tun mußte, ein Kontinuum notwendig war. Er hätte aber nicht erklären können, was er tun mußte, weil er es nicht wußte, noch nicht.

Mrs. Skerritt konnte nur sagen: »Je eher wir uns treffen desto besser werden wir uns kennenlernen.«

Da brachte Clay Marj mit. Die Hände der beiden waren an diesem Tag feuchter als sonst. Die Pflanzen waren riesig und tauchten das abgestützte Haus in ein bräunliches Grau.

Mrs. Skerritt sah zur Tür heraus.

»Ist das«, sagte sie, »ich bin noch nicht noch nicht soweit.«

Clay sagte zu Marj, sie müsse wieder gehen, zumindest für

diesen Tag, er würde sie holen, dann brachte er seine Mutter nach drinnen.

Mrs. Skerritt begegnete Marj nicht noch einmal, außer im Spiegel, in dem sie mit einer Art Erschütterung sah, daß es so etwas wie Dauer nicht gibt.

Kurz darauf starb sie an irgend etwas. Es hieß, es sei ihre Pumpe gewesen.

Und Clay brachte Marj mit und lebte mit ihr in dem Haus, in dem er geboren war und immer gelebt hatte. Sie fuhren nicht in die Flitterwochen, weil die Ehe, wie Marj sagte, eine ernste Sache war. Clay hoffte, er würde wissen, was zu tun war, als sie sich in das Bett legten, das Mama und Daddy benutzt hatten. Wie verloren in den fremden, tiefen Gefilden, lauschten Clay und Marj aufeinander.

Aber es war gut. Er ging weiter zum Zoll. Ein paarmal zwickte er Marj ins Ohrläppchen.

»Was ist in dich gefahren?« fragte sie.

Er ging weiter zum Zoll. Er kaufte ihr einen Webervogel in einem Käfig. Er war eine Art Liebesgedicht.

Worauf Marj erwiderte: »Ich möchte wissen, ob er seine Körner auf dem Teppichboden verstreut. Aber dann können wir ja immer noch eine Zeitung unterlegen.«

Und tat es.

Clay ging zum Zoll. Er saß an seinem eigenen Schreibtisch. Er benutzte seine Ellbogen mehr als früher, denn seine Wichtigkeit hatte zugenommen.

»Nehmen Sie diesen Brief da weg, Miss Venables«, sagte er. »Es sind nur zwei Durchschläge dabei. Obwohl ich fünf haben wollte. Nehmen Sie ihn weg«, sagte er.

Miss Venables schmollte, aber sie nahm ihn weg. Wie alle anderen sah sie, daß sich etwas anbahnte. Sie beobachteten Mr. Skerritt und warteten darauf.

Marj jedoch war weniger erwartungsvoll. Sie akzeptierte das Haus voller Laubsägearbeiten, die Dinge, die die Schwiegermutter beiseite gelegt hatte – ganze Sätze von kordelfarbenen Zierdeckchen zum Beispiel, einmal stieß sie auf einen ausgestopften Kanarienvogel in einer Pappschachtel. Sie sagte nichts, sondern akzeptierte. Nur einmal akzeptierte sie nicht. Bis Clay fragte:

»Was ist aus dem Foto geworden?«

»Es ist drüben im Schrank«, sagte sie.

Er nahm es heraus und stellte das Hochzeitsbild dorthin, wo es gestanden hatte, auf einen mit Laubsägearbeiten verkleideten Tisch. Immerhin fragte er nicht, warum sie das Foto weggeräumt hatte, und sie war froh darüber, denn sie hätte nicht gewußt, was sie antworten sollte. Daß man an dem eigenen Mann manches nicht verstand, war schon schlimm, aber sich selbst nicht zu verstehen, war noch schlimmer.

So hielt sich Marj an den Teppichkehrer, sie war froh über die Staubflocken unter dem Bett, sie war froh über das Muster auf dem Linoleum, über die Schachteln mit Chips, die sie kaufte – sie waren so viereckig. Selbst das Licht wird zu etwas Festem, wenn der Weg nach innen führt. So lauschte sie dem Teppichkehrer.

Die ganze Zeit über spürte sie, daß mit Clay irgend etwas vor sich ging. Zum einen hatte sein Haar angefangen zu wachsen. Die langen Strähnen lockten sich hinter seinen Ohren wie Federn. Er selbst, so sah sie, war noch nicht an sein gewagtes, seidenweiches Haar gewöhnt, das früher auf Befehl gestochen hatte.

»Bis zu den Ohrläppchen, bitte, Mr. McGillivray«, erklärte Clay jetzt.

McGillivray, der inzwischen alt und immer noch unerschütterlich freundlich war, enthielt sich stets irgendwelcher Bemerkungen.

Genau wie die Herrn im Zollamt – es war ja auch wirklich zu sonderbar. Selbst die Fräuleins, die zuerst noch gekichert hatten, überlief es nun kalt, und sie wußten nicht, warum.

Erst als das Haar die Schultern von Mr. Skerritt erreicht hatte, ließ Mr. Archbold Clay zu sich kommen.

»Ist das nötig, Mr. Skerritt?« fragte sein Vorgesetzter, der über den zusätzlichen Schutz eines eigenen Büros verfügte.

Clay erwiderte: »Ja.«

Er stand da und blickte vor sich hin.

Er durfte gehen.

Seine Frau Marj kam zu dem Schluß, daß nichts Verwunderliches dabei sei. Es war die einzige Lösung. Selbst wenn es in den Verkleidungen knisterte, würde sie es nicht hören. Selbst wenn aus dem Hängekorb Haar statt Farn sproß, würde sie es nicht sehen. Da waren die Koteletts, die sie ihrem Mann vorsetzte und die sich auf dem Teller immer so hübsch krümmten. Hatte nicht alles im Leben zwei Seiten?

Eines Abends kam Clay aus dem terrassierten Garten herauf, wo die Schnecken und die Gerüche des Meeres umherkrochen. Eine Zeitlang stand er vor dem Hochzeitsbild seiner Eltern. Der große Schuh, das Boot, die Brücke, war ihm noch nie so greifbar erschienen. Wenn er sich später erinnerte, schien ihm, als habe bei dieser Gelegenheit das Gedicht begonnen, der Roman, das Erbrechen, das ihn sein ganzes weiteres Leben beschäftigte.

Marj war sich sicher, daß es der Abend war, an dem er die Tür zumachte.

Sie lag da und rief: »Kommst du denn nicht ins Bett, Clay?«

Oder sie wälzte sich um die Zeit, wenn die Laken besonders grau sind, wenn die Luft unter der noch zurückgehaltenen Aluminiumdrohung schon zittert, unruhig herum und öffnete ihren verklebten Mund: »Aber Clay, der Wecker hat doch noch gar nicht geklingelt!«

Von nun an schien es, als bliebe sein Körper nie lange genug im Bett, um den Abdruck, den er dort hinterließ, zu wärmen. Aber sie konnte sich kaum beklagen. Er schlief zweimal im Jahr mit ihr, zu Weihnachten und zu Ostern, wenngleich sie es sich zu Ostern manchmal anders überlegten – dann war nämlich auch die Königliche Landwirtschaftsausstellung, und die war sehr anstrengend.

Aber um das alles geht es nicht. Es ging um die Blätter, die Clay vollschrieb, hinter der Tür dieses kleinen Zimmers, an das sich seine Frau gar nicht mehr erinnerte, so lange war sie schon nicht mehr darin gewesen. Zu den vielen Dingen, die Marj Skerritt respektieren lernte, gehörte auch die private Sphäre des anderen.

Und Clay schrieb. Zuerst beschäftigte er sich mit den Gegenständen, mit dem geheimnisvollen Leben, das im Unbelebten steckt. Zunächst beschäftigte er sich mehrere Jahre lang damit.

... der stehende Tisch fährt fort zu stehen auf dauerhaften Beinen natürlich kann man eine Axt nehmen und sie schwingen ins Fleisch schneiden wie die Polen es hin und wieder tun dann der Schrei Mord Mord doch meist verwirrt nichts die Karten der Kindheitsreisen auf der gefrorenen Welle aus hölzernem Wasser kein Schiff weder aus Holz noch aus Eisen oder wenn mans recht bedenkt aus Satin segelt je von A nach B außer im Geiste des Passagiers so reagiert denn der Tisch der unter einer Glühbirne steht wohl kaum es sei denn auf Entschlossenheit oder Verzweiflung von polnischer Art ...

Eines Nachts schrieb Clay:

Ich habe mir bis jetzt noch nie einen Blumentopf aus der Nähe angesehen sein Loch ist faszinierend das bißchen Flaum aus grünem Moos es hat mehr Bedeutung als das was drinnen ist obwohl man ihn füllen kann wenn man sich dazu entschließt wenn man sich lang genug konzentriert ...

Bis jetzt hatte er seine Aufmerksamkeit noch nicht auf menschliche Wesen gerichtet, obwohl er sein Leben lang von ihnen umgeben gewesen war. Eigentlich richtete er auch jetzt seine Aufmerksamkeit nicht auf sie, vielmehr drängten sie sich ihm auf. Und Lova war nicht einmal besonders menschlich, jedenfalls nicht zu Anfang, sondern eine Erscheinung, ein Gefühl des Besessenseins.

In dieser Nacht bekam Clay Schluckauf, so aufgeregt war er oder so nervös. Der Nachhall war so scheppernd, daß er seine Frau Marj nicht hörte, ihre graue Stimme: »Kommst du denn nicht ins Bett, Clay?«

Lova war im Vergleich mit ihr grünlich-gelb, wie bestimmte Früchte und wie Pflanzenfleisch.

»LovaLovaLova«, schrieb er anfangs, um es auszuprobieren.

Es gefiel ihm so sehr, es überraschte ihn, es war ihm noch nie in den Sinn gekommen. Er hätte einfach dasitzen und den Namen schreiben können, aber Lova gewann an Greifbarkeit.

... ihre kleinen runden Brüste reifen zuweilen zu Papaufrüchten die sich mit geschickten Fingern oder an windigen Tagen lösen lassen aber so schwer greifbar die Früchte und die Schuhe verteilt im Gras ...

Anfangs näherte sich Lova von hinter dem Spiegel, ihre Haut hatte jene leichte Gewächshausfeuchtigkeit, die auf dem Flaum von Farn glitzert, ihre Augen waren von einem farnigen Braun, das zu seinen eigenen paßte, wenn er es erkannt hätte. Aber er kannte zuerst nur Gesten, die schwebende Verwicklung von Haar in gegenseitigem Einverständnis, das leichte Beben, das über die Haut läuft. Sie stieg die steinernen Treppen hinauf und hinab, bewohnte für einen kurzen Augenblick die Winkel von Treppenabsätzen aus altem, moosgepolstertem Stein. Die Blätter der *monstera deliciosa* zersiebten sie zuweilen zu Streulicht. Und er allein wußte, wie man sie wieder zusammensetzen konnte. Bei seltenen Gelegenheiten begegneten einander beinah ihre Münder, ganz unten im Garten, wo der faulige Geruch war und wo früher die Jauche gestanden hatte, die seit langem eingetrocknet war. Lova war noch nicht wirklich und würde es vielleicht nie sein. Nein. Er würde sie dazu machen. Aber manches schreckte auch ab. Die körperlichen Widrigkeiten.

Marj sagte: »Meine Hände sind so rissig, ich muß Mr. Todd um Rat fragen. Mit einem Apotheker kann man sich auch mal nett unterhalten, Ärzte sind meistens zu beschäftigt und wollen einen loswerden.«

Und Lova bekam Herpes. Anfangs konnte Clay sie gar nicht ansehen. Wenn sie an ihrem eigenen kleinen Tisch saß und die fünfzehn verschiedenen Tabletten einnahm, sie sich in ihre Schweineschnauze drückte, dann lächelte Lova noch immer, aber es wirkte traurig. Und bald war aus Wunde Schorf geworden. Er brachte es nicht fertig, sich ihr zu nähern. Und übrigens auch nicht zu atmen.

Nächtelang konnte Clay kein Wort schreiben. Genauer gesagt, mehrere Nächte lang schrieb er:

... a drying and a dying ... ein Trocknen und ein Sterben

Wenn er lauschte, hörte er nur das Geriesel von Lovas verschiedenen Tabletten, das Rauschen einer einzelnen unfruchtbaren Dattelpalme, das Geräusch von Marj, die sich im Bett herumwälzte.

Da fiel ihm in seiner Panik ein, das abgestützte Haus könnte aufbrechen. Es war so verfallen, so trocken. Er konnte gar nicht schnell genug um den Tisch herumkommen und verstreute dabei die spröden Blätter, auf denen er schrieb. Die Bewegung löste sich in Gestalt jäher Lederslipper von seinen Füßen. Sie rutschten auf die Türe zu.

Clay jedoch nicht, denn nun sah er, wie schließend die schließende Lova sie abschloß und den Schlüssel nachher schluckte.

Lova lachte. Und Clay stand da. Kleine Wellen kräuselten aus ihrer Kehle hoch, vielleicht war es der kalte Schlüssel, und liefen über, aus ihrem Mund, ihrem feuchten Mund. Er wußte, das Geschlecht der Babys schmeckt so zart wie Lovas Mund.

Er hatte nie gekostet. Glaubte aber, er müßte.

Sie kam zu ihm.

»Pech gehabt!« sagte Lova.

Dann setzte sie sich ihm auf den Schoß, und mit der freien Hand schrieb er, in der ersten von vielen schlaflosen Nächten:

Endlich hat sich mein Roggenknäcke in Vitapan verwandelt das Leben ist kein Toastständer mehr.

»Toll«, sagte Lova, »wenn man so ein gebildeter Bursche ist! Ehrlich, Clay, es muß sehr befriedigend sein zu schreiben, und sei es, damit die eigenen Hände etwas zu tun haben.«

Sie lachte wieder. Und da bekam er seine Zweifel. Hat denn jedes Gesicht den gleichen Ausdruck, außer wenn es das eigene ist? Gern hätte er einen Blick auf das Hochzeitsbild geworfen, um das nachzuprüfen, aber zwischen ihm und dem Bild lagen die viele Stufen und die Dunkelheit. Er konnte nur hören, daß Marj einen fahren ließ. Gewiß, Marj hatte beim Frühstück gesagt: »Es ist das gleiche Brot. Die Hersteller sagen das nur, um ihre Ware zu verkaufen.«

Aber Lova sagte: »Es ist nicht das gleiche, Clay, genauso wie Kumquats und Granatäpfel nicht das gleiche sind. Du bist der am wenigsten gleiche von allen. Am liebsten würde ich die Sahne deines Genius auflecken.«

Tatsächlich glich sie zuweilen einer Katze, die in seinem Schoß kauerte, aber dann verschloß sie sich sofort wieder und öffnete sich, wie ein Messer.

»Ich würde dich fressen«, sagte sie und zeigte ihre spitzen Zähne, während er doch geglaubt hatte, sie seien breit, mit Lücken dazwischen, wie bei Mama und bei Marj.

Trotz seiner Angst schrieb er mit der freien rechten Hand:

Eine Rasierklinge würde ich niemandem anvertrauen außer meiner eigenen ...

Und Lova warf einen Blick darauf.

»Na los!« sagte sie. »Das bin ich doch!«

Er vergaß sie für kurze Zeit, um hinzuschreiben, was er schreiben mußte.

... Lova saß auf meinem Schoß und roch nach zerquetschtem Möhrenkraut sie hat das Gekräusel aus ihrem Haar genommen schafft es aber nicht daß es weniger grün riecht ich würde ihr nicht mehr trauen als man ohne ihnen etwas Böses nachsagen zu wollen den eigenen Gedanken nach Mitternacht trauen kann ...

»*Chip Chip Chip chipped off his finger* – Chip schnitt sich den Finger ab«, sagte Lova. »Es beginnt jedenfalls mit C.«

»O je«, begann C zu jammern. »O je o je o Lova!«

»Wo bleibt D?« fragte sie.

»D ist noch nicht geboren«, sagte er, »und wird's wohl auch nie. Was A betrifft, A liegt im Bett. Nein«, verbesserte er sich. »A liegt nicht im Bett.«

Plötzlich hätte er gern im Bett gelegen.

Er bemerkte, daß seine Augen denen von Lova genau gegenüber waren, daß ihrer beider Wimpern sich in klebrigem Einverständnis ineinander verfingen, vor Schwermut triefend. Sie wurden ineinandergegossen.

Danach machte Clay Schluß, zumindest für diese Nacht, und erlebte das große Trauma seines kleinen leeren Zimmers, denn Lova war entschwunden, und nur die Tintenflecke auf seinen Fingern zeigten, daß sie jemals dagewesen war.

Jetzt konnte er sich nur noch zu Marj in das elterliche Bett gesellen und fragte sich, ob er je imstande sein würde, wieder aufzustehen. Ihm war kalt, kalt.

Da drehte sich Marj um und sagte: »Clay, ich hatte einen Streit mit Mr. Tesoriero wegen der Rüben. Ich habe ihm gesagt, er könnte nicht erwarten, daß die Kundschaft sie kauft, wenn sie schlaff sind.«

Aber Clay schlief, und er stand tatsächlich nicht auf, nicht an diesem Morgen, dem ersten seit vielen Jahren, als der Wecker seine Aluminiumtabletts durch das ganze Haus scheppern ließ.

Clay Skerritt ging weiter zur Zollbehörde. Inzwischen hatten sie sich an ihn gewöhnt, sogar an sein Haar, die Strähnen darin.

Er merkte, es war Zeit, und ging wieder zu McGillivray, aber irgendein junger dunkelhäutiger Typ kam heraus und sagte:

»Nein! Nein! McGillivray weg. Tot. Wieviel Jahr? Fünf? Sechs?«

Und Clay Skerritt ging davon.

Es war natürlich, daß es mit McGillivray eines Tages so kommen würde. Weniger natürlich war es mit der Dingwelt. Mit den heuchelnden Häusern. Dem Asphalt, der sich hochgewölbt hatte.

Da sah er den spitzen Absatz, der sich in einer Spalte verfangen hatte und sich loszureißen versuchte. Er sah die Gestalt. Er sah. Er sah.

Sie drehte sich um und sagte:

»Ja. Alles ist wunderbar. Für dich. Mit deinen flachen Absätzen.«

Und riß die ganze Zeit an ihrem Absatz.

»Aber Lova«, sagte er und streckte die Hände aus.

Sie trug einen weitmaschigen Netzpullover.

»O ja!« sagte sie.

Und lachte.

»Wenn du es so siehst«, antwortete er.

»Wenn ich es so *sehe*!«

Seine Hände zitterten und hätten sich beinahe in der beigen Wolle verfangen.

»Ich bleib doch nicht mitten auf der Military Road stehen, um mit irgendeinem langhaarigen Trottel zu quatschen. Kommt nicht in Frage!«

»Sei vernünftig!« flehte er.

»Was heißt vernünftig?« fragte sie.

Er wußte keine Antwort. Er hätte auch keine gewußt, wenn sie gefragt hätte: was ist Liebe?

»Kennst du mich denn nicht mehr?« sagte er.

»Ich kenne dich«, sagte sie matt – zwei Bretter hätten sich nicht mit größerer Genauigkeit zusammenfügen können.

»Und es wird Zeit«, sagte sie, »zu gehen.«

Und zerrte an ihrem feststeckenden Absatz.

»Ich bin wegen irgendwas hergekommen«, erinnerte er sich. »War es Vogelfutter?«

»War es meine Tante Fanny!«

Da bekam sie ihren Absatz frei, und der ganze Asphalt bröckelte ab und fiel in Fetzen von schwarzem, raschelndem Papier um sie.

Hätte er doch nur erklären können, daß sich die Liebe nicht erklären läßt.

Die ganze Zeit über gingen Damen ein und aus, Schnüre gruben sich neben Ringen in ihre Finger. Eine Dame hatte einen Schäferhund dabei, dem sie einen Korb ins Maul gehängt hatte, er witterte nicht mal die Schwierigkeiten.

Es war Samstagmorgen. Clay ging nach Hause.

An diesem Abend, nachdem sie ihren Spaghetti-Toast gegessen hatten, denn sie zahlten immer noch den Technico ab, sagte Marj:

»Clay, ich hatte einen Traum.«

»Nein!« schrie er.

Wohin konnte er gehen. Jetzt nirgendwo mehr hin.

Erst am Montag ins Zollamt. Er konnte nicht schnell genug hinkommen. Um seine Bleistifte zu spitzen. Um die Büroklammern auf die andere Seite des Tintenradiergummis zu schieben.

Als das, was er schon lange befürchtete, wirklich geschah.

Lova war ihm ins Zollamt gefolgt.

Die anderen hatten noch nichts bemerkt, denn es konnte auch irgendeine Frau sein, die auf der Jagd nach ihrer unrechtmäßigen Habe den Tag beim Zoll verbrachte. Bloß hätte keine Dame sich auf so direktem Weg zum Schreibtisch von Mr. Skerritt begeben, und keine wäre so direkt aus ihrem weitmaschigen Pullover herausgewachsen wie Lova.

Sie hatte diese kleinen, spitzen, lachenden Zähne.

»Na«, begann sie, »damit hast du nicht gerechnet.«

Sie war inzwischen so selbstsicher, daß er befürchtete, sie könnte sich ihren Pullover einfach über den Kopf streifen.

Er saß da und blickte vor sich auf den Brief von Dooley and Mann, Import, betreffs des in Verlust geratenen Bechstein.

»Hör zu, Lova«, sagte er. »Nicht hier drinnen. Auf diese Weise finden wir das Klavier auch nicht wieder.«

»Klafier? Ein dickes, fettes Klafier! Spiel dich hier nicht so auf.«

»Vielleicht hast du recht«, antwortete er.

»Recht!« sagte sie. »Auch wenn ich nicht recht hätte. Auch wenn ich total im Unrecht wär!«

Sie stellte ihre Handtasche auf den Schreibtisch.

»Wenn hier jemand was spielt, dann ich«, sagte sie.

Und tatsächlich glitt das alte schwarze Klavier um die Ecke hinter Archbolds verglastem Büro hervor, gefolgt von dem kleinen ledergepolsterten Schemel, aus dem das Haar hervorplatzte. Lova schien zufrieden. Sie lachte, und nachdem sie sich gesetzt hatte, fing sie an, fröhlichtraurigen Jazz auszustreuen. Spielte und spielte. Ihre kleinen Hände hüpften und tollten herum, als hätten sie sich selbständig gemacht. Aus jedem Wurmloch in dem alten, vom Meer entstellten Klavier drang Musik hervor.

Clay blickte hoch und erkannte Archbold, der auf ihn hinabsah. Miss Titmuss hatte ihr persönliches Handtuch genommen und auf dem Weg zur Toilette Probleme mit ihren Absätzen bekommen.

Da stand Lova auf. Sie war fertig. Oder nicht ganz. Sie fing an, mit ihrem Hintern auf den fettigen, aufgeworfenen Speckschnittentasten des alten, eingesalzenen Klaviers zu wummern.

»So!« rief sie.

Sie kam und setzte sich auf die Ecke seines Schreibtischs. So geschmeidig war sie noch nie gewesen. Sie atmete heftig vor lauter Wut. Er konnte den Blick nicht von dem Auf und Ab ihres Strumpfhalters lösen, der ihm von ihrem Schenkel zuzwinkerte.

Einige andere Zollangestellte waren inzwischen aufmerksam geworden, wie er voller Verzweiflung durch die Seitenvorhänge seines Haars feststellte.

Deshalb sagte er: »Hör zu, Lova, eine Szene in diesem Augenblick macht es mir unmöglich, weiter im Dienst zu bleiben. Und was sollen wir ohne die Pension machen? Wir müssen auch an Marj denken. Ich meine, um das Ansehen geht es genauso wie um das Geld. Ansonsten haben wir gelernt, mit Tee und Brot auszukommen.«

Dann lachte Lova.

»Ha *Ha!* HA!«

Es läßt sich nicht anders schreiben, als es auf der Wand geschrieben stand. Denn dort stand es. Es zeichnete sich auf der Wand ab, die im rechten Winkel zu Archbolds Büro abknickte.

Clay saß aufrecht da, aufrecht. Lange würde sein Adamsapfel nicht mehr mitmachen.

»Szenen sind so destruktiv«, sagte er oder bettelte.

Das hatte seine Mama immer zu ihm gesagt.

»Wenn es bloß das ist«, sagte Lova, »du weißt, mir hat nie was dran gelegen, den Verkehr aufzuhalten, bloß um ein Formular auszufüllen.«

Und sie riß es vor seiner Nase vom Block ab. Ihre Hände waren sehr nackt und konnten noch viel nackter werden. Er hatte Angst, man könnte ihn haftbar machen.

»Ich würde nie behaupten«, schrie sie, »daß der Pißtopf auf dem Kopf steht, wenn er's nicht tut.«

Aber er mußte widerstehen, nicht so sehr aus privaten Gründen als vielmehr um des öffentlichen Anstands, um der Ehre des Amtes willen. Die Büroklammern mußte er schützen.

Denn ihrer beider Hände rangen jetzt miteinander, und der

Schreibtisch geriet in Gefahr. Er und Lova. Jeden Augenblick konnte der Karton aufplatzen. Jeden. Es passierte dann sehr rasch, unter Keuchen, und endete im Seufzer der Verstreuung.

»Ich verlasse dich jetzt«, sagte sie, erhob sich von der Ecke des Schreibtischs und zog den Pullover herunter, der nach oben gerutscht war.

Inzwischen hatten es fast alle seine Kollegen mitbekommen, aber alle waren so nett, keine Bemerkungen über eine derart private Situation zu machen.

Als einige Zeit verstrichen war, ging Miss Titmuss in die Hocke und sammelte die Büroklammern auf, weil Mr. Skerritt ihr leid tat.

Er wartete nicht, um sich zu bedanken oder etwas zu erklären, sondern nahm seinen Hut, ging mit vorsichtigen Schritten, um den Blicken auszuweichen, und nahm die Fähre auf die andere Seite.

Marj sagte: »Bist du nicht zu früh, Clay? Setz dich nur auf die Veranda. Ich bringe dir eine Tasse und ein Stück von dem Früchtekuchen. Ich glaube, man kann ihn noch essen.«

Also setzte er sich auf die Veranda, wo seine Mutter immer gesessen und geklagt hatte, und spürte, wie ihm der Südwind in den Kragen fuhr, und hörte, wie die Dattelpalme sich regte. Vorsichtig versammelten sich Spatzen.

Marj sagte: »Clay, wenn du nicht aufißt, ist gleich Zeit fürs Abendbrot.«

Aber ignorieren kann man immer, und er betrat das Zimmer und empfand nicht einmal Furcht dabei. Da war sie, saß in dem anderen Sessel, in ihrem beigen Netzpullover. Sie hatte ihm den Rücken zugewandt. Natürlich.

»Lova«, begann er.

Dann kam sie auf ihn zu, und er sah, daß sie selbst in den Gewässern der Zeit versinken konnte, listig breitete sie vor ihm die Wassernetze aus und roch nach Muskat auf Quark am dampfenden Morgen und am fröstelnden Nachmittag.

Wenn er sich nicht widersetzte.

Sie war so widerstandsfähig wie Wasser, nicht von der wellenden, fließenden Art, sondern eine wunderbare Aufquellung von Wasser, das hochschoß und zurücksank, wenn er es berührte, und leckte und schleckte. Sie war so sanft.

Marj begann, an die Tür zu klopfen.

»Der Tee wird kalt, Clay«, verkündete sie.

Das stimmte, auch. So ging es nun einmal.

»Ich habe dir einen leckeren, scharf gewürzten Toast gemacht.«

Sie ging davon, kam aber zurück und legte ihr Ohr an die trockene Fäule.

»Clay?« fragte sie. »Ist es dir denn egal?«

Marj mochte nicht an Türen horchen, weil sie die private Sphäre respektierte.

»Also«, sagte sie, »ich hätte nie gedacht, daß du so sein könntest.«

Vielleicht war es das erste Mal in ihrem Leben, daß Marj eine Tür öffnete. Sie fing an zu schreien. Sie fing an, sich aufzuregen. Es sah ihr nicht ähnlich.

Wegen all dem Haar konnte sie sein Gesicht nicht sehen. Das Haar und die Regale zwischen ihnen hielten es geheim.

»Das hätte ich nie gedacht«, rief sie.

Denn das Blut war aus dem Tischbein gequollen. Nur ein bißchen.

Und dieser alte Schuh. Clay lag da und hielt einen weißen Schuh.

»Einen Schuh habe ich nie gesehen!« stöhnte sie. »In all dem Unrat, den sie aufgehoben hat, jede Kleinigkeit, die Kanarienvögel und alles, aber nie einen Schuh!«

Während Clay lag.

Mit diesem steifen Schuh.

»Ich glaube es nicht!« rief Marj.

Denn jeder weiß: was nicht ist, das ist nicht, auch wenn es ist.

DER ABEND BEI SISSY KAMARA

In dem Augenblick, als Mr. Petrocheilos den Nerv sondierte, fuhr Mrs. Pantzopoulos ihrer Erstarrung zum Trotz hoch, das Papier, das die Kopfstütze bedeckte, knirschte, das Haar an den Rändern ihres Gesichts wurde feucht.

Ob sie lieber eine Spritze hätte? fragte Mr. Petrocheilos.

»Oh, nein, wir sind doch Griechen, oder?« sagte Mrs. Pantzopoulos und lachte.

Mr. Petrocheilos schwieg, und sie errötete wegen ihrer Bemerkung, die für jeden, der nicht verstand, anmaßend klingen mußte. Sosehr Mrs. Pantzopoulos den stechenden Schmerz der kleinen Metallsonde und das Nagen des noch brutaleren Bohrers haßte – sie hielt es für ihre Pflicht, ausgestreckt im Zahnarztstuhl die eigene Leidensfähigkeit zu erproben.

In faszinierter Ermattung beobachtete sie unter gesenkten Augenlidern die kräftigen, behaarten Handgelenke des Zahnarztes, der sich vorbeugte und Luft holte und den Bohrer vorbereitete. Mr. Petrocheilos war ein hagerer, nicht sehr mitteilsamer Mann. Ob es ihm Genuß bereitete, seine Patienten zu quälen? fragte sich Mrs. Pantzopoulos. Das wäre wohl zuviel gesagt. Aber sie fragte sich, warum sie nicht den Zahnarzt gewechselt hatte.

Da öffnete Mr. Petrocheilos ihr den Mund, als wäre es ein Gummischlitz. Er schob einen riesigen Finger hinein. Er setzte den furchtbaren Bohrer an. Wie passend, sie hätte ja auch irgendeine Bäuerin sein können. In Mrs. Pantzopoulos' Kehle drängten sich Schreien und Lachen. Obwohl sie es natürlich ertragen konnte. Sie lag mit geschlossenen Augen da, der Körper erschlafft. Um sich zu fügen. Oh, es war monsterröhs, was man alles über sich ergehen lassen mußte.

Und als wäre der physische Schrecken noch nicht genug, stellten sich nun auch allerlei unerfreuliche Erinnerungen ein, um sie im Zahnarztstuhl zu quälen. Vor allem Erinnerungen an Begebenheiten ohne Bedeutung. An den Abend bei Sissy Kamara zum Beispiel. Ja, an diesen Abend bei Sissy Kamara.

Mr. Petrocheilos blies Feuer in das Gesicht von Mrs. Pantzopoulos. Den Höhlen von schwarzem, drahtigem Haar drohte die Überschwemmung.

»Sissy Kamara hat angerufen«, teilte Poppy Pantzopoulos ihrem Mann schließlich doch mit.

Basil gab dieses kleine Geräusch von sich.

»Sie hat uns eingeladen – ich muß sagen, ich war ziemlich gerührt – weil – sie sagt, sie will über die alten Zeiten reden.«

»Anatolische Nächte!« Sie spürte Basils sarkastische Ader. »Ihr Smyrnaer könnt einfach nicht widerstehen, wenn sich eine Gelegenheit ergibt, in alten Erinnerungen zu schwelgen.«

»Aus meiner Herkunft kannst du mir doch keinen Vorwurf machen, oder?«

»Nein, aus deiner Herkunft nicht«, stimmte er zu. »*Aber*.«

Basil griff an die schwarze Perle, die er immer in seiner Krawatte trug. Er war inzwischen zu solcher Tadellosigkeit gelangt, daß er es sich erlauben konnte, die Beimischung von Piräussand in seinem Stammbaum zu vergessen. Jeden Morgen zog er Hosen an, die noch warm vom Bügelbrett waren. Jeden Morgen ging er zur Bank, bloß um sich seiner Erscheinung zu vergewissern. Diejenigen, die es mit Basil an Perfektion nicht aufnehmen konnten, hielten ihn für kalt, aber seine Frau war überzeugt, daß ihm die Einhaltung solcher Regeln die Filiale in Kolonaki eingebracht hatte.

»*Aber*«, sagte er und bohrte den Finger in die Luft, »du *bist* verantwortlich dafür, daß du die Einladung bei Sissy Kamara angenommen hast. Du hättest etwas vermeiden können, das wir beide am Ende wahrscheinlich bereuen werden.«

»Oh!« rief sie. »Du bist ungerecht! Was kann die arme Sissy dafür! *Mich* kannst du angreifen! Ich weiß, was ich bin. Aber Sissy ist wirklich eine großartige Frau.«

»So heißt es jedenfalls«, meinte Basil.

Oft verzieh Poppy Pantzopoulos dem immer noch vollkommenen Profil ihres Mannes nicht, bevor sie es nicht auf ihrem Kopfkissen fand.

»Zum Beispiel die Gedichte«, begann sie.

»Gedruckt in einer Ausgabe, die so privat war, daß niemand sie gelesen hat.«

»Und das Versepos«, murmelte Poppy Pantzopoulos.

Gelegentlich wurde ihr Verstand zum Opfer ihres rundlichen Körpers.

»Ja, das Versepos«, seufzte Basil. »Über ein Thema, an das sich niemand erinnert. Und Sissy Kamara hat es vorgetragen. An einem Berghang. Vor einer Gruppe von Frauen, von denen die meisten heute tot sind.«

Ihr Leben lang hatte Poppy Pantzopoulos nie zugeben wollen, daß sich die Meinung ihres Mannes über die Frauen, sogar über die, die er gebrauchte, auch auf sie erstrecken könnte.

»Na ja«, sagte sie entschuldigend, »und was sie sonst alles getan hat. Die Weberei. Sie organisierte *Griechisches Bauernhandwerk* zu einer Zeit, als sich niemand – jedenfalls niemand aus den besseren Kreisen – für so etwas interessierte. Und sie hat es durchgezogen, fast ohne Hilfe. Auf Kosten ihrer Gesundheit. Denn jeder weiß, daß Sissy Kamara nicht gerade kräftig ist.«

»Sissy Kamara ist eine von denen, die das Talent besitzen, andere arbeiten zu lassen, und die am Ende alles Verdienst für sich einheimsen.«

»Oh, da täuschst du dich aber gewaltig! Das ist einfach boshaft! Ich will nicht bestreiten, daß Sissy energisch ist. Aber wo wäre sie denn ohne ihre Energie? Wenn du bedenkst, was sie alles auszuhalten hat. Nicht nur ihre angegriffene Gesundheit, auch die beschränkten materiellen Möglichkeiten und dann diesen Ehemann.«

»Gewiß«, sagte Basil, »man fragt sich, was sie dazu gebracht hat, Sotos zu heiraten.«

»In dieser Hinsicht«, antwortete Poppy, »fragt man sich doch bei den meisten Leuten, was sie dazu gebracht hat, die Männer oder die Frauen zu heiraten, die sie schließlich bekommen haben.«

Basil brauchte ihr keinen Blick zuzuwerfen. Er wußte, daß sie wußte. Sie wußte, daß er sie wegen des Hauses ihrer Tante Danae in Ploutarchou und wegen des Gutes von Onkel Stepho auf Euböa geheiratet hatte. Sie wußte über Hariklia und Phroso Bescheid und möglicherweise auch über Smaragda Thiraiou. Aber sie war nicht verbittert, denn sie liebte ihn.

Basil betastete seine schwarze Perle.

»Sotos Louloudis!«

»Ja«, sagte sie. »Ja. Wegen all der familiären Verpflichtungen konnte Sissy erst so spät heiraten, und ich vermute, da war sie schon zu arm, um sich einen Besseren zu nehmen.«

Poppy Pantzopoulos hätte heulen können.

»Aber Sotos Louloudis! Man weiß ja nicht einmal, was der eigentlich tut!«

»Irgend etwas sehr Diskretes, vermute ich. Ich habe gehört, er sei eine Art Geschäftsführer. Oder *war* es früher vielleicht. Anscheinend ist er jetzt viel zu Hause.«

»Aber was für ein Mann! Man kann sich gar nicht vorstellen, daß sie mit diesem Sotos verheiratet ist. Niemand kann das. Für alle ist Sissy immer noch Sissy Kamara.«

»Das stimmt«, mußte Poppy Pantzopoulos zugeben. »Weil alle wissen, daß Sissy Kamara aus Smyrna ...«

»Da haben wir es schon wieder! Wir Anatolier!«

»Ist es nicht schon spät?«

»Ja«, sagte er mit gerunzelter Stirn. »Es ist spät.«

Sie hatte ihn immer wegen seiner Gewissenhaftigkeit bewundert, die ständig Klage gegen ihre eigene Oberflächlichkeit führte. In Museen las er die Schildchen unter jedem Ausstellungsstück, während sie am anderen Ende des Saales saß und die geschwollenen Füße von sich streckte.

»Wir werden sehen«, sagte Basil. »Ob Mrs. Kamara Louloudis uns ein eßbares Diner servieren kann. Jedenfalls besteht bis Donnerstag immerhin Hoffnung.«

An diesem Morgen hatte er sie nicht geküßt, und obwohl sie durch ihre Rituale meist wiederhergestellt wurde, war sie froh, daß er ihr keinen Kuß angeboten hatte, denn sie wußte, daß sich ihr Kinn heute nicht reparieren ließ und daß ihre Augenlider wieder einmal fettig und schwarz aussahen.

Da sagte Mr. Petrocheilos: »Man kann es nicht immer erkennen, aber ich glaube, es wird schlimmer, als wir erwartet haben.«

Sein Atem versengte ihr fast das Ohr.

»Wie furchtbar!« erwiderte Mrs. Pantzopoulos aus einem Mund voller Instrumente, aber das Rohr saugte ihre Worte in die Wirkungslosigkeit ab.

»Ich bin ein Feigling«, fügte sie hinzu. »Schon der kleinste Schmerz«, schien sie gegen ihr Trommelfell zu schreien.

Und hoffte, der Zahnarzt würde es wegen der Verzerrung nicht verstehen.

Sotos Louloudis war an die Tür gekommen. Sie müßten Sissy entschuldigen, sagte oder vielmehr bedeutete er ihnen, sie sei in der Küche und kümmere sich um alles. Sie hatte das Mädchen weggeschickt, das immer nervös wurde, wenn Gäste kamen, und mit ihrer Nervosität dann auch Sissy ansteckte. Poppy hätte gern die Kraft besessen, Sotos' Entschuldigung vor dem Lächeln ihres Mannes in Schutz zu nehmen.

Sotos jedenfalls stand da. Er war so schmächtig. Wenig behielt man von Sotos in Erinnerung, außer seiner Schmächtigkeit. Und ganz gewiß nicht seine Ansichten, die nur das Echo des Nachhalls von anderer Leute Bemerkungen waren.

Er sagte: »Willkommen. Kommt ihr mit? Sissy meint, wir sollten uns auf den Balkon setzen. Kommt ihr nach draußen?«

Nur Sissy konnte die Stühle inmitten von Jasmin und Geranien aufgestellt haben – wie für die Passagiere auf dem Deck eines Schiffes, genau nebeneinander.

»Wollt ihr etwas trinken?« fragte Sotos.

In einer Flasche fand sich tatsächlich noch ein Rest Ouzo.

»Wollt ihr eine Zigarette rauchen?«

Er fügte nicht hinzu: falls ihr eine mitgebracht habt. Basil hatte natürlich sein Etui dabei. Sotos selbst rauchte nicht. Lag darin vielleicht ein Vorwurf gegen Sissy, die ihre Zigaretten mit sich herumschleppte, als wären sie ihr Reisegepäck?

Bald saßen sie auf quietschenden Stühlen, und Sotos war bereit, die Löcher zu stopfen, die sich in der Unterhaltung auftaten.

»Ja«, sagte er. »Das würdet ihr nicht glauben, oder? Solange man es euch nicht sagte.«

»Stimmt es denn? Ist das eine *Tatsache*?« erkundigte er sich über seinen verflochtenen Händen und fügte vielleicht hinzu: »Ich vermute es doch, oder? Da sieht man mal wieder!«

Und verdrehte die Beine in ihrem minderwertigen Tuch.

Oft erst gegen Ende eines Abends warf Sotos Louloudis plötzlich einen Blick auf diejenigen, denen dieser Abend gehört hatte. Dann zwinkerte er, und es war, als hätte er das Ende des Tunnels hinter sich und wäre nun nicht mehr so verblüfft und überrascht. Jedesmal, wenn es geschah, erinnerte sich Poppy Pantzopoulos daran, wie sehr Sotos sie in ähnlichen Situationen schon fasziniert hatte, durch die plötzliche Nähe seiner Ferne. Allerdings vergaß man es rasch wieder.

Und gerade jetzt dachte sie ganz sicher nicht daran, denn eben kam Sissy Kamara nach draußen. Und dann war da Sissys Wange. Und nicht so sehr ein Parfüm als vielmehr eine Erinnerung an Türen, die sich in ein Haus an der Frankenstraße in Smyrna öffneten.

»Oh«, rief Sissy Kamara, »da bist du ja! Ich freue mich so, dich zu sehen, meine liebe Poppy!«

Hätte Poppy Pantzopoulos Sissy nicht *gekannt*, wäre sie vielleicht erstaunt gewesen. Sie konnte hören, wie Basil dieses kleine Geräusch von sich gab, das Schnalzen hinten in der Kehle.

»Und Basil auch. Natürlich«, fügte Sissy hinzu und legte ihr Gepäck auf den Tisch. Von Sotos nahm sie keine Notiz, aber nur deshalb, weil er ihr Mann und immer da war.

»Mögt ihr Geranien?« fragte sie. »Also, ich weiß nicht recht. Sie wuchern zu sehr. Lassen sich nicht bändigen.«

Trotzdem konnte ihre Hand nicht widerstehen und unternahm einen Versuch.

»Na, jedenfalls werden wir gleich essen. Hoffentlich.« Sie lachte und stieß Rauch aus. »Seid ihr hungrig?«

Sie erwartete keine Antwort.

»Ich habe einen jungen Mann entdeckt, einen *action painter*«, sagte Sissy Kamara.

Poppy erschrak – ein bißchen für sich selbst, mehr für Basil, aber am meisten für Sissy Kamara.

Sotos Louloudis lächelte, denn er wußte, daß seine Frau immer alles richtig machte. Er stand auf und ließ sie machen.

»Dein junger Mann – ich hoffe, er ist kein Genie«, wandte Basil ein.

»Ich werde es euch zeigen«, versprach Sissy Kamara, »nachher. Ach, es gibt soviel zu erzählen und zu hören. *Poppitza*!«

Sie klatschte in die Hände, und alle orientalischen Kettchen an ihren Handgelenken tuschelten.

Sissy Kamara sei eine hektische Frau und ihre Häßlichkeit werde durch die Aufmerksamkeit, die sie auf sich zog, noch hervorgehoben, pflegte Basil zu sagen. Dabei war Basil eigentlich nicht mitleidlos, sondern vor allem das Opfer seiner eigenen hohen Ansprüche. Diese Stimme, dieses Lachen, sagte er – und zur Hälfte waren natürlich die Zigaretten schuld. Der Anflug von trockenem Rouge auf ihren Wangen verlieh ihr ein ziemlich hektisches Aussehen, dazu noch die hohe Frisur, sie mußte beabsichtigt sein, obwohl sie irgendwie gequetscht wirkte, so, als wäre Sissy Kamara eben erst aufgestanden und hätte gerade ein paar Aspirin geschluckt.

»Er ist so nett, er hat uns einige *mezedakia** gebracht«, sagte Sissy gerade.

Tatsächlich bemerkten sie jetzt, daß Sotos mit einer Platte in der Hand zurückgekehrt war. Da lagen Oliven. Da lagen *dolmadakia*** aus der Dose.

»Essen ist so unwichtig«, sagte Sissy, »es ist geradezu demütigend, daß man essen muß.«

Poppy fürchtete, daß Basil – sie fürchtete für Sissy, daß sie jetzt womöglich eines ihrer gescheiten Gespräche anfangen würde. Basil konnte es nicht leiden, wenn Sissy über den Sadomasochismus der Griechen sprach.

Aber Sissy nahm die Platte, als wollte sie ein Weiheopfer bringen.

»Ihr *mögt dolmadakia*«, verfügte sie.

»Oh, *dolmadakia*!« rief Poppy und war wieder ein kleines Mädchen. »*Dolmadakia* sind himmlisch!«

Sie sah nicht zu Basil hinüber, der ihre Albernheit bestätigt hätte – sie hatte sie schon mit eigenen Ohren vernommen –, während sie den Geruch roch und den Geschmack im voraus ahnte, den unverkennbaren, den metallischen, den fast widerlichen Geschmack von *dolmadakia* aus der Dose.

»Die Platte hat meiner Mutter gehört«, erzählte Sissy vor dem Geklingel der Ringe ihrer Mutter. »Weißt du noch, Poppy? In Smyrna?«

Jetzt starrten Poppy Pantzopoulos und Sissy Kamara zusammen auf die Platte, nicht so sehr auf ihre erlesene Häßlichkeit – sie besaß die Form eines Doppeladlers, eingefaßt von

* mezedakia: Vorspeisen
** dolmadakia: gefüllte Weinblätter

Schlangen aus sich ringelndem Gold –, sondern über die Auswüchse und Höhlungen und die kleinen Pakete der in feuchten Häufchen daliegenden *dolmadakia* hinweg, so als würden sie einen gemeinsamen Liebhaber betrachten, den sie sich, je weiter er in Zeit und Raum zurückwich, mit verminderter Bitterkeit teilen konnten.

Poppy Pantzopoulos war der Salon an der Frankenstraße eingefallen, der Sommer, der sich mit verstohlenem Licht und Jasminreiz durch die Metalljalousien einschlich, um mit der neobyzantinischen Platte zu tändeln. Die die alte Frau hereingebracht hatte.

»Hier sind ein paar *kourabiedes**«, sagte die alte Vangelio. »Speziell für Poppaki. Die immer so lieb ist.«

»Ich bin nicht lieb«, sagte Poppy Pesmazoglou, die ihre Freundin hatte besuchen wollen und sich außerdem über die sentimentale Unterwürfigkeit alter Hausangestellter ärgerte.

»Aber du *bist* lieb. Ich kann es sehen«, beharrte Vangelio mit diesem widerwärtig süßlichen Lächeln.

»Nein! Das bin ich nicht!« beharrte Poppy und kreischte fast.

Vangelio hatte rissige Hände, die meistens auch schmutzig waren von dem Gemüse, bei dessen Zubereitung sie noch helfen durfte. Sie war schon so alt und nutzlos.

»Magst du *kourabiedes*?« fragte Sissy Kamara.

Sie war gerade hereingekommen. Das Haargefieder schloß sich um ihren Kopf zu einer Kappe aus tintenschwarzem Licht.

»Oh, *kourabiedes* sind himmlisch!« erwiderte Poppy Pesmazoglou und kicherte.

»Ihr habt also keine Angst vor Schnurrbärten.«

Denn schon zeigte sich an den beiden Mädchen der weiße Flaum des Puderzuckers. Wieder kicherte Poppy und wischte sich den lächerlichen Schnurrbart ab. Sie hätte gern etwas

* kourabiedes: Biskuits mit Puderzucker

getan oder gesagt, woran sich die Leute später erinnerten. Aber das gelang ihr nie. Sie machte Morgenbesuche und befürchtete, daß es niemandem auffiel, wenn sie wieder ging.

»Ich muß dir etwas erzählen«, sagte Sissy Kamara, als sie an der *soumada** nippten, die Vangelio ihnen dagelassen hatte.

Poppy Pesmazoglou konnte es gar nicht erwarten.

»Ich schreibe einen Roman in der ersten Person.«

Die Bewunderung und die plötzliche Duftaufwallung aus ihrem kalten Glas verschlugen Poppy den Atem.

»Er handelt von einem Fliegeroffizier«, gestand Sissy Kamara, »der hinter den Linien abstürzt und von den Türken gefangengenommen wird.«

»Aber Sissy, woher *weißt* du so etwas?«

»Man weiß es eben«, seufzte Sissy. »Ich will offen mit dir reden. Am zweiten des nächsten Monats werde ich wahrscheinlich die Front besuchen. Um Liebesgaben zu verteilen.«

»Wie ist das möglich?« Poppy Pesmazoglou trank hastig an ihrer *soumada*. Ihre Bewunderung war grenzenlos.

»Unter uns«, sagte Sissy, »Pouris hat es arrangiert. Wir fahren nach K–, dort werden wir Pferde und Maultiere vorfinden, die uns über das Gebirge bringen. Für die Moral der Truppe ist es bestimmt gut.«

Poppy Pesmazoglou bemerkte, daß sie etwas von der *soumada* verschüttet hatte. Der Orangenblütenduft erstickte sie fast, als sie die süße Klebrigkeit abwischte.

»Und deine Mutter?« fragte Poppy.

»Mutter ist zu erschöpft«, sagte Sissy. »Das ist der Einfluß der Griechen des Mutterlandes!«

Dann lachten die beiden Mädchen und rückten zusammen, denn sie hatten weit auseinander gesessen in dem von Jalousien verdunkelten Salon an der Frankenstraße, in einer anato-

* soumada: nichtalkoholisches Getränk aus Mandeln und Orangenblütenwasser

lischen Wirklichkeit, in die gewiß kein Grieche und nicht einmal ein Krieg, den Männerarmeen ausfochten, jemals eindringen würde.

Und die ganze Zeit über – wieviel Jahre? – saß Sissy Kamara da und hielt die wenigen *dolmades* auf der häßlichen neobyzantinischen Platte.

»Ist sie nicht schön?« fragte Sissy Kamara.

»Sie ist schön!« stimmte Poppy Pantzopoulos zu.

Sie wußten, daß jede von ihnen von dem eigenen Ehemann beobachtet wurde, daß aber keiner der Männer es wagen würde, in die leicht unmoralische Verbindung einzudringen, deren Genuß ihnen die Vergangenheit noch für ein paar Augenblicke gewähren mußte.

»Wißt ihr, daß diese Platte«, sagte Sissy Kamara und stellte sie feierlich ab, »eigentlich das einzige Besitztum ist, was ich damals aus der Katastrophe retten konnte. Und auch sie hätte ich nicht mitgenommen, wenn Vangelio sie nicht eingepackt hätte. Erinnerst du dich an die alte Vangelio – die Amme meines Onkels?«

Poppy nickte und senkte den Blick, wie sie es immer tat, wenn von einem Verstorbenen die Rede war.

»Wenn Vangelio die Platte nicht eingepackt und mir in die Hände gedrückt hätte, als die Türken die Stadt schon in Brand gesteckt hatten.«

Da wagte Sotos Louloudis, der Mann von Sissy Kamara, die Bemerkung oder flüsterte vielmehr: »Ich habe das Kalbfleisch abgestellt.«

»Mein Gott, ist es angebrannt?«

»Nein, aber es fing an, auszudörren.«

»Mein Gott«, sagte Sissy Kamara, »wie dieses Kalbfleisch immer ausdörrt. Man braucht sich nicht mal umzudrehen, direkt vor der Nase!«

»Ich habe ja aufgepaßt, Sissy«, sagte Sissys Mann. »Du würdest es, glaube ich, noch nicht trocken nennen.«

Poppy Pantzopoulos erhob sich, bevor die Aufforderung dazu kam, sie wußte, wie sehr Basil Unterwürfigkeit bei einem Mann verachtete. Mit der gedämpften Stimme, die ihr seit ihrer Kindheit eigen war und die sie manchmal noch mehr dämpfte, sagte sie:

»Ich bin sicher, Sissys Kalbfleisch schmeckt köstlich.«

Es klang lächerlich, das hörte sie, aber Sotos lächelte voller Mitgefühl.

Nachher, als sie zu Tisch gegangen waren und Sotos sich um das Essen kümmerte, begann Sissy Kamara, die sich schon gesetzt hatte, über den Sadomasochismus der Griechen zu sprechen, während Poppy, ohne Basil anzusehen, sich wünschte, sie täte es nicht.

»Wir sind ein gewalttätiger, verabscheuenswerter Menschenschlag«, sagte Sissy Kamara, und etwas von der Soße tropfte ihr auf den Schoß, als sie sich von dem Kalbfleisch nahm, das Sotos hereingebracht hatte. »Wenn wir ehrlich sind, sind wir nicht besser und nicht schlechter als die Türken. Übrigens«, fügte sie mit ernster Miene hinzu, »es gibt keinen ersten Gang, den habe ich nämlich vergessen, aber wir sind ja alte Freunde, und ich wußte, daß es mir niemand übel nimmt.«

Poppy Pantzopoulos sah nicht zu Basil hinüber, aber sie hörte, daß er an seinem Besteck rückte.

»Was ich sagen wollte«, sagte Sissy Kamara, »man braucht einem Griechen nur ein Messer in die Hand zu geben und schon benutzt er es, meistens gegen sich selbst.«

Da hörte Poppy Pantzopoulos, wie Basil mit schneidender Stimme sagte: »Sissy, ich sitze hier nicht, um mich von dir mit *allen* Griechen in einen Topf werfen zu lassen, von den anatolischen *loukoumia** gar nicht zu reden.«

»Zugegeben«, sagte Sissy Kamara, den Mund gefüllt mit dem eigenen unschuldigen Kalbfleisch, »es gibt Aktive und

* loukoumia: türkischer Honig

Passive. Aber an einem bestimmten Punkt entblößt jeder Grieche seine Brust. Es gehört zur heroischen Tradition«, sagte sie und fügte hinzu, als würde sie sie lieben: »aber die heroische Tradition ist eingewachsen. Wie ein Zehennagel.«

»Der durchschnittliche Grieche«, rief Basil, »ist viel zu sehr damit beschäftigt, sich zwischen Stein und Fels seinen Lebensunterhalt zusammenzukratzen oder seinen Posten im Ministerium nicht zu verlieren, als daß er sich für deine Verallgemeinerungen hergeben würde.«

»Durchschnitt!« kreischte Sissy Kamara mit triumphierender Miene und Goldbrücke. »Was heißt Durchschnitt?«

Poppy Pantzopoulos konnte es nicht ertragen. Vielleicht war Sissys Mann aus dem gleichen Grund hinausgegangen oder hatte sich hastig verdrückt. Sein Kalbfleisch lag verlassen da, zwischen Messer und Gabel. Poppy hörte Sotos irgendwo draußen auf der Terrasse seiner Frau zwischen den widerspenstigen Geranien. Sie konnte das überaus zerbrechliche Geräusch einer Handvoll Gläser hören, die gerade eingesammelt werden.

»Aber Basil«, Sissy hatte sich die Fingerspitzen so linkisch auf die Brust gesetzt, daß ihre Ellbogen wie bloßgelegt wirkten, »ich würde meine *Seele* für Griechenland opfern. Gerade die Liebe zu *allen* Griechen öffnet mir die Augen für ihre Schwächen.«

»Das ist deine Freude an Qualen.«

»Ich?«

Auch Poppy hätte protestiert, wenn sie gewußt hätte, wie. Sie hätte am liebsten gerufen: O nein Sissy hier bin ich dein Schild wird die grausamsten Schläge der Wahrheit abwehren. Aber sie saß nur da und blickte aus dem Fenster auf die Terrasse, und ihr Kummer war weniger bohrend als vielmehr sinnlich. Vielleicht war ihr wuchtiger Körper daran schuld. Voll füllig bis dicklich. Draußen auf der Terrasse stand Sotos Louloudis mit seiner Handvoll Gläser. Lag es am ätzenden Licht oder war es der Schatten der Vorahnung, der Sotos noch mehr schrumpfen ließ? Er wirkte dünner denn je, ein Gebinde aus Sehnen, ein Puzzle aus Adern.

Da hätte Poppy Pantzopoulos beinahe eine Sekunde lang aufgeschrien oder hatte es vielleicht auch getan, aber nichts kam heraus. Denn Sotos bückte sich. Während Poppy protestierte: Nur meine Hände sind unempfindlich genug die Platte so aufzufangen daß sie nicht zerbrechen kann.

Aber sie war schon zerbrochen. Und mußte zerbrechen. Wie Poppy und Sotos schon ein paar Augenblicke im voraus gewußt hatten.

Poppy Pantzopoulos saß da und sah, wie die Scherben des Doppeladlers der Kamaras die Terrasse in Weiß tauchten. Das Klatschen der *dolmadakia* auf dem Marmor hatte irgendwie menschlich geklungen, aber gleich danach hatten sie, noch menschlicher, reglos dagelegen. Grausam zeichneten sich die Knochen von Sotos Hintern in seiner Hose ab, während er sich bückte.

Es war so traurig, ihre Kehle wurde zum Schlund, in dem sie bald ertrinken würde. Ihr Blick bekam etwas Bedrohliches. Es war so quälend, daß Poppy Pantzopoulos angefangen hatte zu lachen. Oder zu stöhnen. Oder zu zischen. Es war so rücksichtslos, so schrecklich. Basil, so hätte sie – zwischen dem Schlucken – gern befohlen, du sollst da nicht hinsehen, du brauchst keine zusätzlichen Waffen.

Aber Basil sah natürlich hin. Er sah den schmächtigen Hintern von Sotos. Er hörte das Geschiebe der Scherben.

Sissy Kamara hatte sich über den Tisch gebeugt. Sie kämpfte mit ihrem hochgetürmten Haar.

»Oh, es ist schlimm«, klagte sie, »wie einem die besten Absichten zunichte gemacht werden, bevor sie überhaupt zur Geltung kommen können. Mein Leben lang hat man mich falsch verstanden. Aber es macht mir nicht viel aus. Der Glaube an die eigene Integrität ist mir noch nicht abhanden gekommen.«

Poppy Pantzopoulos indessen konnte nur noch lachen. Sie

war ganz außer sich. Auch Basil begann zu lachen, aber geschmackvoller, nämlich trockener. Es war das Rascheln welker Palmblätter, die sich an ihren Stielen wanden, während Poppy aufgequirlt war wie ein Sack voll winziger Spanferkel, den ein Bauer an Deck eines Schiffes hatte fallen lassen. Wenn er nur nicht bald unter den Tritten platzen würde.

Vielleicht hatte Sissy noch nichts bemerkt, weil es sie so weit in die Vergangenheit gezogen hatte. Sie marterte ihre schon verwundeten Wangen und sagte:

»Die größten Gemeinheiten haben mich nie zum Weinen gebracht. Weil ich sie immer erwartet habe.«

Während Poppys Heiterkeitsausbrüche den Raum zu sprengen drohten, in den sie sie gezwängt hatte, hörte sie, wie Basils trockenes Gekicher in diesem grausamen Wind an seiner Verankerung zerrte. Ihre Augen gehörten nicht mehr ihr, sie waren jetzt ein Paar losgelöster, aber schmerzender Augäpfel, die an einer Fensterscheibe klebten, hinter der Sotos Louloudis hockte und die Teile von Sissy Kamaras alter Platte zusammenscharrte. Die verstreuten *dolmades* einsammelte. Seit sie ihren Zweck verfehlt hatten, wurden die Weinblattpaketchen nach und nach gelb und widerlich. Und deshalb schüttelten sich Poppy und Basil Pantzopoulos. Man erinnerte sich an diesen Geruch von *dolmadakia* aus der Dose. Und lachte.

Aber Sotos Louloudis richtete sich auf. Seine Handgelenke waren älter, länger, dünner.

Da bemerkte Sissy Kamara, ja, vielleicht fiel ihr das Alter ihres Mannes auf, seine groteske Gestalt, von der eine Anklage gegen sie alle drei ausging. Denn von dort, wo sie saß, kreischte sie nun nach dem Fenster:

»Was ist denn, Sotos? Du hast doch nicht etwa meine schöne Platte kaputtgemacht?«

Sotos war hereingekommen. Er hatte aus seinen Händen ein Nest gemacht, in dem er die scharfen Scherben vor sich hertrug und die weichen, feuchten *dolmadakia* zerquetschte, die ihm zwischen den Fingern hindurchsickerten und zu entkommen versuchten.

»Doch«, sagte er. »Kaputt. Die Platte.«

Dann ging er hinaus, in einen abgelegenen Teil des Hauses, ging wie in Segeltuch und auf Gummi und hatte vielleicht nie andere Schuhe angehabt, bloß daß es keiner bemerkt hatte.

Der Abgang von Sotos Louloudis gestattete es Poppy Pantzopoulos immerhin, das aufgestaute Lachen herauszulassen. Vor lauter Würgen begann sie zu schwanken, kollerte, so kam es ihr vor, wie ein Truthahn, abstoßend. Basil, der gesetzter war und ein Mann, schwankte und torkelte.

»Aber meine Platte!« schrie Sissy, bevor auch sie anfing zu lachen. »Mein Adler!« lachte Sissy. »Ich habe ihn so geliebt! Und du läßt ihn fallen, läßt ausgerechnet meinen geliebten Adler fallen!«

Sissy Kamaras Hektik war durchgebrochen. Tau legte sich zwischen den Staub. Wasser schoß ihr aus den Augenwinkeln. Normalerweise kniff sie ihr Gesicht über den Gedanken, die sie bekümmerten, zusammen, jetzt riß es auf.

»Mein letzter Besitz von Wichtigkeit«, lachte Sissy, »und da hat man nun gehofft, man würde sich mit dem Alter leichter von allem lösen, aber das Alter ist die größte Enttäuschung überhaupt, eine letzte Orgie der Besitzgier, der Anhäufung von sinnlosen Eitelkeiten.«

Basil hörte auf zu lachen. Er, der sich den ganzen Abend nicht angesehen hatte, hätte es jetzt getan, wenn er einen Spiegel hätte finden können.

Und Sissy Kamara hielt ihm fast einen hin.

»Oh«, lachte sie und deutete mit dem Finger vor sich, »ich bestreite nicht, einige von uns haben sich gut gehalten, und Schönheit ist oft eine Garantie dafür, daß einem nichts mehr verlorengehen kann.«

Letzte Zuckungen warfen Poppy Pantzopoulos gegen die lederne Rücklehne ihres Sessels – so weit hatte es sie davongetragen –, als Sotos Louloudis zurückkehrte.

Sotos setzte sich an seinen Platz und begann mit langen, schrägen Schnitten sein kaltes Kalbfleisch zu zerteilen. Er aß hinter bleichen Lippen.

»Man darf keine Angst vor dem Altwerden haben«, beruhigte sich Sissy Kamara. »Ich finde es mehr oder weniger normal. Nur mein arthritischer Daumen. Ich habe einen arthritischen Daumen, Poppy. Ich kann nichts Schweres tragen.« In diesem Augenblick hielt Sissy Kamara ihre verstümmelte Klaue hoch.

»Ich habe immer Angst, irgend etwas fallenzulassen.« Sie seufzte. »Meine Platte. Meine schöne Platte!«

Obwohl sie gar nicht wollte, beobachtete Poppy Pantzopoulos die Augenlider von Sotos, wie sie zwinkerten, wie er von seinem Standort am Ende des Tunnels Ausschau hielt und ins Licht blinzelte. Gern hätte Poppy gewußt, was Sotos sah. Sie war froh, daß sie aufgehört hatte zu lachen. Alle hatten jetzt aufgehört.

Poppy sagte: »Aleko Philippides ist der Ansicht, Fische aus dem Ozean seien nahrhafter als unsere Mittelmeerfische, weil sie mehr trainieren müßten. Er hat es mir bei Elly Lambraki erzählt.«

Beim Abschiednehmen macht es einem die Nachtluft leichter, läßt es weniger als Pflicht erscheinen, wenn einem irgend etwas leid tut, das geschehen ist.

»Wickelt euch gut ein«, riet Sissy Kamara, die mit ihrem Mann in der Haustür stand. »Das Wetter ist noch trügerisch.«

Das Licht hatte Sissy und Sotos isoliert. Sie war kleiner und er dünner, als man je vermutet hätte. Wie alte Hunde, die schnuppernden Nasen in die Höhe gereckt, hofften sie, hinter dem Abschied nicht Abtrünnigkeit zu wittern.

Als Basil und Poppy Pantzopoulos wieder in ihrem schönen Wagen saßen und dafür gesorgt hatten, daß die Fenster Luft einließen, ohne daß Durchzug entstand, begann Basil:

»Das war ja eine abscheuliche Szene, Poppy. Obwohl ich

zugeben muß, daß ich beteiligt war. Lachen ist ansteckend. Man kann einfach nicht anders, oder?«

»Ja«, sagte Poppy Pantzopoulos, drehte den Kopf und wandte sich der Ecke zu.

»Arme Sissy! Jedenfalls werden wir ihr wohl kaum noch einmal gegenübertreten können«, meinte Basil.

»Nein«, sagte Poppy.

Und glaubte doch, daß alles noch einmal geschieht, so wie es, bis zu einem gewissen Grad, auch früher schon einmal geschehen ist.

»Irrrrrh!«

Die Wand hatte nachgegeben, der Bohrer von Mr. Petrocheilos hatte sie durchstoßen und war direkt in den Nerv von Mrs. Pantzopoulos' Zahn gefahren.

»Da haben wir es!« rief der Zahnarzt irgendwie triumphierend. »Jetzt gibt es keinen Zweifel mehr!«

Mr. Petrocheilos senkte seine große, schreckliche Nase.

»Es riecht auch. Der muß raus.«

»Nein! Nein!« wehrte sich Mrs. Pantzopoulos und packte die schweißbedeckten Armlehnen des Stuhls. »Auf gar keinen Fall werde ich mich von einem Zahn trennen. Egal, was passiert. Flicken Sie ihn, Mr. Petrocheilos, bitte. Er gehört mir. Er ist mir verliehen.«

Falls nötig, würde sie den Zahnarzt wechseln, aber nicht den Zahn. Wenn sie sich mit einem Mund voller Gerätschaften hätte äußern können. Ihre Beine tasteten nach einem Halt auf der Metallstufe, waren aber viel zu kurz, zu dick, zu schlaff, eben anatolische *loukoumia*.

Mrs. Pantzopoulos schloß die Augen.

»Ich lasse alles über mich ergehen«, sagte sie, »aber meinen faulen Zahn will ich behalten.«

Alle Mädchen hatten sich die Kopftücher umgebunden, die sie in den Gottesdienst mitgebracht hatten, und aus ihren

Gesichtern Inseln gemacht. Mit ihren Bündeln in der Hand warteten sie in der Halle hinter dem Gitter auf Monsieur Leclerq, der sie zu dem französischen Zerstörer begleiten sollte. Von Zeit zu Zeit fragten die Mädchen: »Mein Gott, kommt er denn auch?«

»Selbstverständlich kommt er. Dafür wird er ja bezahlt!« versicherte Poppy Pesmazoglou.

Die Verantwortung hatte sie dünner gemacht, dunkler, strenger. Manchmal konnte sie gar nicht glauben, was sie vor sich sah, wenn sie ihren Paß aufschlug. Nur ihre Eltern, die andauernd Telegramme aus Lausanne schickten, erinnerten sich daran, daß sie ihr dummes kleines Mädchen mit den Grübchen in den Wangen war.

»Mein Gott«, stöhnte Panayota, »Mr. Phitilis hat gesagt, sie hätten die Stadt in Brand gesteckt. Die verbrennen Smyrna.«

»Glaubst du denn alles, was man dir erzählt?« fragte Fräulein Pesmazoglou, wie es ihre Pflicht war.

Bis es nicht mehr überraschend war, daß Monsieur Leclerq nicht kam, um sein bezahltes Versprechen zu halten, oder daß die Gruppe sich in Richtung des Quais in Bewegung setzte, immer drei Mädchen, an den Händen gefaßt, in einer Reihe, die Köchin blieb immer weiter zurück.

Fräulein Pesmazoglou marschierte auf ihren plötzlich lang gewordenen Beinen vorneweg.

Und Smyrna brannte. Die Nacht hatte ihre Dolche gezückt, ein Tüchlein Rauch schnürte ihnen die Kehle zu.

Ahhhh, weinten sie oder lachten und senkten die Köpfe, um der Ferne entgegenzurennen.

Fräulein Pesmazoglou rannte, weil die panische Dunkelheit ihre Finger nach stillstehenden, vereinzelten Gestalten ausstreckte. Überall Lauffeuer und Glas. Die nassen Gedärme eines Pferdes hingen zwischen den Zugriemen heraus, bis auf das Pflaster. Eine Hand hing aus der Tür einer Straßenbahn.

»Die dreckigen Türken!«

Überall schaukelte die Dunkelheit von behaarten Männerleibern. Männerbrustwarzen blinzelten im Schweiß, der die Leiber unter ihnen blendete. Sie flog durch die Straßen, wie sie noch nie einem Ball nachgelaufen war. Sie trat auf ein Gesicht, es nahm den Druck hin. Sie rannte.

In dem Türken mit dem kurzen Messer in der Hand, an der Ecke der Unabhängigkeitsstraße, erkannte sie den Feigenverkäufer von Konya, diesen sanftmütigen, wenngleich ziemlich stark riechenden Mann – man sprach natürlich nie mit ihnen –, der im staubigen Morgen unter Akazien immer die purpurnen Feigen abwog. Jetzt schien der alte Türke Feuer gefangen zu haben. Flammen ringelten in seinem zerfurchten Gesicht. Und Vangelio, die alte Amme von Sissys Onkel, Vangelio kniete auf dem Kopfsteinpflaster und bot dem Türken eine Miene der Leutseligkeit und Güte, das Geschenk ihres lieben Gesichts war in ihr weißes Kopftuch gehüllt. Für das ungeheuerliche Messer des Türken.

»O Gott!« schrie Fräulein Pesmazoglou, und ihr Schrei versank in einem gläsernen Splitterregen.

Was tun, laufen, über Gesichter springen? Nach dem Messer greifen, nachgebendes Fleisch, zuckende Knochen? O nein, nicht das! Oder hätte es weniger geschmerzt, als wenn man es nicht tut?

Rennen drosselte die Gedanken, und dort in der Bucht lagen die elektrischen Skelette der Schiffe und erwarteten die Flüchtlinge, und die Flüchtlinge klebten an den Kähnen, von denen sie sich nicht mehr hatten vertreiben lassen.

So rannte sie, und mit dem letzten bißchen Luft mußte sie um die Erlaubnis bitten, ein Telegramm nach Lausanne zu schicken.

Mrs. Pantzopoulos lag beim Zahnarzt. Es war die Stunde der Erschöpfung, in der Damen Eis essen und sich über ihre Hausmädchen unterhalten. Mrs. Pantzopoulos jedoch, durchnäßt und ziemlich mitgenommen, stellte mit mattem Behagen fest, daß sie überlebt hatte.

Daß ihr Zahnarzt nicht einmal zu ihr herübersah, ärgerte sie einen Moment lang. Sie öffnete ihre Handtasche, und fast sah es so aus, als hegte sie einen Groll auf die Dinge, die sie darin fand.

Während Mr. Petrocheilos mit seinen behaarten Handgelenken dastand und seine Instrumente ordnete.

Er kann doch gar nicht wissen, sagte Mrs. Pantzopoulos zu sich, ob ich nicht in meiner Handtasche ein Messer versteckt habe, aber dieser Petrocheilos hält mich bestimmt für eine von diesen albernen Frauen, die ihr Leben damit verbringen, andere Leute zu besuchen.

Bei diesem Gedanken mußte Mrs. Pantzopoulos die Stirn runzeln, aber gleich darauf lachte sie wieder und sagte:

»Ich bezahle jetzt gleich, Mr. Petrocheilos.«

»Aber das ist doch nicht nötig«, entgegnete der Zahnarzt. »Sie bekommen eine Rechnung. Wie üblich! Ich vertraue Ihnen, das wissen Sie doch.«

»Oh, ich bin froh, daß Sie mir vertrauen!« sagte Mrs. Pantzopoulos und schien ehrlich erleichtert, obwohl sie ein bißchen dazu lachte, damit es wie ein Scherz klang. »Wirklich sehr, sehr froh! Aber ich werde Sie trotzdem jetzt bezahlen. Ich könnte doch unter einen Bus kommen, wenn ich über den Platz gehe.«

Sie biß sich auf die Lippen.

»Meine Beine könnten im entscheidenden Augenblick versagen. Das werden sie natürlich nicht, aber es könnte doch geschehen. Vollkommen sicher kann man nie sein. Nicht einmal, was einen selbst angeht.«

Dann bezahlte Mrs. Pantzopoulos den Zahnarzt und ging. Langsam stieg sie die Treppe hinunter und achtete sorgfältig darauf, wohin sie trat, wegen der Falle, die ihr vielleicht gestellt war.

EINE SEELE VON MENSCH

I

An diesem Abend entschloß sich Mrs. Custance, mit ihrem Mann darüber zu sprechen, daß sie wegen Miss Docker etwas unternehmen müßten.

»Die alte Ziege«, fing Ted Custance an.

»Sie ist so eine Seele von Mensch«, beeilte sich seine Frau, eine Spur zu munter, zu sagen. »Immer so hilfsbereit. Ist immer für andere da, und keiner kümmert sich um sie.«

Ted Custance, dessen dreißigster Sommer bei der Bank seinem Ende zuging, hätte nicht schwärzer sehen können.

Ganz Sarsaparilla wußte etwas von Miss Dockers jetziger Lage: Da die alte Miss Baskerville gestorben war und die Nichte beschlossen hatte, »Lyme Regis« zu verkaufen, würde Miss Docker bald ohne Dach über dem Kopf dastehen. Fast jeder war schon von der armen Frau mit Aufmerksamkeiten bedacht worden. Man brauchte nur die Weihnachtspräsente zu erwähnen, die sie sich nicht leisten konnte. Miss Docker war ein Geschenk für die Geschenkläden: all die kleinen Aschenbecher mit den plastischen Eukalyptusfrüchten, die Schäferinnen in angestaubten Spitzen, die Miniaturbumerangs mit den Löchern für die Zahnstocher, mit denen man die kleinen scharfen Würstchen aufspießen konnte. Jeder wußte es, doch fast jeder vergaß es. Es war bequemer, daran zu denken, daß sie ihre Rente hatte und gesund war.

»Und was schlägst du vor?« fragte Mr. Custance, als es schien, daß er nachgeben müßte.

Mrs. Custance beobachtete ihre eigenen Hände, wie sie ein Stück widerspenstige Brotrinde zerschnitten.

»Gut«, sagte sie, »ich will es dir sagen. Ich würde Miss

Docker gern fragen« – sie wählte die Worte mit besonderer Sorgfalt –, »ob sie nicht zu uns kommen und in unserem kleinen verglasten Verandazimmer wohnen möchte. Als Gegenleistung könnte sie uns im Haushalt helfen. Ganz *unverbindlich*«, fügte sie hastig hinzu. »Ich möchte niemanden ausnutzen. Sonst wäre sie ganz ungebunden. Und sie wird überall so gebraucht. Sie näht und flickt immer und kümmert sich um die Kinder und die Alten. Wir werden sie kaum spüren.«

Ted Custance stocherte in den Zähnen. Zugegebenermaßen kannte er Miss Docker nicht so gut. Er war ein ruhiger, grauhaariger Mann, der dem Menschengeschlecht im wesentlichen skeptisch gegenüberstand.

»Niemand in ganz Sarsaparilla«, fuhr Mrs. Custance mit ihrer Überzeugungsarbeit fort, »tut so viel Gutes wie Miss Docker.«

Mr. Custance blies die Luft gelangweilt durch den Schnurrbart. »Wenn du es nicht bist, die unbedingt Gutes tun will«, sagte er, »kümmert mich das wenig.«

Mrs. Custance errötete, denn es war ihr geheimer Wunsch, sich vor Gott zu rechtfertigen, und das hier versprach ihre größte Chance zu werden.

»O Ted!« sagte sie.

Ihr Erröten ließ sie jünger wirken; nicht daß sie alt gewesen wäre, sie stand in den mittleren Jahren. In Gedanken setzte sie sich ihm auf den Schoß und begann seine rauhe Haut zu streicheln. Natürlich hatte sie so etwas nie getan, doch sie würde auf die Gelegenheiten warten, daß er die Hand nach ihr ausstreckte. Dann würde sie alles mitmachen, was Ted wollte.

Jetzt wurden beide von einer Vorahnung bedrückt.

»Wir dürfen nicht erwarten, daß es keine Veränderungen in unserem Leben gibt«, wagte sie zu sagen.

Ted Custance grunzte.

Ihr Leben. Bisher war es ungestört verlaufen. Keine Kinder, dank eines zerstreuten Chirurgen. Hätte ihn vermutlich verklagen können, meinte Ted. Aber sie hatten es nicht getan. Sie waren zu anständig. Außerdem gäbe es nur Unannehmlichkeiten. Man denke nur an die Reporter. So hatten sie in ihrer Zweisamkeit zusammen gelebt, und keiner hatte sie zu trennen versucht, weil niemand ein genügend großes Interesse daran hatte.

»Du meine Güte, ich bin richtig aufgeregt!« brach es plötzlich aus Mrs. Custance heraus. »Endlich tun wir mal etwas!«

Er antwortete nicht. Konnte es sein, daß ihr Mann egoistisch war? Sie blickte auf die harte Haut rund um seine Nägel. Ted Custance war sehr handwerklich veranlagt, und er bekam seine Nägel nie bis Montag sauber, wo er wieder in der Bank Geldscheine zählen mußte.

Am gleichen Sonntag, als das Licht einen intensiveren Grünton annahm, rief sie ihm zu: »Ted? Was machst du denn?«

Er gab keine Antwort, bis sie nachschauen ging. Da sagte er: »Ich habe eine Art Bord angebracht, damit sie ihre verdammten Bücher draufstellen kann.«

Dann war er also nicht egoistisch, und überschwengliche Dankbarkeit erfüllte sie. »Wie gescheit!« sagte sie, als ob sie das eben herausgefunden hätte.

Er traf mit dem Hammer den Handballen. Sein Verhalten ließ fast vermuten, daß sie ihn beschämt hatte.

»Aber vielleicht liest sie gar nicht!« sagte sie. »Wenigstens habe ich sie einmal mit einem Buch in der Hand *dasitzen* sehen. Und dann wird es ein paar geben, die sie gern hat. Irgendwas, was sie geerbt hat.«

Weil ihn seine Frau in Verlegenheit gebracht hatte, begann Ted Custance sie mit der Schulter aus dem Zimmer zu drängen, und sie war wieder erstaunt über die Härte seines Körpers. Ihre ereignislose Ehe wurde durch lauter kleine Überraschungen lohnend. Manchmal langte Ted nicht nach der Schnur der Leselampe am Bett. Du meine Güte, pflegte sie zu protestieren, glaubst du, wir sollten? Aber er gab keine Antwort. Und obwohl sie kaum die Augen zu öffnen wagte, war sie danach immer auf stille Weise jünger.

Dann war der Donnerstag da, und es konnte nur das Taxi sein, was sie hörte, denn Miss Docker hatte angekündigt, daß sie für dieses Ereignis ein Taxi nehmen würde, und ein kleiner Lieferwagen sollte ihre Habseligkeiten bringen: einen Schaukelstuhl und eine Kommode und so weiter; das alles könnte in der Garage abgestellt werden, wenn es im Wege wäre, vorausgesetzt, es würde regelmäßig auf Termitenbefall untersucht.

Mrs. Custance war so aufgeregt, daß sie den ganzen Hausflügel zum Erbeben brachte, als sie zum Fenster lief.

Es war tatsächlich das Taxi, und Miss Dockers Hinterteil kam zum Vorschein.

Mrs. Custance lief, um sie willkommen zu heißen.

»Ach ja«, sagte Miss Docker, »ist es nicht schön, bei Freunden zu sein? Was würden wir nur ohne sie anfangen? Ich, für mein Teil, stände ohne ein Zuhause in der Welt da. Ein hübsches Haus haben sie« – sie sprach zum Taxifahrer –, »nur, wenn es nach meinem Geschmack ginge, wäre es cremefarben und grün angestrichen.«

Der Taxifahrer lachte, denn – nun ja – das war eben ganz Miss Docker.

»Hier«, sagte sie und hielt ihm eine Schachtel hin, »nehmen Sie eine Praline. Erzählen Sie mir nicht, daß es einen Mann gibt, der kein Süßschnabel ist.«

Miss Docker bediente sich ebenfalls. Das Stanniolpapier fiel ihr knisternd vor die Füße. Und Mrs. Custance stand wartend da. Es hatte alles seine Ordnung, weil Miss Docker mit dem Taxifahrer noch nicht fertig war.

»Ach, meine Liebe, wie schön«, wiederholte die Besucherin und wandte sich schließlich ihrer Freundin zu.

Was sie diesmal so schön fand, blieb abstrakt. Und Mrs. Custance forderte auch keine Erklärung. Sie merkte, wie außerordentlich verlegen sie war. Konfrontiert mit Miss Dockers kauendem Gesicht, auf dem die Haare sich bewegten und eine beigefarbene Puderschicht zitterte und Risse sich durch den purpurroten Lippenstift zogen, war Mrs. Custance völlig verwirrt; sie wußte nur, irgendwo im Hintergrund war die andere, dunkelbraune Frau verborgen, hinter allem anderen, wie die Wahrheit.

Die Ersatz-Miss-Docker starrte sie nun mit sachkundigen Augen an. »Sie sehen schlecht aus«, entschied sie. »Was haben Sie angestellt?«

»Ich?« fragte Mrs. Custance erschrocken.

»Wer denn sonst? Doch nicht Fischers Fritze!«

An dieser Stelle lachte Miss Docker kreischend auf. Sie war ins Haus getreten, eine Hand auf dem Arm ihrer Freundin.

»Das ist mein Sinn für Humor«, entschuldigte sie sich. »Sie und ich, wir werden oft zusammen lachen. Oh, nicht nur lachen«, sagte sie. »Warten Sie nur, bis ich die Ärmel hochgekrempelt habe. Ich war nie faul, wenn es galt, meine Dankbarkeit zu zeigen. Sie werden Ihre gute Tat nicht bereuen.«

Mrs. Custance und der Taxifahrer schafften es, gemeinsam die Kisten ins Haus zu schleppen. Mrs. Custance vermutete, daß sie sich verhoben hatte. Und bald darauf traf der kleine Lieferwagen mit Miss Dockers Habseligkeiten ein: dem Schaukelstuhl, der Kommode und überdies einem hochbeinigen Schränkchen und einem halben Dutzend Stühlen mit Rohrsitzen, um die Mrs. Custance nicht gebeten hatte.

»Ich bin noch nie jemandem zur Last gefallen«, sagte Miss Docker, »ich bin zufrieden mit dem, was mir angeboten wird, ob es nun die Garage ist oder der Anbau.«

»Oh, wir hatten uns auf das kleine verglaste Verandazimmer geeinigt«, äußerte Mrs. Custance; sie war verletzt.

»Nun gut«, sagte Miss Docker und warf einen Blick hinein, »wenn das so *beschlossen* ist. Und diese paar armseligen Sachen können irgendwo anders stehen. Der Schaukelstuhl natürlich vorn auf der Veranda, wo wir oft sitzen und schwatzen werden. Aber niemand kann doch etwas dagegen haben, wenn wenigstens dieses Schränkchen in meinem Zimmer steht. Es sind nicht allzuviel Möbel drin. Eigentlich ist das Zimmer fast kahl. Ihr Männer helft doch sicher, die Kommode mit hineinzutragen.«

Als man sie hineingezwängt hatte, das Keuchen aufgehört hatte und der Schweiß abgewischt war, mußte Mrs. Custance protestieren: »Aber, Miss Docker, sehen Sie denn nicht, daß sie vor den Luftschlitzen steht!«

»Allen kann man es nicht recht machen«, erwiderte ihr Miss Docker, und Mrs. Custance hatte eine düstere Vorahnung.

Sie schob das Ding noch ein Stück weiter, mit dem Resultat, daß etwas splitterte und zu Boden fiel. »Was ist das?« fragte Miss Docker.

»Das«, erwiderte Mrs. Custance, die sich sofort auf die Knie niedergelassen hatte, »das ist nichts weiter. Nichts von Bedeutung. Ein kleines Bücherbord.«

»Tut mir leid«, sagte Miss Docker, »doch ein kleines Mißgeschick kann es ja immer mal geben.«

Miss Docker war also angekommen.

Bald wanderte sie im Haus umher. Mrs. Custance hätte schwören mögen, daß sie jemand auf dem Kamm blasen hörte, doch es war nur Miss Docker, die vor sich hin summte. Sie ging also um, und purpurbraune Abendstimmung drang ganz allmählich ins Haus.

»Möchten Sie nicht ablegen? Ich muß den Tee vorbereiten«, rief Mrs. Custance.

»Ich gewöhne mich ein«, antwortete Miss Docker. »Jeder hat andere Methoden. Niemand kann sagen, daß ich nicht eine Frohnatur bin. *Gewöhnlich*. Aber es gibt Augenblicke im Leben, die ungewöhnlich sind. Wenn man entwurzelt ist, sozusagen. Meinen Sie nicht auch?«

»Ja«, stimmte Mrs. Custance matt zu.

Sie machte sich an die Zubereitung von überbackenen Käsemakkaroni.

»Käsemakkaroni«, bemerkte Miss Docker. Sie war hereingekommen und überwachte das Geschehen. »Erinnern Sie mich daran, daß ich Ihnen da einen besonderen Tip gebe.«

Mrs. Custance versprach es.

»Und ein hübsches Stück Fleisch. Zart, möchte ich wetten. Ein hübsches, dickes Stück.«

»Das ist für meinen Mann«, erklärte Mrs. Custance. »Nach der harten Tagesarbeit braucht ein Mann Fleisch, denke ich.«

»Das will ich meinen!« sagte Miss Docker und lachte.

Mrs. Custance wunderte sich.

»Ach, die Männer!« sagte Miss Docker. »Eines Tages erzähle ich Ihnen alles über die Männer in meinem Leben. Einige Leute wollen mir das nicht abnehmen, aber ich zwinge niemandem die Wahrheit auf. Es ist wie mit dem Glauben. Glaubt es oder glaubt es nicht, sage ich immer. Ja«, seufzte sie, »die Männer! Sagen Sie mal, ist das eine Hortensie? Dieses sperrige, kränkliche Ding da drüben bei Ihrem Wäschetrockner?«

»Ja.« Mrs. Custance mußte es zugeben.

»Ich wette, Sie haben sie im Juli nicht bis auf die erforderlichen zwei Triebe zurückgeschnitten.«

»Ich schneide sie nie zurück«, wagte Mrs. Custance zu entgegnen.

»Was«, sagte Miss Docker, »Sie gehören doch nicht zu denen, die sich nicht zurückzuschneiden trauen?«

Das hätte bei Mrs. Custance fast der Fall sein können, es traf aber in Wirklichkeit nicht zu. Sie sagte: »Man kann ganz gut Wäsche drauf trocknen, wenn der Trockner allzu voll ist.«

»Aber dazu ist doch eine Hortensie nicht da.« Miss Docker war ganz niedergeschlagen.

»Hor-ten-si-e,
Hor-ten-si-e,
Hor-ten-si-eee!«

summte sie.

In dem dunkelbraunen Licht färbten sich ihre Wangen wie Schokolade. »Du liebe Güte«, kreischte sie plötzlich, »was sollen Sie bloß von mir denken? Jeder kann Ihnen bestätigen, daß ich vor allem eine Frohnatur bin. Und hilfsbereit. Nun also«, sagte sie, »da wollen wir mal ein Geschirrtuch zur Hand nehmen.« Sie stellte klappernd ein paar Teller zusammen. »Wo haben wir denn den Tee?« fragte sie.

»Aber dazu ist es viel zu spät und noch zu früh«, protestierte Mrs. Custance, die ihre Prinzipien hatte.

»Für eine Tasse Tee ist es nie zu früh«, mußte Miss Docker widersprechen.

Mein Gott – Mrs. Custance beherrschte sich –, ich darf auf keinen Fall einschnappen.

»Niemand fühlt sich zu Hause«, sagte Miss Docker, »bevor er nicht die erste Tasse Tee bekommen hat.«

Als Ted Custance nach Hause kam, zermahlte er Tee und Zucker unter seinen Füßen und stellte fest, daß es geschehen war.

»Ich bin es!« rief Miss Docker, um es zu unterstreichen.

Mr. Custance blickte sie an.

»Ja«, sagte sie, »niemand kann es bestreiten, schon gar nicht meine Wenigkeit, welch einen Unterschied es ausmacht, wenn man einen Mann im Hause hat.«

Ted Custance ging durch das Zimmer. Wo er ging, knirschte Tee und Zucker.

»Wo blau die Himmel sind
und Herzen treu gesinnt . . .«,

sang Miss Docker.

»Abendbrot in der Eßecke, nehme ich an, wenn wir *en famille* sind.« Sie legte das Besteck auf und summte dabei weiter. »Mir war gar nicht richtig bewußt, daß ich eine Stimme habe«, sagte sie. »Natürlich bin ich nur eine Dilettantin. Singe im Chor. Aber einen Chor muß es ja auch geben.«

Mrs. Custance tat sehr bestimmt einige Handgriffe.

»Sagen Sie mal, mögt ihr Leutchen wirklich dieses grelle Licht?« erkundigte sich Miss Docker.

»Wir haben nichts zu verbergen«, sagte Mrs. Custance.

»Na, na!« tadelte Miss Docker. »Eine scharfe Zunge fordert unfreundliche Antworten heraus.«

Mrs. Custance war daraufhin ganz schrecklich verletzt.

»Der Tee ist fertig, Ted«, mußte sie ihrem Mann gestehen.

Ted Custance nahm sich vor, daß sein Blick in Zukunft eine Ecke in der Küche meiden würde. Miss Docker hatte ihr Gebiß herausgenommen, ehe sie zu Tisch kam. Nun saß sie mümmelnd und schnaufend da und reckte ihr Kinn in die Höhe, als ob sie dem Tod durch Ertrinken entgehen müßte. Sie hatte sich offenbar entschlossen, nur Brot zu essen.

»Nicht so viel«, sagte sie, als sie ihre Portion Käsemakkaroni bekommen sollte. »Nur ein winziges bißchen für mich. Ich muß nämlich aufpassen, daß ich nicht zuviel esse. O ja, Sie können es sich vielleicht nicht vorstellen, doch ich bin ein sehr starker Esser, vor allem was Fleisch betrifft.« Und Miss Docker verschlang brockenweise Brot. »Ist es zart, Mr. Custance?« erkundigte sie sich.

Er gab keine Antwort.

»Er ist wohl nicht sehr gesprächig, was?« fragte sie.

»Manche sind schweigsam«, sagte Mrs. Custance.

Sie hätte gern etwas von sich aus getan, um ihren Mann zu schützen, aber sie hatte nie etwas von sich aus getan – nur auf sein Geheiß.

»Nun, es muß auch solche geben«, sagte Miss Docker. »Ich für mein Teil liebe ein gutes Gespräch unter Freunden über ein metaphysisches Thema.«

Die Custances waren beim Schokoladenpudding.

»Wir sind eher Bücherwürmer«, entschuldigte sich Mrs. Custance.

»Oh, ich lese auch. Eine Dame hat mir ›Manong Lescoat‹ geliehen. Und einmal habe ich die Bibel von vorn bis hinten durchgelesen. Das war, als ich nicht mehr weiter wußte. Volle vierzehn Tage hielt sie mich gefangen. Ich habe im Bett gelegen und gelesen und gelesen. Es regnete in Strömen. Hörte überhaupt nicht mehr auf. Vorher war ich ein Heide gewesen. Aber plötzlich gingen mir die Augen auf.«

»Und was haben Sie gesehen?« Ted Custance blickte sie jetzt an.

»Seien Sie nicht komisch!« sagte sie. »Man kann nicht mit Worten ausdrücken, was man sieht. Doch man *sieht*!«

Er blickte sie an. Seine Augenbrauen und sein Schnurrbart hingen herab, wie bei einer berühmten, ihr unsympathischen Persönlichkeit, an die sie sich nicht erinnern konnte.

»Wissen Sie, was mit Ihnen los ist?« fragte Miss Docker und senkte den Blick.

Jetzt war kein Puder mehr auf ihren Wangen; diese hatten nun die Farbe brauner Erbsen, wie man sie zum Kochen nimmt.

»Ihre Körperhaltung ist völlig falsch«, sagte sie. »Und Haltung ist fast alles. Nach der indischen Philosophie. Natürlich gibt es dabei auch vieles, was nicht so gesund ist, aber man kann sich hier und da ein Stückchen abschneiden.« Dann nahm sie den Faden wieder auf. »Was die Haltung betrifft, zum Beispiel. Erinnern Sie mich, daß ich es Ihnen gelegentlich zeige. Ein andermal.«

Hier machte sie eine Pause.

»Dazu muß ich ohne mein Korsett sein!« Sie platzte fast vor Lachen, und bevor sie sich wieder erholt hatte, war Ted Custance hinausgegangen. Er ging wirklich sehr krumm.

»Launischer Charakter«, sagte Miss Docker.

»Ted ist der ausgeglichenste Mann, den ich kenne«, protestierte seine Frau.

»Wo man doch bloß helfen will. Wo es so viele gibt, die auf Hilfe warten. Soviel christliche Nächstenliebe wartet darauf, sich über die zu ergießen, die nicht bereit sind, sie zu empfangen. Die Welt könnte ein wunderbarer Ort sein.«

Mrs. Custance nahm eine Prise Bikarbonat in warmem Wasser und machte sich an den Abwasch.

Aber Miss Docker war wirklich eine rührende Seele. Man konnte es nicht leugnen.

»Da ist doch diese Mrs. Florance«, sagte sie am nächsten Morgen. »Perniziöse Anämie. Wenn Sie allerdings mich fragen, ich glaube, sie bekommt nicht genug Liebe. Wissen Sie, was ich mache? Ich gehe zum Fleischer, kaufe ein Paar Hammelfüße und koche Mrs. Florance einen Topf Brühe. Es gibt so viele, die sich Christen nennen. Doch ich glaube, daß diesen armen Menschen vieles gar nicht in den Sinn kommt. Wenn man sie bloß wachrütteln könnte.«

Miss Docker ging.

Und kehrte zurück.

»Fi-di-ru-la ru-la
ru-la-la!«

sang Miss Docker.

Sie saß in ihrem Schaukelstuhl vorn auf der Veranda und winkte den Vorübergehenden, die sie kannte, zu. Einige starrten sie an und erblaßten vor Staunen.

Nachts pflegte sich Miss Docker endlos im Bett herumzuwälzen. Die Custances konnten fast spüren, wie sie sich an der Zwischenwand scheuerte, ehe sie ihr Kofferradio einschaltete.

»Sie sollten sich ein Radio zulegen«, pflegte sie durch die Wand zu rufen.

»Brauchen wir nicht mehr!« Ted Custance war einmal soweit gegangen, dies als Erwiderung in die Dunkelheit hineinzurufen.

Aber Miss Docker hatte es überhört. Es gab schrecklich viel, was sie überhörte.

»Ach, die schöne Musik!« rief sie. »Sie tut so gut. Und Vorträge. Das Bildungsprogramm. Aber am meisten mag ich den Mann, der ›gute Nacht‹ sagt. Stets so freundlich.«

Die Custances lagen steif und ohne jegliche Bewegung in ihrem Bett. Er fuhr mit den Spitzen seiner ziemlich rauhen Finger an ihrem Arm entlang und kniff sie.

Lange vor dem Epilog, gesprochen von den vibrierenden Stimmen und mit britischem Akzent, was Mrs. Custance schon unter normalen Umständen aufregte, wurde Miss Docker vom Schlaf überwältigt. Die Custances lagen da und lauschten der Brandung, die in den Höhlen des Schlafes brauste.

Dann kniff Ted Custance seine Frau synchron zu den Signalen der Zeitansage ziemlich vehement in den Arm.

Bis Mrs. Custance ihm ihren Arm entzog. Die Anwesenheit einer anderen hätte bei ihr kaum etwas außer Schuldgefühle aufkommen lassen.

Eines Sonntags hatte Miss Docker etwas auf dem Herzen. Sie hatten sie von der Kirche abgeholt, wo sie im Chor mitsang; die Custances hatten eine lose Bindung zu den Baptisten.

»Diese Frau«, sagte sie so nebenbei, denn das war noch nicht ihr Anliegen, »diese Miss Scougall hat was gegen mich. Sie will nicht erlauben, daß ich meine Partie ausschmücke. Sie bildet sich ein, besser als alle anderen Soprane zu sein. Sie kann es nicht ertragen, daß irgendwer außer ihr künstlerisch veranlagt ist. Und natürlich hat sie ihre Schwester auf ihrer Seite. Die spielt *unsauber*.«

Beide Custances stocherten geistesabwesend in ihrer Apfeltorte. Sie waren erschöpft, aber nicht mehr kleinzukriegen. Vielleicht hatten sie inzwischen gelernt, sich weit genug zurückzuziehen.

Da hielt Miss Docker in ihrem Gemümmel inne, beugte sich vor und verkündete ziemlich ominös, wobei der beige Puder auf der dunkleren Kieferpartie zitterte: »Etwas bekümmert mich.«

Die Custances waren sofort hellwach und wußten, daß sie einen Schlag hinnehmen mußten.

»Schon geraume Zeit mache ich mir Gedanken«, sagte Miss Docker, »warum man sich unter guten Freunden nicht beim Vornamen nennt.«

Ted Custance hätte hier noch parieren können.

»Ich wurde Gertrude getauft«, verriet Miss Docker. »Aber alle nennen mich Gee. Gee würde spüren, daß sie wirklich eure Freundin ist, wenn sie ab und zu ihren Namen hörte.«

Mrs. Custance ließ den Kopf hängen.

»Ich glaube, das liegt uns nicht«, gestand sie. »Wir sind nicht direkt kalt, auch keineswegs förmlich, aber etwas schwerfällig« – jetzt überwand sie sich geradezu –, »ja, ich glaube, wir sind auch sehr zurückhaltend.«

»Ein Name verschönt eine Freundschaft«, lockte Miss Docker.

Mr. Custance brach der Schweiß aus. »Ich will verdammt sein, wenn ich das tue!« sagte er ganz ruhig und ging schnell hinaus.

Miss Docker schien es nicht zu hören. »Schon gut, es war nur ein Vorschlag«, sagte sie. »*Nemo* bleibt also *nemo*. Das heißt *niemand*.«

Als Mrs. Custance ihren Mann suchte, fand sie ihn damit beschäftigt, Tomatentriebe abzuzwacken, statt sein Sonntagsschläfchen zu halten. Aber er war schon wieder ruhig. Sie bemerkte den grünlichen Schimmer auf seiner Haut. Sie waren beide grün gefleckt, die beiden kühlen Leute. Nicht, daß das Leidenschaft ausschlösse. Es bedeutete vielmehr, daß sie beide gleiches kühles, grünliches Fleisch benötigten, um sich daran emporzuranken. Ihre Blätter entfalteten sich nur in der Stille.

Mrs. Custance begriff, daß sofort gehandelt werden mußte. In ihrer Verzweiflung fiel ihr ein, daß sie jemanden kannte, der jemanden kannte, der einen Bischof kannte. Auf diese Weise konnte die Angelegenheit schneller geregelt werden.

»Miss Docker«, verkündete sie, als es nicht mehr zu umgehen war (in den Ohren von Mrs. Custance klang es fast barbarisch), »wir, Mr. Custance und ich« – sie brauchte etwas Unterstützung –, »sind uns darüber klargeworden, daß wir in unserem Alter zu feste Gewohnheiten haben, vielleicht auch zu *egoistisch* sind, um unser Heim mit einem Dritten zu teilen. Es ist furchtbar, ich weiß das, *furchtbar*«, sagte Mrs. Custance vollkommen aufrichtig.

Doch Miss Docker lächelte, als ob sie alles schon wüßte, als ob sie es von Anfang an gewußt hätte. »Niemand kann aus seiner Haut«, sagte sie. Doch sie brach in ein halbherziges Schluchzen aus.

Mrs. Custance stürzte sich sofort in eine bedauerliche, doch notwendige Litanei: »Sie wissen sicher, was für ein Vorzug es ist, im ›Sundown Home‹ von Sarsaparilla Aufnahme zu finden. Sie sollten nur die Liste der Bewerber sehen. Viele der Anwärter sind Ehepaare mit guten Beziehungen. Auch alleinstehende Damen sind darunter.«

Nichts konnte Mrs. Custance nun aufhalten. Es war, als hätte sie diese Rolle schon immer gespielt.

»Nun, um mich kurz zu fassen, ein Freund oder Bekannter hat mit Bischof Agnew gesprochen, und die Heimleitung hat beschlossen, Sie aufzunehmen und Ansprüche früherer Bewerber zurückzustellen.«

Miss Docker hatte ihr Schluchzen eingestellt. Es war glücklicherweise von ziemlich trockener Art gewesen. »Wäre Ihnen der Donnerstag recht?« fragte sie.

Am Donnerstag also kam das Taxi zusammen mit dem kleinen Lieferwagen, um die besagten Habseligkeiten abzuholen; wie lang oder wie kurz die Zeitspanne seit ihrer Ankunft gewesen war, das waren weder Mrs. Custance noch Miss Docker bereit nachzurechnen.

»Ich werde keine Rede halten«, äußerte Miss Docker, »nur um zu sagen, daß christliche Nächstenliebe ein selten Ding ist und nicht einfach zu erlernen, nicht einmal von denen, die sonst durchaus ihre Verdienste haben. Nun, meine Liebe, seien Sie meiner Dankbarkeit versichert, auch wenn ich nicht groß darüber rede. Okay, Fred«, sagte sie, »fahr los mit deinem schönen Auto, das du, wie ich sehe, extra gewienert hast. Für mich. Manche Männer nennen das Kosmetik. Einfach Kosmetik. Wußten Sie das?« So sprach Miss Docker und fuhr zum »Sundown Home« in Sarsaparilla.

»Es ist ja gleich nebenan! Wir sind dann Nachbarn!« rief Mrs. Custance hinterher.

»Nun?« fragte ihr Mann, als er von der Arbeit nach Hause kam.

»Es ist erledigt«, sagte sie.

Sie hätte die Schlange sein können. Oder Lady Macbeth.

Schon atmete er freier. Er liebte sie dafür. Sie war so dünn, doch er liebte sie sogar wegen ihrer Salznäpfchen.

Dann tat Ted Custance etwas Außergewöhnliches. Mit der Handfläche begann er den spröden, unscheinbaren Haarschopf seiner Frau gegen den Strich zu streichen. Sein Arm schwebte fast schwerelos in der Luft, als er strich und strich, ganz leicht, bis ihr Haar sich fächerförmig ausbreitete und aufrichtete.

»Ted! O Ted!« rief sie protestierend. »Was würden die Leute sagen?«

Lachen.

Dann warf er sich schweigend auf die kaputte Polsterung des Küchenstuhls, und sie wurde zu ihm hingezogen, bis sie zwischen seinen Schenkeln gefangen war. Die Stille machte es ganz natürlich: ihre vertrauten Knie, der rauhe Stoff seiner Hosen – doch wenn sie durch das grüne Dämmerlicht der Tomatenstöcke nach draußen blickten, klagte das Tageslicht sie an, und Mrs. Custance meinte jedenfalls, daß sie von jedem göttlichen Gericht verdammt würde.

Vielleicht las ihr Mann ihre Gedanken. »Inzwischen wird sie dort sein. Sie geht jetzt in die nächste Runde. Arme Teufel« – er versuchte, ihre Gedanken in diese Richtung zu lenken –, »sie haben nicht die geringste Chance!«

2

Nach dem Abendbrot, das aus Hackbraten und Brotpudding bestand, begaben sich die alten Damen und auch die Herren gewöhnlich in den Chinesischen Salon der Villa, die einst einem Zementmillionär gehört hatte. Hier war die Ausstattung noch großzügig, wenn nicht sogar prachtvoll. Da gab es die riesigen Cloisonnévasen, da lag, was von den chinesischen Teppichen übriggeblieben war, die die Erben zusammen mit dem Haus abgegeben hatten. Wenn sie jetzt auch fast durchweg sehr fadenscheinig waren, so hatten sie doch eine Kante, die prächtig erhaben gearbeitet war, ein Skelett ihrer einstigen Großartigkeit. Diese Webart nenne man »gaufriert«, hatte kürzlich jemand den Heimbewohnern erzählt – es hätte Miss Docker sein können –, und sie sei ein Sinnbild für Luxus und unerhörten Reichtum. Die alten Leute hatten diese Information mit großer Befriedigung aufgenommen. Sie saßen dort zwischen den staubigen Resten des Luxus und rührten in ihrem Instantkaffee.

Miss Docker hatte sich bald an die Gepflogenheiten von »Sundown Home« gewöhnt. Wie alle, deren Leben episodisch verläuft, sah sie schließlich keine Zusammenhänge mehr. Am zweiten Abend betrat sie den Chinesischen Salon mit einem Schuhkarton unter dem Arm, der den fotografischen Bericht ihres Lebens enthielt, und scharte sofort ihre Schäfchen um sich. »Wo sind denn die Männer?« fragte sie. »Da waren doch ein paar Männer, nicht wahr? Wohin haben sich denn die alten Knaben verzogen?«

»Auf ihre Zimmer. Vielleicht zum Sterben«, suggerierte Mrs. Hibble aus ihrer Ecke heraus.

»Was für eine Bemerkung!« rief Miss Docker aus. »Und das in einem Heim der anglikanischen Kirche. Wir sind hier durch die Güte Gottes.«

Mrs. Hibble fragte sich, ob sie ihr Leben lang Atheist gewesen sei, ohne es zu wissen.

»Wo es doch nur wie immer meine Absicht ist«, sagte Miss Docker, »allen miteinander eine kleine Freude zu bereiten. Wir hätten ja auch ein Spiel machen können, es wurde mir nur gleich zu Anfang erklärt, daß die Runde hier nichts für Spiele übrig hat. Trotzdem, ›Tier und Pflanze‹ hilft die Zeit vertreiben. Oder das Wahrheitsspiel. Manche haben etwas gegen das Wahrheitsspiel. Manche können eben die Wahrheit nicht vertragen.«

Gebrummel seitens der desinteressierten Damen schien eine Art Zustimmung zu bedeuten.

»Weil ich nun mitbekam, daß keine Neigung besteht, einen fröhlichen Gemeinschaftsabend zu verbringen, hab ich meine Fotoschachtel mitgebracht«, sagte Miss Docker. »Vielleicht können ein paar von uns sich die Fotos zusammen ansehen. Doch es ist natürlich ganz freiwillig.«

Während sie an dem Schuhkarton auf ihrem Schoß herumfummelte, bemerkte Miss Docker, daß Mrs. Hibble in engerer Beziehung zu einer zweiten Dame stand, die, einem stillen Schatten gleich, mit der Ergebenheit des Alters zu ihrer Rechten saß. Mrs. Hibble wandte ihr kaum das Gesicht zu. Doch Miss Docker sah es – oder spürte es. Ihre sonst so tüchtigen Hände mühten sich mit dem Deckel ab. Freundschaftliche Beziehungen machten Miss Docker nervös, da ihr selbst noch nie etwas so wenig Wünschenswertes zuteil geworden war.

»Ich möchte Sie nicht langweilen«, sagte sie und riß eine Ecke des überstehenden Kartons ein; noch nie war die Schachtel so unhandlich gewesen, »ich möchte nicht Leuten, die mit den näheren Umständen nicht vertraut sind, eine Menge Fotos aufdrängen, aber ich habe mir gedacht, vielleicht würde es Sie amüsieren, wenn Sie sehen könnten, wie meines Vaters Tochter zu verschiedenen Zeiten aussah.« Nun kreischte sie auf, und einige der vergilbten Fotos schossen heraus. Als sie sich gebückt und nach ihnen geangelt hatte und noch röter wieder hochkam, platzte sie plötzlich heraus: »Da! Sie würden kaum glauben, daß ich es bin! Oder?«

Zwei oder drei der in der Nähe sitzenden Damen reckten alte, filzige Hälse, wagten jedoch keine Meinungsäußerung. Meinungen waren zum größten Teil im »Sundown Home« verdorrt. Obschon die Damen recht interessiert waren, dieses in der Tat eigenartige Phänomen zu sehen: das junge, samtige Mädchen, ihre Haarmassen von einer Schmetterlingsschleife zusammengehalten, den netten Spitzenkragen auf dem sanften Busen, die züchtigen gestärkten Häkelmanschetten steif an den geschmeidigen Armen. Das Eigenartige daran war: Die Damen sahen, daß das Mädchen auf dem Foto Miss Docker hätte sein können, bevor der Atem der Zeit sie überlebensgroß aufblies.

Miss Docker kam zu dem Schluß: »Es muß sehr vieles gegeben haben, was wir nicht verstehen konnten« und kratzte mit dem Daumennagel an irgend etwas im Gesicht des Mädchens herum. »So junge Mädchen! Wir müssen wirklich unwissend gewesen sein.« Der Gedanke ließ sie aufkreischen. »Ja, das waren wir! Lauter dumme junge Dinger! Das Alter hat also auch seine Vorteile.«

Doch die Stille schmerzte in den Ohren der Insassen von »Sundown Home«.

»Können alle richtig sehen?« erkundigte sich Miss Docker und runzelte die Stirn. »Das Licht ist so trüb.«

»O ja. Gut genug«, sagte Mrs. Hibble.

Miss Docker haßte Mrs. Hibble. Ganz zu schweigen von Mrs. Hibbles fester, doch schattenhafter Freundin. Aber dann sah Miss Docker, die die Schatten mit argwöhnischen Augen zu durchdringen versuchte, schließlich genug, um der Anonymität ein Ende zu bereiten.

»Na so was!« rief sie. »Da hört doch alles auf! Ist das nicht Mrs. Lillie? Mrs. Millicent Lillie?«

Der Schatten bewegte sich, als wolle er entfliehen. »Ich bin Mrs. Lillie«, gab er zu.

»Nun aber, was für ein höchst eigenartiges Verhalten! Sich einer Freundin nicht zu erkennen zu geben!«

»Es hat sich nicht ergeben«, sagte Mrs. Lillie, »ich dachte, dazu wäre noch genug Zeit.«

»An so einem Ort sollte man nichts aufschieben. Meinen Sie nicht auch?« Miss Docker sah sich im Kreis der anderen um. »Die Zeit kann uns einen Streich spielen«, sagte sie warnend.

Mrs. Lillie blieb sitzen.

»Wer würde es glauben«, fuhr Miss Docker fort, »es ist nun zwei – oder sind es schon drei? – Jahre her, daß Ihr armer Gatte heimgegangen ist.«

Mrs. Lillie saß immer noch da, sie wartete offenbar auf eine günstige Gelegenheit zu entweichen. Sie sah jedenfalls ein, daß die Zeit ihr einzig verläßlicher Schutz war. Ihre Freundin, Mrs. Hibble, konnte ihr jetzt auch nicht helfen, darüber waren sie sich stillschweigend einig.

»Moment mal. Ich glaube tatsächlich ...«, sagte Miss Dokker und suchte. »Das kann kein Zufall sein. Da gibt es doch einen Schnappschuß. Irgendwo. Hier!« Sie schwenkte das Foto, bevor sie es mit den Augen verschlang.

Mrs. Lillie befeuchtete ihre Lippen.

»Tom und Millie Lillie.«

Wieder befeuchtete Mrs. Lillie ihre Lippen. Niemals hatte Miss Docker mit weniger Respekt von ihnen gesprochen. War die Zeit wirklich ein so verläßlicher Schutz?

»Und das bin *ich*!« Miss Docker wies mit dem Zeigefinger darauf. »Hier halte ich seine Hand. Damals mußte er schon gepflegt werden. Das war nach dem ersten Schlag. Erinnern Sie sich, daß ich regelmäßig zu Ihnen kam? Aus freien Stükken. Ich habe niemandem meine Hilfe verweigert, der sie brauchte. Stimmt's?« fragte Miss Docker.

»Ja«, antwortete Mrs. Lillie matt. Doch ihr Gesicht brannte. Selbst in dem trüben Licht war zu sehen, wie sie glühte, als sie an die Erfahrungen, die sie gemacht hatte, dachte.

»Später habe ich Ihnen geholfen, wenn er im Bett umgedreht werden mußte. Ich weiß nicht, wie Sie das ohne mich hätten schaffen sollen. Er war so schwer. Ein großer Mann.«

Ein hoffnungsloser Fall, diese Bemerkung hatte Millicent Embery einmal aufgeschnappt, ehe sie sich mit ihm verlobte. Doch seine Schultern waren großartig, sein Kopf glich der Abreibung von einer römischen Münze. Wenigstens mütterlicherseits war Tom Lillies Abstammung standesgemäß, wenn er auch natürlich den Emberys nicht das Wasser reichen konnte. Was man mit Tom anfangen sollte, vorausgesetzt, Millie heiratete ihn – das war der Gegenstand der Diskussionen. Bis ihn Mrs. Embery über Nacht zum Landschaftsgärtner machte, und Tom blickte nie zurück. Er war stets so barsch zu seinen Kunden, daß sie seine Verbannung der Goldzypresse hinnahmen und nie die Steinbrocken abzulehnen wagten, mit denen er ihre Vorstadtrasen übersäte.

»Zuerst war ich befangen, das muß ich zugeben, Mrs. Lillie«, schweifte Miss Docker ab. »Ihre Adlernase stieß mich ab. Gefällt Sie Ihnen eigentlich selbst?«

»Darüber habe ich nie nachgedacht«, antwortete Mrs. Lillie.

Für Millicent Lillie war ihre Schönheit etwas Selbstverständliches gewesen. Sie war so wenig zu bezweifeln, daß sie die Einzelheiten nie studiert hatte.

»Eine Nase kann nämlich verletzen«, sagte Miss Docker anklagend. »Doch er, er war ein gutmütiges Rauhbein – so habe ich ihn nennen hören, glaube ich. Ja. Ein schöner Mann. Damals konnte er schon nicht mehr sprechen. Aber ist die Sprache denn so wichtig?«

Mrs. Hibble lachte und sah ihre Freundin vielsagend an. Doch Mrs. Lillie nahm es nicht wahr.

»Zuletzt drehte ich ihn dann ganz allein um. Als wäre er ein Baby.«

Inzwischen starrten einige der alten Damen fasziniert auf die Hände der Krankenpflegerin.

Was Miss Docker anging, so bemutterte sie ihn in Gedanken immer noch. Sie hatte diesen Klotz geliebt. Das war nämlich alles, was von dem Mann übriggeblieben war, der eine Erbschaft durchgebracht hatte.

In dem gräßlichen kleinen Haus, in dem sie wohnen mußten. Daran dachte Mrs. Lillie.

»Sie, meine Liebe, hatten nie soviel Kraft«, erinnerte Miss Docker sie.

Das stimmte allerdings. Ihr fiel ein, wie Miss Dockers Kraft stets das ganze aus Platten erbaute Haus erschüttert hatte. Sie erinnerte sich an den Schmutz und die üblen Gerüche, die mit der Krankheit verbunden waren.

Selbst auf ihrem Höhepunkt vermutete Millicent Lillie, daß es das Alter war, das die Tanzfiguren vorschrieb. Die Hieroglyphen auf dem uralten Stein mochten sie in Sicherheit wiegen. Doch nur kurz und trügerisch. Daher zitterte ihr Kopfschmuck aus Federn, lange bevor der Schlag sie ereilte, und die Diamantkette, die sie trug, trennte fast den Kopf vom Hals. Was ist denn los, zum Teufel, fragte Tom und küßte ihre Lider, küßte ihren Hals. Es war natürlich zu irrational, um nicht zu sagen pervers, dieses zu erklären. Deshalb drückte sie ihren Mund auf den seinen. Und trank gierig seine Küsse, die nach Rotwein schmeckten. Als die Dahabije sie weiter hinaustrug im gleichmäßigen Mondlicht Ägyptens, verschmolzen sie zu einem Marmorbild und zerflossen gleichzeitig vor Wonne. Es gab aber auch Tage, da der Staub, der von der ausgewaschenen Küste herüberwehte, auf dem Deck tanzte. Dann schmeckten ihre Lippen nach Wüste.

»Aber wie können Sie von dort drüben etwas erkennen?« sagte Miss Docker. »Sie müssen es sich richtig ansehen.«

Ach, ich hab schon genug gesehen, hätte Mrs. Lillie protestiert, wenn der Adressat ihres Protestes nicht schon an sie herangerückt wäre. Sind Wahrheit und Güte die Knuten, unter denen wir am meisten leiden? Sie hatte sogar erlebt, daß solche Waffen sich schließlich gegen die wandten, die sie führten.

»*Mir* bedeutet es nicht so viel«, behauptete Miss Docker. »Es geht *Sie* an.«

Soweit man es in dem schwachen Licht erkennen konnte, schien der Schnappschuß das Gegenteil nahezulegen. Miss Dockers Kartoffelform dominierte auf dem Foto. Wovor schützte sie den Kranken? Tom mit seiner ewig gleichen, oben abgeflachten Tweedmütze ignorierte sie, wie Felsen die auf ihnen wachsenden Flechten ignorieren. Nur seine Frau wußte, daß Felsen sich bei Berührung öffnen können. Wenn sie abends ausfuhren, schwebte sie, während er neben ihr saß. Sie hatte immer Angst vor Pferden gehabt – diese geblähten Nüstern in den geschnitzten Köpfen. O mein Haar, rief sie aus, als die Zweige der Bäume ihren Tau gegen ihren Diamantschmuck ausspielten. Ihre langen purpurfarbenen Ärmel verfingen sich in den Schatten der Bäume. Die Räder bogen scharf um eine Ecke. Wenn sie nun umkippten? Aber er beruhigte sie wie immer, indem er den Arm um sie legte. Im Alter war es Miss Docker gewesen, die den Arm um Tom gelegt hatte. Sie selbst, sah Mrs. Lillie, war ein alter Kopf, der durch ständiges Zittern auf den Schultern verwackelt war.

»Möchten Sie es behalten? Als Andenken?« drohte Miss Docker.

Mrs. Lillie war sich der Lawine von Freundlichkeit bewußt, die darauf wartete, sie zu verschlingen.

»Nein«, antwortete sie. »Vielen Dank.«

»Es kam mir nur so in den Sinn«, sagte Miss Docker. »Man kann es nur anbieten.« Und sie war wirklich so beschäftigt. Es gab noch eine Menge anderer Fotos.

»Ah, das da«, schrie sie, »ist umwerfend!«

Sie fiel über mehrere Damen auf einmal her.

»Das bin *ich*! Als Aladin! Auf einem Ball!«

Ihre Beine waren recht beachtlich gewesen.

»Ich konnte die Beine werfen wie die Besten«, kreischte sie. »Beim Charleston. Und all dem.«

Jetzt geht's los, dideldei! Der Chinesische Salon drehte sich.

Zumindest hatte das betrunkene Kabinett – auch echte chinesische Lackarbeit – doch noch richtig wackeln gelernt. Eine erblindete Messingjardiniere fing das schwache Licht ein. Der Fransenbesatz der Lampen versprühte seine verdrießliche Musik. Gesprungene Federn knarrten in Baßtönen.

Doch Mrs. Lillie, sie hatte auf einer Woge amethystfarbener Musik geschwebt. Wie sie anschwoll und wirbelte in immer rosigeren Schattierungen. Einmal war seine Hemdbrust aufgesprungen, und da fanden sie sich zusammen auf den Knien wieder und lachten über die Bedeutungslosigkeit einer verschwundenen Perle.

Miss Docker wühlte wieder in ihrer Schachtel. »Das hier. Und das«, plapperte sie.

»Und das da?« erkundigte sich eine alte Dame, deren Leben plötzlich davon abhing.

»Das ist rein privat. Jemand, der gestorben ist«, murmelte Miss Docker. Und steckte es weg.

Jemand, der gestorben ist! War der Tod denn so privat? Mrs. Lillie lachte fast auf.

Statt dessen hatte sie dagestanden und gelächelt, an dem Morgen, als Tom gestorben war. Miss Docker war gekommen. Miss Docker saß mit gespreizten Beinen auf dem Deckel der Kommode, die jemand ihnen geliehen hatte, am Krankenbett.

»Ich unterhalte mich mit ihm«, erklärte Miss Docker. »Man weiß nie, ob die Leute, die einen Schlaganfall gehabt haben, nicht doch noch etwas mitbekommen. Sie haben doch nichts dagegen, meine Liebe? Ich habe, was man Einfühlungsgabe nennt. Ich habe ihm vom Verdauungsprozeß erzählt, was ich darüber in einer medizinischen Zeitschrift gelesen habe, bei einem Arzt, wo ich neulich eingeladen war.«

Mrs. Lillie lächelte, weil sie den Haß in den Augen ihres Mannes sah.

»Man muß die Kranken bei guter Laune halten«, sagte Miss Docker. »Ihr Interesse wecken.«

Und die ganze Zeit wedelte sie mit dem »Herald«.

»Eine widerliche Fliege will sich auf der Nase des Patienten niederlassen.« Deshalb wedelte Miss Docker vor dem Gesicht des Gefangenen herum.

»Sie, meine Liebe«, sagte sie zu seiner Frau, »sind die Frau, die passiven Charme besitzt. Ich bin die praktische. Vielleicht sollte es im Leben jedes Mannes zwei Frauen geben.« Und sie drehte sich um und lachte ihre Freundin an.

Doch Mrs. Lillie lächelte bloß.

Denn dort saß Miss Docker und schlug mit dem gefalteten »Herald« auf Toms Nase. Einmal. Zweimal. Während sie, Millicent Lillie, nur lächeln und zittern konnte.

»Die eine, um zuzupacken«, schrie Miss Docker.

Klatsch.

Oh, Mrs. Lillie hätte weinen sollen, mein Schatz, mein Leben, mein Blut entweicht. Mein Geliebter, hätte sie sagen sollen, ist tot.

Denn so war es.

Sie sah, daß das Leben aus den Augen ihres Mannes entwichen war. Doch noch immer war sie zu nichts weiter fähig, als dazustehen und zu lächeln.

»Die andere, um zu strahlen!« lachte Miss Docker. Und wirbelte herum.

Wie sie die Hand des Toten drückte.

»Nun«, sagte sie zu den alten chinesischen Damen, »jeder muß einmal sterben, nur ist es nicht angebracht, in einem solchen Haus davon zu sprechen. Einige sind sogar in meinen Armen gestorben.«

Sie steckte ein weiteres Foto weg.

So furchtbar der Morgen auch gewesen war, an dem ihr Mann starb, Mrs. Lillie erinnerte sich, daß sein Begräbnis noch schrecklicher war.

Miss Docker schaute Mrs. Lillie an. Sie konnte ihr die Umstände von Tom Lillies Tod nicht ganz verzeihen. Das Schlimmste jedoch war das Begräbnis gewesen.

Mrs. Lillie erinnerte sich, daß ihre Schwester Agnes gekommen war und die Trevelyan-Mädchen, die immer so zuverlässig waren, auch als das Vermögen schon zerronnen war. Sie saßen dichtgedrängt in dem armseligen, engen Chintz-Zimmer und lauschten dem Scharren der Elstern auf dem Blechdach. Agnes war ganz hilflos gewesen, doch Baby Trevelyan hatte die kleine Flasche, die zu fünf Shilling drei Pence, aus ihrer Tasche geholt und, nicht ohne zu erröten, vorgeschlagen: »Ich glaube, wir alle sollten einen kräftigen Schluck nehmen. Meint ihr nicht? Unter den Umständen?«

Violet Trevelyan hatte die Gläser geholt. Was Agnes und Millicent anging, so wären ihre Hände dazu nicht in der Lage gewesen. Und Baby schenkte ein.

Das Komplott hielt die Trauernden aufrecht. Die Vornehmheit war weniger bedrückend, als der Brandy durch ihre Adern floß.

»Meint ihr, daß die Farbe passend ist?« fragte Agnes Pinfold und betrachtete den Abdruck des Lippenstiftes auf dem Glas ihrer Schwester.

»Ach, das war Miss Docker«, erklärte Millicent Lillie. »Sie hat mir gesagt, daß Lippenstift die Moral stärkt. Ich habe nachgegeben, um ihr einen Gefallen zu tun. Ihr müßt wissen«, sagte sie langsam – sie hatte es eigentlich gerade erst entdeckt, »ihre Freundlichkeit ist wie ein Bazillus. Sie ist damit infiziert. Man muß versuchen, nett zu ihr zu sein.«

Da den anderen Miss Docker kein Begriff war, schwiegen sie. Während Mrs. Lillie wieder versucht war, ins Glas zu blicken. Sie sah, daß das, was einst eine kühle Statue aus makellosem Marmor gewesen war, jetzt zu einem schlaffen, zitternden und bleichen Wesen geworden war, nur daß jemand das, was der beige Lippenstrich hätte sein sollen, durch einen Bogen scharlachroten Lackleders ersetzt hatte. Es war fürchterlich. Miss Docker hatte es freundlicherweise getan, weil Mrs. Lillie selbst nicht gewußt hatte, wie man es macht.

Die drei Besucher fuhren hoch, als Miss Docker hereinkam. Ihre Ankunft brachte wie gewöhnlich das Haus zum Erzittern.

»Wahrscheinlich haben Sie mich schon aufgegeben«, keuchte sie. »Aber ich lasse keinen im Stich. Ich habe den Wagen um eine Radlänge geschlagen.«

Da war auch schon der lange schwarze Wagen, der niemandem gehören konnte. Es war wirklich ein Segen, weil Agnes und die Trevelyan-Mädchen so keine Zeit hatten, von Miss Docker erschreckt zu werden.

Der junge Mann war so höflich.

»Vielen Dank«, sagten die ältlichen Damen, die vor Kummer und Brandy taumelten.

Miss Docker hatte zu organisieren begonnen.

»Mrs. Pinfold steigt zuerst ein«, befahl sie. »Dann Sie, meine Liebe, in diese nette, bequeme Ecke. Die zwei Damen – Zwillinge, würde ich vermuten – können sich auf die Klappsitze setzen. Und meine Wenigkeit quetscht sich hinten in die Mitte. Ihre Schwester«, wandte sie sich an Agnes, »ist es nämlich gewohnt, sich auf mich zu stützen. Ich habe ihr bei so vielem beigestanden. Und Verständnis gezeigt. Verständnis ist alles.«

Sie waren also placiert.

Aus Angst vor einer Kollision mit Miss Dockers dampfender Masse wollte Mrs. Lillie in ihrer zitternden Zerbrechlichkeit der Mut sinken. Miss Docker hielt Mrs. Lillies Hände, als ob sie befürchtete, sie könnten davonfliegen. Mrs. Lillies Lächeln kämpfte sich durch die dicke Schicht Lippenstift. Sie konzentrierte sich auf die Rücken der Trevelyans. Für ihr Alter saßen sie in ihren gepunkteten Voilekleidern, schwarze Strohhüte auf dem Kopf, noch sehr aufrecht.

Die Trauerfeier in der Kirche war schnell vorüber. Der rechte Geist fehlte Mr. Wakeman nicht, aber Mangel an Worten ließ ihn Taten bevorzugen. Als er der Witwe bei ihrer Rückkehr zum Wagen die Hand unter den Ellbogen legte, wurde sie fast in die Höhe gehoben – nicht unangenehm.

»Mrs. Lillie«, tröstete Mr. Wakeman, »Sie müssen jetzt auf Ihre Freunde schauen. Von denen Sie viele haben. Und auf Gott«, fügte er wie verlegen hinzu.

Doch seine Augen, so blau, mit so vielen Fältchen in den Winkeln, bemühten sich, ein Wohlwollen auszustrahlen, das vielleicht größer war, als von der Gemeinde erwartet wurde.

»Ja, Freunde!« sagte Miss Docker; sie war noch da, wenn man sie auch vergessen hatte. »Es gibt allerdings solche und solche. Freundschaft hält nicht immer.«

Wenn Miss Docker wie ein Pflaster an ihrer Freundin klebte, dann war der Pfarrer eine schmerzlindernde Salbe.

»Ich fahre genau vor Ihnen, Mrs. Lillie«, erklärte er in schlichten, unnötigen Worten. »In meinem Wagen – sehen Sie – der Morris da. Sie brauchen mir nur zu folgen.«

Dann ließ er einen Laut hören, der den Verdacht erweckte, daß jemand seine Deckung durchbrochen und ihn, trotz seiner Stärke, in die Rippen geboxt hatte.

Es wäre auch ohne die Anwesenheit von Miss Docker im Leichenwagen schon heiß genug gewesen. Die Triebfeder in Mrs. Lillie, die von einer Wolke bestärkten Glaubens umhüllt war, begann wieder sanft zu zittern.

Der Leichenzug setzte sich zäh und langsam in Bewegung. Zuerst schritt ein behandschuhter Mann, eine Art Majordomus, sehr majestätisch voran, um den Verkehr zu leiten. Dann stieg er in seinen bescheidenen kleinen Wagen. Agnes fing leise an zu weinen. Ihre Schwester, das wußte Mrs. Lillie, hatte sich nie viel aus Tom gemacht. Die Trevelyan-Mädchen nickten ernst unter ihren schwarzen Strohhüten.

So rollte der Zug langsam dahin, kam aber schließlich glatt voran, fast als sei es die organisierte Absicht, die Angelegenheit so schnell wie möglich hinter sich zu bringen.

»Da ist Mrs. Cartwright«, bemerkte Miss Docker. »Hab schon gedacht, sie hätte doch wenigstens zur Beerdigung kommen können. Wo Sie doch Kunden waren.«

Das Luxusauto war gerade erst zu hören.

»Da ist wieder der blaue Hirtenhund«, bemerkte Miss Docker. »Der wird noch mal überfahren, wenn er nicht aufpaßt. Möchte wissen, wem der gehört. Manche Leute und ihre Hunde...«

Mrs. Lillie hatte niemals einen Hund besessen. Aus irgendeinem Grunde erinnerte sie sich an die überwältigende Liebenswürdigkeit ihres jungen, ihres schönen Mannes, bevor er mit den Leuten, die ihre eigenen Gärten anlegen wollten, so grob umsprang, und der Stich, den sie in ihrer Seite spürte, war so furchtbar schmerzhaft, daß ihr Lächeln gefror.

»Sie können sich auf mich verlassen, meine Liebe«, versicherte Miss Docker. »Jederzeit. Sogar mitten in der Nacht können Sie mich anrufen. So machen's die Alkoholiker.«

Mrs. Lillie war erstaunt, daß ihre Handgelenke nicht gebrochen waren. Aber auf gewisse Weise war sie auch dankbar. Der direkte, körperliche Schmerz, den Miss Docker ihr zufügte, hinderte sie daran, sich hinabzubeugen und noch einmal die Lippen ihres toten Mannes zu küssen. Das hätte sie kaum ertragen können.

Da plötzlich hielt der Leichenzug mit kreischenden Bremsen. Es war etwas passiert, dem der erfahrene junge Chauffeur nicht gewachsen war.

»Was soll denn das? He?« fragte Miss Docker. »Der will wohl den Leuten das Genick brechen?« Sie kurbelte und kurbelte am Fenster. Sie steckte den Kopf hinaus und reckte den Hals. »Dort ist Mr. Wakeman. Er ist ausgestiegen. Und der Mann vom Bestattungsinstitut. Haben sie sich verfahren? Das wäre ja die Höhe! Man sieht, Ihr Wakeman ist vom Scheitel bis zur Sohle ein ehemaliger Militärseelsorger! Er kann sich nicht von diesen Armeestiefeln trennen. Ein richtiger Mann. Ich hätte gedacht, ein Bestattungsinstitut müsse den Weg zum Friedhof von jedem Punkt aus kennen.«

Sie hatten unschlüssig an einem Wegweiser haltgemacht, irgendwo in einem Vorstadtwäldchen. Der Boden hätte nicht sandiger sein können.

»Aber ich kann es ihnen sagen«, rief Miss Docker. »Jeder kennt doch den Weg zum Krematorium in der Nordvorstadt. Wir fahren doch alle vierzehn Tage hin.«

Denn es war beschlossen worden, daß Tom Lillie nicht unter Glasscherben und zerbrochene Flaschen gelegt werden sollte.

»Hallo! Mr. Wakeman!« rief Miss Docker zum Fenster hinaus, und ihre Adern schwollen an und traten hervor.

Doch der Pfarrer und der Mann vom Bestattungsinstitut schenkten Miss Docker keine Beachtung.

»Mr. Wake-man!« schrie sie; ihre Haut war ganz fleckig. »Ohhhh! Wie begriffsstutzig können manche Männer nur sein!«

Die Trevelyan-Mädchen zogen sich so weit wie nur möglich vom Ort einer eventuellen Szene zurück.

Da sprang Miss Docker hinaus.

»Das ist unerträglich!«

Sie marschierte nach vorn, in Richtung des Fahrzeugs, das Agnes Pinfold und die Trevelyans nicht Leichenwagen zu nennen gewagt hätten.

Die Tür ihres Wagens stand offen. Eine Biene kam hereingeflogen und setzte sich, als goldenes Kleinod, auf Mrs. Lillies steife Seide.

Miss Docker fuchtelte in der Luft herum. Sie deutete in eine Richtung, sie rief.

Da sprangen die beiden Männer, genauso plötzlich wie sie herausgesprungen waren, in ihre Wagen zurück.

Der Leichenzug setzte die unterbrochene Fahrt fort, und Miss Docker lachte ins Leere, denn der Scherz ging deutlich auf ihre Kosten.

»Ich habe es jedenfalls gut gemeint«, rief sie, beruhigte sich und machte kehrt; sie lachte und schluckte.

Als sie einen Augenblick lang allein dastand, verzerrte der leere Himmel grausam ihre ohnehin schon aufgeblasene Gestalt.

Den genauen Hergang des damaligen Geschehens hatte Mrs. Lillie nie ganz erfassen können. Sie hatte es allerdings auch nicht ernsthaft versucht. Ihr Instinkt sagte ihr, daß eine Nachforschung peinlich sein könnte.

Denn die Tür des Witwenwagens war zugefallen. Oder war sie zugeworfen worden? Unglücklicherweise, oder vielleicht glücklicherweise, konnte sich Mrs. Lillie nicht entsinnen, wie oder von wem. War es der zuvorkommende junge Chauffeur gewesen? Der war zu weit weg. Die Trevelyan-Schwestern? Zu anständig. Agnes? Zu hilflos. Sie selbst war zweifellos viel zu schwach dazu.

Doch die Tür war zugefallen.

Und dort draußen erschien jetzt Miss Dockers Gesicht.

»He! Wartet ein Momentchen!« rief es.

Und der tadellose junge Chauffeur fuhr zügig davon.

Miss Docker erinnerte sich auch an Gesichter. Jetzt ganz deutlich. Im Chinesischen Salon von »Sundown Home«. Sie erinnerte sich an die abwesenden Mienen der Frauen. Sie erinnerte sich an das kreidige Gesicht der Witwe und den Lippenstift, den sie freundlicherweise beigesteuert hatte.

Doch der große Wagen entglitt langsam ihrer Kontrolle. Andere wagten nicht, sich dieser zu unterwerfen. Sie beschleunigten ihre Fahrt. In einigen Fällen hörte sie feindliches Knirschen von metallenen Zähnen. Mehrere Fahrer im Gefolge des Leichenwagens machten sich an widerspenstigen Handbremsen zu schaffen, um einen Vorwand zu haben, nach unten zu blicken. So wichtig war es, zügig voranzukommen.

»He!« rief Miss Docker, erst gemächlich trabend, dann im Laufschritt. »Seien Sie so nett! Mr. Gartrell! Mr. Custance! Mrs. Fitzgibbon! Mr. Galt!«

Sie lief und lief, während die Fahrzeuge schneller wurden, und streckte die Hände aus, um etwas zu erreichen – schon nicht mehr Autos, schon nicht mehr Menschen –, etwas, was ihr entfloh.

Es war seltsam, doch ganz im Banne des Geschehens oder der Trauer, erkannte keins der Gesichter im ganzen Leichenzug Miss Docker. Wiewohl zugegebenermaßen alle das Geschöpf betrachteten, das da mit hochrotem Gesicht am Straßengraben entlanglief.

»Commander Clapp!« schrie Miss Docker. »Colonel Ogburn-Pugh! Mr. Thompson! Mrs. Ethel Jones, Miss Dora! Mr. Lickiss!«

Doch die Autos waren ganz auf eine Mission konzentriert.

»Mr. Lickiss! Um Himmels willen! Mr. Lick-iss!« Miss Docker war nahe daran zu wimmern.

Einmal fiel sie auf ein Knie und verfehlte dabei knapp eine zerbrochene Flasche, zerriß sich aber den Strumpf an einem fast ebenso tückischen Stein. Dann, als nur noch Staub und Stille sie umgaben und auf einem Schild zu lesen war: *Nach Sarsaparilla, dem freundlichen Vorort, 3 Kilometer*, machte sie sich auf den Rückmarsch.

Miss Docker erinnerte sich, im Chinesischen Salon des Altersheims »Sundown Home« erinnerte sie sich, während ihre Hände die Fotos hin und her schoben und ihre Kiefer mahlten, als sie an all den bitteren Erinnerungen kaute.

»Die Fotoschau ist doch nicht etwa schon zu Ende?« erkundigte sich jemand freundlich.

»Du meine Güte, nein!« antwortete Miss Docker. »Nichts ist jemals zu Ende.«

Mrs. Lillie jedoch hatte sich nach und nach aus ihrem Sessel erhoben und ging humpelnd und zitternd zur ausgetretenen Treppe.

»Was ist denn mit *ihr* los?« fragte Miss Docker.

»Sie geht vermutlich zu Bett. Die Vergangenheit ist zu viel für sie gewesen«, erklärte ihre Freundin, Mrs. Hibble.

Miss Docker schien etwas besänftigt, obwohl nichts sie für den Zufall entschädigen konnte, durch den Tom Lillie ihr entgangen war. Nur im Geiste hatte sie seinen polierten Sarg zitternd hinter den Vorhang gleiten sehen.

»Wollen Sie uns nicht noch mehr zeigen?« baten die alten Stimmen noch einmal; sogar Mrs. Hibble schloß sich an.

Da strahlte Miss Docker.

»Kann jemand darin«, fragte sie und schwenkte ein verblaßtes Foto, »das wahrhafte Konterfei meiner Wenigkeit erblicken?«

Mrs. Hibble stand sehr langsam auf, und als sie die Form eines halbgeöffneten Taschenmessers angenommen hatte, kam sie näher, um ja nichts von dem zu verpassen, was Miss Docker zu enthüllen hatte.

Ganz sicher war das nackte Baby auf dem Teppich so gräßlich wie die Person, die das Foto vorzeigte. Das sah Mrs. Hibble.

»Ich war auch ein Bettnässer, erzählt man«, teilte Miss Docker mit.

Einige der schwach beleuchteten Gesichter zuckten zurück.

»Irgendwo habe ich gelesen, ich glaube, in einer medizinischen Zeitschrift« – sie war sehr ernst geworden –, »daß Bettnässen ein Hinweis auf elterlichen Zwist ist.«

Die alten Häupter schüttelten sich ungläubig.

»Aber das Komische daran ist«, platzte Miss Docker plötzlich heraus, »– wenn das kein Witz ist –, ich war, ich war ein *Waisenkind*!« Hier kreischte sie auf.

3

Fast das gesamte Leben von »Sundown Home« spielte sich im Chinesischen Salon des Zementmillionärs ab. Sicher, während der Frühlingszeit, wenn die Blüten aus stillen Zweigen brachen und der Saft für kurze Zeit selbst die trockenste bepuderte Haut zu beleben schien, stolperten die alten Körper durch das feuchte Gras und sonnten sich vor den Spalierwänden. Doch sie kehrten stets in das chinesische Grab zurück. Nicht, daß es in der Villa an verschiedenen Gesellschaftszimmern gemangelt hätte, aber dieses Zimmer war dem Telefon am nächsten, das zwar selten läutete, durch seine Nähe aber die arthritischen Glieder mit Hoffnung erfüllte.

Manchmal sprang Miss Docker – kräftiger als die meisten – auf und warf ein paar Münzen in die Büchse. Sie rief im Pfarrhaus an.

»Ist dort Pfarrer Wakeman?« fragte dann Miss Docker. »Es tut mir sehr leid«, sagte sie, »doch heute abend kann ich nicht zur Bibelstunde kommen. Ich wollte mich bei Ihnen entschuldigen. Ein armes Menschenkind braucht Betreuung. Ich werde mich um sie kümmern«, sagte sie, »solange ich noch die Kraft dazu habe.«

»Das ist echte Nächstenliebe, Miss Docker«, antwortete die Stimme des Pfarrers. »Ihre christliche Tat ist zu loben.«

Er hätte noch weitere Worte finden können. Und Miss Docker wartete. Aber er fand sie nicht. Sie war enttäuscht.

»Er konnte sich noch nie richtig ausdrücken«, sagte sie. »Das ist sehr schlimm für einen Pfarrer.«

Ein andermal rief Miss Docker an, und es meldete sich eine junge Frau, die sie gar nicht identifizieren konnte. »Ist heute abend Bibelstunde?« erkundigte sich Miss Docker.

»Nein, Miss Docker«, erwiderte die Stimme des jungen Mädchens.

»Oh. Dann hatte ich mich doch nicht verrechnet. Andernfalls hätte ich mich immer noch auf den Weg machen können.«

Die Stille am anderen Ende des Telefons blieb anonym.

»Wer ist dort?« fragte Miss Docker geradezu. »Ist das Charmae? Oder Glenyse?«

Die Wahrheit war: Sie starb vor Neugierde.

Doch die junge Person hängte auf.

»Manche jungen Mädchen wissen nicht, was sich gehört«, beklagte sich Miss Docker bei den chinesischen Damen. »Es war nur höflich, sich zu erkundigen. Aber wenigstens ist heute keine Bibelstunde.«

»Ach, aber Mrs. Woolnough und Miss Perry haben sich gleich nach dem Tee auf den Weg zum Pfarrhaus gemacht«, sagte Mrs. Hibble mit Nachdruck.

»Ohne etwas zu sagen?« Miss Docker konnte es nicht fassen.

Als Mrs. Woolnough und Miss Perry später von der Bibelstunde zurückkamen, waren sie sehr erfrischt und mild gestimmt.

»Hoffentlich hat es Ihnen gefallen«, sagte Miss Docker in tadelndem Ton. »Waren viele da? War irgendein junges Mädchen da?«

»Mehrere«, sagte Miss Perry.

»Aber mit wem habe ich am Telefon gesprochen?«

»Keine Ahnung«, sagte Mrs. Woolnough.

»Gab es Appetithappen?« fragte Miss Docker.

Ja, Mrs. Wakeman hatte hinterher Appetithappen und Tee gereicht.

Mittwochabend war Chorprobe.

»Haben Sie den Chor aufgegeben?« fragte Mrs. Hibble.

»Ich habe den Chor nicht aufgegeben«, gestand Miss Dokker, »der Chor hat mich aufgegeben. Genauer gesagt, gibt es jetzt keinen Chor mehr. Wegen dieser Frauenzimmer«, sagte sie. »Diese Miss Scougall ist so egozentrisch. So was nannte sich nun Chorleiterin. Als sie nicht mehr mitmachte, konnte Mrs. Knight – sie spielte die Orgel – auch nicht mehr kommen, weil sie doch darauf angewiesen war, von ihrer Schwester im Austin mitgenommen zu werden. Deshalb haben wir uns aufgelöst.«

Mrs. Hibble merkte, daß die Situation tragisch war, obwohl Miss Docker vorgab, in das Sortieren von Briefmarken für ihre Sammlung vertieft zu sein. Sie saß da und kaute auf ihrem Zahnfleisch, da sie – wie allabendlich zur selben Zeit – ihr Gebiß herausgenommen hatte. Der Bequemlichkeit halber, erklärte sie wieder einmal.

»Oh, aber ich werde singen«, verkündete sie plötzlich.

»Und wie ich singen werde! Ich werde den ganzen Chor ersetzen. Nichts sollte einen daran hindern, Gott zu loben. Oder was meinen Sie?«

Mrs. Hibble hielt sich mit ihrer Meinung zurück, weil Miss Docker eine, um nicht zu sagen *die* Stütze der Kirche war. Dem Pfarrer auch treu ergeben.

Jeden Donnerstag ging Miss Docker zum Pfarrhaus, um für Mr. Wakeman den Rasen zu mähen. Als Liebesdienst.

»Heute kommt Miss Docker«, erinnerte Mrs. Wakeman ihn stets.

Miss Docker machte sich nicht viel aus Mrs. Wakeman, seit diese sie beschuldigt hatte, der *Crimson Glory* durch zu starken Rückschnitt den Garaus gemacht zu haben.

»Ich habe es nur gut gemeint«, hatte Miss Docker sich verteidigt, »und niemand weiß genau, ob die Rose nicht sowieso eingegangen wäre.«

»Wir wissen es nicht mit wissenschaftlicher Genauigkeit«, räumte Mrs. Wakeman ein.

Was für eine Pfarrersfrau sehr unorthodox war.

Miss Docker hatte für Mr. Wakeman eine gesprenkelte Balaklawa-Mütze gestrickt, damit er sie zwischen Pfarrhaus und Sakristei trug, wenn die Temperaturen unter Null sanken. Sie stellte sich schon erwartungsvoll vor, wie die Mütze auf seinem eckigen, gekerbten Kinn kratzen würde.

»Sie wissen, wie man sie tragen muß?« fragte sie.

»Oh, ich weiß! ich *weiß*, Miss Docker!« sagte der Pfarrer und lachte.

Die Männer waren doch alle wie Kinder, manchmal recht einfältig. Eine Frau mit ihrem größeren Durchblick mußte ihr sonst so unschuldiges Leben lenken.

Daher lachte Miss Docker ein gewisses Lachen und machte sich mit dem Handrasenmäher über das Gras her.

Mrs. Wakeman hörte für einen Moment auf, Rhabarber zu schälen. Sie sah hinaus und erblickte die Balaklawa, die Miss Docker gestrickt hatte. Wenn die Pfarrersfrau einen Stich verspürte, dann deshalb, weil das Austeilen ihre Berufung war. Sie war eine rechtschaffene junge Frau mit muskulösen Waden, die ihre Winterunterwäsche verschenkte und in Baumwolle und ihren Glauben gekleidet ging, und sie fragte sich manchmal, ob Miss Docker nicht ihre Rivalin sein könnte, wenn auch nur als Amateur.

Miss Docker lachte wie ein Mädchen.

»Wenn Sie darauf *bestehen*, das Gras zu mähen«, sagte der Pfarrer wie gewöhnlich, »dann gehe ich hinein und setze mich an meine Predigt.«

Da tat Miss Docker etwas Schreckliches, sie konnte sich nicht bremsen. Sie schob dabei den Mäher rasselnd über den Rasen, als könne sie damit etwas Ungeheuerliches abschwächen. Nicht daß die Wahrheit immer abgeschwächt werden müßte. Ihr Unglück war, das wußte sie, daß sie immer, immer mit der nackten Wahrheit herausplatzen mußte.

»Ich kann nur offen sein«, gestand Miss Docker. »Ihr Problem, Mr. Wakeman, ist«, sagte sie, »und für einen Geistlichen ist das ein schlimmes Problem« – die ganze Zeit schnitt rasselnd der Mäher –, »daß Sie anscheinend keine gute Predigt zustande bringen.«

Der Pfarrer war zu großmütig, um verblüfft zu sein. Aber er stand da, die Hände auf dem Gesäß, und seine Kiefer arbeiteten an Worten, die sich nicht formten, als wolle er den Verdacht bestätigen.

»Irgendwie sind Sie nicht ganz bei der Sache«, fuhr Miss Docker fort und scharrte mit dem Fuß.

Da lief Mr. Wakeman für einen blonden Mann sehr dunkelrot an. Er sagte: »Ich kann Ihnen nicht das Gegenteil beweisen, Miss Docker. Eigentlich müssen Sie es am besten beurteilen können.«

»Ich merke, daß ich Sie an einer empfindlichen Stelle getroffen habe, und es tut mir leid«, erwiderte Miss Docker.

Sie war mit dem Mäher die ganze Kante entlanggefahren. Der Pfarrer folgte ihr aus Pflichtgefühl.

»Im Gegenteil«, sagte er. »Ich bin dankbar für Kritik. In jeder Weise. Sonst wäre ich kaum geeignet, unserem Herrn zu dienen.«

Miss Docker ließ nicht locker. »Aber die Inspiration, wo bleibt die Inspiration?«

»Das kann ich nicht beantworten«, sagte der Pfarrer. So ein starker Mann. Mit breitem Brustkorb.

»Ein Geistlicher sollte immer eine Antwort wissen.« Miss Docker fuhr den Rasenmäher krachend gegen einen Stein. Selbst wenn er die Antworten erfindet, hätte sie um ein Haar noch hinzugefügt.

Mr. Wakeman starrte bleich und mit offenem Munde vor sich hin und lächelte.

Da erblickte Miss Docker etwas und war so furchtbar verletzt. Sie hätte in Tränen ausbrechen können. Noch durch den Geruch des frischgemähten Grases hindurch roch sie Rasierseife. Sie sah, wie seine Hände den Kelch anboten. Sie liebte sogar die Glieder seiner Finger.

»Nun«, sagte sie, »Sie werden es mir nicht verübeln, wenn ich die Wahrheit sage. Jemand muß es tun.«

»Sie haben recht«, sagte der Pfarrer. Oh, wie recht Sie damit haben, Miss Docker, hoffte sie zu hören.

Aber gerade da ging er hinein, und Miss Docker mähte weiter Gras.

»Was ist denn, Gregory?« fragte die Pfarrersfrau.

Wieder bemerkte sie die Balaklawa-Mütze.

»Ich komme herein, um meine Predigt zu schreiben«, sagte er.

Deshalb schloß sie leise die Tür, wie sie es stets zu tun pflegte, wenn er Predigten schrieb.

Gregory Wakeman saß da, völlig leer. Das war sein üblicher Zustand, stellte er fest. Er würde den schemenhaften Ideen, die sich mühsam aus seinem Schädel hervorarbeiten wollten, nicht helfen können. Ein schöner Mann, den die Frauen liebten – im Geist. Sie brachten ihm kleine Geschenke.

Der nichts hatte, um seine göttliche Liebe auszudrücken. Als er so dasaß und mit den Fäusten seine tiefliegenden Augen noch tiefer in ihre Höhlen preßte, stieg aus der Küche seiner Frau die Vision des roten Rhabarbers auf, und die Rhabarberstengel priesen Gott deutlicher als das Chaos in seinem dunklen Geist.

Er, dem es nicht gelungen war, sich zu rechtfertigen, ging jetzt hinaus.

»Was ist denn, Gregory?« fragte seine Frau. Sie war auf dem Ziegelpfad, wo Uneingeweihte oft ausrutschten, am stinkenden Küchenabfluß vorbei, ums Haus gekommen. »Ist dort was?« fragte sie unbestimmt.

Der Pfarrer stand auf Zehenspitzen. In seinen Armeestiefeln. Sein Hosenboden glänzte grünlich. Hinter dem Pfarrhaus wuchs eine Menge Blumenrohr. Das Blumenrohr überwucherte alles.

Gregory Wakeman stand auf Zehenspitzen und versuchte ein undefinierbares Etwas zu angeln.

Da bemerkte sie, daß die von Miss Docker gestrickte Balaklawa oben auf dem Blumenrohr hing und daß ihr teurer Gatte sie nicht erreichen konnte.

Er drehte sich um und sah sie entsetzt an.

Was konnte sie tun?

Doch er verlangte nichts von ihr, außer allein zu leiden. Sie hatte ihn sicher aus falschen Gründen geheiratet, doch gemeinsam war es ihnen schließlich gelungen, sich ihres Körpers zu entledigen. Sonst hätten sie sich vielleicht umarmt und in dem widerlichen Gestank des Spülwassers hinter dem Pfarrhaus geküßt.

Bis Miss Docker rief: »Genug für heute, Mr. Wakeman. Ich habe den Rasenmäher in den Schuppen gestellt. Ich hoffe, ich habe ordentliche Arbeit geleistet.« Die Balaklawa zitterte auf dem Blumenrohr.

»Auf Wiedersehen!« rief Miss Docker.

Aber mit ihrer Wiederkehr konnte man fest rechnen.

Bevor der Chor sich aufgelöst hatte, saß sie immer auf den Bänken, die für den Chor reserviert waren. Wenn der Pfarrer sie nicht kommen und gehen gesehen hätte, hätte er meinen können, daß Miss Docker dort angewurzelt war, viel weniger vergänglich als Holz, das vermodert und vom Holzwurm durchlöchert war, oder wie die bröckligen Ziegel, die die Sträflinge in den ersten Jahren gebrannt hatten. Miss Docker sang, und ihr lederner Sopran peitschte das Gebälk. Sie wußte immer, wo man eine Zeile zu wiederholen pflegte, und manchmal steckte sie noch eine Nummer an die Anzeigetafel, aus purer Freude an einem zusätzlichen Choral. Niemand merkte es inzwischen mehr. Nicht seit der Krise in der Allerheiligen-Kirche von Sarsaparilla.

»Ihr Mädchen solltet mitkommen«, rief Miss Docker oft den Bewohnern von »Sundown Home« zu. »Täte euch gut. Außerdem laßt ihr euch in ihrem Heim versorgen, und das zu erschwinglichen Preisen.«

Doch die alten Damen kicherten und machten sich nicht einmal mehr die Mühe, es zu verbergen. Das heißt, wer von ihnen noch da war, denn einige hatten Nichten entdeckt, die willens waren, sie aufzunehmen, während andere einfach an irgend etwas gestorben waren.

»Warum versuchen Sie es nicht einmal mit uns, Mrs. Custance?« lud Miss Docker vom Straßenrand aus ein. »Man kann Gott in jeder Art Kirche loben.«

»Ja, ich muß unbedingt einmal kommen«, erwiderte Mrs. Custance und lächelte. Und kam nicht.

»Sind wir denn alle so intellektuell und nicht intelligent genug, Mr. Lickiss?« fragte Miss Docker am Zaun.

Als sie gegangen war, hörte Mr. Lickiss auf, die Dachrinne zu reinigen. Er steckte den Kopf über die Hecke und antwortete einer unsichtbaren Ehefrau: »Ja. Das war *sie*!«

Mr. Wakeman selbst wußte wie kein anderer über sein Versagen in seiner Pflicht Gott gegenüber Bescheid, doch er war unfähig, die Lage mit Miss Docker oder sonst jemandem zu diskutieren. Er wurde von dem Wissen gepeinigt, so sehr, daß seine Frau sich eine Schrift über Schonkost auslieh.

Der Pfarrer jedoch prüfte weiter sein Herz. Er wanderte weit ins Land, weg von seinen Pfarrkindern, und hoffte, daß in der Verborgenheit sein leerer Geist erleuchtet würde und er in einem entfernten Winkel einen Schatz an Weisheit fände, den er öffentlich seinem Herrn darbringen könnte. Man sah Mr. Wakeman in seinen derben Armeestiefeln wandern. Sein grünschimmernder Anzug hing noch weiter um ihn als früher. Es war die Jahreszeit der Schwarzakazien, und er wanderte in einem Wäldchen Schwarzakazien. Voller Hoffnung, im Gebet. Doch schließlich lehnte er den Kopf gegen einen Stamm, der jene Tropfen transparenter klebriger Flüssigkeit aussonderte.

An einem Morgen im zeitigen Frühjahr, genau so einem Morgen, an dem er Miss Dockers Balaklawa-Mütze hätte tragen sollen, fragte er seine Frau, die sich angewöhnt hatte, ihn zur Sakristei zu begleiten: »Wie viele sind es heute morgen, Alice?«

Mrs. Wakeman sah hinaus, ohne selbst gesehen zu werden. Sie hatte es gelernt.

»Oh, da sind die Furzes und die Bleekers«, sagte sie. »Und vier oder fünf Kinder.«

»Oh«, fügte sie hinzu. »Miss Docker ist da.«

Da kniete der Pfarrer nieder und bat für seine persönliche Unzulänglichkeit um Vergebung, die seine Herde schließlich zerstreut hatte, während die ziemlich muskulösen Waden seine Frau flugs zum Westportal trugen, damit sie ihren Platz unter der Gemeinde einnehmen konnte.

Während er den Gottesdienst leitete, hätte niemand dem Pfarrer Mangel an Würde oder Männlichkeit nachsagen können. Niemand hätte etwas vermißt.

Natürlich führte Miss Docker die Gemeinde bei den Antworten an. »O Herr, erbarme dich!« Sie hob ihren Kiefer in professioneller Bitte.

»Amen.« Und noch einmal: »Amen«. Miss Docker setzte bleierne Satzzeichen.

Die Furzes und die Bleekers folgten – sie waren bekanntermaßen alle vier taub und fragten einander nach dem großen Zusammenhang –, die paar Kinder schnüffelten und tuschelten, tuschelten und schnüffelten hinter den Seiten ihrer Gesangbücher, die unbenutzte Orgel, in der der Holzwurm Überstunden machte, knarrte. Nur die Pfarrersfrau war still und versuchte, ihr Gebet auszudehnen.

Als der Pfarrer an diesem unheilvollen Morgen auf die Kanzel steigen wollte, verfehlte sein Armeestiefel die zweite Stufe. Er stürzte nicht, aber er brachte beinahe die Kanzel zum Einsturz, nur beinahe, wie die enttäuschten Kinder feststellten. Mrs. Wakeman schloß schmerzerfüllt die Augen. Miss Docker jedoch konnte sich nur mit Mühe zurückhalten, ihrem Pfarrer zu Hilfe zu eilen.

Später konnte sich Miss Docker beim besten Willen nicht mehr an den Text der Predigt erinnern, den er für diesen Morgen ausgewählt hatte. Zu der Zeit war sie schon zu weit in einem Stadium außerordentlicher Erwartung, um nicht zu sagen, Erregung.

Der Pfarrer predigte von der Sünde.

Nicht verwunderlich. Sie ist immer unter uns.

Die Sünde der Tugendhaftigkeit, führte der Pfarrer aus.

Da rutschte Miss Docker auf ihrer Kirchenbank nach vorn. Mit offenem Munde. Voller Verzweiflung. Denn Mr. Wakeman, der Arme, war nicht nur ein schlechter Prediger, er brachte auch alles durcheinander.

»Seht euch zum Beispiel einen Kürbis an«, predigte der Pfarrer. »Habt ihr schon einmal einen ganz gewöhnlichen Kürbis betrachtet?«

Da tat Miss Docker etwas, was sie insgeheim schon immer hatte tun wollen. Sie rutschte noch weiter vor. Das Herz klopfte ihr wild. Sie beantwortete eine rhetorische Frage in einer Predigt.

»Ja, das habe ich«, antwortete Miss Docker. »Doch warum haben Sie gerade den armen Kürbis als Beispiel gewählt? Wenn es Grammagras gewesen wäre«, sagte sie. »Häßliche Formen! Oder eine Chokogurke. Überall Stacheln! Aber ein Kürbis ist nicht, was Sie meinen.«

Wie der Pfarrer in der Tat sofort selbst merkte. Kürbisse ergeben prächtige Lampen auf Blechdächern.

Miss Docker ließ nicht locker. »Alle Sünde auf der ganzen Welt würde mich nicht von dem Kürbis überzeugen.«

Der Pfarrer beugte sich weit über die Kanzel. Er lächelte. Als wolle er nun seine Argumentation auf die Spitze treiben, um irgendeinen fernen Punkt gespenstiger Lustigkeit zu erreichen.

»Schaut euch die Blätter an« – seine Hände gestikulierten –, »auf denen sich die verräterischen Sporen von Mehltau und Brand selbst im schönsten Sommer niederlassen.«

»Nicht, wenn man sie spritzt«, verbesserte Miss Docker. »Doch die Leute machen sich nicht die Mühe. Ich«, sagte sie, »wenn ich mir die Zeit nähme und Kürbisse pflanzte, würde ich mir auch die Mühe machen und die Blätter spritzen.«

Die Hände des Pfarrers kämpften mit einem Problem. Sie hatten den Mund abgelöst.

»Spritzen, spritzen!« beharrte Miss Docker. »Spritzen und beten! Das Gebet rettet die Kürbisse, wie jeder Geistliche wissen und es predigen sollte.«

Kindergekicher lief durch die leeren Kirchenbänke. Doch die Furzes und die Bleekers, die taub waren, lauschten einer Predigt.

Also fuhr Miss Docker fort.

»Es ist alles persönlich. Alles. Für und wider. Zum Beispiel das Gebet. Oder die Sünde. Und Gott. Ich will damit sagen: Ich bin Gott, wenn ich denke, ich bin Gott. Nur würde ich mich nicht erdreisten, das zu denken. Und Sünde. Sünde ist, was man dazu macht. An den kalten Winterabenden bin ich eingehüllt, ja, eingehüllt in meine warme Jacke. Das,

das ist Gebet. Sehen Sie denn nicht, daß Gebet Schutz bedeutet?«

Aber nichts konnte den Pfarrer mehr retten.

»Oh, ich könnte reden, wenn ich reden könnte!« rief Miss Docker aus. »Doch Versagen ist kein Versagen, wenn es geschickt wurde, uns demütig zu machen. Das einzig wirkliche Versagen ist, wenn man nicht merkt, daß man versagt hat.«

Den strahlenden Schein von Kürbissen vor Augen, fiel der Pfarrer – schließlich doch noch erleuchtet – vornüber.

Die Pfarrfrau kniete nieder.

»O Herr, errette uns!« betete sie laut mit schrecklicher Stimme, die unter ihrem billigen Hut hervordrang. »O Herr, beschütze uns vor den Mächten der Finsternis.«

Und der Pfarrer hing über die Kanzelbrüstung.

Von Übelkeit befallen, stellte Miss Docker fest. So ein starker Mann. Sie wurde an ungekochte Marzipanrollen erinnert.

»Hallo! Mrs. Wakeman! Der Pfarrer hat einen Anfall«, rief Miss Docker.

Die Kinder liefen weg. Jetzt, wo der Spaß vorbei war, jetzt, wo sie erschreckt waren, fiel ihnen ein, daß ihre Eltern sie mit Drohungen oder Bestechungen dazu gebracht hatten, sie beim Gottesdienst zu vertreten. Sie wußten im voraus, welche Frage ihnen gestellt werden würde, und sie bereiteten schon die mißmutige Antwort vor: Ja, natürlich, *sie* war da.

Miss Docker war fast im gleichen Moment beim Pfarrer wie seine Frau. Sie hätte die Marzipanrollen zu kneten begonnen, doch niemand schien das von ihr zu erwarten.

Die Pfarrfrau blickte unter ihrem einzigen Hut hervor. Sie sprach ruhig und deutlich. Sie sagte: »Miss Docker, Sie haben meinen Heiligen getötet. Nur die Zeit wird zeigen, ob Sie auch meinen Gott getötet haben.«

»Was?« sagte Miss Docker.

Doch die Pfarrfrau eilte schon wie der Blitz aus der Kirche, vielleicht zum Telefon.

»Herzlichen Dank auch«, sagte Miss Docker, »im Namen all derer, die nur das Beste wollen.«

Da die Kirche sich inzwischen geleert hatte, wenn man von den Furzes und den Bleekers absah, die einer Predigt lauschten, ging sie in Richtung Westportal; ihre Gedanken loderten und schwirrten noch. Sie durchschritt das Portal und strömte die Liebe aus, die sie noch immer zu vergeben hatte.

Der Wind fegte die Northern Road hinunter. In der ganzen leeren Straße, hinter den Läden, in den Wohnungen, ließen sich die Gemeindemitglieder, die die Krise in der Kirche als Vorwand benutzt hatten, den Vergaser zu reinigen, die Hekken zu schneiden oder den Braten zu begießen, zum Mittagsmahl im Kreise der Familie nieder.

Miss Docker war allein.

Da eben erblickte sie einen Hirtenhund, den sie schon einige Male gesehen hatte.

»Bluey!« rief sie. »Blue? Blue? Blue?«

Obwohl der Hund noch ziemlich weit weg war.

»Bist ein feiner Hund!« rief sie. »Komm und unterhalt dich mit einer armen alten Frau, die immer nur das Beste gewollt hat.«

Der Hund, der steifbeinig näher kam, war selbst ein bejahrtes Tier. Er blieb stehen, um zu sehen, wer ihn da anrief.

»Ah!« rief Miss Docker. »Du bist ein guter Hund, Bluey! Ein guter Hund!«

Sie blickte hinunter in die kürbisfarbenen Hundeaugen. Sie faßte ihn jedoch nicht an, da sie von einer Seelenverwandtschaft überzeugt war.

»Willst du nicht mit mir kommen, Bluey«, fragte sie, »und im Altersheim Hackfleischbraten und Brotpudding mit einer alten Frau teilen?«

Der Hund kam mit seiner Nase etwas näher. Er beschnüffelte Miss Docker mit seiner trockenen Brombeernase.

»Ich würde dir alles erlauben, Bluey«, versprach sie. »Du dürftest auf meinem Bett schlafen. Wir würden uns nachts gegenseitig wärmen, wenn alle anderen Mittel versagt haben.«

Sie konnte ihren Blick nicht sehr weit in die flachen, gelben Augen senken. Doch gab sie nicht gänzlich die Hoffnung auf, daß nach und nach ein Erkennen stattfinde.

»Magst du nicht, Bluey?« bettelte Miss Docker, die immer ein Optimist gewesen war.

Da wandte sich der Hund ab und hob sein Bein an der Bittstellerin und lief steif davon.

Dort ging der Hund, sein Schwanz stand schräg im heftigen Wind. Der Wind fegte die Northern Road hinunter, er drehte sich und wirbelte, ganz wie es ihm gefiel. Eine besonders heftige Bö rüttelte am Schaufenster der Eisenwarenhandlung gegenüber, so daß Miss Dockers Spiegelbild zu schwanken und zu zittern begann. Noch bevor sie sich gefaßt hatte, peitschte der Wind quer über die Straße. Er prallte nun gegen die leibliche Miss Docker mit aller Kraft unberechenbarer Gewalten, und er ließ sie spüren, auf welchen ihrer besten Strümpfe ein Hund sein Urteil geschrieben hatte.

Und zum erstenmal fiel ihr auf, daß in der englischen Sprache das Wort *dog* (Hund) die Umkehrung von *god* (Gott) ist.

Da stürzten Tränen aus Miss Dockers Augen. Natürlich war der Wind daran schuld, der Staub, der Sand. Sie mußte schnellstens nach Hause und sofort die Augen baden. Wenn nur das kleine Augenbad nicht abhanden gekommen war, wo sie doch so unter Bindehautentzündung litt. Sie durfte sich jedoch nicht gehenlassen. Sie war nicht von der Sorte, die Mutlosigkeit ausgestrahlt oder Kummer genährt hätte. Nein, nie, nie.

Miss Docker ging die leere Straße hinunter.

Zuerst ging Mutter davon. Dann unser Vater und zog uns die Teppiche unter den Füßen weg, die, so sagte er, eine wertvolle Sammlung bildeten. Dann waren wir ein Weilchen allein. Natürlich nicht wirklich allein, denn es gab ja noch Fräulein Hoffmann und Mademoiselle Leblanc und Kyria Smaragda, unsere Haushälterin, und Eurydike, die Köchin, und die beiden Mädchen von Lesbos. Das Haus war voll tuschelnder Frauen, und wir alle wurden melancholisch.

Dann erklärte uns Mademoiselle Leblanc, sie und Fräulein Hoffmann seien ausgegangen und hätten ein Telegramm nach Smyrna geschickt, und bald würden die Tanten in Ägypten eintreffen. Bald trafen sie ein: unsere Tante Urania, die weniger streng war, als sie aussah, und Tante Thalia, die mit der künstlerischen Ader – niemand, so sagte Fräulein Hoffmann, singe die deutschen *Lieder* mit soviel *Gefühl.*

Bald ging es im Haus wieder lebhaft zu. Leute liefen treppauf und treppab. Es war ein ständiges Kommen und Gehen in dem alten Haus in Schutz, dazu die Musik. In jenem Jahr glaubte meine älteste Schwester Phrosso, sie habe sich in einen italienischen Sportler verliebt, und mein Bruder Aleko beschloß, Filmstar zu werden. Die Mädchen von Lesbos hingen, wenn sie das Geschirr weggeräumt hatten, aus den Fenstern unter dem Dach und versuchten die Datteln zu erreichen, die an den Palmen reiften. Manchmal konnte man hören, wie die Datteln in den feuchten Garten darunter plumpsten. Besonders kühl und feucht war der Garten, wenn sie uns vom Strand zurückbrachten. Das Tor quietschte, wenn die Gouvernante uns durch die sandfarbene Mauer in das dunkelgrüne Blätterdickicht ließ.

Meine älteste Schwester Phrosso sagte, es sei schrecklich, einfach schrecklich – dieses kleinkarierte Alexandria –, wenn sie doch bloß hohe Absätze tragen oder nach Europa reisen dürfte, wenn sie doch bloß eine leidenschaftliche Liebesaffäre hätte; sie würde sonst platzen. Mir jedoch kam unser Leben überhaupt nicht unerträglich vor. Obwohl ich anders war. Ich sei der Vernünftige, sagten die Tanten; Dionysios ist ein verläßlicher Junge. Manchmal machte mir das schwer zu schaffen, aber ich konnte nichts daran ändern, und die Betriebsamkeit im Haus bereitete mir fast immer ungeheures Vergnügen: meine zweite Schwester Agni schrieb am ovalen Tisch Aufsätze; die beiden Kleinen tollten herum; in den Mansarden deuteten sich die Hausmädchen gegenseitig ihre Träume; und abends spielte Tante Thalia in dem großen *salon* mit den vergoldeten Spiegeln Klavier – und an ihre Schumann-Interpretation, sagte Fräulein Hoffmann, reichte auch Frau Klara nicht heran, obwohl die doch gar nicht da war. Unsere Tante war sehr zufrieden. Sie kreuzte die Handgelenke mehr denn je. Sie sang *une petite chanson spirituelle de votre Duparc*, um Mademoiselle Leblanc eine Freude zu machen, die über ihrem Stopfei saß und lächelte. Ich glaube, so glücklich wie an den Abenden dieser Tage waren wir nie wieder. Obwohl manchmal jemand die Tür öffnete und den Kerzenschein am Klavier unserer Tante bedrohte, gewannen die Flammen ihre Gestalt doch immer bald zurück. Die Stille war stiller. Nicht selten hörte man damals das Geräusch eines Kamels, das draußen durch den Sand vorübertrottete. Kamelgeruch hing in der Abendluft.

O ja, wir waren glücklich wie nie. Meine Schwester Phrosso sagte zwar, es sei schrecklich, einfach schrecklich, aber nur, weil sie am Strand den italienischen Sportler erblickt hatte und das Leben für sie nun schmerzlich geworden war.

In diesem Jahr bezogen die Stavrides das Haus schräg gegenüber.

»Weißt du«, fragte ich Tante Urania, »daß diese Stavrides

aus Smyrna kommen? Eurydike hat es von der Köchin gehört.«

»Ja, ich weiß«, erwiderte unsere Tante ernst. »Aber es gefällt mir nicht, *Dionysi mou*, wenn kleine Jungs soviel Zeit in der Küche verbringen.«

Es verletzte mich, wenn unsere Tante so sprach, denn mehr als die anderen war ich ihr Junge. Aber ich tat immer so, als hätte ich nichts gehört.

»Kanntest du sie?« mußte ich fragen. »Diese Stavrides, Tante Urania?«

»Ich kann nicht behaupten, ich hätte sie nicht gekannt«, entgegnete Tante Urania jetzt. »O ja«, sagte sie, »ich *kannte* sie.«

Mir schien, Tante Urania habe ihre strengste Miene aufgesetzt, aber, wie immer bei einer solchen Verwandlung, begann sie an meinem Kittel zu zupfen und mein Haar zu streicheln.

»Dann werden wir sie also auch kennenlernen, Tante Urania? Sie haben ein Kind, sagt Eurydike. Ein kleines Mädchen. Titina.«

Aber unsere Tante machte ein noch strengeres Gesicht.

»Ich bin mir noch nicht im klaren darüber«, sagte sie schließlich, »wie weit wir uns einlassen werden. Die Stavrides«, fügte sie hinzu und räusperte sich, »sind nicht unbedingt der beste Umgang.«

»Inwiefern?« fragte ich.

»Nun«, meinte sie, »es ist schwer zu sagen.«

Und strich mir über das kurze Stoppelhaar.

»Weißt du, Kyria Stavridi war die Tochter eines Apothekers. Sie wohnten sogar über dem Laden meines Vaters. Nicht, daß ich irgend etwas gegen Kyria Stavridi hätte«, setzte sie noch hinzu. »Soviel ich weiß, ist sie in vieler Hinsicht ein großartiger Mensch. Aber es gibt Grenzen. Irgendwo. Heute.«

Dann wandte Tante Urania den Blick ab. Sie war selbst ein

so überaus guter Mensch. Jeden Morgen vor dem Kaffee las sie eine Viertelstunde Goethe. An Fastentagen fastete sie. Kurz nach ihrer Ankunft hatte sie angeordnet, daß uns Jungen die Köpfe geschoren werden sollten. Wir sollten Kittel tragen wie einfache Arbeiterkinder, wir sollten nicht angeben und nicht so tun, als seien wir etwas Besseres. Sie selbst trug ihr Haar wie ein Mann und gab ihr Geld heimlich aus.

»Trotzdem«, sagte meine Tante Urania. »Es gibt keinen Grund, warum ihr Kinder nicht lieb zu Titina Stavridi sein solltet, auch wenn ihre Eltern kein guter Umgang sind.«

Ihre Augen hatten sich mit Tränen gefüllt, so zart war sie besaitet.

»Du Dionysi«, sagte sie, »bist der freundlichste von allen. Du«, sagte sie, »mußt zu der armen Titina besonders lieb sein.«

Zunächst einmal jedoch geschah nichts.

Unser Leben ging weiter. Man konnte nicht sagen, daß nach der Abreise unserer Eltern etwas Besonderes geschehen wäre. Vorkommnisse gab es natürlich immer, und Besuche. Unsere Tante Kalliope, die Lehrerin, kam aus Paris. Sie ließ uns Aufsätze schreiben und tief durchatmen. Mein Bruder Aleko nahm an einem Fernkurs für Hypnose teil; Phrosso vergaß ihren Sportler und bemerkte jetzt einen Rumänen; meine zweite Schwester Agni gewann einen Preis in Algebra; und die Kleinen, Myrto und Paul, eröffneten jeder eine Sparbüchse. Während sich soviele unwichtige und doch notwendige Dinge abspielten, dachte ich gar nicht daran, noch einmal nach den Stavrides zu fragen. Vielleicht kam es mir auch zuweilen in den Sinn, und ich sagte trotzdem nichts, weil es unserer Tante Urania nicht recht gewesen wäre. So blieben die Tage fast heil: die Sonne machte sich an der Straßenmauer zu schaffen; das Meerwasser salzte unsere Haut; die Feigenblätter schwitzten an den feuchten Abenden um das alte Haus in Schutz.

Da saß plötzlich, eines Dienstagnachmittags, Kyria Stavridi selbst in Tante Uranias Lieblingssessel neben dem großen Fenster im *salon*.

»Welcher bist du denn?« rief sie und ließ furchtbar viel Gold sehen.

»Ich bin der Mittlere«, erwiderte ich. »Ich bin Dionysios.«

Unter gewöhnlichen Umständen hätte ich mich nun verdrückt, aber das viele Gold faszinierte mich.

»Ah«, sagte Kyria Stavridi und lächelte, »oft sind es die Mittleren, denen die ganze Verantwortung zufällt.«

Es machte sie irgendwie rätselhaft. Sie war übrigens schwarz gekleidet und erweckte selbst aus mehreren Metern Entfernung den Eindruck, als sei sie von einem dünnen Dampfschleier umgeben.

Ich antwortete Kyria Stavridi nicht, weil ich nicht wußte, was ich sagen sollte, und weil ich bemerkt hatte, daß sie nicht allein war.

»Das ist mein Töchterchen Titina«, sagte Kyria Stavridi. »Wirst du lieb zu ihr sein?«

»Oh«, sagte ich. »Ja.«

Und sah das unbekannte Kind an.

Titina Stavridi stand neben dem Sessel, in dem ihre Mutter saß. Ganz in Rüschen. Ganz in Weiß. Außer dort, wo ihr Schleifen aus rosa Satin angeheftet waren. Jetzt lächelte sie aus ihrem länglichen Gesicht. Ein paar Zähne schienen in Titinas Lächeln zu fehlen. Sie hatte diese bananenfarbene Haut, diese bleichen, großen Sommersprossen, diese weißliche Haut um den Haaransatz, die in meinen Augen, ich weiß nicht warum, darauf hindeuteten, daß Titina Stavridi vielleicht ein Kind war, das noch lange ins Bett gemacht hatte.

In diesem Augenblick kam meine Tante Urania in den Raum, in den unser Hausmädchen Aphrodite sie gerufen hatte. Sie holte ihre Männerstimme hervor und sagte:

»Kyria Stavridi, also, wer hätte gedacht, daß man Sie in Alexandria sieht!«

Und hielt ihr von fern die Hand hin.

Kyria Stavridi war aufgestanden und begann noch stärker zu dampfen. Sie hatte einen außerordentlich breiten Hintern. Kyria Stavridi knickte in der Mitte fast ein, als sie die Finger meiner Tante berührte.

»Oh, Mademoiselle Urania, welches Vergnügen!« sprudelte Kyria Stavridi los. »Die Bekanntschaft erneuern! Und Mademoiselle Thalia? So vornehm!« sagte Kyria Stavridi.

Ich sah, daß Tante Urania nicht wußte, wie sie antworten sollte.

»Meine Schwester«, sagte sie schließlich, »kann nicht herunterkommen. Sie leidet unter Kopfschmerzen.«

Und Kyria Stavridi floß über vor Mitgefühl. Ihr Atem ging in kurzen, gequälten Stößen.

Danach unterhielten sie sich über andere Leute, was immer langweilig war.

»Dionysi«, sagte meine Tante während einer Pause, »warum nimmst du Titina nicht mit hinaus in den Garten? Hier ist es doch wirklich langweilig für Kinder.«

Aber ich regte mich nicht. Und meine Tante drängte nicht noch einmal.

Titina Stavridi hätte auch eine Statue sein können, aber eine häßliche. Ihre Beine wirkten so massig und leblos. All die Schleifen. Und Rüschen an den Hosen. Als ich näher trat, sah ich, daß sie so etwas wie eine kleine Pockennarbe auf der Seite ihrer großen, mit Sommersprossen übersäten Nase hatte, und ihre Augen waren von einem schändlich dummen Blau.

»Mein Mann«, sagte Kyria Stavridi gerade, »mein Mann«, murmelte sie, »erfreut sich ebenfalls nicht der besten Gesundheit.«

»Ja«, sagte Tante Urania, »ich erinnere mich.«

Was ihre Besucherin irgendwie traurig zu machen schien.

Da drängten und schoben sich plötzlich alle anderen herein, sogar Phrosso und Aleko, die beiden Ältesten, um diese Kyria Stavridi aus Smyrna und ihr häßliches Kind zu sehen. Jeder wurde vorgestellt.

»Dann hoffe ich, daß wir Freunde sein werden«, schlug Kyria Stavridi vor, mehr an uns Kinder gewandt, denn selbst für mich war offenkundig, daß sie sich im Hinblick auf unsere Tanten keine allzu großen Hoffnungen machte. »Dionysios«, sagte Kyria Stavridi, »das spüre ich, wird Titinas kleiner Freund sein. Er hat es mir sogar schon versprochen. Sie müssen übrigens im gleichen Alter sein.«

Das brachte meine Schwester Agni zum Lachen, und Aleko zwickte mich von hinten. Aber mein kleiner Bruder Paul, der immer genau wußte, was er wollte, ging einfach zu Titina hinüber und zog eine ihrer Satinschleifen auf. Einen Augenblick lang dachte ich, Titina würde anfangen zu weinen. Aber nein. Sie lächelte, sie lächelte. Und lächelte immer noch, als ihre Mutter, die alles Nötige gesagt hatte, sie wenig später hinausführte.

Jetzt gab es ein großes Geschrei und Gelächter.

»Das war also Kyria Stavridi!« rief meine Schwester Phrosso. »Habt ihr die Lücke zwischen ihren Vorderzähnen gesehen?«

»Und die Schleifen an ihrer furchtbaren Titina!« bemerkte Agni. »Der Satin hätte gereicht, eine Braut einzukleiden!«

»Müssen wir uns mit solchen ordinären Leuten abgeben?« fragte mein Bruder Aleko.

Da entgegnete unsere Tante Urania:

»Wer hier ordinär ist, das bist du, Aleko.«

Und gab ihm eine Ohrfeige.

»Aleko, du gehst jetzt auf dein Zimmer.«

Unsere Bestürzung wäre größer gewesen, denn Aleko war der Älteste und schon sehr kräftig, wenn nicht Myrto – sie war die Stille, die genau hinsah – angefangen hätte, auf eine bestimmte Stelle zu deuten und zu kreischen.

»Seht mal! Seht doch!« rief Myrto. »Titina Stavridi hat auf den Boden gemacht!«

Tatsächlich, dort, neben dem besten Sessel, war Titinas Pfütze. Als wäre sie nicht stubenrein, wie ein junger Hund.

Alle drängten und wollten es sehen.

»So ein großes Mädchen!« seufzte Tante Urania.

Sie klingelte nach Aphrodite, die ihrerseits den Araber rief, der einen Eimer mitbrachte.

Danach verstärkte sich bei mir der Verdacht, daß alle im Haus die Stavrides vergessen hatten. Zwar hatten die beiden Mädchen von Lesbos den Kyrios Stavrides einmal singend am Ende der Straße herumstolpern sehen. Er hatte einen Fuß durch seinen Strohhut gesteckt. Aber mit Titina geschah gar nichts, bis mich an einem heißen Abend, als ich mit einer Kerze im Garten nach Insekten stöberte, für eine Sammlung, die ich neu anlegen wollte, Tante Urania zu sich rief und sagte:

»Morgen müssen wir uns einmal um Titina kümmern. Du, Dionysi, wirst sie abholen.«

Die anderen stöhnten, und unsere Tante Thalia, die in ihrem schönsten Kleid, aus besticktem Purpur, Schumann spielte, zog die Schultern hoch.

»Oh!« rief ich. »Ich?«

Aber ich wußte und meine Tante bestätigte, daß es nicht anders sein könne. Ich mußte einfach der Verläßlichste, der Freundlichste sein. Selbst Kyria Stavridi hatte gesagt, oft fiele die Verantwortung den Mittleren zu.

Am Nachmittag des nächsten Tages holte ich Titina ab. Wir sprachen nicht miteinander. Aber Kyria Stavridi gab mir einen Kuß und hinterließ einen feuchten Fleck auf meiner Backe.

An diesem wie an den meisten anderen Nachmittagen gingen wir zum Strand.

»Oh«, stöhnte meine Schwester Phrosso. »Der blöde Strand! Es ist dort so langweilig!«

Und versetzte Titina einen kräftigen Kniff.

»Titina«, fragte Agni, »was ist das?«

Denn Titina trug eine blaue Perle.

»Die soll den bösen Blick fernhalten«, sagte Titina.

»Den bösen Blick!«

Wie sie grölten.

»Genau wie die Araber!« schrie Myrto.

Und wir sangen: »*Titina, Titina, Arapina ...*«, aber leise, fast lautlos, damit Mademoiselle nichts hörte.

Titina kam also mit zum Strand, an diesem und an anderen Nachmittagen. Einmal zogen wir ihr die Hosen herunter und versohlten ihr den Hintern mit einer leeren Flasche, die wir treibend im Meer gefunden hatten. Aber Titina lächelte, wie immer, wenn auch ziemlich wäßrig. Wir tunkten sie unter, sie kam atemlos wieder hoch und blinzelte sich das Meer aus den erzdummen, tiefblauen Augen. Wenn ihre Sommersprossenhaut naß war, glänzte sie wie bei einem Fisch.

»Abstoßend!« erklärte Phrosso und verzog sich, um eine Zeitschrift zu lesen.

Lange konnte man Titina nicht quälen; es wurde bald uninteressant.

Aber Titina blieb. Sie hielt sich an mich. Als ob man es ihr so gesagt hätte. Und einmal, im Garten unseres Hauses in Schutz, nachdem ich ihr meine Insektensammlung gezeigt hatte, packte mich die Verzweiflung. Ich nahm Titinas blaue Perle und stopfte sie ihr in das linke Nasenloch.

»Titina«, rief ich, »die Löcher in deiner Nase sind so groß, daß man durch sie dein Gehirn sehen könnte – wenn du eines hättest.«

Aber Titina Stavridi lächelte nur und nieste die Perle in ihre Hand.

In meiner Verzweiflung gab ich immer mehr Unsinn von mir.

Bis meine Tante herauskam.

»Ihr ungezogenen, bösen Kinder!« rief sie. »Und dann auch noch *du*, Dionysi!«

Während der Nachmittagshitze zog sich meine Tante gern in ein stilles Zimmer zurück, knabberte an einer Möhre und schrieb Passagen aus R. Tagore ab.

»Meine Kopfschmerzen!« protestierte sie jetzt. »Die Mittagsruhe zunichte! O Gott. Meine Bindehautentzündung!«

Wegen ihrer Bindehautentzündung trug Tante Thalia eine flaschengrüne Sonnenbrille, die ihr ein besonders tragisches Aussehen verlieh. Im ganzen glich Tante Thalia einer Maskenträgerin aus einer Tragödie.

So daß ich sehr bestürzt war, und Titina Stavridi noch mehr.

Als ich sie das nächste Mal abholte, nahm ihre Mutter mich beiseite und gab mir genaue Anweisungen.

»Deine arme Tante Thalia!« Sie seufzte. »Abends und morgens«, ließ sie mich wiederholen. »Die Augen baden. Unverdünnt.«

»Was ist das für eine Flasche, die du mir da mitgebracht hast?« fragte Tante Thalia, als ich sie ihr überreichte.

Sie stand im großen *salon*, und die Ärmel glitten an ihren ziemlich dünnen, aber eleganten Armen zurück.

»Es ist gegen die Bindehautentzündung.«

»Ja, schon! Aber was ist es?«

Tante Thalia konnte so ungeduldig werden.

»Es ist Babywasser«, erwiderte ich. »Abends und morgens. Unverdünnt.«

»Oh! Oh!« stöhnte unsere Tante Thalia und schleuderte die Flasche von sich. Einmal hüpfte sie auf dem blanken Boden.

»Abscheulich, widerwärtig!«

»Wahrscheinlich ist es ein sehr sauberes Baby!« sagte ich.

Es klang vernünftig, aber für Tante Thalia war es kein Trost.

Und ich holte Titina auch nicht noch einmal ab. Ich muß allerdings hinzufügen, daß wir uns wohl auch ohne die Episode um Kyria Stavridis Rezept nicht mehr mit Titina hätten treffen dürfen. Denn immer wieder wurden die Stavrides in Vorfälle verwickelt, die meine Tanten für unwürdig, um nicht zu sagen abstoßend hielten. Zum Beispiel wurde Kyria Stavridi mit ihrem breiten Hintern einmal mitten auf der Rue Goussio von einer gescheckten Ziege auf die Hörner genommen. Und dann die Sache, die in unserer eigenen Straße geschah, als Despo und Aphrodite, die Mädchen von Lesbos, eines Tages in der Dämmerung nach Hause kamen. Kichernd schnappten die beiden nach Luft, als sie ins Haus traten. Wir hörten sie schon, als sie das Tor hinter sich zuwarfen. Was war denn, Despo, Aphrodite? riefen wir im Laufen. Nachher reimten wir uns zusammen, daß es irgend etwas mit dem Kyrios Stavridis zu tun haben mußte, der ihnen in der Dunkelheit etwas gezeigt hatte. Noch lange nachher stellten wir Mutmaßungen darüber an, was der Kyrios Stavridis unseren Mädchen wohl gezeigt hatte, obgleich unsere Schwester Phrosso von Anfang an behauptete, sie wisse es.

Jedenfalls entfernte sich Titina Stavridi aus unserem Dasein so weit, wie die Fenster oder die Balkone der Häuser voneinander entfernt waren.

Einmal jedoch begegnete ich ihr vor dem Lebensmittelladen, und Titina sagte:

»Es ist traurig, Dionysi. Du warst derjenige welcher. Dich habe ich immer geliebt.«

Da überkam mich ein ungeheurer Schrecken, um nicht zu sagen, ein Grauen, und ich rannte den ganzen Weg nach Hause, mit der Tüte Zucker im Arm, die ich für Kyria Smaragda hatte holen sollen.

Aber Titinas Gesicht entkam ich nicht. Das schrecklich Längliche darin lauerte in meiner Erinnerung und in offenen Fenstern, vor allem in der Abenddämmerung, wenn die reifenden Datteln von ihren Palmen fielen und ein Kamel vorüberächzte.

So vieles geschah gleichzeitig, daß ich mich nicht mehr erinnere, wann die Stavrides fortzogen. Denn auch wir zogen fort. Unsere Tante Urania hatte eines Abends von ihrem Haushaltsbuch aufgeblickt und gesagt, es sei an der Zeit, ernsthaft über die schulische Erziehung nachzudenken. Und dann war es soweit. Wir packten. Fräulein Hoffmann fing an zu weinen.

Einmal fragte ich beiläufig:

»Glaubst du, daß die Stavrides schon fort sind? Man sieht nur Jalousien.«

»Das könnte sein«, sagte Tante Urania.

Und Tante Thalia fügte hinzu, die Stavrides seien bekannt dafür, daß sie häufig umzögen.

Aber es war unwichtig. So viele Ereignisse und Gesichter drängten sich in die nun folgenden Jahre. Wir waren nämlich Athener geworden. In dem trockenen, weißen, gnadenlosen Licht erkannte man bald, daß ich ein gewissenhafter, wenn auch zurückgebliebener Junge war. Die Zeit verging, die Schnurrbärte wuchsen. Oft schämten wir Kinder uns wegen der Kleider, die Tante Urania uns, aus Sparsamkeit und um unseren Stolz zu zügeln, tragen ließ.

Die meisten anderen Jungen spielten mit dem Gedanken, ein Bordell zu besuchen. Ein paar waren schon dort gewesen. Ihre Schnurrbärte waren ihnen behilflich. Aber ich, ich trieb mich in den Straßen herum. Einmal schrieb ich mit einem Stück Kreide an eine Mauer: *Ich liebe. Ich liebe. Ich liebe.*

Und ging nach Hause. Lag auf meinem leeren Bett. Lauschte. Nie waren die Nächte mit Antworten befleckt.

Bald kamen die Jahre der »Katastrophe«. Wir zogen in eine Wohnung in Patissia um. Damit wir einigen dieser armen Menschen helfen könnten, so erklärte unsere Tante Urania. Denn bald trafen die ersten Flüchtlinge aus Anatolien ein. Vettern schliefen auf dem Kachelboden, unsere Tante Helena und Onkel Konstantin im Dienstmädchenzimmer; die Mädchen aus Lesbos mußten entlassen werden. Gebt, gebt, forderte unsere Tante Urania und hatte die Arme voller abgelegter Kleider. Meine jüngste Schwester Myrto brach in Tränen aus. Sie zerschlug ihre Spardose mit einem Hammer und fing an, ihr Geld für Eis auszugeben.

Oh, es geschah alles mögliche damals. Unser ältester Bruder hatte die Idee aufgegeben, Filmstar zu werden, und lebte nun als Geschäftsmann in Kairo. Unsere Schwester Phrosso hatte aufgehört, sich zu verlieben. Sie war wieder in Alexandria und bemühte sich gerade um einen von mehreren möglichen Ehemännern. Da kamen viele Briefe, die mich mit einer unerträglichen Sehnsucht nach feuchten Gärten und Feigenblättern erfüllten. Einmal schrieb ich sogar ein Gedicht, aber ich zeigte es niemandem, und später zerriß ich es. Manchmal war es zu Hause trostlos, auch wenn sich Agni ans Klavier setzte und *Un baiser, un baiser, pas sur la bouche*... hämmerte, solange unsere Tanten Besuche machten.

Dann wurde beschlossen – es war unsere Tante Urania, die die Beschlüsse faßte –, da Dionysios ein außergewöhnlicher, aber zuverlässiger Junge sei, solle er die Schule verlassen und zu unserem Onkel Stepho in die Bank gehen. Dann würde man noch mehr haben, um es den armen Menschen zu geben, die vor den Türken aus Anatolien geflohen waren. Es war recht aufregend, aber nur für kurze Zeit. Bald adressierte ich Briefumschläge in der Bank. Über den staubtrockenen Rechnungsbüchern mußte ich niesen. Und mein Onkel Stepho ließ mich zu sich kommen, zog mir das Ohr lang und fand es ungeheuer komisch, daß er mich in der Bank quälen konnte.

So war das.

Wieder war der Sommer gekommen: der immerwährende, staubige, weiße Sommer von Athen. Der Staub quoll unter meinen Schuhen hervor, wenn ich die Stadion-Straße entlangging. Zwar hatte ich meine Ferien in Pelion verbringen wollen, aber Tante Urania hatte einmal gesagt: Kannst du das mit deinem Gewissen vereinbaren? Wenn all die Flüchtlinge draußen in der Vorhalle schlafen? Also blieb ich, und es war unerträglich. Wie feuchte Lappen hingen die Kleider an mir, um elf Uhr in der Stadion-Straße.

Als ich meinen Namen rufen hörte.

»Dionysi! Dionysi?«

Es war eine junge Frau. Oder ein Mädchen. Ein Mädchen. Sie sprang von einem der kleinen Marmortische auf, wo sie ein Wassereis gegessen hatte, auf der Straße, vor Yanaki.

»Oh«, fuhr sie fort, »ich dachte. Ich hatte gedacht, es sei jemand anderes. Dionysios Papapandelidis. Jemand, den ich früher gekannt habe.«

Ich muß ein so dummes Gesicht gemacht haben, daß ich dieses zurückhaltende, glitzernde Mädchen in Zweifel stürzte und zum Stottern brachte. Sie stand da und saugte an ihren Lippen, als wollte sie prüfen, wie sehr das Eis ihrem Lippenstift geschadet hatte.

Da sah ich plötzlich, tief vergraben in dieser Schale, die Überbleibsel, etwas von dem bleichen, länglichen Gesicht des Kindes Titina, das wir in Schutz gekannt hatten.

Meine Überraschung muß nach außen gesickert sein, denn sofort brach sie in Lachen und Rufen aus. Ich spürte ihren Atem, sie umarmte mich sogar und küßte die armseligen Anfänge meines dünnen Schnurrbarts, dort, im grellen Licht der Stadion-Straße. So idiotisch war ich mir noch nie vorgekommen.

»Komm«, sagte Titina endlich. »Wir müssen ein Eis essen. Ich hatte schon ein paar. Aber das Eis bei Yanaki schmeckt *so* gut.«

Ich setzte mich zu Titina, aber ich war nervös, denn ich befürchtete, ich müßte nachher das ganze Eis bezahlen, auch die Portionen, die sie schon gegessen hatte.

Doch da sagte Titina:

»Ich lade dich ein, lieber Dionysi.«

Sie war so glücklich. Sie war so lieb. Das Komische daran war: als Titina in ihrer Handtasche nach einer Zigarette fischte und mit dem todschicken kleinen englischen Feuerzeug herumfummelte, und als auch noch ein unermeßlicher Packen Banknoten auf die marmorne Tischfläche rutschte, da war *ich* zu dem verlegenen Menschen geworden, der früher immer Titina Stavridi gewesen war.

»Erzähl!« bettelte sie; und: »Erzähl!«

Und sog mit ihren vollen, ihren geübten Lippen an der Zigarette.

Aber ich hatte nichts zu erzählen.

»Und du?« fragte ich. »Wohnst du in Athen?«

»Aber nein!« Sie schüttelte den Kopf. »Doch nicht in Athen!«

Diese Göttin war nur mit ihrem eigenen schwarzen Haar behelmt, so schwarz, daß die Lichter darin blau schimmerten.

»Nein«, sagte sie, »ich bin hier nur zu Besuch. Jean-Louis«, erklärte sie, »ist ein ungewöhnlich lieber und großzügiger Mann.«

»Jean-Louis?«

»Mein Freund«, antwortete Titina und formte ihren Mund auf eine Weise, die meine Tanten bestimmt für ordinär gehalten hätten.

»Dieser Mensch, ist er alt oder jung?«

»Na ja«, sagte sie, »er ist reif.«

»Weiß deine Mutter davon?«

»Ach, Mutter! Mutter ist sehr zufrieden damit, daß sich alles so gut gefügt hat. Auch sie hat jetzt eine eigene Wohnung. Die Welt ist, wie sie ist. Mutter hat das eingesehen.«

»Und dein Vater?«

»Papa ist immer da«, sagte Titina und seufzte.

Ich spürte, wie sich in mir eine verzweifelte Sehnsucht dehnte. Da saß Titina, so lieb, so nah, so gewandt, so unvorstellbar. Die Kleider wurden mir eng, während ich saß.

Und Titina redete. Immerfort klingelten und raschelten ihre kleinen Armbänder. Sie ließ ihre Augen hierhin und dorthin wandern, bewundernd oder abweisend. Sie kniff ihre Augen auf eine besondere Art zusammen, aber vielleicht lag es auch nur an dem grellen Licht.

»Sag mir, Dionysi«, fragte sie, und ich spürte die kleinen,

kaum sichtbaren Haare auf ihrem Unterarm, »hast du je an mich gedacht? Ich glaube nicht. Ich war so schrecklich! Scheußlich! Aber du warst immer so lieb.«

Tatsächlich: Titina Stavridi glaubte fest an das, was sie sagte, denn sie hatte mir ihr fein geschnittenes Gesicht zugewandt, und auf dem Grund ihrer freimütigen Augen, die blau waren wie nur der Saronische Golf, konnte ich – nun, ich konnte die Wahrheit sehen.

»Immer ist zuwenig Zeit«, beklagte sich Titina, praktisch und traurig zugleich. »Dionysi, hast du Zeit? Hast du, sagen wir, heute nachmittag Zeit? Um mit mir ans Meer zu fahren? Zum Schwimmen?«

»Aber wir sind hier in Griechenland«, sagte ich, »wo Männer und Mädchen noch nicht gelernt haben, zusammen zu schwimmen.«

»Pah«, rief sie. »Sie werden es schon lernen! Du und ich«, sagte sie, »wir werden zusammen schwimmen. Falls du Zeit hast. Heute nachmittag.«

Und schon war die Zeit ein Spielzeug, das ganz allein uns gehörte. Wir lachten und scherzten gekonnt, während Titina Stavridi die Geldscheine hinblätterte, um all die Eisportionen zu bezahlen, die wir bei Yanaki verzehrt hatten.

»Vorher habe ich noch eine Verabredung«, verkündete sie.

»Mit wem?« fragte ich.

Ich konnte es nicht ertragen.

»Ach!« lachte sie. »Mit einer Freundin meiner Mutter. Einer älteren Dame mit einer Warze.«

Das beruhigte mich. Zum Mittagessen gab es *youvarlakia*. Niemand konnte es mit Eurydikes *youvarlakia* aufnehmen, aber heute waren anscheinend Sägespäne hineingeraten.

»Eurydike wird gekränkt sein«, seufzte Tante Thalia. »Du hast deine *youvarlakia* nicht aufgegessen.«

Ich beschloß, meinen beiden lieben, prüden Tanten nichts von meiner Verabredung mit Titina Stavridi zu erzählen.

Es war schwer, mein Geheimnis zu hüten und mir die Zeit

zu vertreiben – ganz zu schweigen davon, daß ich Titina wahrscheinlich den Bus für die ziemlich lange Fahrt würde bezahlen müssen.

»O nein«, sagte sie endlich, auf den Stufen vor dem Grande Bretagne. »Rufen Sie ein Taxi«, beharrte Titina, und der Mann in Livree tat es.

»Geld ist zum Ausgeben da«, erklärte sie.

Als sie unterwegs nach ihrem hübschen kleinen Feuerzeug wühlte, sah ich erleichtert, daß ihre Handtasche immer noch mit Banknoten vollgestopft war.

An diesem Nachmittag trug sie ein Armband aus durchsichtigen Muscheln, die leicht wie Walnußschalen gegeneinanderschlugen.

»Das«, sagte Titina, »ist gar nichts.«

»Mein Freund«, fügte sie hinzu, »hat mir den Rat gegeben, meinen Schmuck in einem Safe beim Crédit Lyonnais zu lassen. Man könne nie wissen, sagt Jean-Louis, was in Griechenland alles passiert.«

Auch ich war der Meinung, daß der Crédit Lyonnais mehr Sicherheit gewährte.

So ging es den ganzen Weg. Während ihr Körper, so leicht wie die Muscheln ihres Armbands, immer wieder von meinem abprallte, zeigte sich, daß Titina ein Leben voller luxuriöser, aber praktischer Gewohnheiten führte. Sie nahm den Luxus so selbstverständlich wie ihre Haut. Am Strand dann, auf dem ziemlich körnigen attischen Sand, erstrahlte sie wie eine Göttin in der Pracht einer Rüstung aus Perlmuttschuppen, unter einem kleinen Helm aus Gummifedern.

»Gefällt dir mein Badeanzug?« fragte sie, nachdem sie sich die Lippen nachgezogen hatte. »Jean-Louis mag ihn nicht. *Ça me donne un air de putain*. Sagt er.«

Im nächsten Augenblick lief sie hinunter ins Meer, schimmernd in ihren hinreißenden Schuppen. Ich war froh, als auch ich im Wasser war.

Dann schwammen wir in den langen, silbrig blauen Wogen. Freude schien um Titinas Lippen zu perlen. Ihre Blicke waren die tieferen, die verträumteren, wollten versinken.

Ich hatte den Taxifahrer gebeten, uns bei einer bestimmten Bucht an der damals noch einsamen Küste aussteigen zu lassen. Der Strand war mit erdfarbenen Felsen übersät. Attische Pinien stritten verstreut gegen den Wind, neigten sich hinaus über die See. Die Landschaft war karg, aber auf ihre Weise großartig, von vollendeter Strenge. Ich hatte gehofft, wir würden unbemerkt bleiben. Und das blieben wir auch. Bis eine Gruppe von halbnackten Burschen zwischen den Felsen auftauchte. Mit mehreren von ihnen war ich in dieselbe Klasse gegangen. Jetzt setzten sie sich, mit hängenden Lippen, starren Blicken. Sie riefen, was von ihnen zu erwarten war. Einige warfen mit Händen voll Wasser.

Aber Titina blinzelte in die Sonne.

Angesichts dieser schlaksigen Flegel mit ihren schlaffen Muskeln und ihren wulstigen Lippen schien alles Alberne und Lümmelhafte an mir selbst wie weggewischt. Lag es an Titinas Gegenwart? Der Kopf saß mir fest auf dem Hals und hatte den Blick über Ozeane und Kontinente schweifen lassen. Ich war liebenswürdig, gefestigt, mein glitzernder Schnurrbart war kräftiger geworden, wenn auch für das menschliche Auge nicht sichtbar.

Da sprangen einige der Jungen, die ich kannte, ins Wasser und schwammen um uns herum, schrien und lachten mit überschnappenden Stimmen. Daß sie wie Seehunde herumtollten, sollte lustig sein. Aber Titina sah nicht hin.

Als wir an einer seichten Stelle standen, versuchte der untersetzte, gelbhäutige Sotiri Papadopoulos zwischen Titinas Beinen hindurchzuschwimmen.

»Geh weg, du schmutziger kleiner Junge!«

Wie sie auf ihn zeigte!

Titinas Verachtung war erfolgreich. Sotiri verschwand. Zum Glück. Er hatte schon oft bewiesen, daß er stärker war als ich.

Nachher saß ich mit Titina unter den Pinien, von Tropfen übersät. Sie erzählte mir wie aus der Ferne von den Besuchen in Deauville, Le Touquet und Cannes. Reservierungen in den besten Hotels. Ich war nur mäßig beeindruckt. Aber wie makellos sie war. Mir fiel Agni ein mit ihrer Gänsehaut und ihrem strähnigen, naß schlackernden Haar.

Titina zog *fruits glacés* hervor.

»Die haben Jean-Louis und ich an der Côte d'Azur gekauft. Nimm«, befahl sie.

Zuerst hielt ich ihr die Schachtel hin.

»Ach!« sagte sie. »Iß du nur. Ich bin sie leid. Diese *fruits glacés*!«

Da hockte ich und stopfte mich voll.

Lange Zeit saßen wir nebeneinander unter den Pinien, sie so kühl und makellos, ich nur erhitzt und klebrig. Sie begann zu singen – was, daran kann ich mich wirklich nicht erinnern.

»Ah«, rief sie, legte sich zurück und sah durch die Zweige, »sie sind verkrüppelt, unsere armen Pinien.«

»So wachsen sie alle hier«, sagte ich.

»Ja«, seufzte sie. »Sie sind nicht verkrüppelt.«

Ich lief ein kurzes Stück und holte ihr *vissinada* von einer Bude an der Straße. Wir bekleckerten uns die Münder mit *vissinada*. Über dem ganzen Saronischen Golf begann sich der Abend zu röten. Der Sand war körnig unter der Haut. Ich glaube, genau in diesem Augenblick kam der Mann mit dem Akkordeon vorüber und spielte seine fünf oder sechs Töne, so sanft und schmeichelnd wie das Gurren von Ringeltauben. Anders als vorher die Jungen, starrte uns der Mann mit dem Akkordeon nicht an. Er schlenderte vorüber. Wahrscheinlich war er blind.

»*Ach, Titina! Titina!*«

Ich hauchte ihr meine Verzweiflung zu.

Die Dunkelheit fiel schon über uns her, als mir Titina Stavridi auf dem Sand ihr Gesicht zuwandte. Ein Zweig hatte eine Spur in ihre vollkommene Wange gegraben. Sie lag da und sah in mich hinein, als würde sie dort nach etwas suchen, das sie nicht fand.

»Armer Dionysaki«, sagte sie, »jedenfalls braucht man keine Angst zu haben.«

So daß ich mich stärker fühlte als je zuvor. Während ich mit Titina Stavridi im Sand kämpfte, verwandelten sich meine Arme in Seeschlangen. Die Schuppen ihres perlmuttenen *maillot*, den Jean-Louis nie hatte leiden können, fielen unter meinen geschickten Fingern im Nu von ihr ab. Und schon hielt ich ihr kleines und doch so hartnäckiges Hinterteil in Händen, das mir den ganzen Nachmittag immer wieder zu entgehen gedroht hatte.

»Ach«, rief sie in fast erbittertem Taumel, als wir hörten, wie ihre Zähne gegen meine schlugen.

Nachher blieb Titina unendlich lieb. Die ganze Dunkelheit regte sich im Rhythmus ihrer Freundlichkeit.

»Wann reist du ab?« fürchtete ich mich zu fragen.

»Übermorgen«, entgegnete sie. »Nein«, berichtigte sie sich schnell. »Morgen.«

»Warum hast du dann *über*morgen gesagt?«

»Weil«, sagte sie einfach, »ich es vergessen hatte.«

So blieb mein Satz ungesagt. Alle Meeresgeräusche von Attika erhoben sich zum Angriff gegen mich, während ich meine Lippen noch einmal in Titinas verwelkten Mund preßte.

»Adieu, Titina«, sagte ich auf den Stufen ihres Hotels.

»Adieu, Dionysi, *Dionysaki*!«

Sie war so zärtlich, so lieb.

Aber ich sagte nichts weiter, denn ich hatte schon angefangen zu begreifen, daß solche Bemerkungen idiotisch sind.

Den ganzen Weg zurück nach Patissia lag dick und schwer der Staub auf meinen Schuhen.

Als ich eintrat, war meine Tante Kalliope, die Lehrerin, aus Paris angekommen.

»Unser Dionysi!« rief Tante Kalliope. »Fast ein Mann!«

Sie umarmte mich rasch, um dann zur Politik zurückzukehren.

Wir hatten Tante Kalliope, die uns Aufsätze und alles mögliche schreiben ließ, nie besonders gemocht, aber ihre Brüder liebten sie und stritten sich mit ihr bis in den frühen Morgen um irgendwelche langweiligen politischen Fragen.

»Die Katastrophe«, meine Tante Kalliope hatte das Stadium erreicht, in dem sie nur noch schrie, »war das Resultat der allgemeinen Apathie in einem der rückständigsten Länder der Welt.«

Mein Onkel Stepho schrie zurück.

»Wenn wir dieses Land dir und deinen fortschrittlichen Intellektuellen überlassen, dann können sich alle Leute, jedenfalls alle anständigen, ebensogut gleich das Messer an die Kehle setzen!« bellte Onkel Stepho, der Vizepräsident unserer Generalbank.

»Bleiben wir doch bei der Katastrophe!«

»Die Generäle waren schuld«, schrie mein Onkel Konstantin.

»Lauter Royalisten! Royalisten!«

Tante Kalliope fuchtelte mit den Fäusten.

»Und was kann man von verweichlichten Republikanern erwarten? Nichts!«

»Nichts gegen die Republikaner!« wandte sich Tante Urania gegen alle anderen.

»Die Royalisten haben noch nicht gezeigt, was in ihnen steckt.«

Tante Kalliope stimmte ein mitleidloses Gegacker an.

»Der Teufel wär mir lieber«, meinte Konstantin.

Tante Urania runzelte die Stirn.

»Trotzdem, Kosta«, meinte sie sehr ernst, in dem Ton, den sie immer anschlug, wenn sie beschwichtigen wollte, »du mußt zugeben, wenn Blut fließt, bedeutet es für unser armes Griechenland immer eine Läuterung.«

Meine Tante Thalia, die geweint hatte, ging zum Klavier

hinüber. Sie fing an, ein Stück zu spielen, das ich kannte. Süß und klebrig floß die Musik unter ihren unsicher suchenden Händen hervor.

Die Musik verklebte die Stimmen.

Dann sagte meine Tante Kalliope:

»Ratet mal, wen ich gesehen habe!«

Niemand kam darauf.

»Diese Kleine, diese Titina Stavridi, zu der ihr damals in Schutz immer so lieb wart.«

»Lebt sie in Athen?« fragte Tante Urania, obgleich die Antwort für sie ohne Bedeutung bleiben würde.

»Keineswegs«, sagte Tante Kalliope. »Ich bin ihr schon vorher über den Weg gelaufen. Mehrmals sogar. In Paris.« Hier lachte Tante Kalliope. »Eine schöne *Kleine*! Eine kleine Hure!«

Man konnte es der Miene von Tante Urania ansehen, daß sie es auf sich nahm, die Sünden der Welt zu büßen, während Tante Thalia die Musik herbeizwang. Wie sie dahinfloß, zwischen den Onkeln hindurch, aus dem Zimmer, die Flure unserer geschrumpften Wohnung entlang, aus denen der Geruch von *pasta* nun selten wich. Der unerträgliche Schumann verfolgte mich bis in mein Zimmer und weiter.

Draußen hatte das Mondlicht die Fliederbüsche versteinert. Die weiße Musik dieser staubigen Nacht gefror in den Parks und Gärten. Als ich mich aus dem Fenster lehnte und meine Kehle reckte, um das Messer zu empfangen, geschah nichts. Meine Tante Thalia spielte nur weiter Schumann, und ich erkannte, daß meine gespannte Kehle selbst eine starre Klinge war.

MISS SLATTERY UND IHR DÄMONISCHER LIEBHABER

Er stand da und hatte die Haustür nur einen Spaltweit geöffnet. Hatte auch eine Kette vorgelegt.

»Ich komme«, sagte sie, »von der Umsatzplus GmbH.« Und schlug eine unbeschriebene Seite auf. »Marktforschung«, erläuterte sie. »Wir möchten, daß Sie uns helfen, und hoffen, indirekt auch Ihnen zu helfen.«

Sie fuhr sich mit der Zunge über die Lippen und milderte auf diese Weise die Drohung zum moralisch einwandfreien Kompromiß, eine Technik, in der sie es so weit gebracht hatte, daß am Ende fast jeder überzeugt war. Nur sie selbst sah vor sich noch immer diese schauderhaft leere Seite ihres Blocks.

Jetzt machen Sie bloß keine Schwierigkeiten, hätte sie am liebsten zu diesem alten Knaben aus Europa gesagt, dessen Mittagsschlaf sie eben ruiniert hatte.

»Waas wohlen Sie?« fragte er.

»Ich möchte Ihnen ein paar Fragen stellen«, sagte sie.

Sie konnte sehr geduldig sein, wenn sie dafür bezahlt wurde.

»Fracken?«

Wollte er die Tür etwa wieder schließen?

»Nicht Ihnen. Nicht unbedingt. Der Hausfrau.«

Sie sah die Straße hinunter, eine gute Straße, an deren Ende die Mittagssonne lauerte und ihr einen Schlag verpassen wollte.

»Haussfrau?«

Immerhin schob er die Kette beiseite.

»Nain! Nain! Nain!«

Immerhin würde er ihr einen Blick in seine Wohnung nicht verwehren.

»Keine Frau?« fragte sie. »Weder eine Hausfrau noch sonst eine?«

»Nain! Niemals! Nain! Ich happ kaine Frau, die immärr hier ist.«

»Ein offenes Wort«, antwortete sie. »Sie mögen die Frauen nicht.«

Die Stöckelschuhe taten ihr weh.

»Oh, ich mack sie! Ich mack sie sär! Gerades*halb*!«

»Könnten wir jetzt zur Sache kommen?« sagte sie und sah auf ihren leeren Block. »Da es also keine Frau gibt: Benutzen Sie Maxiperl? Wäschestärke. Nein? Und Quick-Cream zum Frühstück?« sagte sie. »Das ist eine Art von nicht klumpendem Porridge.«

»Waas ist Porridsch?«

»Das haben die Schotten erfunden. Es ist, na ja, eben *Porridge*, Mr. Tibor.«

»Szabo.«

»An der Klingel steht aber Tibor.«

»Ich bin Ungkaar«, sagte er. »In Ungkarn stehn die Name verkehrt herum. Szabo Tibor. Verstän Sie?«

Er konnte gar nicht genug von sich ins Spiel bringen, als wäre es nötig, alle diese Zusammenhänge unter leidenschaftlicher Anteilnahme des Körpers zu erklären.

»Ja«, sagte sie. »Ich verstehe. Jetzt.«

Er hatte kleine, weiße Zähne. Und so alt war er noch gar nicht; er hatte vielmehr das Stadium erreicht, in dem das Alter elastisch wird. Seine Schuhe hatten ihn womöglich einen ganzen Wochenlohn gekostet. Alles in allem war er wie aus Wildleder, aus braunem Wildleder, und reichte ihr nicht über die Schulter. Und Hüften. Hüften hatte er!

Aber die Diele hinter ihm sah hübsch aus, in Schwarz und Weiß.

»Peevaucee?« Ihre Fußspitze deutete. »Oder Linoleum?«

Schließlich war sie geschäftlich hier.

»Waas? Oh! Nain! Daas ist allöß Marrmorr.«

»Wie in einer Bank!«

»Ja.«

»Junge, Junge! Woher haben Sie es?«

»Mitgebracht. Jawohl. Ich bringge allöß mit. Hier gibt ös nichts. Nichts!«

»Also, hören Sie, Mr. Tibor – Szabo – so unzivilisiert sind wir Australier nun auch wieder nicht. Nicht im Jahre 1961.«

»Zivielziert! Ich lerne Sie, was zivielziert ist!«

Sie hatte nie besonders intensiv an die Vorteile von Wissen und Erkenntnis geglaubt, und deshalb war es einfach lächerlich, daß sie nun durch die Marmorflure von Tibor Szabo Tibor wanderte. Aber es war so kühl hier. Als sie die Tür ins Schloß fallen hörte, kamen ihr die Frauen in den Sinn, die sie erst zersägen und dann in der Eisenbahntoilette liegenlassen oder in einem Hinterhof stapeln oder einfach in den Hafen werfen.

Da war er ja. Szabo Tibor hatte sich nämlich ein Haus mit Aussicht gekauft. Aber um diese Tageszeit sah das Wasser so aus, als wäre es aus Zink geschnitten oder aus Aluminium, da sind die Ränder noch schärfer.

»Schön haben Sie es hier«, sagte sie.

Eine solche Situation hatte sie sich schon mal vorgestellt, aber noch nie erlebt, und das Fremdartige daran machte sie träge, während sie eine Rolle spielte, die sie andere hatte spielen sehen, überlebensgroß.

»Allöß was ich happ *muuß* ärsterklasse sein«, erklärte Szabo Tibor. »Wie heißen Sie, biete?«

»Oh«, sagte sie. »Slattery. Miss Slattery.«

»Daas ist tsuviel. Där Vorrname biete?«

Miss Slattery machte ein trauriges Gesicht.

»Ich mag es Ihnen gar nicht sagen«, sagte sie. »Ich bin auf den Namen Dimity getauft. Aber meine Freunde«, fügte sie hinzu, »nennen mich Pete.«

»Welchärr ist schlimmer? Waas fürr ein Name ist das – Piet!«

»Besser als mit einem Schild durchs Leben zu gehen, auf dem Dimity steht.«

»Ich nännne Sie gar nichts«, verkündete Szabo Tibor.

Miss Slattery wanderte mit großen, unwahrscheinlichen Schritten durch das Zimmer eines anderen Menschen, aber sie fühlte sich jetzt wohler. Die Teppiche waren so weich und so ungeheuer weiß, daß ihr einfiel, sie hatte ihr Jackenkleid noch gar nicht in die Reinigung gebracht.

»Ain Name ist nicht nötisch«, sagte Szabo Tibor gerade. »Nämmen Sie doch den Hut ab, biete; där ist auch nicht nötisch.«

Miss Slattery tat, wie ihr gesagt wurde.

»Hüte stehen mir nicht, wissen Sie. Wir sind von der Firma gehalten, welche zu tragen.«

Sie schüttelte ihr Haar, dem sie aus der Flasche etwas aufgeholfen hatte, wenn auch nicht mit vollem Erfolg, aber gewisse Glanzlichter gaben ihm hoffentlich ein eigenes Aussehen: lodernder, leuchtend, scheckig. Außerdem war da die einzelne Locke, die jetzt so hing, wie sie es gewollt hatte.

Ein australisches Mädchen, so sah er. Noch ein australisches Mädchen.

O je, er war vielleicht doch älter, als sie geglaubt hatte. Aber knuddelig. Sie war instinktiv freundlich. Hätte allerdings am liebsten gekichert. Über einen alten Teddybär aus Wildleder.

Szabo Tibor sagte: »Setzen sich.«

»Komisch«, sagte sie, und ließ ihre Hände wieder einmal in die Tiefen des Sesselpolsters gleiten, eine Angewohnheit, die sie seit langem loswerden wollte, »Beruf und Vergnügen habe ich noch nie durcheinandergebracht.«

Aber Szabo Tibor hatte etwas sehr Kleines und sehr Süßes gebracht, das zwei brennende Drähte aus ihrer Kehle in die Nase spannte.

»Es ist gutt. Nain?«

»Davon verstehe ich nichts« – sie hustete – »Mr. Szabo. Jedenfalls wirksam!«

»In Australien«, sagte Mr. Szabo und kniete jetzt, »nännen die Leute mich Tibbi.«

»Also, Sie haben Sinn für Humor!«

»Ja! Ja!«, sagte er und lächelte. »*Wizz*!«

Wenn Männer in die Knie gingen, reizte sie das immer zum Kichern.

Aber Tibbi Szabo machte ein strenges Gesicht.

»In Australien«, sagte er, »kein *Wizz*. Nain! Nirgens!«

Und drohte ihr mit dem Zeigefinger. So daß sie ihn ganz fasziniert ansah. Er war so plump, dieser Zeigefinger, bananengelb, mit einem kleinen Gebüsch aus schwarzen Härchen darauf.

»Verstän Sie?«

»O ja, ich verstehe vollkommen. Ich bin nichts.«

Es gefiel ihr sogar.

»Also, waas ist da?« fragte Tibbi Szabo und besah seinen Finger.

»Ich finde es immer wieder überraschend«, antwortete sie, »welche Rolle die Oberflächenstruktur spielt.«

»Sind Sie ain intelektueeles Mädchen?«

»Mein Verstand«, sagte sie und schlug die Beine wieder übereinander, »ist in der Pubertät zu Karamel geworden. Ist das nicht köstlich?«

»Waas ist Karamäl?«

»Herrje«, sagte sie, »Sie wollen ja alles wissen. Lassen Sie sich denn gar nichts gesagt sein?«

Sie ließ ihre Locke hängen, für diesen alten Knaben, der neben dem Sessel kniete und gar nicht wieder aufstehen wollte. So alt war er nun auch wieder nicht. Aber mit den kleinen Lücken zwischen den weißen Zähnen sah er irgendwie wehrlos aus.

Dann packte er ihren Arm, so als würde der gar nicht zu ihr

gehören. Die ganze Sache war ziemlich sonderbar, aber nicht so sonderbar, wie man hätte erwarten sollen. Er nahm ihren Arm, als wäre er beispielsweise ein Maiskolben. Als würde er an einem Maiskolben nagen. Sie wollte kichern, und sie kicherte. Wenn Mama und Wendy sie jetzt sähen! Die hätten was zu lachen!

»Sie haben aber eine komische Art«, sagte sie, »Tib.«

Während Tibby Szabo weiter an ihrem Arm auf- und abfuhr.

Als er sich der Schulter zuwendete, sagte sie:

»Jetzt aber Schluß! Was glauben Sie, was ich bin?«

Er schlug sofort eine andere Richtung ein.

Mit einem Männerkopf auf dem Schoß hatte man immer das Gefühl, dieser Kopf versuche sich etwas vorzumachen – so losgelöst sah er aus, so unwahrscheinlich, so lächerlich.

Dann schaltete er seine Augen ein, als wüßte er: die hier ist einfach verrückt nach Augen. O Gott, nichts drang tiefer als Augen. Sie war hinüber.

»O Gott!« sagte sie. »Aber so bin ich doch gar nicht!«

Sie war ganz und gar nicht so, wie sie zu sein geglaubt hatte. Das erfuhr sie nun. Sie war die Trampolinkönigin. Sie war eine riesige, staksende Spinne. Sie war eine Gummipuppe.

»Ihr australische Mädchen happt kein Temperament«, klagte Tibby Szabo. »Immer Kieschern und Quatscheln. Leidenschaft ist nicht zum Widerstehen da.«

»Ich habe mir beim Nicht-Widerstehen eben alle Knochen im Leib gebrochen«, mußte Miss Slattery protestieren.

In ihrem Leib, der sich da oben noch immer ringelte.

»Eine Spiegeldecke! Wer hat denn so was je gehört!«

»Spieckeldecke, was denn sonst? Damit man waas sieht.«

»Tibby«, fragte sie, »ist das etwa – Nerz?«

»Ja. Ja. Nerzbätten sind gutt für die Körpär.«

»Also wirklich!« sagte sie.

Sie war ganz entspannt. Sie war halbtot. Als sie wieder

einen Arm heben konnte, bemächtigten sich lange seidige Schauer ihrer Haut, und sie bemerkte, daß der Südwind über das Wasser durchs Fenster eingedrungen war und ihr eine Gänsehaut machte.

»Wir holen uns eine Erkältung«, warnte sie und hustete.

»Daas ist gutt.«

»Ich freue mich, daß auch mal etwas gut ist«, sagte sie, setzte sich auf und zerstörte dadurch das Bild an der Decke. »Das ist ja alles ganz wunderbar, aber wirst du dich von mir auch lieben lassen?«

Und fiel über ihn her. Über diesen dicken, behaarten Mann.

»Libben? Waas genau meinst du?«

»Oh, Tibby!« sagte sie.

Wieder richtete er seine Augen auf sie. Sie waren jetzt erloschen, aber selbst in ihrer Schläfrigkeit weckten sie in ihr den Wunsch zu sterben. Oder zu geben. Oder konnte man geben und leben?

»Schlaf jetzt«, befahl er.

»Oh, Tibby!«

Sie sank zurück, wimmernd, aber verträumt. Einmal sah sie zur Seite, nach seiner Totenmaske. Auch nach der Decke sah sie. Die glich den Bildern von Greueltaten in den Zeitungen nach dem Krieg, bei denen sie immer versucht hatte wegzugucken.

Es war unglaublich, aber das war es immer gewesen.

Als Miss Slattery auf die Straße trat, den Firmenhut auf dem Kopf, hatte der Abend die gute Wohngegend mit dem mürben Licht reifer Birnen durchtränkt. In ihm trottete sie dahin, schräg, stelzend, tastend. Ihr Hals war furchtbar steif.

Danach kam die Providentia, denn bei der Umsatzplus blieb sie nicht; es hieß, ihre Dienste würden nicht länger benötigt. Was sie denn bloß so unzuverlässig gemacht habe? Sie sagte, sie sei in letzter Zeit etwas zerstreut.

Unter diesen Umständen konnte sie froh sein, die Stelle bei der Providentia zu finden. Außerdem freundete sie sich dort mit Phyllis Wimble an.

»Ein Ungar«, sagte Phyllis, »ich bin noch nie einem Ungarn begegnet. Manchmal denke ich, mit der Zeit kommen mir die verschiedenen Nationalitäten noch alle unter, so wie eine Bekannte von mir irgendwann mal beschlossen hat, die verschiedenen Religionen auszuprobieren. Aber bei den Okkultisten steckte sie dann auf.«

»Warum?«

»Sie bekam es mit der Angst. Eines Samstagnachmittags begruben sie einen Mann bei lebendigem Leib, drüben bei Balmoral.«

In diesem Augenblick trat der alte Huthnance aus seinem Büro.

»Miss Slattery«, fragte er, »wo ist denn nun die Dewhurst-Police?«

Er war eigentlich ganz niedlich.

»Ach ja«, sagte Miss Slattery. »Ich wollte sie gerade prüfen.«

»Was gibt es denn da zu prüfen?« wollte Huthnance wissen.

»Na ja«, sagte Miss Slattery.

Und Huthnance lächelte. Er war noch im Lächelstadium.

Den Donnerstagabend hielt sich Miss Slattery für Tibby Szabo frei. Auch samstags ging sie zu ihm, blieb meistens bis zum Sonntag, und dann frühstückten sie europäisch.

Eines Samstags beschloß Miss Slattery, Tibby Szabo etwas Gutes zu tun. Die Hausarbeit brachte sie in Schwung; sie tat sehr geheimnisvoll und sehr geschäftig.

Da fragte Tibby:

»Waas ist das?«

»Was ist was?«

»Diesärr Gestank! Diesärr blaue Rauch, dänn du da in meiner Küsche machst. Was kochst du da?«

»Etwas Gebratenes«, antwortete Miss Slattery. »Lammkeule mit Kürbis und zwei anderen Gemüsen.«

»Lahm?« schrie Tibby Szabo. »Lahm! Es stinkt. Nie hattän wir in Budapäßt Lahm in Haus.«

Er öffnete den Herd und schleuderte die Keule in den Hafen.

Da weinte Miss Slattery oder saß vielmehr da und knäulte ihr Taschentuch zu einer Kugel.

Tibby Szabo machte sich selbst eine Kleinigkeit zurecht. Er aß Paprikawurst, die Brust von einem kalten Paprikahühnchen, Paprika in Öl, Paprika in Käse und zum Schluß, so vermutete sie, Paprika.

»Ieß!« empfahl er ihr.

»Ein winziges Stück, und ich würde ersticken.«

»Weinst du etwa?« fragte er zwischen den letzten Paprikaresten.

»Ich habe nachgedacht«, erwiderte sie.

»Aha! Narrgedacht!«

Nachher schlief er mit ihr, und weil sie sich für die Liebe entschieden hatte, ließ sie sich mit trauriger Hemmungslosigkeit darauf ein, unter dem spiegelnden Himmel, auf der Tagesdecke aus Nerz. Einmal allerdings setzte sie sich auf:

»Das ist alles so *triebhaft!*«

»Du mit deine intelligänten Wörrtern.«

Ihm steckte das Paprikahühnchen zwischen den Zähnen.

Und dann mußte sich Miss Slattery auch noch mit dem Telefon abfinden.

»Nochmal *Nochmal!* NOCHMAL!« schrie Tibby Szabo in den Hörer und knallte ihn dann irgendeinem Namenlosen über den Schädel.

»Immer dieses Genocker!« sagte sie.

Es fing an, ihr auf die Nerven zu gehen.

»Verdammte Idiotten!« beschwerte sich Tibby Szabo.

»Wie verdienst du eigentlich dein Geld, Tib?« fragte Miss Slattery und zupfte an der Nerzdecke herum.

»Ich bin Ungkar«, sagte er. »Zu mir kommt es über dem Telefon.«

Wenig später verkündete Szabo Tibor, er wolle verschiedene Grundstücke besichtigen, die er in der Umgebung der Stadt besaß.

Immerhin hatte er ihr einen Hausschlüssel gegeben, so daß sie kommen und gehen konnte.

»Hast du eigentlich«, fragte sie, »auch für all die anderen Frauen Schlüssel machen lassen, für Montag, Dienstag, Mittwoch und Freitag, in den anderen Wohnungen?«

Wie er da lachte.

»Jeddenfalls ein echter Wizz! Ein australischer Wizz!« sagte er beim Gehen.

Im Nu, so schien es, war er wieder zurück.

»Waas?« sagte er. »Bisst du immär noch hier?«

»Ich bin von der trägen Sorte«, entgegnete sie.

Wirklich, sie war so träge, daß sie unter dieser Decke, diesem Spiegelgewissen, in ihrem Körper beinah geronnen war. Obwohl ein milder Abend bereit war zu trösten, bebte sie, denn sie war nackter als nackt. Als sie den Kopf zum Fenster hinaussteckte, glitzerten die Rheinkiesel von Sydney am Hals der Dunkelheit. Aber sie erkannte, es war eine Pracht, die nur zerrinnen konnte.

»Ihr australische Mädchen«, bemerkte Tibby Szabo, »wenn ihr nicht kieschert, dann heult ihr.«

»Ja«, sagte sie. »Ich weiß«, sagte sie, »alles wird schwierig. Wenn man Australier ist.«

Und als er ihr einen Kuß wie Türkischen Honig in den Mund schob, da gelang es ihr weniger denn je, sich zu beherrschen.

Sie fuhren in Tibbys Jaguar herum. Denn natürlich besaß Tibby Szabo einen Jaguar.

»Laß uns nach Manly fahren«, sagte sie. »Ich will den Pazifik sehen.«

Tibby fuhr – manchmal ruckartig und wie angewidert, manchmal in weiten, herrlichen Geschwindigkeitsdemonstrationen oder in einem schwindelerregenden Wirbel. In seinem Fahrstil kam der ganze Tibby Szabo zum Ausdruck. Er trug den kleinen zigarrenfarbenen Hut.

»Natürlich«, sagte Miss Slattery durch ihr Haar, »kenne ich dich gut genug, um zu wissen: Manly ist nicht der Balaton.«

»Balaton?«

Tibby übersah einen Zebrastreifen.

»Waas weißt du vom Balaton?«

»Ich bin schließlich zur Schule gegangen«, sagte sie. »Ich habe ihn auf der Karte gesehen. *Irgend*wohin mußte man schließlich gucken. Und da lag er. Ein Loch mitten in Ungarn.«

Sie wurde es nie müde, seine Hände zu betrachten. Wenn er fuhr, wurden die weichen, schmeichelnden Handflächen weiß.

Später, als sie angehalten und es sich im Rauschen des Meeres und der Kiefern bequem gemacht und eine Tüte Garnelen gekauft hatten, und als die garnelenfarbenen Leute an ihnen vorüberstapften, mußte Tibby Szabo fragen:

»Willst du mich ausspionieren? All die Fracken über den Balaton!«

»All die Fragen? Ich habe ihn doch nur kurz erwähnt!«

Garnelenschalen klingeln, wenn sie auf Asphalt fallen.

»Ich würde nie eine Schublade öffnen, auch wenn ich den Schlüssel dazu hätte. Es gibt nur ein Geheimnis«, sagte sie, »auf das ich gern eine Antwort hätte.«

»Aber der Balaton!«

»So blau. Blauer als alles, was wir haben. Und überhaupt...«, sagte sie.

Die sandbestäubten Leute gingen auf und ab. Ihren Fußsohlen machte es nichts aus.

Tibby Szabo spuckte auf den Asphalt. Es dampfte.

»Es gehört sich nicht«, sagte sie, »zu spucken.«

Ihre Fingerspitzen schmeckten nach salzigsüßen Garnelen. Die glasigen Brecher, die sich auf dem Sand entrollten, hätten auch höher hinaufgreifen und sie verschlingen können, wenn sie nicht schon in tieferen, glasigeren Höhlen versunken gewesen wäre.

»Waas fier ein Gehaimnis?« fragte Tibby.

»Oh!«

Sie mußte lachen.

»Ich meine uns«, sagte sie. »Worauf läuft es hinaus?«

»Worauff es hinausläuft? Du hast es verdammt gutt bei mir. Ich zahle den Strom und den Gas. Du kannst dir von mein Geld Kleider im Sonderangebot kaufen. Du hast es gutt getroffen.«

Plötzlich klebten zu viele Garnelenschalen an Miss Slatterys Fingern.

»Das meine ich nicht«, sagte sie mit erstickter Stimme. »Ich meine, wenn man jemanden liebt. Ich meine, es läßt sich schwer ausdrücken. Wenn man den Kopf in den Herd stecken könnte, und es ist einem scheißegal, wer die Gasrechnung bezahlt.«

Weil ihr die Worte fehlten, holte sie ihren Lippenstift heraus und fing an, ihrem Mund nachzustellen.

Jetzt sahen einige Damen in den teuren Wagen. In ihren glasigen Augen spiegelte sich Überraschung.

»Libbe!« lachte Tibby Szabo. »Libbe ist mit der Säle!« Und dann wurde er sehr zornig, so als wollte er plötzlich von allem nichts mehr wissen. »Was fier eine Ahnunk happen die Leut von der Libbe!« schrie er. »Hier geht es nur um Rissiko und Körpär!«

Dann sahen sie einander an, beide mit einer Miene, als würden sie über eine Entdeckung nicht hinauskommen, die sie gerade gemacht hatten.

Miss Slattery hätte mit der Papiertüte den städtischen Abfallkorb fast getroffen, im hohen Bogen.

»Ich happe Durst«, beklagte sich Tibby.

In seinen Mundwinkeln hatte sich tatsächlich Salz abgesetzt. Würde er es wirklich riskieren, noch mehr von der Neige zu trinken?

»Dieser Pazifik«, sagte oder schluchzte Miss Slattery, »sieht auch immer gleich aus. Fahr uns nach Hause, Tibby«, sagte sie, »und schlaf mit mir.«

Während er die Handbremse löste, schleppten sich die garnelenfarbigen Leiber auf dem Asphalt noch immer hin und her, achtlos.

»Hör mal«, sagte Miss Slattery, »eine Freundin von Phyllis Wimble, sie heißt Apple, gibt eine Party in Woolloomooloo. Samstagabend, sagt Phyllis. Künstlerkreise. Bohème.«

Szabo Tibor verzog den Mund.

»Australische Provinz-Bohème. Es gippt nix Schlimmeres als Provinz-Bohème.«

»Wir können es uns doch mal ansehen«, meinte Miss Slattery und fügte mit bitterer Miene hinzu: »Es ist schon manches durch einen Irrtum entdeckt worden.«

»Und waas macht diese Eppl?«

»Sie schweißt.«

»Eine Frau? Waas schweißt sie?«

»Ich weiß nicht. Objekte, alles mögliche. Apple ist Künstlerin.«

Apple war ein großes Mädchen mit hoher Frisur und runder Brille. Für den Partyabend waren alle ihre Objekte weggeräumt, eines ausgenommen, das sie als ihr Hauptwerk bezeichnete.

»Das ist die *Hypotenuse der Angst*«, erläuterte sie. »Es gilt allgemein als sehr stark.«

Und lächelte.

»Wollt ihr Rotwein?« fragte Apple. »Oder lieber Scotch oder Gin? Es hängt bloß noch davon ab, daß jemand welchen mitbringt.«

Langsam kam Apples Party in Schwung. Das Haus war alt,

der große Raum dehnte sich in viele Richtungen, die Wände waren mit *Lovely-Texture*-Tapeten beklebt.

»Fast jeder hier«, raunte Phyllis Wimble, »macht irgendwas.«

»Was hast denn du da mitgebracht, Phyl?« fragte Miss Slattery.

»Er ist Viehzüchter«, sagte Phyllis. »Eine Krankenschwester, eine Bekannte von mir, war ihn leid.«

»Ein Körper, von oben bis unten«, sagte Miss Slattery, sie wußte ja jetzt Bescheid.

»Was willst du mehr?«

Ein paar Leute hatten Gitarren dabei und stimmten sie.

»Das sind die spanischen Gitarristen«, erklärte Phyllis. »Und da drüben sind ein paar englische Halbstarke von irgendeinem Dampfer. Aber die bilden nur den Hintergrund. Die Hauptrolle spielen Apples Freunde.«

»Sehen ein bißchen aus wie ...«, meinte der Viehzüchter.

Phyllis brachte ihn zum Schweigen.

»Es gefällt dir nicht, Tib, oder?« sagte Miss Slattery.

Tibby Szabo verzog den Mund.

»Ich besauf mich mit Eppls miesem Wein.«

Sie sah, daß ihm der Zahnstein nicht sehr gründlich entfernt worden war. Sie sah, daß er ein kleiner, dicker, dunkler Mann war, den sie geliebt hatte und immer noch liebte. Aus Gewohnheit. So wie man an den Nägeln kaut.

Ich muß da herauskommen, sagte sie zu sich. Aber so leicht gewöhnte man sich das nicht ab, nicht das Nägelkauen – bis man es vergessen hatte; dann war es vorbei.

Das Tanzen hatte angefangen und bald auch das Knutschen. Unter dem Zirpen der Gitarren zersplitterte das Licht. Das Rotweingeschlürf machte die Witze fleckig. Die Halbstarken tanzten. Der Viehzüchter tanzte spanische Tänze. Seine Gummiallüren waren so echt. Apple fiel auf den Hintern.

Nicht jeder, noch nicht, hatte erkannt, daß Tibby Szabo ein

kleiner, dicker, schwarzer Mann war, daß er gezackte Zähne wie ein Haifisch hatte. Da war ein Mädchen namens Felicia, die kam und setzte sich auf Tibbys Schoß. Er öffnete zwar die Knie, so daß sie hindurchfiel, aber es hätte Miss Slattery auch nichts ausgemacht, wenn sie sitzengeblieben wäre.

»Es heißt«, flüsterte Phyllis Wimble, »die seien alle wahnsinnig schräg.«

»Weißt du denn immer noch nicht«, sagte Miss Slattery, »daß jeder schräg ist?«

Aber Phyllis Wimble konnte auch bissig werden.

»Jeder außer Tibby Szabo, wie?«

Da lachte Miss Slattery und lachte sehr.

»Tibby Szabo«, lachte sie, »ist so ungefähr der schrägste Vogel, der mir je begegnet ist.«

»Waas ist?« fragte Tibby.

»Nichts, Liebling«, antwortete Miss Slattery. »Ich libbe dich aus ganzem Leib und ohne Seele.«

Das sei alles so *mouvementé*, sagte einer von Apples Freunden.

Der Viehzüchter tanzte. Er tanzte spanische Tänze. Er tanzte barhäuptig und mit seiner Mütze aus Lesbos. Er tanzte im Hemd und später auch ohne.

»Jemand hat gesagt«, flüsterte Phyllis, »zwei Männer hätten sich auf dem Klo eingeschlossen. Der eine ist ein Halbstarker, aber wer der andere sein kann, ist noch nicht heraus.«

»Vielleicht ein Sozialistischer Realist«, schlug Miss Slattery vor.

Ein Schmerz durchfuhr sie.

Der knallrote Viehzüchter holte eine Viehpeitsche hervor, eine neu gekaufte, zu neu, zu steif, aber ihr Ledergeruch war betörend.

»Oh«, rief Miss Slattery, »aber Viehpeitschen werden doch nicht *gemacht*, die waren von Anfang an da.«

Der Viehzüchter entrollte seine brandneue Peitsche, und die Peitschenschnur glänzte. Licht fiel in einen Winkel von

Miss Slatterys Gedächtnis, eröffnete eine Weite von blendendem Blau, Staubteppiche, vorüberdrängende Rinder. Sie konnte sich nicht dagegen wehren, selbst wenn sie gewollt hätte. Die elektrische Sonne schlug ihr auf den Kopf. Der Geruch von altem, schweißigem Leder hatte sie betrunkener gemacht als der ordinäre Rotwein.

»O Gott, ich verbrenne!« rief Miss Slattery.

Und zog ihr Oberteil aus.

Sie war beunruhigend glatt, unversehrt. Die Haut anderer Leute, das wußte sie, verwelkte in der Sonne. Ihr fiel der Schorf auf den Fingerknöcheln ihres Daddys ein.

Dann mußte sie aufstehen.

»Gib her, George!« befahl sie. »Du bist der miserabelste Peitschenknaller, den ich je gehört habe.«

Miss Slattery stand da, mit der Viehpeitsche. Ihre Brüste dösten. Oder äugten. Es war, als würde sie auf eine Inspiration warten. Tibby Szabo bemerkte es und beugte sich vor, um das fahle Blau der Adern, die er bei früheren Expeditionen schon erkundet hatte, bis in die Quellgebiete zu verfolgen.

Da plötzlich tat Miss Slattery einen Schlag, und der ganze Raum stob auseinander. Sie füllte ihn mit Schreien – des Abscheus und der Bewunderung. Die Viehbremse aus Roßhaar stach in die Luft. Miss Slattery peitschte ein abstraktes Gemälde aus der Wand. Sie hieb einen Korken aus einer Flasche.

»Braffo, Petuschka!« schrie Tibby Szabo. »Warst du frieher mal beim Zierkuß?«

Er hatte sich vorgebeugt.

»Jawohl«, sagte sie, »in einem ungarischen!«

Und schlug, daß sich das Roßhaar um Tibbys Wade wikkelte.

Er hatte sich vorgebeugt. Tibby Szabo begann zu singen:

Csak egy kislány
van a világon,

az is az én
dràga galambo-o-om!

Er hatte sich vorgebeugt, die Augen halb geschlossen, klatschend und singend.

Ein Hurra für die Liebe,
sie bringt dich um...

Miss Slattery sang. Sie hieb dem Viehzüchter eine Zigarette von den Lippen.

A jó Isten
de nagyon szeret,

sang Tibby Szabo,

hogy nékem adta
a legszebbik-e-e-et!*

Dann sangen alle, was sie singen mußten, und die Gitarren gerieten auseinander, denn niemand konnte es mit dem Sirup aus Tibby Szabos bezwingender Geige aufnehmen.

Und Miss Slattery schlug zu. Mit hüpfenden, übermütigen Brüsten. Ihr Haar war so spröde. Aber einmal zückte sie die Peitsche, unter der lohfarbenen Sonne, Staub aufwirbelnd, trunken vom Geruch der lauwarmen Leinenbeutel für das Wasser.

Noch einmal schlug Miss Slattery und holte die Sonne vom Himmel herunter.

Es ist nicht unwahrscheinlich, daß die Welt in Donnern enden wird. Nach dem Lärm zu urteilen, mußte jemand die *Hypotenuse der Angst* umgestoßen haben. Geübte Schreier begannen zu schreien. Die Dunkelheit füllte sich mit Händen.

* Nur ein kleines Mädchen
in der Welt,
und sie ist
mein liebes Täubchen!

Der liebe Gott
muß mich wirklich lieben,
denn die Schönste
hat er mir gegeben!

»Komm hierher, Petuschka.« Es war Tibby Szabo.

»Ich beschütze dich«, versprach er und war zärtlich.

Da erschien eine Großperson mit einer Kerze. Sie sah aus wie ein Berliner, rund und dick.

»Diese Ateliers«, so verkündete die Großperson, »werden für künstlerische Zwecke und zum geistigen Austausch vermietet. Ich bin es nicht gewöhnt, daß Flegel – und Schlimmeres«, hier warf sie einen Blick auf die obere Hälfte von Miss Slattery, »die Räumlichkeiten verunstalten. Da dieses Haus bisher nie auch nur in den Verdacht der Verrufenheit gekommen ist, muß ich Sie alle bitten, es zu verlassen.«

Alle hielten sich daran, denn hinter der Großperson stand ihr Mann und machte ein Gesicht, als meinte er es ernst. Alle schoben und strömten, irgendwo erhob sich Singsang, Musik zerkrümelte auf der Treppe. Auf der Straße gab es Umarmungen und Küsse. Jemand hatte seine Hose verloren. Nieselregen fiel.

Tibby Szabo fuhr rasch ab, für den Fall, daß irgend jemand mitgenommen werden wollte.

»Zieh dich an, Petuschka«, riet er. »Du holst dir aine Verkältung.«

Es klang vernünftig. Umständlich schob sie ihre Arme in die Ärmel.

»Menschenskind!« sagte Miss Slattery. »Wir haben ja die Peitsche des Viehzüchters mitgenommen!«

»Wirklich?«

Sie fuhren in Tibbys Jaguar. Schwirrten.

»Ich bin so müde«, gestand Miss Slattery. Und noch einmal: »Ich bin furchtbar müde.«

Sie starrte auf die weißen Teppiche in Tibbys Wohnung. Diesen weichen, weißen, ernsten Flaum. Sie hatte sich auf die Ellbogen gestützt. Die Knie auseinander. Sie mußte ganz schrecklich aussehen.

»Petuschka«, versuchte er es, »schlägst du noch einmal vielleicht mit der Paitsche?«

Es war, als hätte er zu einer Genesenden gesprochen.

»Aber ich bin so müde. Ich bin völlig hinüber«, sagte sie.

»Bloß ainmal – kuurz.«

Da wurde Miss Slattery wirklich wütend.

»Du und die verdammte Peitsche. Wenn ich euch bloß nie begegnet wäre! Euch beiden!«

Wohin sie schlug, war ihr ebenfalls egal.

»*Ach! Oh. Aï-aï-aï! Petuschka!*«

Miss Slattery schlug.

»Was werden die Leute sagen, wenn sie dich so brüllen hören?«

Und schlug und ließ es knallen.

»*Aï*! Das geht die Leut garnix an. *Peng! Jaï-jaï-jaï-jaï!*« schrie Tibby Szabo. »Bloß noch ainmal – kuurz!«

Als sie zuletzt umfiel, da deckte er sie zärtlich zu, wo sie lag.

»Hat schon mal jemand von dir verlangt, daß du Stiefel anziehen sollst?«

»Wozu denn?« fragte Phyllis Wimble.

Aber Miss Slattery stellte fest, daß sie die falsche Akte herausgezogen hatte.

»O je«, sagte sie und begann von neuem. »Es wird Zeit, daß ich über eine Veränderung nachdenke«, sagte sie. »Irgendwie fühle ich mich erschöpft.«

»Dein Haar sieht tot aus«, sagte Phyllis Wimble. »Immer ein gefährliches Zeichen.«

»Vielleicht eine neue Tönung.«

»Ein hübsches Erdbeerrot.«

Miss Slattery, die den Donnerstagabend immer für Tibby Szabo freigehalten hatte, ertrug es nicht mehr. Samstags ging sie noch zu ihm, aber erst abends, denn die Abende waren weniger quälend als die Tage.

»Wo warst du, Donnärstagabend?« fragte Tibby Szabo jetzt.

»Ich habe zu Hause vor der Glotze gesessen.«

»Da wärde ich dir hier eine Glotze aufställen.«

»Naja«, sagte sie, »aber die Glotze verlangt ein Höchstmaß an Konzentration.«

»Wirst du anders, Petuschka?« fragte Tibby.

»Alles verändert sich«, sagte Miss Slattery. »Das ist ein Naturgesetz.«

Sie lachte kurz auf. »So habe ich es in der Schule gelernt«, sagte sie. »Zur gleichen Zeit wie den Balaton.«

Es war wirklich schrecklich, für alle Beteiligten, denn Tibby hatte begonnen, bei der Providentia anzurufen. Mit dringenden Mitteilungen für eine Freundin. Ob sie am Dienstag, am Mittwoch, am Fraitag könnte?

So sachlich und unbeteiligt sie auch mit dem Hörer umging, jedesmal kam der alte Huthnance herein und ertappte sie. Miss Slattery sah, daß Huthnance und sie fast den Punkt erreicht hatten, an dem es kein Zurück mehr gab.

»Nein«, erwiderte sie. »Donnerstag nicht. Auch an den anderen Tagen nicht, sondern so, wie es abgesprochen war. Samstag, habe ich gesagt.«

Und knallte den Hörer auf.

So schleppte sich Miss Slattery durch die feuchten Abende. An denen sich die roten Hibiskusblüten zusammengerollt hatten. Keine Trompeten mehr. Ihr Haar hing klamm, wenn sie sich unter ätzendem, gelbem Licht zu der guten Wohngegend schleppte, in der ihr Liebhaber lebte.

Sie ertappte sich dabei, wie sie sagte: »Ich bekomme ja schon Muskeln«, und sah sich um, ob jemand sie gehört hatte.

Es war an dem gleichen Abend, als Tibby Szabo aus tiefstem Abgrund zu ihr rief:

»Warrum bin isch verdammt zum Leiden?«

Auf Nerz hingestreckt, lag Miss Slattery und ließ die Peitsche um ihre lackierten Zehen spielen. Sie achtete nicht auf die Aussicht, sie wußte auch so, daß die Rheinkiesel von Sydney nie herzloser geglitzert hatten.

»Warrum quällst du misch?«

»Aber das wolltest du doch«, sagte sie.

Ließ die Peitsche spielen. Lustlos.

»Petuschka, isch gep dir alläs!«

»Nichts«, sagte sie. »Ich gehe«, sagte sie.

»Du *gehst*? Wo wirr uns so anainander gewöhnt happen!«

Miss Slattery ließ die Peitsche spielen.

»Ich bin es leid«, sagte sie. »Ich bin es leid, aus deinem dicken ungarischen Hintern einen Bettvorleger herauszuklopfen.«

Das Roßhaar glitt und glitzerte zwischen ihren Zehen.

»Abär was machst du ohne misch?«

»Ich suche mir einen dünnen Australier.«

Tibby war wieder auf den Knien.

»Ich werde heiraten«, sagte Miss Slattery, »und mir eine Waschmaschine anschaffen.«

»*Jaï-jaï-jaï! Petuschka!*«

Dann sah Miss Slattery Tibby in die Augen und entdeckte dort einen bettelnden Pudel wieder, den sie in der Dämmerung am Fenster eines leeren Hauses gesehen hatte. Besonders hundelieb war sie aber nie gewesen.

»Bisst du vielaicht der Teuvel?« schrie Tibby Szabo.

»So unnatürlich sind wir Australier nun auch wieder nicht«, sagte sie.

Und haßte sich selbst, ein kleines bißchen.

Tibby Szabo seinerseits leckte ihr den Handrücken.

»Wirr wärden ain finanzielles Abkommen schließen. Eine stattliche Summä!«

»Das geht doch nicht!« sagte Miss Slattery.

Sie aber tat genau dies. Sie stand auf, warf die Peitsche des Viehzüchters aus dem Fenster, zog sich an, leckte ein paarmal über ihre Lippen, raffte ihr Haar zusammen – und ging.

Mrs. Polkinghorn fiel ein, daß sie Maud in einem Brief ihr Mitgefühl ausdrücken mußte. Jede Krankheit machte sie irgendwie ärgerlich. Aber die liebe, komische alte Maud Bles, diese gute, wenn auch farblose Haut – zu ihrem Blutdruck mußte sie Maud wirklich schreiben. Oder waren das die Beschwerden von Sibyl Farnsworth gewesen? Nein, die von Sibyl hatten einen komplizierteren Namen.

Mrs. Polkinghorn *genoß* es noch immer, sich an das Intarsientischchen im Morgenzimmer zu setzen und, nachdem sie so getan hatte, als würde sie frühstücken, ein paar Briefe zu Papier zu bringen, viele von ihnen unnötig. Es kam ihr jetzt so vor, als könnte sie damit ihre Stellung festigen. Zum Glück hatte sie Harriet, die aber auch nicht ewig leben würde.

Mrs. Polkinghorn hielt den Atem an.

»Charles?« rief sie, ohne besonderen Grund.

Keine Antwort.

Sie wählte einen Bogen ihres zweitbesten Schreibpapiers – aber die Schriftzüge waren hübsch gestochen:

WISHFORT,
SARSAPARILLA,
N.S.W.

Dann war Mrs. Polkinghorn soweit.

Liebste Maud (schrieb sie in ihrer Handschrift, die jemand mal kühn genannt hatte),

Ich kann mir nichts Lästigeres *vorstellen, als wenn man gesagt bekommt, man solle es »langsam angehen lassen«! Du kannst Dir denken, wie betrübt auch wir sind, da wir nun um*

Deinen alljährlichen Besuch gebracht werden. Die Blüte in »Wishfort« verspricht dieses Jahr besonders schön zu werden, und Du hast sie doch immer so geliebt. Aber wir alle haben unser Kreuz zu tragen.

Ich habe die Nachricht auch Charles übermittelt, der sie mit Schweigen aufnahm. Aber ich weiß, er wird die Gesellschaft seiner geliebten Tante Maud bei diesem wichtigen Anlaß *bitter vermissen. Ich hatte die Hoffnung, ich könnte ihn dieses Jahr überreden, zu unserer Nachmittagsvorstellung zu kommen, vor allem, da sie auf seinen* fünfzigsten Geburtstag *fällt. Ich kann es gar nicht glauben! Obwohl es Beweise genug gibt. Tatsächlich, manchmal wirkt Charles so alt, daß sich seine arme Mutter geradezu jung vorkommt!*

An diesem Punkt konnte Mrs. Polkinghorn nicht widerstehen, einen Blick zu riskieren. Noch immer vermochten ihre Augen den Spiegel zu entzücken.

Liebe Maud, es ist, wie du weißt, sonst nicht meine Art, andere mit meinen Sorgen zu beschweren, aber Dein Patenjunge hat mir in letzter Zeit mehr Kummer als gewöhnlich gemacht. Es ist nichts, worauf man den Finger legen könnte...

Einen Moment lang überlegte sie, ob das vulgär klang. Sie bedauerte, daß sie es unterstrichen hatte.

Aber... (fuhr sie mutig fort) *... die Komplikationen nehmen zu. Seit er sich zur »Ruhe« gesetzt hat, habe ich mir, wie Du Dich erinnern wirst, mit viel Mühe allerlei kleine Beschäftigungen ausgedacht, damit er etwas vom Leben hat. Meine Anstrengungen waren jedoch nicht immer erfolgreich. Daß mein Plan, ihn das Gras mähen zu lassen, scheiterte, war vielleicht noch verständlich. Charles ist handwerklich nicht sehr geschickt, und das Gras ist so langweilig. Mit dem Rasenmähen ging es nicht sehr lang (Norman mußte es wieder übernehmen; er ist jetzt sehr taub und so grob, aber wir müssen wohl froh sein, daß wir ihn haben). Vor relativ kurzer*

Zeit hatte ich dann die »Eingebung«, Charles zu überreden, er solle nach Sarsaparilla gehen und die Briefe holen. Ich mietete eines von diesen niedlichen kleinen Postfächern, und Mrs. Sugden, die Leiterin des Postamts, ist eine so nette Person – ich wußte, daß Charles eine besondere Zuneigung zu ihr entwickeln würde. Ein paar Monate lang ging alles gut, bis mein lieber, lästiger Sohn letzte Woche verkündete, er könne die Briefe nicht mehr holen! Stell Dir vor, jetzt wird uns die Post wieder ans Tor gebracht, und ich muß mir für Charles etwas Neues ausdenken.

Für jemanden, der weit weg, in Melbourne wohnt, klingt das alles sicher vollkommen belanglos. Mich dagegen betrifft es natürlich sehr, aber ich würde niemandem ein Wort davon sagen, außer seiner Patentante, und du, liebe Maud, scheinst einen gewissen Einfluß auf ihn zu haben. Ich war immer sehr dankbar…

Hier hielt Mrs. Polkinghorn wieder inne. Komisch, wie der altmodischen, einfältigen Maud in vielen Situationen das Richtige eingefallen war. War das Demut? Aber auch Mrs. Polkinghorn hatte um Demut *gebetet*. Jetzt runzelte sie heftig die Stirn, und der Spiegel blickte sehr unfreundlich drein.

Entspannen.

Mrs. Polkinghorn begann zu lächeln, aber verhalten, vergeistigt, wie sie es gelernt hatte.

Zum Schluß wünsche ich Dir, liebe Maud, gute Besserung, und ich bin sicher, wir werden beide in tiefster Zuneigung an Dich denken, wenn wir während der Blüte in »Wishfort« herumschlendern, bevor Harriet uns zum Geburtstagsessen hereinruft.

Alles Gute und Liebe –
Ursula

P.S. Falls Du ihm schreibst, erwähne bitte nichts von alledem.

Nachdem sie den Umschlag, der ziemlich scheußlich schmeckte, zugeklebt hatte, machte sich Mrs. Polkinghorn auf die Suche.

Charles saß im Eßzimmer, in dem großen Ledersessel, der so häßlich war, aber früher hatte er Dickie gehört. Charles las etwas, jedenfalls sah es so aus. Sie konnte seinen Hinterkopf sehen, das sorgfältig gekämmte, strohblonde Haar, das er immer so legte, daß möglichst viel von der verletzlichen Wölbung bedeckt war. Manchmal glaubte seine Mutter, auf dem Kopf ihres Kindes noch den Puls schlagen zu sehen.

»Charles«, sagte sie sanft und ging hinüber, »du liest ja.«

Das tat er und hörte nicht auf damit.

»Was«, fragte sie, »liest du denn, Charles?«

»*Geflügelzucht im Freiland.*«

Sein kleiner Schnurrbart, früher strohblond, war durch den Grauschatten schmutzig geworden.

»Aber wir haben doch gar kein Geflügel«, sagte sie. »Es riecht schlecht.«

Er las weiter.

»Oder möchtest du, daß ich welches kaufe«, überlegte sie. »Ein halbes Dutzend Küken vielleicht«, bettelte sie. »Die von der größeren Sorte. Die winzigen Dinger, die erst einen Tag alt sind, machen soviel Arbeit, du würdest dir bestimmt eine Erkältung holen.«

Charles sagte:

»Nein.«

Er las weiter.

Mrs. Polkinghorn konnte das Quietschen des riesigen Ledersessels nicht ertragen. Sie war froh über Normans Rasenmäher. Sie brauchte von sich aus nur ganz wenig hinzuzutun, und schon konnte die Maschine beinahe alle anderen Geräusche, Empfindungen, Erscheinungen auslöschen.

»Tja«, seufzte sie.

Sie schob ihren Hut zurecht. Es war der große, alte Strohhut, den sie immer im Garten trug, aber wie alle großen

Schlapphüte paßte er zu Mrs. Polkinghorn und gefiel ihr. Die breiten Hüte mit den schlaffen Krempen erzeugten eine Art von Hochzeitsstimmung.

»Hast du«, fiel ihr noch ein, »am Tor nachgesehen, ob der Postbote uns Briefe gebracht hat?«

»Nein«, antwortete er.

Seine Wange zuckte nur ein bißchen. Oder war es wieder eine dieser winzigen Furchen, die sich in der Haut auftaten.

»Aber *warum*, Liebling?«

Er las und las.

Mrs. Polkinghorn konnte ein verärgertes Schnaufen nicht unterdrücken.

»Dann werde ich sie eben selbst holen müssen. Harriet hat zu tun, und Norman ist so grob, daß man sich kaum noch getraut, ihn um etwas zu bitten.«

Sie ging hinaus in den Garten, den sie selbst geplant hatte, obwohl diese Landschaftsschöpfung ihren ganzen Kredit aufgebraucht hatte. Das Anwesen, ein Backsteinbau im Tudorstil, mit seinen Fenstern aus lauter kleinen bleiumrandeten Rauten, war jetzt viel zu groß, aber als Dickie starb, hatte sie sich entschlossen, es zu halten. Nun ging sie den Pfad entlang und beruhrte die Rosen, auf die sie so stolz war. An einer Stelle schlug ihr der Jasmin auf die Wange. Es war nicht direkt ein Schluchzen, das aus ihrem Mund hervorbrach, aber störrischer Jasmin erinnerte deutlich an die Widrigkeiten des Lebens.

Lauter Rechnungen, natürlich. Allenfalls Quittungen. Zwei aufwendigere Prospekte für Charles und der Firmenbericht von Vetter Ken.

Nachdem sich Charles zur »Ruhe« gesetzt hatte, hatte Mrs. Polkinghorn mit Vetter Ken und Mr. Beddoes – vertraulich – abgesprochen, daß die Firmenberichte ihrem Sohn regelmäßig zugestellt werden sollten. *Damit er im Bilde bleibt*, wie sie sagte. Es gefiel Mrs. Polkinghorn, Ausdrücke aus Jahrzehnten zu sammeln, denen sie nie recht angehört hatte. Wenn sie solche Redensarten stahl, hatte sie das Gefühl, an einer Verschwörung teilzunehmen.

Aber an diesem Morgen schien sich alles gegen sie verschworen zu haben. Fast wäre sie auf den Stufen gefallen, als sie sich mit dem Fuß in den Quecken verfing, die Norman nie ausriß, obwohl sie es ihm schon so oft gesagt hatte.

Sie ging weiter und hielt die Rechnungen.

Dickie hätte sich um die Rechnungen gekümmert. Dickie Polkinghorn, ein großer Mann, aber sanftmütig, den fast alle vergessen hatten. Selbst seine Witwe war manchmal überrascht, wenn sie Dickies Gesicht in einem der vielen Silberrahmen erblickte, die alles enthielten, was von ihm übriggeblieben war.

Aber ich habe ihn wirklich geliebt, den lieben Dickie.

Solchermaßen beruhigt, kehrte Mrs. Polkinghorn mit den Briefen in das Eßzimmer zurück. Sie wollte nicht. Aber es war ihre Pflicht.

»Hier sind deine Briefe, Charles«, bot sie an.

Er nahm sie.

»Willst du sie nicht öffnen und ansehen?«

Er hatte die Broschüre beiseite gelegt. Er hatte einen Moment lang die Hand vor den Mund gelegt. Im Unterschied zu seinem Vater war er zierlich gebaut.

»Vielleicht ist etwas Spannendes dabei«, reizte sie ihn.

»Ja.«

Aber er stand auf und verstaute sie in dem lackierten Kästchen, das den Kaminsims beherrschte.

Mrs. Polkinghorn wußte nicht, was sie tun sollte. Wenn doch bloß Maud, jetzt.

»Ich habe eben«, verkündete sie, »an Tante Maud geschrieben. Wegen ihres Malheurs. Aber wer weiß, wann mein Brief auf die Post kommt. Norman läßt sich beim Rasenmähen bestimmt nicht unterbrechen.«

Da machte Charles Polkinghorn ein höchst bemerkenswertes Angebot.

»Gib mir den Brief«, sagte er. »Ich werde ihn nach Sarsaparilla bringen.«

Seine Mutter wußte nicht, ob sie lachen oder weinen sollte. Es versetzte ihr jedesmal einen kleinen Stich, wenn sie feststellen mußte, daß die Brunnen der menschlichen Natur tiefer waren, als sie zu ermessen vermochte.

Sie händigte ihm den Brief jedoch aus, und Charles ging mit leichten, nervösen Schritten hinaus, ganz anders als sein Vater, dessen Bewegungen immer von einem mahlenden Geräusch begleitet gewesen waren.

Das Foto von Dickie erinnerte sie auch an die anderen Männer, deren Gesellschaft sie sich erfreut hatte. Englischer Tweed kam ihr in den Sinn, und der Glanz auf der Kappe eines gut beschuhten Fußes. Immer sah sie auf das Handgelenk eines Mannes, während sie mit dem, was er für ihre Aufmerksamkeit hielt, seiner Eitelkeit schmeichelte. Sie war sehr erfahren. Die Lippen vieler blutvoller, fröhlicher, in Tweed gewandeter Männer würden auch heute noch offen bleiben, bei der Erinnerung an das Lächeln von Ursula Polkinghorn.

Jetzt stapfte sie durch ihr Haus – es war unverkennbar *ihr* Schritt –, und die Gewänder, die ihren Geist umwehten, streiften hinter ihr her, während sie sich aus denen, die sie in Wirklichkeit trug, nicht besonders viel machte. Ursula Polkinghorn (aus dem Geschlecht der Annesley Russells aus Toorak) hatte schon immer wehende Kleider bevorzugt, weite Ärmel, mit Federn besetzte Stolen, die sie sich lässig um den Hals werfen konnte. Um diesen Hals! Sobald sie, beispielsweise auf einer Hochzeit, den Saal betreten hatte und dabei ihre langen Glacéhandschuhe glattstrich oder mit leichter Hand den matten Glanz ihres hellen Haars betastete, war die Braut vergessen.

Doch ihre Blicke ermunterten die Leute kaum, denn selbstverständlich hatte sie niemals mit den geneigten Gefühlen von irgend jemandem gespielt. Sie hatte Dickie *angebetet*. Wenngleich ihr Mund bisweilen jemandem zulächelte, den sie vielleicht nie gestanden hätte.

Inmitten einer Zusammenballung aller Hochzeiten, an denen sie je teilgenommen hatte, begab sich Mrs. Polkinghorn in den Anrichteraum, wo sie sich noch immer jeden Morgen nach dem Ritual am Schreibtisch um die Blumen kümmerte. Harriet hatte die Schere gefunden, die so leicht verlorenging, und die falschen Vasen hingestellt.

Damit Mrs. Polkinghorn den Vorsitz führen konnte.

»Die herrlichen Rosen!«

Aber heute morgen fraß irgend etwas an den Rosen.

Ihre Ringe klirrten. Sie nahm die Ringe tagsüber nie ab, außer um Harriet zu zeigen, wie oft man den Blätterteig falten mußte. Was Harriet insgeheim wußte.

Aber heute waren die Ringe brutal.

Sie konnte auch nicht der Versuchung widerstehen, einen Blick aus dem Fenster zu werfen – sie traf immer sorgfältige Vorkehrungen –, ehe sie mit leisen Schritten in das Eßzimmer zurückkehrte. Es war leer. Atemlos. Noch hielten sich dort Erscheinungen. Sie erwartete fast, Dickies Ledersessel quietschen zu hören.

Mrs. Polkinghorn öffnete das lackierte Kästchen. Darin lag ein ganzer Stoß Briefe. Alle ungeöffnet. Die Post von mehreren Tagen.

In diesem Augenblick begann sie sich vor etwas zu fürchten, das sie vielleicht nicht verstehen könnte.

Im ersten Moment, nachdem er in den glitzernden, fleischernen Garten hinausgetreten war, hatte sich Charles Russell Polkinghorn fast schleichend bewegt. Das Licht blendete seine sandfarbenen Augen. Aber den Brief hielt er fest.

Der Morgen war still geworden. Der alte Norman hockte da und hantierte an dem Rasenmäher.

Charles blieb stehen, denn das gehörte sich so.

»Was ist los, Norman?« fragte er. »Ein Zahnrad?«

Wegen Charles blickte Norman nie auf.

»Zahnrad! Es liegt an dem blöden Kasten!«

Charles Polkinghorn sah aus, als wäre er erleichtert.

»Flick ihn zusammen!« beschwerte sich Norman. »Flick den blöden Kasten zusammen!«

Denn, so hatte sie gesagt, für den Rasenmäher gebe ich nichts mehr aus. Der schreckliche Apparat. Wenn es etwas Attraktives gewesen wäre.

Charles Polkinghorn ging weiter, durch jenen Teil des Gartens, den seine Mutter gern das Fernöstliche Sträuchermeer nannte. Er zupfte an dem Silber der trockenen Haut, die seitlich an einem seiner Fingernägel wuchs. Als kleiner blonder Junge hatte er angefangen, sich für diese Teilchen von scheinbar toter Haut zu interessieren, und hatte oft so lange daran gerissen, bis er blutete. Er war neben dem Schuppen stehengeblieben oder ins Gebüsch gegangen, um zu zupfen.

»Findest du sie nicht auch interessant, Tante Maud? Die Hautecken. Außer manchmal, wenn man zu sehr zupft.«

Maud Bles fand, ihr Patenkind sei ein sehr phantasievoller kleiner Junge.

»Ja«, sagte sie.

Und strich ihm über das Haar.

Sie war mit einem armen Geistlichen aus annehmbarer Familie verheiratet und hatte keinen Nachwuchs hervorgebracht.

Charles Polkinghorn ging die Straße nach Sarsaparilla hinauf. Es war *seine* Straße, auch wenn das niemand wußte. Obwohl seine Schultern schmächtig und seine Taille in dem schwarzen Nadelstreifenanzug, den er da abtrug, schmal wirkten, ging er jetzt zielstrebig. Er wandte auch nicht den Kopf um, obwohl er hinter sich Gesichter vermutete. Es waren auch welche da. Damen hielten beim Staubwischen oder beim Plaudern inne, um »diesem Mr. Polkinghorn« nachzusehen.

Der endlich ankam. Und außen herum ging. Um den Brief ruhig und gekonnt in den Kasten zu stecken.

Sobald das getan war, entfloh er. Nicht einmal die Vorsteherin des Postamts hatte ihn gesehen: Mrs. Sugden mit dem glatten, aufrechten Haar, zu der er die Zuneigung gefaßt hatte.

Nicht schlecht heute morgen, ein ansehnlicher Stapel, hatte Mrs. Sugden früher immer gesagt, als Charles die Briefe noch aus dem Postfach holte.

Auf dem Rückweg fühlte sich Charles Russell Polkinghorn beschwingter als auf dem Hinweg.

Er war mit seiner Tante Maud im Zirkus gewesen. Die Clowns hatten ihm angst gemacht, vor allem der, der sich den Hals brach. Armer Charles, tröstete sie ihn; jetzt kannst du wieder hinsehen, es war nichts, die nehmen die Leute bloß auf den Arm. Auf den Arm? Die hatten niemanden auf den Arm genommen, die hatten mit den Armen nur geschlenkert, die schrecklichen Clowns. Die machen bloß Quatsch, beteuerte sie. Langsam hob er den Kopf von ihrer Brust. Sie roch nach nichts, stellte er überrascht fest. Außer nach Freundlichkeit. Ihre Hand, die seine Haut rieb, sah so natürlich aus, daß er sie noch anstarrte, als die Clowns und sein Schrecken längst verschwunden waren.

Das war nicht wirklich, erklärte sie; nicht ernst gemeint.

Charles Russell Polkinghorn hatte sich oft gefragt, was ernst gemeint sei. Jetzt wimmerte er ein wenig, während er den Hang hinunterging.

»Guten Morgen, Mr. Polkinghorn«, sagte die alte Miss Langlands.

»Guten Morgen, Miss Langlands. Sie sehen gut aus.«

Ob sie ihn gern hatte?

Da man ihn auf die richtige Schule geschickt hatte, besaß Polkinghorn Manieren. Daß er die Schule mit Auszeichnung absolvierte, hatten die Leute vergessen. Immer hatte seine Mutter unten vor dem Podium gesessen und auf nachher gewartet, darauf, daß er sie mit seinen Preisen überhäufte.

Sie schickten ihn auch hinüber nach Cambridge. Daddy

war einverstanden gewesen. Polkinghorn hatte sich anfangs sehr vorsichtig umgesehen. Im zweiten Jahr hatte er zwei oder drei Männer zu Tee und Hefeteilchen eingeladen. Sie waren nicht wiedergekommen. Aber Charles versank in allem, was er entdeckte, und ging darin auf. Er machte einen ehrenvollen Abschluß. Zugegeben, nur einen zweiten Grad. Aber wäre bei seiner letzten Prüfungsarbeit nicht diese Stunde der Vergeßlichkeit gewesen, hätte er nach Meinung seines Tutors vielleicht sogar einen ersten Grad geschafft. Es schmetterte Charles in aller Stille nieder. Er hatte sich schon über die Aussicht auf ein längeres Verhältnis mit den romanischen Sprachen irgendwo in der akademischen Provinz gefreut. Seltsamerweise versetzten ihn Sprachen in die Lage, sich mit anderen Menschen – wenngleich diskret – auszutauschen.

Aber das alles wäre ohnehin unmöglich gewesen. Aus anderen Gründen.

Seine Mutter hatte geschrieben:

... habe nicht telegraphiert, weil ich weiß, daß der Schock, den Telegramme auslösen, viel größer sein kann. Zumindest wird es Dich freuen zu hören, Lieber, daß Daddy ohne Schmerzen gestorben ist, im Schlaf. Aber wie plötzlich das alles kam! Ich denke, ich brauche viel Zeit, um mich davon zu erholen, aber ich werde mich jetzt in alles mögliche stürzen. Auch an die Firma muß man immer denken. Vetter Ken und Mr. Beddoes sind mir zum Glück eine große Stütze. Daddy hatte immer das größte Vertrauen zu ihnen, aber, Charles, Liebling, sein größter Wunsch war es immer, daß sein Sohn ...

Charles kehrte zurück.

Sie holte ihn nicht vom Schiff ab, zog es vielmehr vor, die Wiedervereinigung in die Umgebung zu verlegen, die sie beide liebten, abseits von Geschiebe und Gedränge.

Sie war die Treppe herunter auf ihn zugekommen und hatte ihm ihr unter Tränen gestrafftes Gesicht geboten. Ihre Augen erstaunten durch Bläue. Sie tätschelte seinen Arm, ließ ihre Hand einen Augenblick darauf verweilen, um den englischen Tweed zu genießen.

Charles Polkinghorn war damals das, was man einen adretten jungen Mann nennt, mit seinem kleinen, gleichmäßig geteilten Schnurrbart, voller Zurückhaltung in Kleidung und Manschettenknöpfen. Damals konnte er noch eine Geschichte erzählen. Zigarettenrauch diente als Leinwand. Die Musik hatte noch nicht angefangen zu hämmern. Ein paar Mädchen hatten beim Tanz sogar einen Blick auf ihn geworfen.

»Jetzt erzähl«, fragte seine Mutter und bot ihm ihr Gesicht. »Da muß doch jemand sein.«

»Jemand? Wer?«

»Na, aber«, lachte sie, »du dummer alter Junge! Irgendein reizendes Mädchen!«

Charles Polkinghorn war wie vom Blitz getroffen.

»Aber«, sagte er, »ich dachte, ich hätte alles getan, was von mir verlangt wurde.«

Als er aus dem Zimmer ging, wischte er sich die Stirn mit einem Taschentuch.

Seine Mutter mußte sich mit der Zunge über die Lippen fahren. Und häufig auf ihr Verhör zurückkommen. Ihre Augen waren dann so blau wie sonst nie.

»Also«, sagte sie, »ich kann mir einfach nicht vorstellen, daß es da kein nettes Mädchen geben soll. Sonst ist es einfach nicht natürlich.«

Sie sah zu, wie sein Mund verschiedene Formen ausprobierte.

»Es gibt keins«, sagte er.

Und blieb dabei.

In gewisser Hinsicht, sagte Mrs. Polkinghorn zu Miss Langlands, sei die Lage unglücklich. Aber sie und Charles seien sehr glücklich miteinander. Sie hätten so viele gemeinsame Interessen.

Damals hielt sich Charles Russell Polkinghorn ganz fest an das, wozu er sich einmal entschlossen hatte. Nahm jeden Morgen den Zug und fuhr zur Arbeit. Vetter Ken hatte ihm das Werk erklärt. Die Leute seien wirklich bei der Sache, wenn sie glaubten, daß es von ihnen erwartet würde. Charles bekam ein Büro, nicht das, in dem sein Vater gearbeitet hatte – das hatte Vetter Ken übernommen –, sondern einen kleineren, aber nicht weniger gut gelüfteten, nicht weniger gediegen eingerichteten Raum. Von Zeit zu Zeit legten Sekretärinnen ihm Papiere in den Ablagekorb. Miss Gregson roch nach *Ashes-of-Roses*. Charles Russell Polkinghorn nahm die Papiere aus seinem Korb und prüfte sie mit ernster Miene.

Es war der Lärm, der ihm Kummer zu machen begann. Manchmal bewegten sich die Lippen von Miss Gregson lautlos. Er lernte es nie, die Maschinen anzusehen, ohne daß er am liebsten das Gesicht abgewendet hätte.

Jedes Jahr fand ein Dinner mit anschließendem Ball statt, bei dem auch seine Mutter erschien. Mr. Beddoes geleitete sie durch die Walzer. Seine Armbanduhr war viel zu klein für ihn.

»Gefällt Ihnen Greta Garbo, Mr. Polkinghorn?« wollte Miss Gregson wissen.

»Genießt du es, Liebling?« fragte seine Mutter.

Sie zumindest versagte bei ihren Auftritten nie.

Nach ein oder zwei Jahren kam jemand auf die Idee, Papiermützen und Luftschlangen einzuführen. Um den Ball irgendwie noch fröhlicher zu machen.

Charles Polkinghorn vermutete dahinter einen privaten Scherz, dessen Pointe er nie begreifen würde.

Aber da war seine Mutter und tanzte sogar mit den Werkzeugmachern.

Noch schlimmer, er fing an, die Maschinen zu verdächtigen. Wie sie rasten, wenn er dasaß und die Papiere von Miss

Gregson prüfte. Stimmen trugen nicht weit. Das hatte einen gewissen Vorteil. Jedenfalls die meisten Stimmen.

Da war nämlich auch dieser Badgery von Thompsons Johnson Constructions.

»Läuft alles glatt, Ken?«

Streute da seinen Sand ins Getriebe.

»Glatt? Könnte nicht glatter laufen. Selbst mit unserem zusätzlichen Rad!«

Da flog alles auseinander, die öligen Bruchstücke, bis in das Büro von Charles Polkinghorn. Er legte die Papiere von Miss Gregson in den falschen Korb.

Nachdem er an diesem Abend heimgekehrt war, blieb Polkinghorn eine Woche lang weg.

»Ich muß dir etwas sagen, Ken, aber im Vertrauen«, rief seine Mutter in der Firma an, »Charles hatte einen kleinen Zusammenbruch ... Ja, genau, er braucht Ruhe ... Ich halte dich auf dem laufenden ... Danke, Ken, bist ein lieber Kerl.«

Aber gegen Ende der Woche kam Charles zurück. Er würde es aussitzen.

Sie ließen ihm sein Büro. Er ging weiter hin und las dort den *Herald*, bis er sich schließlich, wie Mrs. Polkinghorn selbst es ausdrückte, zur »Ruhe« setzte.

In »Wishfort« rotierten die Jahre so gleichmäßig wie eine erbarmungslose Maschine; der Unterschied bestand nur darin, daß sie mit Schweigen geölt waren. Zwar hatte Charles Polkinghorn aufgehört zu lesen, außer Broschüren und Postwurfsendungen, aber es gab Sätze, die ihm noch immer zu schaffen machten. *De l'amour j'ai toutes les fureurs* ... tönte es zuweilen wie aus einer gestopften Trompete. Er schlich sich hinaus zwischen die Sträucher, um dort an seinen friedlicheren Gedanken zu zupfen oder an der abgestorbenen Haut zu beiden Seiten seiner Fingernägel. Manchmal erweichten die Knoten in seiner Kehle fast zu Wörtern des Erstaunens, und irgendwo auf der Rückseite seiner Augen hätten Bilder beinahe Gestalt angenommen.

Manchmal rief seine Mutter nach ihm, aber er antwortete nur, wenn es gelegen kam.

Am Morgen seines fünfzigsten Geburtstags wachte Charles Polkinghorn früh auf und wußte sofort, daß irgend etwas erledigt werden mußte. Vielleicht hatte es mit den Geschenken zu tun; Geschenke waren für ihn immer noch aufregend, wenngleich er meistens schlau genug war, vorher herauszufinden, was es war.

Seine Mutter kam und brachte ihm ein halbes Dutzend mit seinem Monogramm bestickte Schweizer Hemden aus Voile. Im ganzen Haus stand sie immer als erste auf. Sie gab ihm einen Kuß. Ihre Wange mit dem märchenhaften Teint schmeckte nach Eiswasser.

»Ganz herzlichen Glückwunsch!« sagte sie so klar und deutlich, als müßte sie durch herabstürzendes Wasser sprechen.

»Sind sie nicht herrlich?« gab sie ihm als Stichwort. »Fühl mal!«

»Ja«, sagte er.

Er betrachtete die Hemden.

Danach ging sie hinunter in den Garten, in den Tau und die Spinnweben. Sie besuchte ihn gern vor der Hitze, um die Rosen zu beschneiden. Die Dornen zerrten an den seidenen Flügeln ihrer gleichfalls rosenfarbenen Ärmel, aber am Ende gewann immer sie die Oberhand.

Der Tag verhieß schon ein blaues Strahlen, in dem die neuen, fiebrigen Blätter wenig gegen die Befürchtungen auszurichten vermochten. Trotzdem, Charles war darauf vorbereitet: die braun schwankenden Blütenbüschel im dörrenden Wind. In diesem Jahr würde Tante Maud nicht da sein, um Anteil an seinem Kummer zu nehmen. In den übrigen Einzelheiten würde das Programm ungefähr das gleiche sein: Brathuhn und Schokoladen-Mousse; Harriet hatte einen Kuchen mit Zuckerguß übergossen – Harriet, deren verschrumpftes

Gesicht eine von jenen ewig treuen Ergebenheiten war, denen er nicht direkt ins Auge zu sehen wagte.

Charles ging nach unten. Nach dem Frühstück, an dem seine Mutter nicht teilnahm, weil ihre Figur ihr das verbot, war er sicher, daß da irgend etwas lauerte. Ein Pochen. Manchmal glich sein Herzklopfen den Schritten eines Mannes, der in einem Flur mit Linoleumfußboden auf Kreppsohlen näherkam.

Da fiel es ihm ein; vielleicht hatte der Schlaf ihn darauf gebracht, daß es notwendig sein würde, einen Fehler zu korrigieren. Es ging um die Schachtel mit den Briefen. Das lakkierte Kästchen auf dem Kaminsims.

Konnte es sein, daß die verschlossenen Briefe jene Gefahren ausbrüteten, denen er entkommen wollte, schwärende Geheimnisse, gärende Gase, reifende Gifte? Sein Gummiherz raste. Und gegen neun würde der Postbote kommen und mehr bringen.

Punkt neun kam er. Uhren begleiteten das Ereignis.

Charles, der Ausschau gehalten hatte, bemerkte die Spitze einer Kappe, die durch die Zwergmispeln schimmerte.

Eine Eingebung trieb ihn den Weg hinunter. Um zu befreien. Seine offene Jacke flatterte.

Da war etwas heute morgen, als Rechnung verkleidet. Etwas Unschuldig-Gefährlicheres. Und – sollte er dem Himmel danken? – ein Brief von Tante Maud.

Charles Polkinghorn kehrte hastig ins Eßzimmer zurück, um zu entscheiden, aber nicht schnell genug, welche Briefe er zuerst öffnen sollte. Um wiedergutzumachen. Um abzuwenden. Das Kästchen spie die ganze Sammlung aus und auf den Tisch, in die Marmelade, zwischen die Krümel.

Dann öffnete er. Einen.

... diese Maschine schneidet gründlicher und ist widerstandsfähiger als jede andere auf dem Markt befindliche. Sie beseitigt Unkräuter wie Paddys Luzerne, Paterson's Curse, Pas-

palum oder ganz besonders hartnäckige Eindringlinge, wie das Kikuyu-Gras.

Der Schnitt des Rotorblatts …

Charles Polkinghorn fuhr zurück. Beinahe hätte ihn der Wind, den die Maschine im Vorüberfahren machte, umgemäht, er konnte nur mühsam sein Gleichgewicht halten. Einmal, so hatte er irgendwo gelesen, hatte sich eine Schneide gelöst und war in ein menschliches Auge gedrungen.

Aber ein kleines bißchen Unheil hatte er allein dadurch zerstreut, daß er einen Umschlag geöffnet hatte. Auf der Suche nach weiterer Erleichterung fuhren seine Hände unruhig hin und her. Um seine Pflicht zu tun. Wenn nicht – denn Anspruch auf Edelmut konnte er nicht erheben –, um seine eigene Haut zu retten.

Er hatte geöffnet, wieder, endlich.

… *andernfalls* [so lautete die nächste Drohung] *kann Ihnen die Zufuhr ohne weitere Ankündigung gesperrt werden …*

So daß sein Hals sich spannte, die Augen riesig wurden, die Adern sich verengten, bis es so aussah, als ob in ihnen nichts mehr fließen könnte.

Da erinnerte sich Charles Polkinghorn seiner Patentante. Tante Maud, davon war er überzeugt, würde die Rettung sein. Sofern er nicht an seiner geschwollenen Zunge erstickt war, bevor er den Umschlag aufgerissen hatte.

Mein lieber Charles, [sie sprach selbst]

ich möchte Dir wenigstens schreiben und Dir einen ganz und gar glücklichen Geburtstag wünschen. Ich bin tief betrübt, daß ich diesmal nicht bei Dir sein kann. Aber der Doktor verbietet es mir, wegen meines »Anfalls«.

Lieber Charles, ich möchte, daß Du weißt, wieviel Glück Du mir immer geschenkt hast, fast so, als wärst Du mein eigener Sohn. Ich war keine gute Patentante, das gebe ich zu, teils wegen der wirklichen Entfernung, die uns immer getrennt hat – und auch, na ja, wegen meiner Unzulänglichkeit. Meinen einzigen Trost finde ich in der Überzeugung, daß es nicht möglich ist, geistige Dinge zu erörtern, ohne daß sie von ihrer Reinheit verlieren. Wird es auch für Dich, mein Lieber, ein Trost sein, wenn Du Dir dies klarmachst? Mir hat der Gedanke immer gefallen, daß wir einander auf eine gewisse Weise Trost zugesprochen haben.

Und jetzt, Charles, muß ich Dich ins Vertrauen ziehen – das heißt: ich möchte Deine Mutter nicht beunruhigen–, aber es ist sehr gut möglich, daß ich nicht mehr sehr lange zu leben habe. Die Wahrheit ist immer ein Risiko, aber manchmal muß man ein Risiko eingehen. Ich habe gefragt, und ich habe eine Antwort bekommen. In der Zwischenzeit werde ich darum beten, daß ich bei euch bleibe, immer, immer, *im Geiste.*

Ich schicke Dir ein Päckchen zum Geburtstag. Falls es früher ankommen sollte, hebe es bitte bis zu dem Tag auf, für den es bestimmt ist.

Deine Dich liebende Patentante
Maud Bles

Da mußte Charles Polkinghorn aufschreien. *Blessés*. Beide – oder alle drei?

Aber wußte Tante Maud denn nicht, daß Päckchen die schrecklichsten Gefahren in sich bargen, die das Leben von Politikern, Diplomaten, Filmstars, aller wichtigen Leute bedrohten? Immerhin war das Päckchen noch nicht angekommen. Oder hatten sie es weggeräumt und im Dunkel irgendeines selten geöffneten Schranks vergessen, wo es rumorte und pochte?

Er begann, im Zimmer herumzugehen. Die Fenster standen offen. Plötzlich vernahm er über dem Tackern von Normans Rasenmäher das Herannahen von Tieren. Von sanften, aber hinterhältigen Tieren. Oder von Regen? Es waren die ersten, riesigen Regentropfen, die durch die Maulbeerblätter sackten. Die Fenster schloß er trotzdem.

Konnte aber sein eigenes Herz nicht aussperren.

»Was ist denn?« fragte seine Mutter, kaum daß sie eingetreten war.

»Ach, du hast die Briefe geöffnet! Ich bin ja so froh! Hast du etwas Interessantes gefunden?«

Und ob! Mrs. Polkinghorn sah, daß es geschehen war.

»Charles«, sagte sie, »wir dürfen nicht aufgeben.«

Sie zitterte jedoch.

Was Charles Polkinghorn betraf, so hatten die Wände zu kreischen begonnen.

Als sie sich über ihn stürzte, war ihr Gesicht zur Kreissäge geworden, mit wirbelnden Zähnen, die Augen verschwammen in der Stahlscheibe.

Er schrie zurück.

»Liebling«, rief sie, »was haben sie bloß mit uns gemacht? Wir *müssen stark* sein!«

Danach setzten sie sich aufs Sofa, und ihrer beider Knie zitterten im gleichen Rhythmus. Er nicht mehr ganz so erschreckt. Aber er weinte, weil er vergessen hatte, wie man damit aufhört. Sie hatte ihr Gesicht zu einem Klumpen Marshmallows gepreßt, die er früher so gern mochte, und auch jetzt hätte er ihn sich in den Mund gestopft, wenn die weiße Masse nicht so handgreiflich mit Blut beschmiert gewesen wäre.

Er weinte immer noch um all das, was sie verloren oder nie gefunden hatten.

»Stark, *stark*!« kommandierte Mrs. Polkinghorn.

War das ihr Sohn? Dieses Reisigbündel, das sie da in Händen hielt? Sie hätte das spröde Zeug fast zerbrechen können.

Aber erblickte etwas: die alten, schiefen Zähne in den Überresten ihres eigenen Gesichts.

»Denk daran, denk immer daran«, sagte sie leiser, »daß ich bei dir sein werde.«

Er hörte deshalb nicht auf.

Aber zumindest dachte er daran. Sie stand am Fuß der Treppe. In weißem Satin. *Denk daran*, sagte sie, *Charles*, während er langsam herunterkam und das glatte Treppengeländer durch die Hand gleiten ließ, *denk immer daran, daß du in einem Alter bist, in dem du keine Briefe öffnen darfst. Die Angelegenheiten von anderen Leuten sind ihre eigene Sache. Außerdem, fügte sie hinzu, könntest du etwas entdecken, das dir weh tut. Denk immer daran!*

Denkimma. Imma, ma, Ma, Ma, oh, Mama!

»Ich werde dir helfen«, sagte jetzt seine Mutter, »wenn du mich läßt, wenn du mir vertraust.«

Sie preßte seinen Kopf gegen ihre Brosche. Saphire drohten ihm das Auge auszustoßen.

»O ja! Ja, ja!« rief er oder stammelte.

Und stieg tiefer hinab in der Spirale, in die entlegeneren, seidigen Tiefen, bückte sich, um ihre Stimme aufzuheben, deren Muschel. *Ist er nicht ein Engel? Sieh doch, Dickie! Ein Cherub von einer Palastdecke! Er gehört mir! Mein Engel!* Oh, köstliche Glaubensüberzeugungen! Und als sie ihn berührte, ihn mit Satin umflutete.

»Charles! CHARLES!« Ursula Polkinghorn hatte angefangen zu röcheln.

»Oh, Gott, hilf uns!« rief sie.

Wenn Charles nicht so sehr bei der Sache gewesen wäre, hätte er den Groschen vielleicht fallen hören. Mußte aber weiterdrängen, noch tiefer, an den Saphiren und den Knittern vorbei, auf der Suche nach Dunkelheit.

»Oh, das ist abscheulich! Oh, Charles!«

Als er an ihr zu wühlen begann, stieß Mrs. Polkinghorn ihn von sich. Womit hatte sie das verdient? Ihr abscheuliches, ihr unnatürliches Kind!

DIE FRAU, DIE KEINE KATZEN HALTEN DURFTE

Als die Hajistavri die Haustür der Alexious erreichten, waren sie tief verdrossen, wenn nicht gar zornig.

»Wenn du mich fragst«, sagte Spiro Hajistavros, »war es ein Unsinn aufzubrechen, bevor sich das Essen gesetzt hat. Man muß hier das Klima berücksichtigen.«

Dann rülpste er. Seine Frau überhörte es, sie wollte sich nicht demütigen lassen.

»Jawohl!« sagte Spiro und rülpste und trottete weiter.

»Es ist doch *unser* Klima oder nicht?« besann sich Maro Hajistavrou.

»Sicher, aber man vergißt«, sagte Spiro.

Er gehörte zu denen, die sich so lange an ihre angenommene Sprache klammern, bis sie gezwungen sind, davon abzulassen. Der Erfolg hatte ihn nicht auf griechisch heimgesucht.

»Und *meine* Freunde. Ich glaube, du verübelst mir meine Freundschaft mit Kikitsa Alexiou«, beklagte sich Maro.

»Warum sollte ich etwas dagegen haben, daß du mit dieser Mrs. Alexiou befreundet bist?« fragte ihr Mann. »Natürlich seid ihr Freundinnen. Alte Freundinnen. So alt, daß sie vergessen haben, dich am Flughafen abzuholen.«

Maro Hajistavrou hätte am liebsten geweint, doch nachher hätte sie furchtbar ausgesehen.

»Oh, aber Kikitsa war immer eine so hübsche Person! Die Schönste von allen. Und todschick. Das kann ich dir sagen! Sie hatte bronzefarbenes Haar. Und immer so lebhaft. Und Beine. Die meisten griechischen Frauen haben dicke Beine.«

Spiro grunzte.

Maro fragte sich, ob er sich eine Geliebte hielt. Aber im Augenblick war ihr das nicht besonders wichtig. Da sie hinter ihm den Hang hinaufstieg, konnte sie das Gesicht ihres Mannes nicht sehen, nur den ausrasierten, ziemlich speckigen Stiernacken und das allzu perfekte Silberhaar. Ihr war, als würde sie hassen, was sie da vor sich sah. Aber genau das hatte sie gebraucht und geheiratet und eine Zeitlang sogar geliebt.

Gegen diesen Mann gibt es nichts einzuwenden, hatte ihre Tante Cecaumenou schon vor vielen Jahren befunden. »Nichts« konnte in diesem feinsinnig vernünftigen Ton auch »alles« bedeuten. Es liege nicht an den Restaurants, hatte Tante Cecaumenou erklärt, und mehr denn je hatte sich ihre Nichte an eine Ikone erinnert gefühlt, die keinen Hehl daraus machte, daß sie von Schiaparelli restauriert wurde; kein Mädchen mit Sinn und Verstand werde über eine Kette von Restaurants in sieben Städten die Nase rümpfen, und der Mann selbst sei in jeder Hinsicht ehrenwert, bloß seine Speisen seien eben, na ja, furchtbar mittelmäßig.

Maro Mauroleondos, die schon als Mädchen dünn und zerbrechlich wirkte, hatte Spiro Hajistavros vor fast zwanzig Jahren geheiratet. Während ihrer gemeinsamen Wanderschaft durch eine Reihe von zusehends erfreulicheren Wohnungen waren die Hajistavri miteinander verwachsen wie zwei ausladende Zimmerpflanzen. Nach Lebensgewohnheiten und Art durchaus verschieden, waren sie aufeinander angewiesen, um sich zu stützen; er wegen der dornigen Traditionen ihrer Schicht, denen sie im Alltag Geltung verschaffte, sie wegen der Saftfülle, von der ihre Schmarotzernatur zehrte. Nachdem sie den Wert ihres Fundes erkannt hatte, hätte Maro Mauroleondos den offenen Widerstand jeder Tante riskiert. Sie hatte damals allenfalls gezögert, weil sie sich ausmalte, was ihre Freundin Kikitsa Andragora ohne Zweifel denken und sagen würde.

Während die Hajistavri weiter durch den Staub stapften, über die Risse in der Straße stiegen, der Leiche einer gescheckten Katze aus dem Weg gingen, wandte sich Hajistavros zur Seite und spuckte aus.

»Athen neunzehnneunundvierzig!«

Seine Frau sagte dazu nichts, berührte aber ganz kurz ihre Perlen. Seit sie vor ein paar Stunden in der Stadt angekommen waren, hatte sich Maro Hajistavrou für ihre Perlen ein wenig geschämt.

»Du hast meine Freunde, die Alexious, nie leiden können«, begann sie wieder verdrießlich. »Keinen Augenblick, Spiro.«

»Bah!« Fast hätte er zum zweiten Mal ausgespuckt, fiel aber statt dessen in die abgewiesene Muttersprache zurück. »Warum sollte ich an Leuten herumnörgeln, denen wir nie begegnet sind?«

Zum Teil traf das zu. Sie war Aleko Alexiou tatsächlich noch nie begegnet.

»Aber Kikitsa!«

So gelassen wie möglich murmelte Maro den Staub an. Sie spürte, daß ihr Mann sich vor den Alexious fürchtete, und dies machte sie noch gelassener. Daß sie selbst sich vor Kikitsas Mann fürchtete, ahnte Spiro wohl nicht.

»Deine vornehmen Freunde sind deine Sache«, murmelte er in das Geräusch ihrer Schritte.

Daß bei wichtigen Fragen die gesellschaftlichen Unterschiede stets berücksichtigt werden mußten, hielt er für selbstverständlich.

»Meine vornehmen Freunde?« rief Maro kläglich. »Sie sind arm, soviel ich weiß. Und intellektuell.«

»Intellektuelle!« sagte Spiro und faltete sein mit einem Monogramm versehenes Taschentuch zusammen. »Ich kenne keine Intellektuellen«, sagte er, »aber das wird sich ja nun bald ändern. Falls sie nicht ans Meer gefahren sind.«

Vor lauter Ärger paßte Maro Hajistavrou beim Gehen nicht auf und wäre auf dem holprigen Pflaster beinahe gestolpert.

»Aber Kikitsa ist überhaupt nicht so, wie du denkst«,

plapperte sie, als sie sich wieder gefangen hatte. »Sie ist überhaupt nicht *langweilig*. Wenn schon, dann war ich die Uninteressante von uns beiden.«

Sobald jemand ihren Eigensinn reizte, wurde ihre Treue grenzenlos. Hätte sie doch nur die Vergangenheit und in ihr das Bild der strahlenden Freundin heraufbeschwören können. Aber in der Hitze der Straße hätte sie die Wunder dieser Vergangenheit nicht begreiflich machen können, den Gebirgsquell, in den zwei Mädchen kniend ihre hohlen Hände tauchten.

»Es hat ja doch keinen Zweck«, murmelte sie.

Die Ungeduld brachte sie auf die gleiche Höhe mit ihm, und für einen Augenblick schob er seinen Arm unter ihren. Sie spürte die Dicke dieses Arms, seine gummiartige Festigkeit. Dann setzte sie jenes mißgünstige Lächeln auf, das stets ihre letzte Antwort war, wenn jemand etwas Kritisches über ihren Mann andeutete.

Aber würde Kikitsa Alexiou begreifen, daß es mehr als eine materielle Notwendigkeit gewesen war, die Maro Maurolеondos in die Ehe mit einem gewöhnlichen peloponnesischen *restaurateur* gedrängt hatte?

Auch mehrere Monate nach der Ankunft in New York hatte das dünne Mädchen die Maßstäbe ihrer Tante Cecaumenou, die die Amerikaner mit soviel Geschick dazu brachte, vom eigenen Geschmack abzulassen, noch immer nicht übernommen, sondern hielt sich nach wie vor an jene unschärferen und deshalb reizvolleren, wenn auch quälenden Maßstäbe von Kikitsa Andragona.

Zuerst hatte Kikitsa regelmäßig geschrieben.

Liebste Maro,
ich staune und bin voller Mitleid! All diese Amerikaner! Wie sind sie denn? Und Tante Cecaumenou, der die Fingernägel von der Zentralheizung brüchig werden! Wenn der Herbst kommt, schreibe ich vielleicht einen Roman. Im Augenblick

bin ich ein bißchen sprunghaft – leide unter zuviel Sommer. Wie gern würde ich jetzt der Liebe nachgehen, auf Marmor, neben den rosenfarbenen Ruinen, unter einem Granatapfelbaum, mit Blick auf das Meer...

Maro schnürte Kikitsas Briefe zusammen und hob sie unter ihrem Schreibpapier auf.

Kikitsa schrieb:

Liebe, liebe Maro,
manchmal finde ich Männer doch ziemlich faszinierend. Zum Beispiel wenn sie die Bälle vom Tennisplatz hochlöffeln und sie auf dem Schläger präsentieren, wie etwas Besonderes, das auf einem Teller liegt. Es gibt da vor allem ein Wesen, das ich fürs erste mit A. bezeichnen werde – jedenfalls solange er anonym bleibt!

Maro Mauroleondos war in der byzantinischen Wohnung der Tante, im gotischen Turm an der Park Avenue, noch dünner und noch bleicher geworden.

Ich sage dir, Maro, erklärte Tante Cecaumenou, hier herrscht eine ganz andere Einstellung, und das Tempo ist flotter. Es ist völlig in Ordnung, wenn junge Mädchen Verhütungsmittel in der Handtasche mit sich herumtragen. Obwohl man natürlich die persönlichen Verbindungen berücksichtigen muß. Nicht jeder, mit dem man sich verabredet, kommt auch in Frage.

Maro Mauroleondos hatte sich auf der Toilette eingeschlossen und blieb mehrere Stunden dort.

Kikitsa schrieb:

Liebe Maro,
ich bin mit Aleko Alexiou verlobt. Er ist ein Intellektueller! Aber aus guter, wenn auch verarmter Familie. Ich bin so aufgeregt! Ich war schon immer der Meinung, daß alles, was

folgenreich ist, plötzlich kommen und umwerfend sein muß. Es wird nicht lange dauern, bis wir heiraten …

Maro Mauroleondos war im Regenmantel auf der Lexington Avenue durch den Regen spaziert. In einem Restaurant an der Zweiundfünfzigsten Straße, das vom Schicksal für sie ausgesucht worden war, bestellte sie sich zur rechten Zeit etwas zu essen. Nichts hätte sie dazu veranlaßt, sich den durch Diskretion gedämpften Luxus einzuprägen, wenn nicht der Besitzer zu ihr gekommen wäre. Sie sind Griechin, hörte sie ihn in vorwurfsvollem Ton sagen. Woher er das wisse, fragte sie ihn. Sie sind dunkel genug, *moree*, hatte der Besitzer gesagt. Während sie sich immer etwas darauf eingebildet hatte. Nachdem er ihre Bestellung, *Manhattan Chowder* und *Cole Slaw*, verworfen hatte, rief er nach *soudzoukakia* und fütterte sie dann buchstäblich mit der Gabel. Während er ihr die Geschichte seiner selbstverständlich armen Jugend und seines schließlichen Erfolgs erzählte, überwog sein Ernst den etwas übertriebenen Eindruck seiner Kleidung. Maro Mauroleondos ließ sich von den groben Fingern des dunklen Griechen faszinieren, die ihr *soudzoukakia* in den Mund schaufelten. Die ganze Aktion machte sie zuletzt schläfrig. Beinahe hätte sie sich in kindlichem Vertrauen auf den empfänglichen Teppich sinken lassen. Tatsächlich war er, wie sie später entdeckte, zehn Jahre älter als sie. Aber was machte das schon? Eine Enttäuschung am Anfang ließ alles noch begehrenswerter erscheinen, und auch, daß er sie nachher zwischen Regenschirm und Schaufenstern zurück zu dem gotischen Turm begleitete. Wohlbehütet. Seine Name, so erzählte er ihr, war Hajistavros.

Es war mehr als zwanzig Jahre her, seit Mrs. Hajistavrou Athen verlassen und sich unter den Schutz ihrer Tante in New York begeben hatte; es war mehr als dreißig Jahre her, seit Hajistavros, aus Taygetos kommend, nach Piräus gelangt war. Kein Wunder, daß sie nun beide nicht hierhergehörten.

»Du mußt zugeben, Maro, landschaftlich ist es reizvoll. Ein

Touristenparadies.« Mr. Hajistavros schnaufte an den Steigungen. »In jeder Richtung. Zum Parthenon hinüber. Zum Hymettos.«

»Der Hymettos kann mir gestohlen bleiben!« rief seine Frau und zog die Stirn in Falten. »Er ist so häßlich. Während der Besatzung haben sie die Bäume gefällt. Aber auch vorher war der Hymettos schon häßlich. Unordentlich.«

Sie wandte ihr Gesicht demonstrativ ab, um sich den abscheulichen Anblick zu ersparen. Es war, als hätte der scharfe Umriß der unordentlichen Masse irgendwo an Mrs. Hajistavrous Verstand eine Wunde hinterlassen.

»Jedenfalls glaube ich«, sagte sie, »das ist hier der Block.«

Und sah noch einmal auf den Briefumschlag.

Es war einer jener beigefarbenen Häuserblocks in Kolonaki, an denen die Einschußlöcher nie verheilt waren.

Mr. Hajistavros stöhnte.

»Ist doch nicht *schlecht*«, behauptete seine Frau.

Der Pförtner zeigte in den Himmel und bestand darauf, den Amerikanern auf englisch zu antworten.

»Oben! Oben! Ja! Zum Dach! Nicht läuft *ascenseur*. Morgen!«

»*Drama! Drama!*« Mrs. Hajistavrou klang nicht so beschwingt, wie sie klingen wollte.

Der kleine alte Mann klopfte Mr. Hajistavros auf den Rükken.

»*Bravo, Amerikani!*«

Von Sorge um ihre Kleider erfüllt, suchten die Amerikaner nach dem Weg.

»Die Adresse ist jedenfalls gut«, beharrte Maro flüsternd, als hätte nur sie das erkannt.

Ihr Mann brachte eine der großen trockenen Farbblasen an der Wand zum Platzen. Sie wußte, was Spiro meinte, aber sie achtete nicht darauf.

So stiegen sie nach oben. Und während sie stiegen, ängstlich bedacht auf ihre amerikanischen Herzen, schienen die vorzüglichen Stoffe ihrer französischen und englischen Kleider sich ebenso von ihnen zu lösen wie die gute Kinderstube von Mrs. Hajistavrou und die sieben Restaurants von Mr. Hajistavros samt den beiden Cadillacs und der New Yorker Wohnung, die zuletzt alle überflüssig waren, während die Opfer nach und nach wieder Maro und Spiro wurden, ein griechisches Ehepaar. Sie stiegen. Unter einer Tür wehte Bohnengeruch hervor, durch eine andere drang ein Streit zwischen gebildeten Leuten. Wären die Stufen nicht so schmal gewesen, hätten sich die Besucher jetzt wieder untergehakt, um sich an den Gedanken zu gewöhnen, daß es all die Jahre hindurch, trotz all der Pläne und Debatten, vielleicht doch die Angst vor den Alexious gewesen war, die sie daran gehindert hatte, in ihr Heimatland zurückzukehren.

Bis da oben eine Frau in der Tür stand. Zugluft zerrte an dem Nachkriegsnylon zwischen ihren Beinen. Eine etwas erschlaffte, reife Gestalt, die von einem Hüfthalter nichts wußte. Fragende Augen inmitten von Fett.

»Kyria Alexiou«, begann Maro so zögernd, daß es falsch klang.

Sie hatte schon begriffen, natürlich, fühlte sich aber genötigt, ihre Erkenntnis so lange wie möglich von sich fernzuhalten.

Doch Kikitsa Andragora ließ das nicht zu. Hatte sie denn auf sie gewartet?

»*Maroula mou! Chrysoula mou!*«

Im nächsten Moment wurden die zwanzig Jahre anspruchsvoller Dürre, zu der Coiffeure, Manikuristinnen, *couturiers* und Putzmacherinnen Maro Mauroleondos verurteilt hatten, an den dampfenden Körper ihrer Freundin gedrückt.

Maro machte den kleinen, trockenen, nach Luft schnappenden Mund adrett gekleideter Damen mittleren Alters. Um auszudrücken, was im eigentlichen Sinne des Wortes ihr Vergnügen war.

»Hi! Kommt rein, Leute!«

Eigentlich hätte Kikitsa das laut rufen müssen, aber aus irgendeinem Grund bat sie ihre Gäste *sotto voce* herein.

»Warum redet diese Mrs. Alexiou so?« fragte Spiro später.

Und Maro erwiderte:

»Sie gefällt sich in der Vorstellung, daß es Chic hat. Typisch Kikitsa!«

»So ordinär?« fragte Spiro anspruchsvoll.

»Sie kann es sich leisten. Kikitsa ist aus sehr gutem Hause.«

Spiro konnte es nicht begreifen.

»Stinkt es hier denn? Kommt doch rein!« Kikitsa wischte rasch ein paar Krümel weg. »Direkt aus dem *New Yorker* in den Mief von *kephtedakia*! Lieber Gott im Himmel!«

Die Hajistavri versuchten mühsam, sich auf die neue Umgebung einzustellen. Bebend hatten sie begonnen, die Schwelle zu überschreiten.

»Und das ist der Herr Gemahl?«

Kikitsa war früher immer sehr bedächtig gewesen. Sie spähte zwischen all dem Fett hervor. Maro fiel ein, daß ihre Freundin stets mehr gesehen hatte als sie selbst.

Dann zeigte Kikitsa die Zähne, und als ihre Augen schon fast splitterten, ging sie auf Hajistavros zu und streichelte an ihm, als wäre er ein Stück teurer Stoff.

»Sehr nett, Maro!« verkündete sie.

Maro konnte sich nicht erinnern, daß sie Kikitsas Augen je so golden oder so unbekümmert gesehen hatte.

»Du mußt zugeben, Maro-Liebling, eigentlich sind Männer ganz nett.«

Als sie sich alle drei in dem sehr kleinen Wohnzimmer gesetzt hatten, in die Zugluft, die vom Dach hereinwehte und gnädigerweise den Vierten spielte, ergriff Kikitsa wieder das Wort:

»Das ist also mein Zuhause, mein *home – homette* würdet ihr Amerikaner bestimmt dazu sagen. Findet ihr es nicht auch faszinierend, wieviel *-ette* sich in das Leben eingeschlichen hat?«

Spiro Hajistavros machte die Ohren doppelt steif.

Aber Kikitsa hielt nicht inne. Maro erinnerte sich voller Dankbarkeit daran, daß Kikitsa selten innehielt.

»Ich schätze, es ist von soziologischer – oder heißt das anthropologischer? – Bedeutung«, fuhr Kikitsa fort. »Wir müssen Aleko fragen. Wenn er kommt.«

Ob sie Aleko entgehen würden? überlegte sich Spiro und hoffte es.

»Und hier sind meine Katzen«, erklärte Kikitsa gerade. »Das ist Hairy – Ronron – und wo ist – Apricock?«

Spiro Hajistavros sah, daß diese komische Nudel, diese Mrs. Alexiou, wegen ihrer Katze in ziemliche Nöte geriet. Ihr übermäßig fülliger Busen begann zu hüpfen. Kleine, auffällige Stahlpunkte glitzerten an ihren Schläfen und an ihrer Oberlippe.

»Misch-misch-misch? Vo-iss-kok-ko! Puun doh? Puun doh?« rief Mrs. Alexiou, aber immer mit gedämpfter Stimme.

»Ach da!« flüsterte Kikitsa. »Da!« Sie zog sie sanft hinter sich her. »Da ist ja mein böser Apricock! Sieh mal an! In meiner Küche! Oder ist es eine *kitchen-ette*? Ihr müßt es doch wissen.«

Es bestand kein Zweifel. Die Küche war winzig.

Aber was versuchte diese Kikitsa ihnen zu beweisen, fragte sich Spiro Hajistavros. Tatsächlich, da lag ihre häßliche, orangefarbene Katze ausgestreckt auf der Anrichte zwischen den *bourekakia* und einem Paar Schuhe von Mrs. Alexiou.

»Eines Tages werden Sie von meinen *bourekakia* kosten, *Monsieur le Restaurateur*!« versprach Kikitsa lachend.

Für den Augenblick brach sie nur ein Stückchen von dem Teigmantel ab, um damit ihre gelangweilte Katze zu locken.

Aber der große Apricock wandte die Nase ab und ließ den Schwanz baumeln.

»Eines Tages«, lächelte Kikitsa versonnen, »wenn der Teig schön frisch ist.«

»Es würde mich sehr interessieren«, murmelte Mr. Hajistavros und zog seinen Ärmel aus der Reichweite der abgetrennt daliegenden Kralle eines Suppenhuhns.

Mrs. Alexiou schien nichts zu bemerken, und falls doch, machte sie sich anscheinend nichts daraus. So sehr war sie in Apricock verliebt. Und als einer ihrer Schuhe von der Marmorplatte der Anrichte, wo er gelegen hatte, in eine Pfanne mit *béchamel* kippte, machte sie sich auch daraus nichts. Sondern vergrub ihr Gesicht in dem orangefarbenen Fell.

»Manchmal will mich meine Misch-misch gar nicht erkennen. Manchmal«, seufzte sie, »glaube ich, mein Kok-kos hat Fieber.«

Als Maro Hajistavrou es nicht mehr aushielt, schob sie sich zurück in das Wohnzimmer, entging hierdurch aber nicht dem Katzengeruch, der sich jetzt als allgegenwärtig erwies. Immerhin würde sie einen Blick aus dem Fenster werfen können, und auf dieser Seite des Appartements war der Hymettos nicht zu sehen – sondern der Parthenon.

»Oh«, rief sie jetzt, »ist das dein Mann?«

Denn dort auf dem mit Mosaik belegten Dach hing aus einem Liegestuhl der Kopf eines Mannes.

Sofort kam Kikitsa Alexiou ins Wohnzimmer gestürzt, als hätte sie gegen irgendein Ritual verstoßen. Sie legte einen Finger vor die Lippen und nahm die Riten sehr gekonnt dort wieder auf, wo sie unterbrochen worden waren.

»Psst!« flüsterte sie.

»Habe ich es dir nicht gesagt, Maro!« meinte Hajistavros lachend. »Meine Frau tut immer, was sie will.«

Er klang bitter rechtschaffen, und sogar Maro fuhr innerlich zusammen.

»O nein! Das ist nicht die Siesta! Die Siesta kommt später. Jetzt denkt er!« erklärte Kikitsa.

Hajistavros sah über die Schultern der beiden Frauen zu dem Intellektuellen hinüber, der ihm schon im voraus soviel zu schaffen gemacht hatte und zweifellos nie zu seinem Wohlbehagen beitragen würde. Hajistavros hätte gern mit allen Menschen im Frieden gelebt, aber immer wieder geriet er dabei an die Grenzen eines teils dunklen, teils Funken sprühenden Feindeslandes, in dem er zuletzt den menschlichen Geist erkannte. Aber dieser Alexiou hier war sofort identifizierbar: die gelben Perlen des *komboloyi* wanderten ihm durch die leicht geöffneten Finger, die Seidenquaste bewegte sich im leichten Wind, und neben ihm stand die kleine Schale voll Abfall, die nicht besonders blanke kupferne *briki*. Unter diesen Umständen sah Alexiou aus, als hätte ihn jemand samt seinem Intellekt und allem anderen unter der Platane eines Dorfplatzes aufgelesen und auf diesem Athener Dach abgesetzt.

»Jedenfalls ist er ein guter Grieche«, bemerkte Hajistavros.

Aber Kikitsa Alexiou hörte es nicht.

»So ist es nun mal«, sagte sie.

Sie war in einen Zustand vollkommener Glückseligkeit versunken und gab ihren Freunden nun rasche, wenn auch gedämpfte Erläuterungen.

»Auf den Geist außergewöhnlicher Männer muß man Rücksicht nehmen. Manchmal greift er nach einem Blatt Papier. Das heißt aber nicht, daß er anfangen will zu schreiben. Oh, nein!« Sie wedelte mit einem Finger. »Ist euch schon mal aufgefallen, daß ein unbeschriebenes weißes Blatt die tiefsten Gedanken hervorruft? Sobald man etwas daraufkritzelt, trocknet der Strom aus.«

Es klang abscheulich.

»Aber Aleko ist auch ein Schriftsteller.«

»Du hast uns nie gesagt«, fiel Maro auf, »was er geschrieben hat.«

Hajistavros wagte die Vermutung: »Bücher.«

»Oh, nein!«

Kikitsa Alexiou schüttelte den Kopf. Sie machte ein verächtliches Gesicht. Sie war aschfahl.

»Er ist noch nicht zur vollen Reife gelangt«, sagte sie. »Er schreibt«, sagte sie, »kleine Stücke für die Zeitungen. Aber klein bedeutet nicht unbedeutend. Sie sind sehr konzentriert! Ach«, sagte Kikitsa und lächelte, »sie sind wirklich hübsch, diese kleinen Artikel!«

In diesem Augenblick drang ein kratzendes Geräusch von der mit Mosaik belegten Terrasse herein. Etwas erhob sich, etwas ragte.

Sofort spannten sich die Lenkschnüre und brachten die schmelzenden Massen von Kikitsa Alexious wächsernem Leib in Bewegung.

»Seht ihr?« fauchte sie beinahe. »Er kommt! Wartet!«

Drehte sich, fuhr hierhin und dorthin, öffnete die Türen und tat, als müßte sie jemandem durch einen endlosen Korridor den Weg ebnen. Bis sie tatsächlich etwas von der notwendigen Illusion erzeugt hatte. Aleko Alexiou trat aus dem geschickt angelegten *trompe l'oeil* seiner Frau hervor. Langsam begann er den Raum zu füllen. Sein Haupt wirkte riesig, sogar edel, ein anatolischer Beethoven, während Kikitsa ihm entgegenflog, um zu stützen, vorzustellen, ihm das Haar ein wenig aufzuwerfen.

»Das sind die Freunde, *Aleko mou*. Ich habe dir von ihnen erzählt. Die Amerikaner.«

Aber Aleko war noch immer in Gedanken.

»Es tut mir leid. Ich vergaß«, entschuldigte er sich und lächelte.

Aber sehr liebenswürdig. Mit seiner schmalen Krawatte, in seinem ziemlich zerknitterten, etwas fleckigen Leinenanzug, dessen Hosenschlitz, wie Hajistavros nicht umhin konnte zu bemerken, halb offenstand.

Massiv, aber zerbröckelnd, erkannte Maro. Aber wenn seine Frau ihn in Granit hätte haben können, wie hätte sie ihm dann die Stirn poliert.

Statt dessen hatte Kikitsa Alexiou ihren Mann bei der Nase genommen, aber buchstäblich.

»Zumindest hat er eine Nase!« kreischte sie. »He, du altes, großnasiges Etwas!«

Sie machte sich an ihm zu schaffen, und er nahm es so charmant hin, daß Spiro Hajistavros auf ihn zuging und ihm mit jener spontanen, männlichen Festigkeit die Hand bot, die Maro jedesmal freudig erbeben ließ, wenn sie sie bei ihrem meist so unvollkommenen Mann noch einmal entdeckte.

»Wie geht es Ihnen, Mr. Alexiou?« fragte Hajistavros einfach, als wäre sein Gastgeber ein Geschäftspartner.

Aber der große Mann schien nach etwas zu tasten.

Und der Mund seiner Frau, der plötzlich in seiner ganzen Breite aufsprang, bewegte sich so quälend wie der einer nach Worten schnappenden Bauchrednerpuppe.

»Er ist so – er ist so –«, schnalzte Kikitsa.

»Ich bin so –«, seufzte Aleko Alexiou, »ich bin so *müde*!«

Dann brach er über einem Sessel zusammen. Aus dem er dann weiterlächelte und weiterflehte.

»Es liegt an der Jahreszeit«, beeilte sich Kikitsa zu erklären. »Aber wenn die Hitze abnimmt und Ende August der Regen fällt, wird der Geist sofort wieder frisch. Das viele Denken« – hier verfiel sie darauf, den eigenen Schädel mit bloßem Finger anzubohren – »macht einem ganz schön zu schaffen. Ihr werdet sehen, schon nach der Siesta ist er wie ausgewechselt.«

Mit einem Mal waren alle zusammengebrochen. Alle saßen auf den kleinen unbequemen Skyros-Sesseln. Alle hatten erkannt, was es heißt, Grieche zu sein. Sanfte, zeitlose Melancholie, die zwischen ihren Inseln leckte und schwappte, hatte einen der leichter erreichbaren Küstenstriche erreicht. Maro dachte an gewisse staubige Höfe, die in wunderschöner Stille hinter Weinreben pulsierten. Spiros Lippen waren klebrig geworden. Der riesige warme Stein, mit dem der Schlaf ihn im Sommer so oft ausgelöscht hatte, lag wieder auf ihm, und er hätte ihn für immer hingenommen, wenn das Wachen nicht einen Duft von zerstoßenen Piniennadeln versprochen hätte. Was die Alexious anging, so hatte niemand erwartet, daß sie es vergessen könnten. Sie rekelten sich mit gekonnter Genüßlichkeit aneinander. Sie lächelten die Hajistavri unter wohlwollenden Augenlidern an. In jeder von vier Hüllen, in den fettigen Athener Kuchenschachteln ebenso wie in den gut geölten, sorgfältig gewarteten amerikanischen Maschinen, erlangte eine gequälte Seele für kurze Zeit Glückseligkeit. Jeder dieser Körper besaß einen Moment lang dasselbe braune, byzantinische Antlitz.

Spiro Hajistavros war so ergriffen, daß ihm plötzlich einfiel:

»Ich glaube, ich mache ein Bild.«

Und anfing, seine Hasselblad loszuschnüren.

»Heute nachmittag nicht«, widersprach seine Frau kühl. »Vergiß nicht, wir sind hier noch lange zu Besuch.«

Maro hatte wieder angefangen, sich darauf zu besinnen, daß sie auch Amerikanerin war. Sie war froh, daß sie sich daran halten konnte.

»Und wir werden mit ihnen noch Ausflüge machen«, verkündete sie und machte *sie* damit zu ihrem Eigentum. »Sobald wir den Wagen abgeholt haben.«

Denn den zweiten Cadillac hatten sie im voraus geschickt.

»Mein Gott!« sagte Kikitsa.

»Wir Athener«, fügte Alexiou hinzu, »erwarten, daß wir für unser Vergnügen *leiden*.«

So daß Hajistavros nun wieder verdrossen dreinblickte.

»Mein Gott«, sagte Kikitsa. »Möge allen heimgekehrten Millionären ein langes Leben beschieden sein! Aber was soll ich mit meinen lieben Katzen machen? Wenn ich in der Gegend herumkurve! He, Mann *mou*, was wird mit den Katzen?«

In diesem Augenblick zwickte sie ihren Aleko und hätte vielleicht noch fester zugedrückt, wenn sein Lächeln nicht widerstandsfähiger gewesen wäre, als es aussah.

Dann vergaß sie für einen Augenblick, oder ihr fiel etwas anderes ein, denn sie rappelte sich hoch, begann, in der Luft zu fuchteln, und rief:

»Der Hymettos, Maroula! Es heißt, sie hätten das Kloster

in Ayia Varvara zugemacht. Die Nonnen sind nicht mehr da. Ein paar von ihnen waren ziemlich verkommen, die Ärmsten. Die Nonnen, Maroula, die uns die Milch gaben.«

Maro Hajistavrou zog sich ihre Handschuhe an.

»Nonnen!« sagte sie und schüttelte sich. »Aber Mönche sind meistens noch verkommener!«

»Es heißt, der Klostergarten sei so gut gepflegt. Und die Straße, die hinführt. Erinnerst du dich an den Sonntag, Maroula, als wir dort hinwanderten? Aber über den Berg. Und uns im Heidekraut ausruhten. Was haben wir für Wanderungen gemacht!«

So daß nun wieder zwei Mädchen ihre Arme in Bergwasser tauchten und sich die Milchschnurrbärte abwischten.

Aber Maro warf den Kopf zurück.

»Der Hymettos hat mir nie gefallen.«

Sie war reich genug, um sich unsinnige Abneigungen leisten zu können.

»Ich dachte, vielleicht nach Sounion«, sagte sie. »Jedenfalls für den Anfang.«

»Oh, *Sou*-nion!« Kikitsa war entzückt.

»Ach, Verikokko!« fügte sie rasch hinzu. »Was sollen wir bloß mit diesem Apricock machen? Mit meinem lieben orangeroten Kater?«

Sie hätte ihn an ihren Busen gedrückt. Aber nachdem die große Katze mit hochmütiger Miene den Raum betreten, Augen und Pfoten erprobt hatte, zog sie sich nach den Möbeln zurück, den aufregenden Schwanz vollkommen aufgerichtet.

Alle waren fasziniert.

»Ach, Verikokko!« rief Kikitsa. »Seht mal, er hat auf den Bücherschrank gemacht!«

Aleko Alexiou saß da und lächelte.

»Meine Frau liebt Katzen«, sagte er.

Maro Hajistavrou beschloß, daß sie nichts von dem bemerkte, was da vor sich ging.

»Aber mit Verstand«, rief Kikitsa. »Sie zu *lieben*, darauf kommt es nicht an. Das Verstehen ist wichtig.«

Alexiou beugte sich nach vorn. Er biß sich auf die Unterlippe.

»Wichtig ist«, sagte er an den Raum gewandt, »daß man zwischen dem Instinktiven und dem Rationalen unterscheidet.«

Das Klima begünstigte Abstraktionen nicht mehr. Auch war seine Frau, solange sie im Bann ihrer sehr privaten Leidenschaft stand, nicht in der Lage, ihm Beistand oder auch nur Aufmerksamkeit zu gewähren. So sank er zurück.

»Du, Maro«, seufzte Kikitsa, »hast Katzen immer gemocht, aber nie verstanden.«

»Wir überlassen euch jetzt eurer Siesta«, sagte Maro Hajistavrou und lachte.

»Gönnt ihr euch denn keine?« fragte Alexiou aus einem Gähnen.

»Es ist so lange her. Wir hatten es vergessen«, murmelte Maro und sah nach der Stufe.

»Aber ihr werdet sehen!« kreischte Kikitsa und folgte ihnen. »Mein Apricockel ist ganz anders. Es liegt am Sommer. Und an meinem lieben Mann. Im Herbst geht es uns viel besser.«

Hajistavros blickte hinter sich, wo die Alexious in der Tür standen und sich gegenseitig stützten. Mit träger Hand walkte Mrs. Alexiou die nachgiebige Haut ihres Mannes.

Dann machten sich die Amerikaner auf den Weg nach unten, unten, unten, und konzentrierten sich auf ihre Zehen. Sie litten beide unter der Wucht des Anpralls, der jene trifft, die nach Griechenland zurückkehren.

Die Alexious waren sehr glücklich. Dafür sorgte Kikitsa Alexiou. Wenn nötig, knöpfte sie ihm die Hosen auf; das Leben war für Männer anscheinend schwerer zu ertragen. Sie selbst besaß eine hervorragende Konstitution. Hatte sie Aleko nicht von einer ganzen Anzahl von Liegen und Liegestühlen gehoben und buchstäblich abgeschleppt? Auch konnte niemand bestreiten, daß Kyria Alexiou energisch war. Wenn sie nachgab, dann, um zu besänftigen. Zumindest sah sie es so – und auch anderen gegenüber stellte sie es so dar.

Manche ihrer Bekannten lachten über die Katzen von Kyria Alexiou. Aber jeder braucht neben dem anderen Menschen noch etwas anderes. Denn ihren Mann hatte sie ja, natürlich. Manche Leute klammerten sich an die Religion oder sammelten Gold-Sovereigns oder kultivierten ihre Sinnlichkeit. Aber Kyria Alexiou brauchte Katzen: da waren Hairy, der sich anscheinend noch nie für irgend etwas interessiert hatte, und Ronron – war sie wieder trächtig? – und der arrogante Apricock. Der wandte sich manchmal ab und kratzte ganz leicht, aber unmißverständlich, wenn sie ihn auf den Arm nahm und mal wieder einen Versuch machte, ihn in Besitz zu nehmen. Kyria Alexiou wäre es in einem solchen Augenblick schwergefallen, einem Dritten zu erklären, worin die Wirksamkeit oder auch nur die Wirklichkeit von Besitz bestand.

Aber es gab selten eine solche dritte Person, einfach deshalb, weil die Alexious sie nicht brauchten. Gewiß, es gab die Parteimitglieder, aber das war etwas anderes, eine ganz andere Welt. Denn Alexiou war natürlich in der Partei. Wie hätte er sonst den Anspruch erheben können, ein Intellektueller zu sein? So saß denn Alexiou, Kaffee aus kleinen Tassen trinkend, in den Parteiräumen, und seine Frau, die eifersüchtig hätte werden können, war es nicht, weil ihre Erziehung und die Diktate des Chics Kyria Alexiou davon überzeugten, daß in ihrem Land die Wahrheit nur nach einer Art von, na ja, von Metamorphose erblühen konnte – um es mit einem angenehm abstrakten griechischen Wort zu bezeichnen. So nahm sie Ausgangssperren und Reisegenehmigungen ruhig hin, ganz zu schweigen von seinen Zwangsaufenthalten auf der Insel. Und selbst als Alexiou zusammen mit anderen auserwählten Parteimitgliedern den Offiziellen Besuch absolvierte, war Kyria Alexiou nur leicht verstimmt. Hatte sie nicht immer ihre Katzen? Und als Aleko zurückkam, mit dem Füllfederhalter, den er geschenkt bekommen hatte, und mit dem Hut aus Astrachan, den er im Winter gern trug, obwohl sich der Saum in seine Stirn drückte, da freute sie sich für ihn.

Manchmal kochten Freude und Dankbarkeit angesichts der wunderbaren Tatsache ihrer Verbindung über, und sie fing an, auf dem Dach herumzustreifen, als wollte sie dem Tumult ihrer Gefühle Ausdruck verleihen. In der Dämmerung, wenn die Röte aus Athen geflohen war und die weißen Würfel der Stadt als eine graue Halde von erloschenen Gaskochern zurückgelassen hatte, oder in den brauneren, brütenden Augustnächten, wenn die verbrannten Felder in die Straßen vorgedrungen waren und ein Wind aus Afrika herüberwehte, dann klang es, als sähe Kyria Alexiou auf ihrer Plattform besonders klar, und doch war sie unfähig, sich mitzuteilen. Während sie herumstreifte und vor sich hinsummte. Wenn sie sich über die Brüstung lehnte und zu jemandem sprach, der vielleicht zuhörte.

»Mein Gott!« murmelte sie. »*Kaymenes*! Wie verhängnisvoll, daß dort, wo es einen von uns gibt, fast immer auch ein zweiter geschaffen wurde. Sonst wäre es unerträglich.«

Der Schweiß strömte aus der porösen Haut von Kyria Alexiou.

Oder sie lehnte sich über die Brüstung und rief ihrem Mann, der meist schon im Bett lag, zu:

»Aleko? Sie sind wieder dran! Diese Kolokithopouli! *Po-po-po! Quelle horreur!* Aleko, man hört – ich schwör dir, man hört die Bettfedern!«

Kyria Alexiou streifte umher und summte.

»Zing zing!« zischte sie lachend.

Plitschplatsch wanderten ihre Slipper über das immer noch aufgeheizte Dach.

Oder sie lehnte sich über die Brüstung und rief nach hinten:

»Das pummelige Ding! Die solltest du sehen, Aleko. Türkischer Honig!«

Aber der Kyrios Alexiou hatte das Licht ausgeschaltet. Die Sommernächte erschöpften ihn.

Manchmal jedoch und endlich erschien er in der Tür, als graue Gestalt in Schlafanzughosen und ohne seine Größe. Dann rief er:

»Ach, Kikitsa! Komm ins Bett! Die Leute werden sagen, du wärst verrückt!«

»Was ist Verrücktheit?« schrie Kyria Alexiou. »Ist das Leben Verrücktheit?«

Es brachte sie zum Lachen.

»Posaunst hier auf dem Dach herum wie das Radio!« beklagte sich ihr Mann.

»Das ist nur gutes, volkstümliches Griechisch«, murrte sie.

»Komm ins Bett, Kikitsa«, lockte er. »Sei vernünftig!«

Dann wurde sie sehr still und unterwürfig.

»Ja, Mann *mou*«, sagte sie. »Ich kann nicht vernünftig sein, weil ich nicht vernünftig bin, aber ich komme ins Bett, wenn du es wünschst.«

Sofort war sie ein kleines gehorsames Mädchen mit einer Schleife im Haar. Es war, als hätte Kyria Alexiou eben erst laufen gelernt.

»*Rouli, rouli, rouli mou!*« gurrte und surrte sie, wenn sie sich zurechtgerückt hatten.

Die Unordnung ihres Haars wirkte unter dem nieselnden Licht der Glühbirne noch feuchter, noch strähniger. Sie lagen im Bett. Der Kyrios Alexiou geriet in heftiges Schwitzen, wenn ihn die Spitzen des losgelassenen Haars seiner Frau berührten.

»Ach, Kikitsa!« beklagte er sich. »Ich bin erschöpft!«

»Ja, mein Liebling«, stimmte sie zu.

Wenn sie dann ausgelöscht im Dunklen lagen, umschlang sie ihn statt dessen, als wäre er eine Katze. Ihre feuchte Haut streifte seine. Aber wenn sie in den Schlaf und die grundlosen

Tiefen der Zuneigung gefallen war, befreite er sich aus der leibhaftigen Katzenwiege, in die sie ihn gespannt hatte. Es lag nur an seiner Müdigkeit, nicht an mangelnder Liebe. Dankbarkeit brachte ihn sogar dazu, sie von dem Atem raubenden Vorhang ihres eigenen Haars zu befreien, wenn sie schlafend dalag und keine Möglichkeit hatte, ihm seine Dankbarkeit zu vergelten.

Die Fahrt nach Sounion hatte noch nicht stattgefunden – aus keinem triftigen Grund, nur daß sich Maro Hajistavrou eine Woche lang wegen ihrer Migräne nicht ganz wohl gefühlt hatte. Als die Verabredung auch nachher in der Schwebe blieb, kam schließlich ihr Mann darauf zu sprechen.

»Was ist eigentlich mit deinen Freunden, diesen Alexious, die du so dringend besuchen wolltest? Wieso haben wir noch keinen von den Ausflügen gemacht, die du ihnen versprochen hast?«

»Ja. Ja, wir müssen die Alexious einladen«, antwortete Maro, aber so, als würde ein Opfer von ihr verlangt.

Die Situation wäre wohl weiter ungeklärt geblieben, wenn Maro Hajistavrou nicht zufällig im Eingang eines Lebensmittelgeschäftes in der Nähe des Kolonaki-Platzes Kikitsa Alexiou über den Weg gelaufen wäre.

Da mußte sie ausrufen:

»Also, Kikitsa, man könnte fast sagen, ich war gerade auf dem Sprung zu dir.«

»Ja, Maro, ich weiß«, antwortete Kikitsa. »Auch ich hätte mich längst melden können.«

Sie warf Maro einen von diesen Blicken zu, die in ihrer Jugend unbehaglich tief gedrungen wären, die aber heute von anderen Besorgungen und Besorgnissen abgelenkt waren. Kikitsa war sichtlich zerstreut.

»Wir müssen uns verabreden«, sagte sie. »Ich bin zu spät, weißt du. Aber Anthoula wird da sein.«

»Anthoula?«

»Ein altes Dienstmädchen von uns, sie ging fort, aber sie ist zurückgekommen. Als Hausmädchen ist sie nicht gerade umwerfend. Aber sie duldet Katzen. Immer sehr entschieden, aber freundlich. Sie stellt ihm sein Essen hin, wenn ich mich verspäte. Stell dir vor, Maro, Anthoula hat einen Bart. Alle zwei Tage rasiert sie sich. Zugegeben, man könnte sie für verlottert halten. Und sie hat Abkommen mit den Händlern getroffen. Aber sie ist unschätzbar, wenn ich mal aufgehalten werde.«

Kikitsa Alexiou wirkte geradezu *affairée*. So daß nun auf einmal Maro Hajistavrou einen Blick unter die Oberfläche werfen konnte.

»Ich habe dir noch gar nicht erzählt«, sagte Kikitsa, aber nicht bevor sie sich umgesehen hatte, »daß ich jetzt vormittags ein bißchen arbeite. Weißt du, ich bin auf der Schreibmaschine ziemlich schnell, wenn auch nicht immer korrekt, weil ich immer Alekos Texte abschreibe. Es gibt also keinen Grund, warum ich nicht auch anderswo ein bißchen aushelfen sollte.«

»Keinen Grund«, stimmte Maro zu.

Die arme Kikitsa war zu zerstreut.

»Es ist ein besonderes Privileg«, sagte sie, »wenn man im Leben eines so außergewöhnlichen Mannes eine Rolle spielen darf.«

Sie sah noch einmal über die Schulter und lächelte, als die Straße hinter ihr leer war. Alle Leute waren beim Mittagessen.

»Erinnere mich daran«, sagte sie, »daß ich dir bei Gelegenheit Anthoulas Geschichte erzähle. Sie ist nicht sehr bedeutsam, aber ziemlich komisch.«

Maro versprach es, und erst Jahre später fiel ihr ein, daß Kikitsa vergessen hatte, sie ihr zu erzählen.

»Und jetzt«, sagte Kikitsa, »muß ich los. Sonst wird *er* ungeduldig.«

»Wollen wir denn Sounion mal für den Mittwochnachmittag festhalten?« fragte Maro – zögernd, aber sie mußte.

»Himmlisch, Maroula!« antwortete Kikitsa. »Aber jetzt muß ich wirklich gehen und nachsehen, was dieses Mädchen mit meinem Mann anstellt. Stell dir vor, Anthoula hat Liebhaber. Trotz Bart und allem. Und mindestens fünfzig Jahre ist sie alt. Männer scheinen es ganz gern zu haben, wenn es mal gegen den Strich geht.«

Und Kikitsa rannte los, in einer stockenden, holprigen Gangart, wegen der vielen öligen Pakete, und dabei ließ sie sich das Leben der alten Anthoula durch den Kopf gehen.

Die alte Schachtel stammte aus einem Dorf der Mesoyia. Von ihrem Teint abgesehen, hätte man glauben können, sie sei aus Ton geformt – eine archaische Gestalt. Aber ihr Teint war wie Porzellan. Unter den Bartstoppeln bewahrte sie eine zarte rosige Farbe, die allerdings durch das Zusammenwirken der Härchen mit dem weißen Puder, das sie benutzte, manchmal ins Blaue spielte. Aber Anthoulas Augen hätten einer Marienikone keine Schande gemacht. Von solcher Freimütigkeit, von einem so wahrhaft lauteren Blau waren sie. Es muß dieser Anschein von Keuschheit gewesen sein, der so anziehend auf Männer wirkte. Denn da war der Kyr Spyrakopoulos gewesen, der Hausmeister von Einundsechzig, und Kyr Hondros aus den *Drei Zitronenbäumen* und Manolis aus der Wäscherei, um nur einige wenige zu nennen. Da war auch Vangelaki gewesen, der Polizist aus Ayia Paraskevi, um dessentwillen sie in ihr Dorf zurückgekehrt war und den kleinen Süßwarenladen für die Nonnen eröffnet hatte. Anthoula hatte *bon-bons* und Mineralwasser und Postkarten der Mosaike verkauft, und natürlich die Stickereien, die die Nonnen selbst anfertigten. Alles hätte sich wunderbar gefügt, wenn nicht Vangelaki gewesen wäre. Der immer hereinkam. Und dasaß. Schließlich wurde ein ziemlicher Skandal daraus. Vangelakis Stiefel lagen in der Tür. So ein blutvoller Mann, es mußte an seinem albanischen Blut liegen. Anthoula liebte ihn. Sie hätte jeden Krümel der gebrannten Erde aufessen können, aus der ihr Vangelaki gebacken war. Dabei brachte er ihr

Unglück. Zuerst waren es die Nonnen. Die *diavolopoutanes* jagten sie fort. Dann waren es ihre Ersparnisse. Natürlich, sagte sie, habe ich gewußt, daß Vangelaki hinter meinem Geld her war. Nach der Katastrophe hatte sie eine Zeitlang zusammen mit einer kleinen Katze in Pancrati gelebt und für ein Stück Brot die Fußböden in den öffentlichen Gebäuden geputzt. Bis die Katze verschwunden war. Wie es manche Katzen tun. Dann war Anthoula zu einer früheren Herrin zurückgekehrt, zu Kyria Alexiou.

»Ich hätte es mir denken können«, sagte Anthoula. »Eine Katze ist eben bloß eine Katze.«

»Oh, aber man muß experimentieren«, beteuerte ihre Herrin, »man muß so lange experimentieren, Anthoula, bis man die Katze gefunden hat, die zu einem paßt.«

»Ich werde es nicht versuchen«, brummelte Anthoula, »wo es hier doch Katzen für jeden gibt.«

»Aber du liebst Katzen doch, oder?« beharrte ihre Herrin.

»Es lohnt die Mühe nicht«, sagte Anthoula und seufzte.

Wenn sie nach Hause kam, konnte sich Kyria Alexiou gar nicht genug dazu beglückwünschen, daß sie die Dienste der alten Anthoula wiedergewonnen hatte.

Sie hörte dann oft:

»Hier! Schieben Sie das rein, und werden Sie ein großer, starker Mann!«

»Ach, Anthoula, ich bin viel zu *müde*, es ist zu heiß, um ans Essen zu denken!«

»Ich wüßte nicht, woran ein Mann um die Mittagszeit sonst denken sollte, außer wenn er zu der geilen Sorte gehört.«

Dann spähte Kyria Alexiou ins Zimmer – sie war sehr froh, solche Reden zu hören, solche wahrhaft volkstümlichen Reden –, und da saß Aleko, ihr Mann, immer noch in den Schlafanzughosen. Sie bemerkte nicht, wie er in sich zusammengesunken war, sie sah nur die volle Gabel, mit der Anthoula weitere Widerworte von den Lippen ihres wichtigen Gemahls verscheuchte.

»Und meine Katzen?« fragte sie dann. »Haben meine Katzen gegessen?«

»Die Katzen haben gegessen«, antwortete Anthoula, freundlich, aber streng.

Sie fügte nicht hinzu: Sie haben mein Essen gegessen.

Denn Anthoula wußte, sie konnte die Katzen von Kyria Alexiou zwar mit Fußtritten traktieren, aber dieser Fuß mußte in einem weichen Filzpantoffel stecken.

Kyria Alexiou war sehr erleichtert. Sie gab ihrem Mann einen schmatzenden Kuß.

»Ich weiß, daß du es nie vergessen wirst, Anthoula. Seine Katzen muß man ehren«, beharrte Kyria Alexiou. »Sie sind beinahe«, sagte sie, »menschliche Wesen.«

»Diese Ronron«, sagte Anthoula, »diese schmutzige, gefleckte Hure, hat ihre Kleinen auf den Bettüchern bekommen.«

Spiro Hajistavros war ein anderer Mensch, wenn er den Zweitcadillac lenkte. Er hätte auch in weitaus bedenklicheren Situationen, als sie sich im Zusammenhang mit den Alexious ergaben, den Kurs halten können. Aber ergab sich im Zusammenhang mit den Alexious überhaupt eine Situation?

»Bravo, die Amerikaner!« rief Kikitsa Alexiou. »Ist denn der Prophet Elias schon zurückgekehrt?«

Kikitsa rekelte sich. Sie war *pour le sport* gekleidet, in Lederjacke, dazu ein kleiner Hut mit einer dunkelroten Feder. Mein College-Hut erläuterte Kikitsa. Es war ein Witz.

Hajistavros runzelte die Stirn und fuhr.

»Spiro kann es nicht leiden, wenn man ihn beim Fahren stört«, mußte seine Frau schließlich dazwischenrufen.

Denn während der Fahrt nach Sounion waren die Paare insofern getrennt, als Kikitsa mit Spiro vorne saß, während Maro und Aleko nach hinten verfrachtet waren.

Der Wagen lief so glatt, daß sich die Ferne schämte. Wir werden viel zu früh dort sein, dachte Maro fast mit Schrecken.

»Unser armes Griechenland!« seufzte Kikitsa. »Unser heruntergewirtschaftetes, verkommenes, kleines, kosmisches Chaos! Wie ich dich liebe! Lang lebe Hellas!«

Aleko Alexiou sah aus dem Fenster. Immer wenn seine Frau ihn besonders wütend machte, sah er aus dem Fenster und blähte die Nasenlöcher, als wäre der Schleim darin sauer geworden. Im übrigen hatte es sich Alexiou ziemlich bequem gemacht. Seine Schenkel hatten sich der Form und der Bewegung des gut gepolsterten Wagens angepaßt. Schließlich war er fürs Wohlbehagen geboren, auch wenn Ruhmesgröße, Armut und die Partei zuletzt von ihm Besitz ergriffen hatten.

»Da ist Phaneromeni«, sagte Kikitsa. »Nicht die Deutschen, sondern die Schwarze Reaktion hat zwei Drittel der Einwohner aus dem Dorf geführt und auf einem Feld erschossen. Erzähl es ihnen, Aleko. Eine tolle Geschichte.«

»Oh«, sagte er in kläglichem Ton, »eine viel zu lange Geschichte.«

Er saß da und blähte die Nasenlöcher mit System.

»Unbedingt«, stimmte Kikitsa zu. »Es ist die lange Geschichte der Schwarzen Reaktion.«

Aleko sah über die Schulter nach hinten. Hätte er einen Hut getragen, so hätte er ihn sich über die Ohren gezogen. Außer in der Theorie waren Alexiou seine Parteizugehörigkeit und seine sonstigen Zugehörigkeiten peinlich.

Auch Maro war verlegen. Sie zweifelte nicht daran, daß *sie* die Schwarze Reaktion war. Sie sah auf ihre Fußgelenke hinunter und fragte sich, wie sie sich je eine Vorstellung vom Charakter Kikitsa Alexious gemacht hatte. Der verlorene Glanz verlagerte sich in eine Landschaft, die sich selten vom Ideal entfernte.

Die Hitze war von Attika gewichen. Der Herbst hatte von Pol zu Pol eine Goldgirlande an den Horizont gehängt. Alle wußten, wenn der Wagen jetzt anhalten würde, wäre die Stille für sie zuviel und der Boden unter den Olivenbäumen zu hart gewesen. Also fuhren sie weiter, und Wehmut schabte an ihren Gedanken, wie eine verdörrte Olive zwischen der Wange und dem Kissen der Erde schabt und schiebt.

Sie fuhren zwischen leeren Gerippen, den klaffenden Gießereien von Lavrion dahin, wo sich die Farbe des Meeres, so schien es, zum ersten Mal in ihrem Leben erhob und ihnen ins Gesicht schlug.

»Fahr weiter!« befahl Kikitsa. »Lavrion ist schlecht!«

Das konnte sein. Wie manche überwiegend maskulinen Männer machte Spiro beim Fahren ein Gesicht, als käme er im Leben mit ein paar einfachen Überzeugungen aus. Seine Instinkte spürten vielleicht etwas Bösartiges in dem heruntergekommenen Dorf Lavrion, aber seine Grundsätze gestatteten ihm nicht, dies gegenüber einem Menschen wie Kyria Alexiou einzugestehen.

»Sie sind ein schweigsamer Mann, wie?« bemerkte Kikitsa.

»Laß ihn in Ruhe!« warnte Maro.

»Ist er Löwe?«

Aleko sah noch wütender aus dem Fenster und suchte etwas, eine Form oder ein Symbol, das ihn vor der Demütigung angesichts des Unaussprechlichen retten konnte.

»Das würde ich verstehen«, sagte Kikitsa. »Ein Löwe ist nur eine andere Art von Katze. Ich habe schon in ihrem Fell gesteckt.«

Dann atmete sie tief.

»Was für eine Luft!« stöhnte sie. »Unter unserem griechischen Himmel! Seht mal! Ein Schäfchen. *Provataki! Provataki!*« rief Kikitsa Alexiou. »Hat keinen Zweck«, murmelte sie zuletzt.

Sie schob sich tiefer in die Polster. Sie fing an Gedichte von Solomos aufzusagen, und zögernd auch von Palamas, und hätte vielleicht auch noch den einen oder anderen Vers von Sikelianos hervorgeholt, als der Wagen mit einem Satz auf dem Vorgebirge anlangte, und dort in der Bläue lag Sounion.

Niemand zweifelte daran: dies war das uranfängliche Blau.

Dann, als sie aus dem Wagen gestiegen waren und mit

widerstrebenden, fast ängstlichen Schritten das, was von dem kleinen Tempel übriggeblieben war, erklettert hatten, fragte Kikitsa ein größeres Publikum.

»Was würdet ihr sagen, wenn ich tanze?«

Es war nicht überraschend, daß niemand antwortete, aber Maro war überrascht und dankbar, weil sich ihre Freundin trotz dieser Entmutigung nicht dazu entschloß anzufangen. Statt dessen ließ sie sich auf den Boden plumpsen. An eine Säule. Eine dicke Frau mittleren Alters in einem Regenmantel mit einem Fettfleck darauf.

Maro Hajistavrou hätte jetzt gern etwas gesagt, was dieser Szenerie angemessen war. Aber es fiel ihr nichts ein.

»Kommt ihr oft hierher?« fragte sie Kikitsas bedeutenden Mann mit einer Gleichgültigkeit, die die Leute, wie sie vermutete, bei ihr für typisch hielten.

»Wir haben andere Ruinen, die näher liegen«, antwortete er ziemlich mürrisch. »Lauter Ruinen, Ruinen!«

»Aber was wäre Griechenland ohne seine Ruinen?«

»Eben! Dann hätten wir bloß noch die Aufseher.«

Professioneller Masochismus erschreckte Maro, die darin immer Amateur geblieben war. Sie war froh, als sie sah, daß ihr Mann das Terrain erkundete, in Kleidern, die ihn viel zu jung machten. Obwohl Spiro jünger war als sein ergrauter Kopf. Ihr fiel das dunkle Haar an seinen Armen auf, das ihr eigentlich abschreckend hätte erscheinen müssen, das sie aber insgeheim bewunderte.

»Spiro! Meinst du nicht, du solltest ein Foto machen?« rief sie ihm voller Dankbarkeit zu.

Und Spiro Hajistavros war wirklich froh darüber. Er hatte seine Hasselblad mitgebracht, obwohl sich niemand, nicht einmal seine Frau, klarmachte, was das bedeutete. Er schlenkerte mit der vollen Fototasche, die gegen seine kräftige Wade baumelte und noch mal baumelte und dann zur Ruhe kam.

»Es wäre doch schön, wenn sie ein Bild davon hätten«, erklärte Maro.

»Klar«, sagte Spiro und lächelte.

Seine Zähne, in anfänglicher Armut gründend, verwirrten sie jedesmal.

»*Provataki, provataki...*« sang Kikitsa und wechselte plötzlich in die dunklere Tonart der mitternächtlichen Gassen: »*To ga-ta-ki MOU!*«

Dann begann sie ebenso unbeschwert zu lachen und sagte mit heiserer Stimme:

»Du und Aleko, ihr bildet eine so unansehnliche Gruppe, *chère Marouline*. Lauter Ellbogen und Winkel. Eure Beine bilden einen häßlichen Dreifuß.«

Plötzlich sah Maro, wie Kikitsas Augen, die hinter dem Fett hervorblickten, die Augen des Mädchens waren, das sie selbst geschaffen und ebenso gefürchtet wie geliebt hatte.

Aber schon glitt Kikitsa zurück in die eingefahrene Bahn ihrer Selbstgefälligkeit.

»Ich werde euch von meinen Katzen erzählen«, verkündete sie.

Spiro stellte gerade sein kleines Stativ auf. Er ging so völlig darin auf, wie das nur maskuline Männer können. Wenn sich in ihm überhaupt etwas ablenken ließ, dann der reiche Mann, der sich überlegte, ob die Anwesenden ihn überhaupt ernst genug nehmen konnten, ob sie seinen Sachverstand zu würdigen wußten. Seine muskulösen, noch nicht gealterten Hände kamen mit dem Stativ jedenfalls meisterhaft zurecht.

»Ich werde euch von meinen Katzen erzählen«, wiederholte Kikitsa Alexiou und senkte das Kinn, um ihren Worten Nachdruck zu verleihen. Spiro begann zu winken.

»Kommt doch mal«, befahl seine Assistentin.

Bei diesem kostspieligen Erwachsenenvergnügen war auch Maro auf ihre Weise sehr sachverständig und zugleich sensibel, denn sie kannte die Grenzen ihrer Macht, den Punkt, an dem sie nachgeben mußte. Deshalb sagte sie jetzt:

»Aleko und ich, wir werden uns zu Kikitsa stellen. Sie hat es sich ja schon bequem gemacht.«

Spiro blickte von oben in seine Kamera. Sie konnte seinen sehr akkuraten Scheitel sehen.

»Da ist zunächst mal Hairy. Er war zuerst da«, erzählte Kikitsa. »Aber Hairy mag ich nicht. Nicht so, wie ich eigentlich müßte. Aber ich versuche es. Es gibt nichts Traurigeres als eine ungeliebte Katze.«

Maro hatte das Gefühl, sie müßte im nächsten Moment anfangen, laut zu schreien. Sie spürte das Zucken in ihrem linken Augenlid.

Spiro war vorgetreten und maß die Helligkeit mit dem Belichtungsmesser. Es war, als würde er einen Steinhaufen fotografieren.

»Dieses Teufelsweib Ronron zählt nicht, die ist sie selbst oder sieben andere, die an ihren Brustwarzen zerren. *Epta, vre!* Und nur eine von ihnen ist aprikosenfarben!«

»Er macht alles in Ektachrom«, flüsterte Maro.

Spiro war hinter die Kamera zurückgekehrt. Zwischen seinen Schultern saß Anspannung.

»Soll ich aufhören zu reden?« fragte Kikitsa. »Aber heutzutage ist das natürlich ganz anders, wenn man ein Bild macht. Früher mußte man den Hals in einen Schraubstock stecken. Jetzt kann man tun und lassen, was man will.«

Ein kleiner Junge hatte sich genähert und bot ihnen rosa Tomaten in der Größe von großen Kirschen an.

»*Vlepete!*« rief Kikitsa. »Ein Geschenk des Volkes! Eine wirkliche Liebesgabe!«

Wenn sie in Gedanken nicht mit etwas anderem beschäftigt gewesen wäre, hätte sie Tränen jetzt vielleicht genossen.

»Also Apricock«, sagte sie, »ich war bei Apricock stehengeblieben.«

Dies hätte der Augenblick sein können, auf den Spiro Hajistavros gewartet hatte, um uneingeschränkte Geschicklichkeit zu beweisen. Nichts wirkte alt an der Art, wie seine elastischen Beine auf dem Boden standen.

»Apricock«, fuhr Kikitsa fort, »ist der Rätselkater.«

Aleko Alexiou starrte hinaus auf das Meer. Er hatte zugelassen, daß Wind und Sonnenlicht seinen Kopf zum Opfer vorbereiteten.

»Zum Beispiel die Natur«, sagte Alexiou.

Seine Hand half ihm, ein schmerzlich eigensinniges Objekt hervorzuziehen oder zu formen.

»Die Natur ist so – so – *un*kooperativ, letztlich so *unwirklich*!«

Dann sank seine Hand und mit ihr sein Versagen, während illusionäre Lichtkaskaden weiter und immer weiter in ein scheinhaftes Meer stürzten.

Spiro starrte und starrte, geradeaus, dann nach unten.

»Ich sage nicht«, sagte Kikitsa, »daß ich ihn nicht verstehe. Bei meiner großen Erfahrung mit Katzen ist es gar nicht möglich, nicht zu verstehen.«

Der Tomatenjunge ließ sich zu ihren Füßen nieder und bohrte in der Nase.

»Aber seht euch dieses bezaubernde Naturkind an!« frohlockte Kikitsa. »Hat Spiro gedrückt? Hat er Klick gemacht oder was er da tut? Sind wir *im Bild*?« fragte sie plötzlich fast hysterisch. »Spiro«, rief sie, »willst du nicht irgendwann mal – mir zuliebe – Apricock knipsen?«

Spiro Hajistavros, seine Frau sah es, zuckte zusammen. Seine kräftigen, gelblichen Finger zitterten.

»Kikitsa!« flehte ihr Mann. »Das wird wirklich lästig!«

Da erschien eine Katze, flach am Boden, glitt um den Marmorsockel des Tempels.

»Mein Gott!« rief Kikitsa. »Eine Katze!«

Die flache graue Katze machte sich auf dem Marmor noch flacher.

»Ausgehungert!« schrie Kikitsa Alexiou.

»Die Katze gehört niemandem«, erklärte der apathische Junge. »Sie ist nicht gut. Die anderen wollen sie nicht.«

Aber Kikitsa Alexiou hatte begonnen, sich an die Katze heranzupirschen.

Der Junge lachte. Ihr Regenmantel war hochgerutscht. Maro Hajistavrou konnte Kikitsas massige Waden nicht übersehen.

Als Kikitsa Alexiou mit leeren Armen zurückkehrte, hatte sie sich einen Fingernagel abgebrochen. Marmor hatte ihren breiten Hintern bestäubt.

»Das ist das Schreckliche an den Griechen«, seufzte sie, »sie sind keine Katzenliebhaber. Sie sind selbst zu egoistisch, zu streitsüchtig, zu faul und gefräßig, als daß sie die Kraft der Liebe verstehen könnten. Daß Liebe mehr ist, als im Dunklen über jemanden herfallen oder darauf zu warten, daß jemand über einen herfällt.«

Sie hatte die Arme vor ihren Brüsten verschränkt. Als wollte sie sich darauf vorbereiten, ein paar selbstverfaßte Liebesgedichte vorzutragen, von solcher Schärfe, daß sie sie nie und nimmer ganz herausbrächte.

»Arme verhungernde Seele! Wenn du bloß verstehen würdest!« versuchte sie es schließlich. »Mit Seebarben würde ich dich füttern. Und mit Wachteln.«

Der Junge schluckte sein Lachen hinunter.

»Liebe«, sagte sie, und ihre Stimme zitterte.

Da holte Alexiou so tief Atem, daß es wie ein Bandmaß aus Aluminium klang.

»Du bist verrückt!« zischte er. »Idiotisch! Verrückt! Los, wir steigen jetzt in den Wagen und bitten sie, uns nach Hause zu fahren.«

Es gelang ihm nicht, den Bann zu brechen, den Kikitsa Alexiou absichtlich um sich gebreitet hatte.

»Achtet nicht auf Aleko«, riet sie mit offenkundiger Zufriedenheit, nachdem er sich auf den Rückweg hügelabwärts gemacht hatte. »Manchmal tut es ihm gut, wenn er seinem Temperament freien Lauf läßt.«

Dann begann auch sie den Abhang hinunterzuwanken und trug dabei ihr ungeborenes Gedicht und die Gestalt der entflohenen Katze vor sich her, der es an nichts gefehlt hatte.

»Hast du denn nun ein Bild gemacht?« flüsterte Maro Hajistavrou, als sie sich bei ihrem Mann einhakte.

Spiro war so wütend, daß er nicht antworten konnte.

So setzte sich Maro im Wagen neben ihren Mann und überließ den Alexious während der Heimfahrt den Rücksitz.

Das Meer war von einem tieferen Purpur als vorher.

»Aleko wird etwas Hübsches darüber schreiben. Ihr werdet sehen«, versprach Kikitsa stürmisch.

Im Rückspiegel konnte Maro sehen, wie Kikitsa die Bruchstücke ihres zerbröckelnden Genies zusammensuchte und zumindest für sich selbst wieder zusammenfügte.

Wenig später machten die Geschäfte eine Rückkehr der Hajistavri nach New York nötig. Vielleicht trafen sie die Alexious noch einmal, aber vielleicht war nicht genug Zeit. Hastiges Packen. Und Aleko Alexiou wurde gerade damals für einige Zeit krank. Jedenfalls war Maro sehr froh, in den materiellen Überfluß zurückzukehren, der ihr zum Ersatz für das Leben geworden war. Auf den Gedanken, Spiro zu fragen, ob er genauso empfand, kam sie nie, weil sie argwöhnte, er würde wegen eines gewissen Mangels an Bildung nicht verstehen oder könnte zumindest nicht antworten. Nicht daß sie etwas an ihm auszusetzen gehabt hätte. Soviel erwartete sie schon lange nicht mehr von jemandem, auch nicht von sich selbst.

Nach etwas mehr als zwei Jahren kamen die Hajistavri wieder. Die Gründe dafür, daß sie während der früheren Jahre ihrer Ehe Griechenland boykottiert hatten, schienen nicht mehr gültig zu sein. Sie lachten jetzt manchmal auf Kosten ihrer Freude, der Alexious.

»Vielleicht ist Kikitsas Aleko inzwischen zur vollen Reife gelangt«, meinte Maro Hajistavrou dann.

Denn Kikitsa und sie wechselten jetzt gelegentlich Briefe.

»Er hat die Entscheidung der Partei abgewartet«, schlug Spiro vor.

»Glaubst du, daß Aleko ein echter Roter ist?«

»Verwaschenes Rosa. Aleko ist so ungeheuer müde.«

Als ihr Flugzeug über die Rollbahn holperte, sah Maro Hajistavrou hinaus und erblickte den Hymettos. Es war Frühling, und dieser abweisende, kahle Höhenzug hatte sich mit Grün und Malvenfarbe und Brauntönen überzogen. Er ist immer noch häßlich, sagte sie sich, aber faszinierend, unumgänglich, etwas von mir ist da oben zum Vorschein gekommen.

»Haben wir den Alexious eigentlich etwas mitgebracht?« fragte Spiro, während sie, Mäntel und Pelze auf den Knien ballend, die letzten Augenblicke in den Sitzen ausharrten.

»Nein«, sagte Maro. »Ich habe daran gedacht, aber ...«

Wieder waren ihre Freunde nicht am Flughafen, um sie abzuholen, doch diesmal war Mrs. Hajistavrou nicht böse, weil sie es nicht mehr erwartete.

Als sie sich eingelebt hatten, beschloß Maro, daß sie stark genug für einen Besuch bei Kikitsa sei. Eine Aufwallung von Schuldgefühlen trieb sie. Diesmal machte sie sich allein auf den Weg. Sie bestieg den Hügel von Kolonaki sogar, ohne viel an ihr Herz zu denken.

»Die Alexious?« erwiderte der kleine, unfreundliche Hausmeister, der darauf bestand, ihr auf englisch zu antworten. »Weggezogen. Zuviel Geld. Völlig verändert. Die Reichen vergessen«, klagte der Hausmeister.

Nachdem er hineingegangen und mit einem Blatt, auf das jemand eine Adresse gekritzelt hatte, zurückgekehrt war, bestieg Maro ein Taxi und ließ sich zu einem Block fahren, in den Außenbezirken der Stadt. Noch wucherten Felder um die marmorweißen Hochhäuser, aber man konnte schon riechen, daß der Staub von Athen den Kampf gegen den Viehgeruch aufgenommen hatte.

Eine Frau mit einem außerordentlich breiten Hintern und einem, wie es schien, wohlwollenden Lächeln sagte: Ja, die Alexious hätten eine Wohnung auf dem Dach.

»Willkommen«, sagte Anthoula und lenkte ihr jungfräuliches Lächeln über den rasierten Bart hinweg auf die zurückgekehrte Reisende. Die *kyria*, sagte sie und deutete mit dem Finger, sei zu Hause, auf der Terrasse.

Und wirklich, dort stand Kikitsa und lehnte über der Brüstung!

Maro näherte sich ihr im weißen Marmorlicht, das noch kein Gleißen war, denn noch war Frühling.

»*... neben den rosenfarbenen Ruinen, unter einem Granatapfelbaum, mit Blick auf das Meer ...*« zitierte Maro aus dem Gedächtnis.

»Was für eine Plage die Alliteration immer war!«

Die beiden Freundinnen umarmten einander mit förmlicher Zärtlichkeit. Maro war überrascht, auf Kikitsa Alexious Wangenknochen zu stoßen.

»Diesmal kann man den Hymettos sehen«, bemerkte die Besucherin.

»Den Hymettos? Alles! Alles! Genau wie vorher.«

Sie führte Maro auf den Mosaiksteinen aus Marmor umher, überallhin, überall.

»Ist es schön?«

Maro bemerkte, daß sie noch immer Kikitsas Hand hielt.

Und als sie hineingegangen waren, in den kleinen *saloni*, der wie eine Kabine an Bord der Welt war, und als Anthoula kaltes Wasser und grüne Feigen gebracht hatte und die beiden Frauen sich auf einem gemütlichen, mit rauhem Stoff bezogenen Sofa niedergelassen hatten, sagte Kikitsa:

»Siehst du, es ist das gleiche. Nur anders.«

Sie war viel dünner, fast jung, fast geschmeidig.

»Es ist doch bestimmt komplizierter«, erwiderte Maro Hajistavrou.

»Ein Mosaik«, sagte Kikitsa. »Zuerst – du erinnerst dich doch, daß ich eine Stelle angenommen hatte – starb der freundliche alte Mann und hinterließ mir eine Kleinigkeit.« Sie errötete. »Tugendhafte Beziehungen lassen sich immer am schwersten erklären. Aber es gibt sie. Oder gab sie. Zur gleichen Zeit schrieb Aleko sein Buch, sein großes Werk, das er so lange geplant hatte und mit dem er schon begonnen hatte, als ihr hier wart, *Die Opfer der Unabhängigkeit*. Über den Unabhängigkeitskrieg, weißt du, streng aus unserer Sicht erzählt.« Hier zumindest senkte Kikitsa den Blick und schloß eine der vielen schmalen Plisseefalten ihres Rocks. »Dann legten wir zusammen und konnten uns diese Wohnung nehmen. Und da sind wir nun!«

Sie lachte. Ziemlich traurig.

»Es ist schön hier!« sagte Maro und lachte.

»Bequemer. Viel mehr Platz.«

»Und Aleko ist ausgegangen?«

»Aleko ist in der Bibliothek. Er schreibt eine Biographie über irgend jemanden. Oh, irgendeinen Griechen. Etwas Historisches. Es wird nicht die letzte sein. Es lohnt sich.«

»Dann ist Aleko also erfolgreich!«

»Ja. Aber denk nur nicht, daß er deshalb seine Ideale aufgegeben hat. Sein Stil ist vollkommen geblieben. Die reinste Sprache von allen, die volkstümliches Griechisch schreiben.«

»Und versteht man ihn?«

»Nun, jeder hat die Freiheit, dem geschriebenen Wort seine eigene Deutung zu geben.«

Maro hatte einen Feigenkern zwischen ihren Zähnen entdeckt.

»Und die Katzen?« fragte sie pflichtschuldig.

»Es gibt keine Katzen.«

»Keine Katzen!«

»Aleko wollte nicht, daß ich meine Katzen behalte.«

Es war Kikitsa, die die halbfertige Wohnung am Stadtrand entdeckte. Die Wintersonne erblühte für einen Augenblick auf den leeren Waben und flackerte dann auf die Erde hinab, zwischen die Marmorsplitter. Mit dem unbeholfenen Eifer eines kleinen Mädchens, den sie unter dem Einfluß heftiger

Gefühle immer zur Schau trug, war sie auf dem Dach herumgelaufen. Aus dem Marmorstaub hatten die Arbeiter über die verrückte Nudel gelacht.

Aber Kikitsa war so hingerissen, daß sie nichts bemerkte.

»So ein herrliches Dach«, erklärte sie Aleko nach der Rückkehr, »hast du noch nie gesehen.«

Alles kam auf das Dach an – denn verbrachte sie nicht praktisch das ganze Leben damit, auf einem Dach herumzustreifen, in Fenster zu spähen, die Dia-Serie zu verfolgen, die das Licht über der attischen Küste vorführte, und dabei die Katzen zu rufen, über sie herzufallen und sie zu streicheln?

»Für die Katzen wird es ideal sein«, erklärte sie ihrem Mann.

»Verschwendung ist das«, sagte er. »Und vielleicht auch peinlich.«

Sie wußte, er dachte an die Partei.

»Liebster Aleko«, sagte sie, »du bist das deiner Größe schuldig.«

Und nahm seinen Kopf, als wollte sie einen Pelz glattstreichen.

»Wir sind es, die gepredigt haben«, sagte er.

»Pah«, antwortete sie, »wir werden noch viel besser predigen, wenn wir die Freiheit erlebt haben.«

Sie wußte, es war empörend und schändlich unorthodox. Natürlich kam da ihre Herkunft zum Vorschein, aber sie bedauerte es nicht.

Und Aleko war vielleicht etwas trunkener, wegen der Verlockung. Seine graue Haut hatte um die Wangenknochen Farbe angenommen, seine Lippen hatten sich geöffnet, und dort hinein schob sie bloß die Spitze ihrer erfahrenen Zunge.

»So«, sagte sie und war sich sicher.

Von da an konnte Kikitsa Alexiou gar nicht schnell genug erledigen, was alles erledigt werden mußte. Sie rannte nur noch umher. Zu dem Umzugsunternehmen, lange bevor es soweit war, zum Elektriker oder zur Näherin, zu Kyr Leon

Zimbal, dem Juden vom Odos Ispanias, der versprochen hatte, eine stabile Holzkiste zu bauen, in der sie ihre Katzen transportieren konnte.

»Man kann sie auch sonst für alles mögliche gebrauchen«, erklärte sie, »unsere Katzenkiste.«

Das Possessivpronomen im Plural aus ihrem Munde sollte sie noch enger mit dem Mann verbinden, dem sie ihr Leben gewidmet hatte.

Aber Aleko Alexiou, an eine Wand gelehnt, um sich zu stützen – es war ein Januarabend, daran erinnerte sie sich – verkündete:

»Katzen wird es dort nicht geben, Kikitsa.«

Seine Frau erwiderte nichts, weil Erwiderung nicht möglich war. Der Raum straffte sich um beide. Draußen peitschte jetzt Regen auf die Terrasse.

Dann mußte Alexiou einen Versuch machen, sich zu rechtfertigen.

»Die Katzen haben mich vollkommen durchweicht!« rief er.

Er ging hinaus ins Bad und glitt auf einem Stück Katzendreck aus. Es hätte seine Worte bekräftigen können, aber das tat es nicht.

Kikitsa Alexiou stand immer noch im Raum, auch als ihr klargeworden war, daß sie sich zuletzt wieder würde bewegen müssen.

Aber für den Holzkasten, den Kyr Leon Zimbal schon begonnen hatte, fand sie schließlich doch eine praktische Verwendung. Anthoula hatte mit Kyra Photini, der Hausmeisterin für die neuen Wohnungen, beratschlagt, und sie hatten eine Art Plan geschmiedet. Gegenüber dem Block lag ein Wäldchen aus staubigen Pinien und ein Stück Land, auf dem sich Familien, die noch nicht verstädtert, aber auch keine wirklichen Bauern mehr waren, sonntagnachmittags um ihre Tomaten und ein paar Reihen Rebstöcke kümmerten, die hier ein hartes Leben fristeten. In diesem Wäldchen, am Rande des erhalten gebliebenen Weinberges, so beschlossen es Anthoula und die Hausmeisterin, sollte die *kyria* ihren Katzenverschlag aufstellen. Zwischen den Bäumen gab es schon eine schwarze Ziege an einer Kette.

»*Pah*« rief Kyria Alexiou, »was soll so ein Geschöpf da machen?«

Die beiden anderen Frauen weinten ein wenig um ihre Verbrannte, die selbst keine Träne zustande brachte.

Sie stellte Schalen mit Milch und Fisch für ihre Katzen dort zwischen den Bäumen und den Baumstümpfen auf, denn während der Besatzungszeit waren einige Pinien unter der Axt gefallen. Während sich die Katzen putzten und Buckel machten und mit den Pfoten Harz aus der schuppigen Borke kratzten und es sich im Sand und in dem harten Gras gemütlich machten. Obwohl ihr Kasten mit Wolle ausgelegt war.

Von ihrer marmornen Befestigung beobachtete Kyria Alexiou das Leben, das ihr entglitten war. Sie beobachtete, wie ihre Katzen kamen und gingen, kamen und gingen. Oder gingen. Oder gingen.

Hairy, der nie Interesse gezeigt hatte, war der erste. Hairy schlich sich bei Tage zwischen die Tomaten und wurde nie wieder gesehen. Es war Ronron, die nachts einen Schrei ausstieß. (Wie hätte Kikitsa Alexiou den Schrei ihrer eigenen Katzen nicht erkennen sollen – auch aus der Entfernung und unter dem Mantel der Dunkelheit?) Ronron wurde nie mehr gesehen. Aber Apricock, der anmaßendste – er blieb, leckte und rieb sich, blickte vor sich hin oder versteinerte auf einem Nadelbett.

Oft ging sie hinunter und sprach im gedehnten, klaren Tonfall des tragischen Schmerzes mit ihrer Katze. Wenngleich sich der Kater nicht dazu bewegen ließ, eine aktive Rolle zu spielen. Und einmal Blut aus ihrer Brust hervorquellen ließ, was ihr eine gewisse melancholische Befriedigung bereitete.

»Sogar die Katzen sind griechisch«, sagte sie sich.

Und eines Morgens verkündete Anthoula:

»Da ist eine kleine, weiße Katzen-*poutana*. Sehr hübsch. Sehr lieb. Reibt sich am Kasten. Die kleine Nase ist ganz rosa.«

Kyria Alexiou stürzte hinunter.

»Mein Apricockle! Mein Apricock!«

Die beiden Katzen sahen einander an. Kopf an Kopf. Sie hatten dieselbe Haltung eingenommen, streng und hart wie Stein.

Kyria Alexiou kam und ging. Ihre Bewegungen waren jetzt ziemlich zerstreut.

»Was ist denn, Kikitsa?« fragte ihr Mann später am Tag.

Selbstverständlich hatte sie seinen Schlüssel gehört, ließ sich aber nicht bewegen, weder von seiner Fliege aus Seide noch von dem gebügelten Anzug aus Import-Tweed. Kyrios Alexiou saß da und schlenkerte mit den Füßen. Die kühleren Jahreszeiten waren ihm lieber und diese ganz besonders.

»Du bist dünner geworden, Kikitsa«, bemerkte er.

Da schlug sie die Hände an die Wangen. Sie glaubte, auszusehen wie eine verhungerte Katze, die sich flach macht. Ihre Augen waren größer als vorher.

In der Dämmerung lief sie nach unten. Sie nahm einen Teller Seebarbenköpfe mit, die auch im Tod noch wie Korallen schimmerten.

»Vo-iss-kok-ko!« rief sie. »Mein Apricock!«

Aber ohne Gefühl.

Die orangefarbene Katze stand auf einem Baumstumpf, von dem das harzige Blut heruntergeflossen war. Plötzlich sprang sie, in den Raum.

»Die weiße Hure! Die weiße Teufelin!« schrie Kyria Alexiou.

»Eigentlich hätte sie, die arme Verbrannte, unser Mitleid verdient.« Die alte Anthoula war hinter den Bäumen hervorgetreten. »Wer blutet denn, wenn nicht die Frau? Es liegt in ihrer Natur!«

Die Zähne des orangefarbenen Katers waren wie festgehakt in dem Nacken aus weißem Pelz. Sein Schwanz peitschte heftig auf das dörrfarbene Gras.

»*Vromogatos*!« schrie Kyria Alexiou.

Deren Leidenschaft sie übel zurichtete.

»Guten Appetit!« lachte die alte Anthoula.

Die Dienerin führte ihre Herrin davon. Im Abendlicht besaß die junge Haut der alten Frau die bläuliche Transparenz von Porzellan.

»Was war denn, Kikitsa?« fragte Aleko Alexiou, denn immerhin wohnten sie unter einem Dach.

Aber seine Frau saß da und zerkrümelte Brot.

Und wieder war eine Katze verschwunden. Regen schlug in den leeren Kasten. Die Schmutzteilchen bildeten auf den Tellern einen sichtbaren Rand. Kyria Alexiou streifte weiterhin durch das leere Wäldchen. Gewiß, die Ziege war noch da, und sie hieß, wie Kyra Photini in Erfahrung gebracht hatte, Arapina. Einmal beugte sich Kyria Alexiou zu der hölzernen Maske der schwarzen Ziege hinab, konnte in ihren Augen aber nichts sehen.

So hielt sich die Hinterbliebene an ihr Dach. Ihre Kleider waren trister als vorher und hingen. Sie konnte die Last ihrer tristen, juckenden Kleider nicht ertragen. Sie kaufte die Kleider aus Rohseide, die ihr plötzlich ins Auge gefallen waren, und streifte die bequemen Gewänder lustlos über, die sich so natürlich um ihren Körper schmiegten, wenn sie, oft barfuß, auf dem Dach herumstreifte. Die Farben des Abends machten aus ihren Augen tiefviolette Schlitze, der Morgen vergoldete den störrischen Flaum in ihrem Nacken, wenn Kyria Alexiou dastand und die Fingerspitzen auf der blanken Brüstung ruhen ließ.

»Seide schmeichelt!« lachte Anthoula.

Sie löste ihren Blick aus dem ihrer Herrin, der seine Mitteilsamkeit verloren hatte.

Anthoula brachte zuweilen Schalen mit warmer Milch.

»Die Milch ist gut. Trinken Sie«, riet sie. »Sie beruhigt.«
Aber Anthoula war grausamer, als sie dachte.

Einiges von alledem erzählte Kikitsa Alexiou ihrer Freundin Maro Hajistavrou, während sie in dem *saloni* ihres Marmorschiffs saßen, das im Licht von Attika trieb.

»Eine tragische Geschichte«, erklärte Maro Hajistavrou.

Obwohl sie von so weit herkam, war sie ein wenig gerührt. Sie konnte der Versuchung nicht widerstehen, in den Spalt zwischen Kikitsas Brüsten zu spähen, auf die bläulichen Lichter, die in den Falten des raffinierten Kleides schlummerten.

Da rief Kikitsa:

»Weniger tragisch, wenn das alles nicht notwendig gewesen wäre!«

Ihre Fingernägel, so bemerkte die Freundin für einen Moment, hatten sich in das Leinengewebe des Sofas gegraben. Aber nur für einen Moment. Denn gleich darauf wurde Maro Hajistavrou von einer Woge unaussprechlicher Freude oder Angst überwältigt: der Hymettos drehte sich und fleckte durch das Fenster jenseits von Kikitsa Alexious Schulter.

»Maroula! Maroul-*lina!* Weißt du nicht mehr?«

Maro Hajistavrou war trunken vom Duft eines Körpers. Oder des Heidekrauts.

»Nein! Nein!« protestierte sie. »Was soll ich denn noch wissen?«

Was eigentlich? Es war so sonderbar gewesen. Die beiden ausruhenden Mädchen in der Vertiefung zwischen den rauhen Heidekrautkissen.

»Zum Beispiel die Liebe«, hatte Kikitsa Andragora begonnen und zeichnete dazu mit einem Grashalm in die Luft. »Ich könnte sie dir genau beschreiben. Aber wärst du einverstanden mit dem, was in der Beschreibung vorkommt?«

Maro war beeindruckt gewesen, aber auch erschreckt von dem, was sie nur zum Teil verstand.

»Oder der Himmel.« Wieder beschrieb Kikitsa mit ihrem

Grashalm einen Kreis. »Der *Wolken*himmel. Bei dem anderen würde ich mich nicht getrauen, der ist so persönlich.«

Da hatte Kikitsa angefangen zu lachen.

»Keine Sorge« – sie lachte – »heute mache ich keine Versuche in die Richtung der Unendlichkeit! Heute ist der Tag der *kleinen Katzen*zungen!«

Danach tat Kikitsa etwas so Ungewöhnliches, daß es schwer war, die Einzelheiten zu behalten – es blieb nur ein Flimmern von bronzefarbenem, von pelzigem Licht und das Knacken dürrer Heidekrautzweige.

»Siehst du?« hauchte Kikitsa, sobald sie sich zurückgezogen hatte. »Eine kleine, dünne Katzenzunge!«

Maros Mund war für einen Moment in der Sonne geschmolzen.

»Und du, *chrysoula*«, murmelte Kikitsa zwischen ihren Zähnen, »bist wie eine kleine, dünne Katze.«

In der Verbindung hatten ihrer beider Schenkel einen Augenblick lang etwas von der Doppelung, der Geschmeidigkeit ganz weicher Katzenkörper, die verschlungen in der Sonne liegen.

Gleich darauf setzten sich die Mädchen aufrecht und begannen, flüchtig ihr Haar zu ordnen.

Kikitsa hatte erklärt, daß es ungefähr ein Kilometer bis zum Kloster von Ayia Varvara sei, wo sie vielleicht eine der Nonnen überreden könnten, ihnen Milch zu geben.

Maro war schläfrig gefolgt.

Aber nun protestierte sie – eine Frau im mittleren Alter mit einem Hut.

»Ach, Ki-ki-tsa!«

Ihr Herz klopfte beunruhigend im Inneren ihres Kleides von Saks, Fifth Avenue.

Dann erkannte Maro Hajistavrou bestürzt, daß sie aus dem Arm ihrer Freundin Kikitsa Alexiou Blut hervorgeholt hatte.

Kikitsa lachte und glättete den Mund. Ihre Augen waren splittrig.

»Leck es auf, Maro!« sagte sie einladend.

Nie war Mrs. Hajistavrou so entsetzt gewesen. Während die dunkelroten Blutperlen im goldenen Flaum von Kyria Alexious Arm sie herabzogen.

»Sind wir verrückt?«

»Wer könnte das beantworten?«

Gerade da kam Aleko Alexiou herein, der bedeutende Mann selbst, mit einem Manuskript von beträchtlichem Umfang unter dem Arm. Maro Hajistavrou konnte sich nicht erinnern, daß sie ihn jemals gekämmt, geschweige denn so rundum elegant gesehen hätte.

»Oh«, sagte sie sofort, »ich muß Ihnen gratulieren, Aleko, zu Ihrem großen Erfolg.«

»Was man so Erfolg nennt«, entgegnete er mit einer Nonchalance, die sie bei ihm nicht erwartet hätte. »Jedenfalls haben wir diese Wohnung«, sagte er.

»Dürfen wir dir einen *ouzo* anbieten?« fragte Kikitsa.

Maro glaubte nicht, daß sie einen *ouzo* wollte. Sie war schon betrunken. Ihr Herz pochte. Sie war überzeugt, daß sie den Duft von Aleko Alexious Tweed riechen konnte. Oder war es Heidekraut?

»Wie fühlt man sich als erfolgreicher Mann?«

Sie hörte das alberne Kichern ihrer Stimme.

Aber Aleko Alexiou hatte den Raum vorsichtigerweise verlassen, und sie konnte nur noch versuchen, sich die Einzelheiten seines bedeutenden Kopfes in Erinnerung zu rufen. Sie hatte sogar vergessen, danach zu fragen, über welchen Helden der Befreiung er gerade ein Buch schrieb.

»Vielleicht über Kapodistrias?« plapperte sie.

Kikitsa sah an ihrem Kleid hinunter.

»Nein.« Sie lächelte.

Es war ihnen beiden gleichgültig. Mrs. Hajistavrou griff nach ihren Handschuhen.

»Wir müssen uns verabreden«, sagte sie.

»Du kannst mich jetzt anrufen. Wir haben ein Telefon.«

Kikitsa lächelte mit den Mundwinkeln.

»Ja, ich rufe dich an.«

Obwohl sie im Augenblick nicht die geringste Absicht hatte.

Kyria Alexiou begleitete Mrs. Hajistavrou durch die Wohnung zur Tür. Das Rascheln von Seide begleitete beide.

Dann floh Mrs. Hajistavrou.

Nur einen Moment lang, während sie in dem kleinen, stickigen Aufzugkäfig aus dem Blickfeld sank, sah Maro durch das Gitter zurück, dorthin, wo Kikitsa im Türrahmen lehnte. Die klassischen Falten des Seidenkleides waren jetzt aus unvergänglichem Stein. Maro wußte, daß Kikitsas Bild in ihrem Gedächtnis viel länger überdauern würde als das tatsächliche, flüchtige Bild von Kikitsa, die in der Tür stand. Der Aufzug versenkte die Reisende in die dunklere Zwischenwelt des Gebäudes. Licht flirrte und flackerte vorüber. Und die funkelnden, splittrigen Augen. Und das Zucken in den Winkeln der ziemlich dünnen, dunklen Lippen.

Mrs. Hajistavrou keuchte wie ein zähes Huhn, als der Aufzug sie im Erdgeschoß freiließ. Schnaufend und keuchend ging sie auf dünnen, brüchigen Beinen in ihren makellosen amerikanischen Strümpfen davon. Wenn ihr andere Fußgänger begegneten, wandte sie das Gesicht ab – für den Fall, daß die Episode, die sie soeben erlebt hatte, aufgrund irgendeines abscheulichen Zufalls, in erkennbar sinnlichen Wellen aus ihren erschreckten Augen hervorsickern sollte.

»Deine Hajistavri siehst du ja nicht sehr oft«, mußte Aleko Alexiou feststellen.

»Nein.«

Kikitsa saß da und streichelte sich über die Unterarme, als versuchte sie, eine noch nie gehabte Empfindung zu entdekken.

»Wahrscheinlich«, sagte sie, »haben Maro und ich uns alles gegeben, was wir einander zu geben hatten.«

Aleko lachte.

Seine Frau hielt es anscheinend nicht der Mühe für wert, zu fragen, warum.

Aleko Alexiou, der gewöhnlich keinen Sinn für die Umrisse einer Frau oder für ihre Schrullen und Einfälle hatte, bemerkte, daß sich Kikitsas Gesichtszüge durch irgendeine Regung in ihrem Inneren oder durch eine Veränderung der Beleuchtung verjüngt hatten. Ein Bekannter, ein *coureur de femmes*, hatte ihm mal auf der Straße ein Gesicht – ein bekanntes, internationales Gesicht – gezeigt, das, wie er sagte, mit Sicherheit durch eine Operation geliftet worden war. In Athen jedoch, davon war ihr Mann in seiner Selbstgefälligkeit überzeugt, war es vollkommen undenkbar, daß eine Frau von Kikitsas Herkunft und Haltung auf solche Mittel zurückgriff. Kikitsas Gesicht hatte sich, wie es Gesichtern zuweilen widerfährt, einfach durch Freude oder Leid verändert. Alexiou wandte sich sofort ab, weil er darüber nicht nachdenken wollte. Er versuchte sich auf eine Tatsache zu besinnen, die er an diesem Morgen einem Manuskript in der Bibliothek entrungen hatte und die ihm schon den ganzen Abend nicht mehr einfiel.

Kikitsa schlenderte bald auf der Terrasse umher. Sie hatten gegessen, und sie zog ihn nach draußen, schob ihren Arm durch seine Armbeuge. Lispelnde Seide rieb sich an rauhem Tweed. Zuerst hätte er sie am liebsten abgeschüttelt, aber dann schlenderte er doch mit ihr herum, wobei er ein Bein sehr vorsichtig bewegte. Immerhin plauderte sie nicht und kreischte nicht, und er hoffte, unter dem Schmeicheln der Stille könnte der Verstand seine dringenderen Probleme lösen.

So bummelten die Alexious in der pelzigen Dunkelheit umher.

Kikitsa Alexiou hatte sich angewöhnt, eine Art von Rezitativ vorzutragen, das, wie er zugeben mußte, ungemein beruhigend wirkte, indem sie ihn herumführte und das Vergehen der Zeit seine Sinne streichelte.

»Du hättest das letzte Licht heute abend sehen sollen«, sagte Kikitsas sanfte Stimme, »du hättest das taubengraue Licht sehen sollen, *chryso mou*, alle Tauben der Welt drängten sich an den Küsten des Golfs. Und diese violetten Schatten. Athen in der Dämmerung ist aschgrau und violett. Bevor es ganz ausgebrannt daliegt. Hast du es gesehen? Hast du es je bemerkt?«

Eine Antwort war ihr nicht besonders wichtig. Schließlich erzählte sie ihm ja davon. Während sie herumwanderten, zupfte sie an der Seide ihres wehenden Rocks.

Dann gab es Augenblicke, in denen Kikitsas Stimme grell, aufregend durch Alekos Gedanken kratzte. Es gab Tage, an denen sie erklärte:

»Heute dürfen wir einfach nicht zu Hause bleiben.«

Das Licht war fast grünlich.

»Irgendwohin. Aufs Land«, murmelte sie.

Bei solchen Gelegenheiten streifte Kikitsa durch die Zimmer, den Mund voller Nadeln, und band sich das Haar mit einem Tuch.

Aber ruhelos.

Einmal überraschte sie sich selbst, als sie rief:

»Falls wir uns verspäten, Anthoula, stell ihnen doch bitte die Milch hin.«

Sofort senkte sie ihre Stimme, aber da hatte sie ihren Mann schon erschreckt, sogar bestürzt. Sie selbst begann zu beben.

Für gewöhnlich fuhren die Alexious geruhsam mit dem Bus in die Dörfer hinter der Küste. Sie wanderten über sandige Pfade und Wege. Schilf knisterte, und die schwarze Zypresse deutete mit dem Finger nach dem letzten Fluchtweg. Tünche blätterte von den Wänden. Manchmal hingen Stimmen in der Luft, singend.

Oder die Leute kamen vor die Tür; alte, gutmütige Frauen und ihre schwangeren Schwiegertöchter und alte Männer, deren Gesichter für immer gegerbt waren. Die alten Leute riefen das Paar, das auf den Seitenwegen dahinschlenderte, freundlich an, als hofften sie darauf, die Fremden zum Bleiben zu bewegen.

»Kommt«, riefen die Dorfbewohner, »hier haben wir das sauberste Wasser.«

Manchmal gab es Scheiben von bitteren Orangen oder Gläser mit schwarzem Wein.

Dann gingen die beiden Fremden gemächlich weiter, unbekümmert – es war ihr Recht, so schien es –, zwischen den Levkojen, und stießen immer wieder aneinander. Der Rock der Frau strich an den Levkojen vorbei und nahm ihren Duft mit. Nichts hätte trunkener machen können. Der Mann und die Frau waren mehr denn je darauf angewiesen, daß sie einander stützten.

Die Dorfbewohner waren so erfreut, daß sie die Reisenden mit Höflichkeit und Blicken liebkosten.

Einmal, als sie auf eine Straße hinaustraten, sahen die Alexious vor sich einen Wagen, der an einer Biegung zögerte. Das große, mehrfarbig lackierte Ungeheuer war unverkennbar, und es war überraschend, daß das ineinandergehakte Paar unschlüssig stehenblieb und es anstarrte.

»Stell dir vor, sie haben den Weg hierher gefunden«, sagte Kikitsa.

»Sie haben alle Straßen Griechenlands abgefahren. Jetzt sind die Feldwege an der Reihe«, meinte Aleko.

Der große Wagen setzte zurück, schob sich vor, geriet ins Rutschen und hüpfte fast. Das attische Licht bedrohte sein vergängliches Gehäuse.

»Da drüben sind deine Alexious«, sagte Spiro. »Unsere Gedanken haben Gestalt angenommen.«

Aber Maro ärgerte sich.

»*Deine* Gedanken vielleicht, Spiro«, sagte sie. »Ich habe nicht im Traum an die Alexious gedacht.«

Auch die stockende Bewegung des Wagens störte sie. Anscheinend waren ihrem Mann seine Fahrkünste abhanden gekommen.

»Wenn wir sie hier treffen, können wir ihnen schlecht aus dem Weg gehen.« Spiro hatte immer so sehr recht, daß es ihr weh tat.

»Nein«, sagte sie. »Na ja«, sagte sie. »Aber sie sind doch *dort drüben*.«

Ein Flugzeug stieg in den Himmel. Mit einem Kondensstreifen schrieb es eine *Nescafé*-Reklame für Griechen.

»Sind wir an der Reihe oder sie?« fragte Alexiou.

»Ich habe den Überblick verloren!« lachte seine Frau.

»Wenn sie uns einladen, können wir es uns ja überlegen.«

Plötzlich gab der große Wagen ein unerwartetes Tuut von sich, denn die Hand des Fahrers war versehentlich mit der Hupe in Berührung gekommen.

»Oh, Spiro! Du machst mich verrückt!« rief Maro; irgendwem mußte sie die Schuld geben.

Die Alexious lachten jetzt sogar, jedenfalls deuteten ihre Münder das durch ihre langen, trägen Linien an.

Das riesige Gehäuse des Wagens aus Glas und Metall hätte Schutz bieten können, aber die Hajistavri hatten ihre Zweifel. Sicher war man nur in Amerika.

»Ich schätze, diese Alexious sind nun wirklich nicht der Maßstab für irgendwen«, sagte Spiro Hajistavros.

Er begann zu wenden, in einer weiten Kehre, aber ruckend. Die Hinterräder gerieten in einen Graben und fraßen sich fest.

»Nein. Oh, nein!« rief Maro und stieß mit dem Kopf an. »Ein Maßstab waren sie nie, oder? Oder doch? Ich finde, es ist unerträglich, die Vergangenheit abzulehnen. Auch die Teile, die man verabscheut.«

Spiro Hajistavros hörte nie hin, wenn seine Frau auf dieses Thema zu sprechen kam. Jetzt fuhr er weiter. Und schon war der große Wagen unterwegs nach Amerika. Die Augen von Maro Hajistavrou füllten sich mit Tränen von Verdruß und Schmerz.

Die Alexious kehrten nach Hause zurück, bevor der Regen begann. Nur ein Schauer, aber er schlug heftig gegen die Fenster der hochgelegenen Wohnung und drang nach innen, wo sie halb offenstanden. Der Duft des Regens war überwältigend, ein kalter Duft, der durch klebrige Triebe und sich öffnende Knospen geht.

»Aleko«, sagte sie, »komm, wir gehen hinaus.«

»Wir sind doch gerade erst hereingekommen.«

Aber ihre nackten Arme waren so unwiderstehlich, daß er keinen Gedanken mehr an seine Bedenken wendete. So wie ihre Arme unter dem lockeren Umhang die Schmeichelei vollkommen machten. Es schien einfach selbstverständlich, zu gehorchen und zu folgen.

Als sie nach unten kamen, standen Anthoula und Kyra Photini, wie fast immer, in der Haustür und preßten sich gegen den Türrahmen, damit ihre Herrschaft vorbeikam. Die alten Frauen sahen sie an oder auf sie herab, mit heimlicher, zärtlicher Besitzgier. Kyria Kikitsa, dies sahen sie, hatte ihr Haar so geglättet, daß es das Licht reflektierte.

»Viel Spaß!« murmelte die dicke Hausmeisterin gewohnheitsmäßig, als sie vorübergingen.

Es hatte aufgehört zu regnen, aber das Pinienwäldchen rieselte noch unter seiner Tropfenlast. Es roch nach Harz, Feuchtigkeit und Ziegenmist. Jenseits des Geländes mit den Tomatenranken mischten sich die Lichter menschlicher Behausung nicht mehr in die Dunkelheit.

Sprachen der Herr und die Herrin miteinander? Ein Nieseln von Stimmen war zu hören. Oder war das Straßenverkehr in der Ferne?

Die Nacht war solcherart, daß es die beiden alten Frauen trieb zu folgen. Auf den nassen Nadeln waren ihre Pantoffeln lautlos.

»Mein Gott«, protestierte Kyra Photini, »wir holen uns den Tod!«

Aber Anthoula hatte keine Zeit, darüber nachzudenken.

Durch die Zweige der Bäume zerrten der Mond und die Wolken am Raum. Die Ziege rief. Dunkelheit schabte an der Haut wie rauhe Borke.

War das die Kyria Alexiou, die dort plötzlich auf den Stumpf eines der hingemordeten Bäume sprang? Ihre Zähne glitzerten im Mondlicht.

Lange, lange Augenblicke verstrichen.

Dann sprang der Kyrios Alexiou. Die Düfte, die kalten Lüfte waren betörend. Der Kyrios sprang, als hätte man ihn mit einem Schlüssel aufgezogen. Wie die Hosenbeine schwarz hinter ihm flatterten. Als die Kyria Kikitsa davonsprang, im Mondlicht so weiß wie der Baumstumpf, aus dem das Harz floß, konnte Anthoula es nicht genau erkennen, aber sie wußte, daß er seine Zähne in ihren weißen Nacken geschlagen hatte.

Drüben, wo Dunkelheit den Mondschein fleckte, war ein Ringen von Licht und Dunkel. Schrie da Kyria Alexiou?

Kyra Photini begann zu keuchen.

»Hast du gesehen? Hast du gehört, Anthoula? Was ist denn da los?«

Aber Anthoula machte kehrt. Sie schlurfte in ihren Filzpantoffeln davon.

»Was ist denn?« Kyra Photini folgte ihr stöhnend. »Sag doch, Anthoula *mou*! Warum sagst du denn nichts?«

Es schüttelte und rüttelte den Hintern von Kyra Photini, während sie rannte, um nicht zurückzubleiben.

Aber Anthoula lachte. Sie hastete in ihren Filzpantoffeln weiter.

»Wie soll sich da einer auskennen?« beklagte sich Kyra Photini.

Und ihr Hintern wackelte.

Anthoula lachte und lachte.

»Manche Leute«, sagte sie mehr zu sich selbst als zu ihrer Gefährtin, »manche Leute finden die Katze, die zu ihnen paßt.«

Dann überquerten die beiden alten Frauen die Straße, und die vertraute Haustür nahm sie in Empfang.

Als die Hajistavri reisefertig waren, wurden ihre Gesichter gleichzeitig ernst.

»Meinst du, wir sollten?« überlegte Maro.

»Wie du willst, Süße.«

Sie verscheuchte das kitschige Kosewort ihres Mannes mit einem Stirnrunzeln, und das Gesicht im Spiegel gab ihr recht. Sie hatte sich heute morgen ihr Haar von einem Mädchen zurechtmachen lassen, das noch nicht gelernt hatte, wie man so etwas macht.

»Aber es ist doch unsere Pflicht, uns zu verabschieden?« beharrte Maro Hajistavrou.

»Wenn du so denkst, Maro, dann laß ein Taxi bestellen. Du weißt, ich bin immer bei dir. Ich frage mich bloß, ob wir uns lächerlich machen. Ich habe die Alexious während dieses Besuchs nur ein einziges Mal zu Gesicht bekommen, auf dieser Landstraße.«

Weil sich Maro Hajistavrou noch nie lächerlich gemacht hatte, nahmen sie ein Taxi und fuhren hinaus zu den Alexious. (Den Zweitcadillac hatten sie schon auf die Heimreise geschickt.) Um diese Stunde bezeugte allein schon der Verkehr, daß die Siesta beendet war.

»Ja, die *kyrii* sind oben«, antwortete die Hausmeisterin, sah zu Boden und tat, als wären die Besucher Ausländer.

Griechen können so widerwärtig sein.

»Anthoula ist bestimmt ausgegangen«, erklärte Maro, als auf ihr Läuten niemand reagierte.

Ihr Haar machte sie ganz verrückt.

»Oder alle«, sagte sie zuletzt. »Vielleicht sind sie alle ausgegangen.«

Spiro legte ein Ohr an die Tür.

»Nein«, sagte er.

»Kannst du wirklich etwas hören?«

Er konnte nicht, und deshalb antwortete er nicht.

»Ich sehe mal nach«, sagte er. »Von der Terrasse.«

Er machte sich auf den Weg über das Dach.

»Ach, nein, Spiro! Spiro! Man kann doch nicht einfach bei anderen Leuten eindringen!«

Aber ihr Einfluß auf ihn hatte Grenzen. Als sie allein war, fragte sie sich, wie schon viele Male vorher, warum sie ihren Mann geheiratet hatte, und kam, wie immer, zu dem Schluß, daß sie ihn brauchte, damit er ihr an der Schwelle des Lebens Gesellschaft leistete.

Als Spiro zurückkehrte, antwortete er nicht. Er ging mit entschlossenen Gummischritten.

»Aber sind sie da? Was hast du gefunden?« fragte sie immer wieder in dem seufzenden Aufzug.

»Sie liegen im Bett«, sagte er.

»Noch immer?« rief sie. »Soll das heißen, sie haben ihre Siesta noch nicht beendet?«

»Ich schätze, sie haben noch gar nicht damit angefangen.«

Da haßte Maro Hajistavrou – ihren Mann? die Alexious? –, jedenfalls haßte sie.

»Manche Leute sind wie Tiere!« keuchte sie; es war so hassenswert.

»Manchmal kommt keine Uhr dagegen an, auch bei den Menschen nicht«, sagte Spiro Hajistavros.

Mrs. Hajistavrou versuchte sich kurz und insgeheim darauf zu besinnen, ob in der Geschichte ihrer Beziehung irgendwann einmal die Uhr bei ihrem Mann nicht dagegen angekommen war.

Als der Aufzug sie freigab, war die goldene Stunde angebrochen. Der Hymettos lag in reinstem roten Gold. Die Säulen des Parthenon schimmerten mit offenliegenden Adern. Nur die Göttin war abwesend. Mrs. Hajistavrou, die mit raschen, beherrschten Schritten ging und Ausschau nach dem Taxi hielt, das nicht kam, um sie fortzubringen, fühlte sich an Griechenland ausgeliefert wie nie zuvor. Aber sie würde nicht zerfließen, sie würde es nicht zulassen. Sie schloß die Augen vor Gegenwart und Vergangenheit. Wie glücklich war sie doch in einer Lage, in der sie Amerika entgegenblikken konnte. Selbst die Qualen des Atlantikflugs, die Beklemmung, die Angst, die Tabletten, die nicht wirkten, erschienen ihr begehrenswert und erst recht, dann endlich durch die eigene Wohnungstür zu treten und nachzusehen, ob sie geträumt hatte oder ob ihr Gummibaum wirklich verdorrt war.

DRUNTEN AUF DER MÜLLKIPPE

»He!« Er rief vom Haus her, und sie hackte im Hof weiter. Ihr rechter Arm holte aus, immer noch fest, muskulös, obwohl manches an ihr schon schlaff wurde. Sie holte mit der Rechten aus, und ihr linker Arm hing frei herunter. Sie hackte auf den Holzblock ein, links, rechts. Sie kannte sich aus mit der Axt. Das war auch nötig. Man konnte nicht allzuviel erwarten von einem Mann.

»He!« Wal Whalley rief noch einmal vom Haus her.

Er kam dann an die Tür, mit seiner alten, dreckigen Baseball-Mütze, die er aus US-Armeebeständen organisiert hatte. Immer noch ein recht ansehnlicher Bursche, obwohl sein Bauch allmählich schon gegen den Gürtel drückte.

»Ziehst wohl wieder deine Nummer ab?« fragte er und lüftete das Hemd unter den Achseln; luftig mußte es zugehen bei den Whalleys.

»Was soll 'n das heißen?« protestierte sie. »Was glaubst du eigentlich, wer ich bin? Ein Holzklotz?«

Ihre Augen hatten dieses strahlende Blau, ihre Haut war wie ein brauner Pfirsich. Aber wenn sie lächelte, passierte etwas, ihr Mund öffnete sich über wäßrigen Zahnhöhlen und den Zacken von fauligen, braunen Stumpen.

»Eine Frau schätzt es, wenn man sie mit Namen anredet«, sagte sie.

Niemand hatte je gehört, daß Wal seine Frau mit Vornamen anredete. Niemand hatte überhaupt je ihren Namen gehört, obwohl er im Wählerverzeichnis gedruckt stand. Sie hieß nämlich Isba.

»Weiß nicht, wovon du redest«, sagte Wal. »Mir ist aber was eingefallen.«

Seine Frau warf die Haare zurück. Die waren zumindest natürlich. Das kam von der Sonne. Die Kinder hatten alle die Farbe ihrer Mutter geerbt, und wenn sie beisammenstanden, sonnengebräunt, und ihr wirres Haar zurückwarfen, kamen sie einem vor wie ein Rudel blondmähniger Wildpferde.

»Was ist dir denn eingefallen, verdammt«, fragte sie, weil sie nicht länger so herumstehen konnte.

»Wir nehmen ein paar kühle Flaschen und gehen den Vormittag auf die Müllkippe.«

»Aber dir fällt doch immer nur das gleiche ein«, knurrte sie.

»Nein, ist nicht wahr. Nicht unsere eigene Kippe. Wir waren seit Weihnachten nicht in Sarsaparilla.«

Knurrend ging sie über den Hof und ins Haus hinein. Abfallgeruch sickerte aus der grauen, ungestrichenen Bretterwand, als Gegengestank zu den zerquetschten Boggabri und Baumwollbirnen. Vielleicht weil die Whalleys mit Altwaren handelten, drohte ihr Haus auch zusammenzufallen.

Wal Whalley hatte die Müllkippen. Natürlich waren da noch die anderen Pöstchen. Aber keiner hatte ein solches Auge wie Wal für das, was die Leute brauchen: leere Batterien, musikalische Bettgestelle, einen Teppich mit Flecken, die einem nicht auffielen, Draht und noch mal Draht, Uhren, die nur darauf warteten, in den Wettlauf der Zeit zurückzuspringen. Verwertbare wie mysteriöse Gegenstände übersäten Whalleys Hinterhof. Am allerbesten war ein rostiger Boiler, in den die Zwillinge kletterten und Hausbauen spielten.

»Eh? Was sagst du dazu?« rief Wal und stieß seine Frau seitlich an.

Sie stolperte beinahe mit dem Fuß in das Loch, das sich im Küchenboden gebildet hatte.

»Wozu denn?«

Sie ahnte es mehr oder weniger und kicherte leise in sich hinein, weil Wal ihre Schwächen recht gut auszunützen wußte.

»Zu meinem Scheiß*einfall*!«

So daß sie wieder zu murren anfing. Wie sie durch das Haus schlurfte, störten sie die Kleider auf der Haut. Das Sonnenlicht fiel gelb auf die grauen Massen der ungemachten Betten, verwandelte den Staub in den Zimmerecken zu Gold. Es nagte etwas an ihr, etwas Schweres bedrückte sie fortwährend.

Natürlich. Das Begräbnis war es.

»Na, Wal«, sagte sie, so wie sie immer plötzlich einlenkte, »du hast schon schlechtere Einfälle gehabt. Es wird die Kinder abhalten, Unfug zu machen. Ich frag mich nur, ob uns dieser doofe Lummy tatsächlich die Ehre geben wird?«

»Eines Tages hau ich ihm noch die Rübe ab«, sagte Wal.

»Er ist doch nur im schwierigen Alter.«

Sie stand am Fenster und sah aus, als ob sie verdammt viel wüßte. Das Begräbnis stimmte sie ganz feierlich. Machte ihr eine Gänsehaut.

»Gute Idee, das mit der Müllkippe«, sagte sie, die Augen starr auf ein Ziegelhaus an der anderen Straßenseite gerichtet. »Nichts deprimiert mich so wie ein Leichenzug, der vorbeizieht, und ich muß zuschauen.«

»Geht nicht hier los«, tröstete er sie. »Die haben sie noch am gleichen Abend weggebracht. Er fängt bei Jacksons Bestattungsunternehmen an!«

»Gut, daß sie Anfang der Woche abgekratzt ist. Am Wochenende sind die nicht so persönlich.«

Sie machte sich für die Fahrt zur Müllkippe fertig. Zog ihren Rock ein bißchen herunter. Schlüpfte in ein Paar Schuhe.

»Ich wette, *Sie* ist jedenfalls erleichtert. Zeigt's aber nicht. Nicht bei ihrer Schwester. Daise hat ihr bestimmt übel im Magen gelegen.«

Dann sah sich Mrs. Whalley genötigt, zum Fenster zurückzukehren. Als ob ihr Instinkt sie. Und richtig, da war Sie. Schaute in den Briefkasten, als hätte sie ihn nicht längst geleert. Über den Ziegelpfosten gebeugt, wo der Briefkasten eingemauert war, zeigte Mrs. Hogbens Gesicht alles, was die Leute von Hinterbliebenen erwarten.

»Daise war in Ordnung«, sagte Wal.

»Daise war in Ordnung«, pflichtete seine Frau bei.

Plötzlich kam ihr der Gedanke: Wenn nun Wal, wenn Wal jemals ...?

Mrs. Whalley ordnete ihr Haar. Wenn sie daheim nicht so zufrieden gewesen wäre – und sie *war* zufrieden, das verrieten ihre erinnerungsseligen Augen –, hätte sie womöglich auch so Dinger gedreht wie Daise Morrow.

An der anderen Straßenseite rief Mrs. Hogben.

»Meg?« rief sie. »Marg*ret*?«

Aber nur aus purer Gewohnheit, ohne Ziel. Ihre Stimme klang heute dünner.

Dann ging Mrs. Hogben weg.

»Einmal bin ich zu einer Beerdigung mitgenommen worden«, sagte Mrs. Whalley. »Ich mußte in den Sarg schauen. Es war die Frau von dem Typ. Es hat ihn furchtbar mitgenommen.«

»Hast du hineingeschielt, sag?«

»Hab nur so getan.«

Wal Whalley atmete schwer in dem stickigen Zimmer.

»Wie schnell, schätzt du, fangen sie zu stinken an?«

»Stinken? Das lassen die nicht zu!« sagte seine Frau sehr entschieden. »Der einzige, der stinkt, bist du, Wal. Warum steigst du nicht mal in die Badewanne?«

Doch sie mochte seinen Geruch trotzdem. Der folgte ihr aus dem Schatten in den hellen Lichtspalt. Als sie sich anschauten, machten sich ihre beiden Körper bemerkbar. In ihren Gesichtern leuchtete die Gewißheit des Lebens.

Wal zwickte ihre linke Brustwarze.

»Wir schauen unterwegs beim ›Ochsen‹ vorbei und nehmen die kühlen Flaschen mit.«

Seine Stimme klang sanfter als sonst.

Mrs. Hogben rief noch ein- oder zweimal. Im gemauerten Eingang traf sie die Kühle des Hauses wie ein Schlag. Sie mochte es kühl, aber nicht kalt, und dies war zwar nicht ausgesprochen kalt, aber doch zu plötzlich. Daher wimmerte sie jetzt, ganz leise, über all das, was man erleiden muß, und den Tod obendrein. Obwohl doch ihre Schwester Daise gestorben war, weinte Mrs. Hogben über den Tod, der darauf wartete, auch sie mitzunehmen. Sie rief: »Meeeg?« Aber niemand kam einem je zu Hilfe. Sie blieb stehen, um das Erdreich rund um die Wurzeln der Aluminiumpflanze zu lokkern. Sie mußte immer etwas tun. Es ging ihr dann besser.

Meg hörte natürlich nicht. Sie stand zwischen den Fuchsienstauden und blickte aus den grünlichen Schatten heraus. Sie war dünn und sommersprossig. Sie sah entsetzlich aus, denn Mama hatte sie die Uniform anziehen lassen, da es so was wie ein offizieller Anlaß war, zum Begräbnis von Tante Daise. Sie sah unter diesen Umständen nicht nur dünn aus, sie war es auch. Diese Mrs. Ireland, die so auf Sport versessen war, hatte zu ihr gesagt, sie müsse auswärts gehen und aufpassen, sonst könnte sie auch noch X-Beine bekommen.

Meg Hogben war und fühlte sich also miserabel. Ihre Haut war grün, wenn sich nicht gerade ihr Gesicht im Wechselspiel von Licht und Schatten in Flecken auflöste und die Quasten der Fuchsien vor ihrer ahnungslosen Backe schwankten, ihr etwas vom eigenen Blut übertrugen und sie mit unruhiger Röte überzogen. Nur ihre Augen hielten stand. Sie waren eigentlich nicht richtig grau. Lorrae Jensen, die blaue hatte, sagte, es seien die Augen einer griesgrämigen Katze.

Ein Haufen von sechs oder sieben Zweitkläßlern, Lorrae, Edna, Val, Sherry, Sue Smith und Sue Goldstein, steckten in den Ferien zusammen, obwohl sich Meg mitunter fragte warum. Die anderen waren am Dienstagabend zu den Hogbens gekommen.

Lorrae sagte: »Wir gehen Donnerstag nach Barranugli schwimmen. Da sind ein paar Jungen mit Motorrädern, die

Sherry kennt. Die haben versprochen, sie nehmen uns mit, wenn wir herauskommen.«

Meg wußte nicht, ob sie sich freuen oder schämen sollte.

»Ich kann nicht«, sagte sie. »Meine Tante ist gestorben.«

»Och!« machten sie langgezogen.

Sie konnten nicht schnell genug verschwinden, als sei es etwas Ansteckendes.

Doch mit Gemurmel.

Meg spürte, daß sie vorübergehend wichtig geworden war.

Jetzt war sie allein mit ihrer toten Wichtigkeit, in den Fuchsienstauden, am Tag der Beerdigung von Tante Daise. Sie war gerade vierzehn. Sie dachte an den goldenen Flechtring, den ihr Tante Daise versprochen hatte. Wenn ich nicht mehr bin, hatte ihre Tante gesagt. Und jetzt war es wirklich geschehen. Ganz ohne Bitterkeit hegte Meg den Verdacht, daß keine Zeit für den Ring geblieben war, und Mama würde ihn sich schnappen und ihn zu all ihren übrigen Sachen tun.

Dann tauchte dieser Lummy Whalley zwischen dem Kampferlorbeer drüben auf, warf sein gebleichtes Haar nach hinten. Sie haßte Jungen mit weißblonden Haaren. Sie haßte Jungen überhaupt, sie haßte alles, was in ihre eigene Welt eindrang. Sie haßte Lum am allermeisten. Wie er einmal das Häufchen Hundescheiße nach ihr warf. Es schnürte ihr den Hals zu. Puh! Auch wenn das alte Häufchen ihre Haut nur gestreift hatte, zu trocken, um irgend etwas anzurichten, war sie doch hineingegangen und hatte geheult, denn, na ja, sie hielt manchmal auf Würde.

Jetzt also nahmen Meg Hogben und Lum Whalley keine Notiz voneinander, selbst wenn sie sich ansahen.

»Wer mag Meg Dünnbein?
Ich laß mich lieber mit 'ner Wäscheklammer ein ...«

Lum Whalley vibrierte wie ein Kamm mit Papier drüber in den Kampferstauden, die sie alle paar Jahre abhackten und verfeuerten. Er hieb mit dem Messer in die Rinde. Einmal in der heißen Dämmerung hatte er ICH LIEBE MEG geschnitzt, weil man so etwas eben machte, so wie auf Klowänden und in den Zügen, aber es hatte natürlich nichts zu bedeuten. Hinterher hieb er auf die Dunkelheit ein, als sei sie eine Sitzbank im Zug.

Lum Whalley tat so, als beachte er Meg Hogben gar nicht, wie sie sich in den Fuchsien herumdrückte. In ihrer braunen Uniform. Steifer, brauner als für die Schule, da es die Beerdigung ihrer Tante war.

»Meeg?« rief Mrs. Hogben; »Meg!«

»Lummy! Wo zum Teufel steckst du?« rief seine Mutter.

Sie rief in alle Richtungen, in den Schuppen, hinter das Klohäuschen. Soll sie nur!

»Lum? Lummy, um Himmels *willen*!« schrie sie.

Er haßte das. Wie irgendein blödes Kleinkind. In der Schule hatte er sie dazu gebracht, ihn Bill zu nennen, ein Mittelweg, nicht so blamabel wie Lum, aber auch nicht so scheußlich wie William.

Mrs. Whalley kam um die Ecke.

»Ich schrei mir die Lunge aus dem Leib!« sagte sie. »Wo dein Vater doch einen guten Einfall hat. Wir gehen zur Müllkippe von Sarsaparilla hinunter.«

»Ach was!« sagte er.

Aber fauchte nicht.

»Warum bist du 'n immer so?« sagte sie.

Mrs. Whalley faßte ihre Kinder gern an, auch wenn sie ganz abweisend waren. Betasten half oft denken. Aber sie faßte sie auch einfach gern an. Sie war froh, daß sie keine Mädchen gekriegt hatte. Aus Jungen wurden Männer, und ohne Männer ging's einfach nicht, selbst wenn sie einen für blöd hielten oder sich bedudelten oder einen verprügelten.

Sie faßte also Lummy an, versuchte zu ihm durchzukommen. Er war angezogen, aber er hätte es auch nicht sein können. Lummy war einer von denen, die nun einmal nicht für Kleider geboren sind. Mit vierzehn sah er älter aus.

»Na gut«, sagte sie, mißmutiger, als sie eigentlich war, »ich werde keine Träne vergießen wegen einem schlechtgelaunten Jungen. Mach, was du willst.«

Sie verzog sich.

Der Vater hatte inzwischen den alten Klapperkasten herausgeholt, und Lum kletterte hinauf. Hinten auf dem Kombi war man wenigstens für sich, wenn es auch keine Customline-Limousine war.

Die Tatsache, daß die Whalleys außerdem noch einen Customline hielten, leuchtete manchen weniger vernünftigen Gemütern nicht ein. Zwischen dem Steppengras vor Whalleys Schuppen sah er wie gestohlen aus und war es auch beinahe – die dritte Rate überfällig. Würde aber mit Leichtigkeit noch ein bißchen länger nach Barranugli zockeln und vor dem Northern Hotel dösen. Lum hätte den ganzen Tag dastehen und das zweifarbige Auto, ihr eigenes Auto, anstaunen können. Oder streckte sich drinnen aus, während seine Finger das Kunstfleisch bearbeiteten.

Jetzt aber ging's mit dem Kombi auf Dienstfahrt. Er klemmte seinen knochigen Hintern auf die Bretter. Der fleischige Arm seines Vaters, der aus dem Seitenfenster ragte, widerte ihn an. Gleich darauf drängten sich die Zwillinge aus dem rostigen Boiler. Der blondmähnige Gary – oder war's Barry? – war hingefallen und hatte sich das Knie aufgeschlagen.

»Um Himmels willen!« kreischte Mrs. Whalley und warf ihre ebenso blonden Haare zurück.

Mrs. Hogben schaute zu, wie diese Whalleys aufbrachen.

»So was in einer besseren Gegend, das hätte ich nie gedacht«, bemerkte sie noch einmal zu ihrem Mann.

»Alles zu seiner Zeit, Myrtle«, entgegnete Gemeinderat Hogben wie immer.

»Natürlich«, sagte sie, »wenn es seine *Gründe* hat.«

Denn Gemeinderäte, das wußte sie, hatten ihre Gründe.

»Aber so ein Haus! Und ein Customline!«

Sie hatte plötzlich einen bitteren Geschmack im Mund.

Daise selbst war es, die gesagt hatte: Ich will das Angenehme im Leben genießen – und starb dann in so einer schäbigen kleinen Bretterbude, mit nichts außer dem Baumwollrock, den sie trug. Während Myrtle das dunkelrote Ziegelsteinhaus hatte – ohne einen einzigen feuchten Flecken an der Decke –, die Waschmaschine, die Sickergrube, das Fernsehen und den cremefarbenen Holden Special, ihren Gatten nicht zu vergessen. Les Hogben, den Gemeinderat. Und obendrein Bauunternehmer.

Nun stand Myrtle inmitten ihres Besitzes und hätte sich weiter um den Ford bekümmert, den die Whalleys noch nicht bezahlt hatten, wenn ihr nicht Daise Kummer gemacht hätte. Es war nicht so sehr der Tod ihrer Schwester, den Mrs. Hogben beklagte, als ihr Leben. Freilich, alle wußten Bescheid, und da war einfach nichts zu machen. »Glaubst du, daß jemand kommen wird?« fragte Mrs. Hogben.

»Wofür hältst du mich eigentlich?« antwortete ihr Mann. »Für 'nen Hellseher?«

Mrs. Hogben hörte nicht hin.

Nach reiflicher Überlegung hatte sie eine Todesanzeige im *Herald* aufgegeben:

MORROW, *Daisy (Mrs.), unerwartet in ihrer Wohnung verstorben, Showground Road, Sarsaparilla.*

Mehr konnte man wirklich nicht sagen. Es war nicht gut für Les, der doch Beamter war, wenn man diese alten Geschichten wieder aufwärmte. Und das *Mrs.* – na ja, jeder hatte sich das angewöhnt, als Daise sich mit Cunningham einließ. Es schien irgendwie selbstverständlich, als es dann immer so weiterging. Reg dich nicht auf, Myrt, sagte Daise immer; Jack tut's schon, wenn seine Frau stirbt. Aber dann starb Jack Cunningham doch zuerst. Daise sagte: So ist es nun eben, das ist alles.

»Meinst du, Ossie kommt?« fragte Gemeinderat Hogben seine Frau langsamer, als ihr lieb war.

»Darüber habe ich mir noch keine Gedanken gemacht«, sagte sie.

Was bedeutete, daß sie es doch getan hatte. Sie war sogar nachts aufgewacht, hatte kalt und steif dagelegen, während ihre Gedanken um Ossies Triefnase kreisten.

Mrs. Hogben stürzte sich auf eine Schublade, die jemand – bestimmt nicht sie selbst – offengelassen hatte. Sie war eine dünne Frau, aber drahtig.

»Meg?« rief sie. »Hast du deine Schuhe geputzt?«

Les Hogben lachte hinter geschlossenen Lippen. Das tat er immer, wenn er an Daises letzten Streich dachte: sich mit diesem alten räudigen Habenichts Ossie vom Kirmesplatz drunten einzulassen. Aber wen störte das schon?

Niemand, nur ihre Familie.

Mrs. Hogben schauderte vor der Möglichkeit, daß Ossie, zu allem Unglück auch noch katholisch, neben Daises Grab stehen würde, selbst wenn niemand, selbst wenn nur Mr. Brickle es sah.

Jedesmal, wenn Gemeinderat Hogben an Ossie Coogan denken mußte, bohrte er sich mit seinem Grimm tiefer in seine Schwägerin hinein. Vielleicht war er jetzt froh, daß sie tot war. Daise Morrow war klein, kleiner als seine Frau, aber eine große Natur. Sooft sie vorbeikam, schwirrte sie überall herum, schwatzte unaufhörlich, wo sie nur konnte. Es kam soweit, daß Les Hogben ihr Lachen nicht mehr ertragen konnte. Drückte sich einmal im Flur an sie. Er hatte das vergessen, oder beinahe. Wie Daise da lachte. Ich bin nicht so knapp an Männern, daß ich nach meinem eigenen Schwager greifen müßte. Hatte er gedrückt? Nicht besonders, auf jeden Fall nicht absichtlich. So konnte der Vorfall verblassen, dämmrig wie der braune Linoleum-Flur, in Gemeinderat Hogbens Erinnerung.

»Telefon, Leslie!«

Es war seine Frau.

»Ich bin zu aufgeregt«, sagte sie, »um hinzugehen.«

Und brach in Tränen aus.

Gemeinderat Hogben rückte seine Hose im Schritt zurecht und ging in den Flur.

Es war der gute alte Horrie Last.

»Ja... ja...«, sagte Mr. Hogben in den Hörer, den seine Frau immer mit Fichtennadelspray abwischte. »Ja... Elf, Horrie... von Barranugli... von Jacksons Bestattungs... Jawohl, sehr nett von dir, Horrie.«

»Horrie Last«, meldete Gemeinderat Hogben seiner Frau, »wird auch vorbeikommen.«

Wenn niemand sonst, immerhin, ein zweiter Gemeinderat für Daise. Myrtle Hogben war getröstet.

Was konnte man schon tun? Horrie Last legte den Hörer auf. Er und Les hatten zusammengehalten. Hatten gemeinsame Sache gemacht, um die fortschrittlichen Stimmen zu gewinnen. Hogben und Last hatten den Landkreis vorwärtsgebracht. Les hatte Horries Haus gebaut, die Lasts hatten den Hogbens ihres verkauft. Wenn gewisse Leute das Gerücht verbreiteten, Last und Hogben hätten eine Verengung der Grünzone verursacht, dann übersahen gewisse Leute eben, daß es sich dabei um einen dehnbaren Begriff handelte.

»Was hast du ihnen gesagt?« fragte Mrs. Last.

»Hab gesagt, ich werde kommen«, sagte ihr Mann und fummelte mit dem Kleingeld in der Hosentasche.

Er war klein und stand gern mit gespreizten Beinen da.

Georgina Last hielt ihre Antwort zurück. Von der Gestalt her interessant, erinnerte ihre Figur an Plätzchen, die in der Backröhre ineinandergelaufen sind.

»Daise Morrow«, sagte Horrie Last, »war gar kein so schlechter Kerl.«

Mrs. Last schwieg.

Also rührte er das Geld in der Tasche heftiger um, vielleicht in der Hoffnung, es würde sich verflüssigen. Wohlgemerkt, seine Frau störte ihn nicht – sie hatte schließlich ein schönes Stück Grundbesitz in die Ehe eingebracht, hatte auch eine Nase für Immobilien –, aber er hatte oft das Gefühl gehabt, daß er mit Daise Morrow ein flottes Abenteuer hätte erleben können. Hatte gute Lust zu wetten, daß der alte Les Hogben auf die Schwester seiner Frau scharf gewesen war. Hat ihr zu ihrem Haus verholfen, hieß es. Alles immer hell erleuchtet bei Daise nach Einbruch der Dunkelheit. Der Briefträger brachte die Post bis zur Veranda, statt sie in den Briefkasten zu werfen. Im Sommer, wenn die Männer zum Zählerablesen kamen, bot sie ihnen immer ein Glas Bier an. Daise wußte schon, wie man gut bedient wird.

Georgina Last räusperte sich.

»Beerdigungen sind nichts für Frauen«, erklärte sie und nahm eine Wolljacke auf, die sie für eine Kusine strickte.

»Du hast deine Schuhe nicht geputzt!« tadelte Mrs. Hogben.

»Doch«, sagte Meg. »Das ist der Staub. Ist mir schleierhaft, warum wir uns überhaupt mit Schuhputzen abgeben. Die werden doch immer wieder schmutzig.«

Sie stand in ihrer Schultracht da und sah miserabel aus. Ihre Wangen waren hohl, was ihrer Lektüre nach nur von der Verzweiflung kommen konnte.

»Man muß sich an seine Grundsätze halten«, sagte Mrs. Hogben und fügte hinzu: »Papa holt das Auto. Wo ist dein Hut, Schatz? In zwei Minuten sind wir soweit.«

»Ach, Mama! Der Hut?«

Dieser alte Schulhut. Er war schon voriges Jahr zu eng, aber mußte noch durchhalten.

»Du setzt ihn doch auch zur Kirche auf, nicht?«

»Aber das ist doch nicht Kirche!«

»Es kommt aufs gleiche hinaus. Außerdem bist du's deiner Tante schuldig«, sagte Mrs. Hogben, um zu gewinnen.

Meg holte den Hut. Sie gingen durch die Fuchsien, an den

Gartenzwergen vorbei, die Meg schon als Kind immer auf Weisung ihrer Mutter bei den ersten Regentropfen mit Plastik abdecken mußte. Der Anblick dieser läppischen alten Gnome war ihr zuwider, auch wenn die Plastikhüte sie ausgelöscht hatten.

Traurig war's im Auto, verträumter. Wie sie so dahockte und aus dem Fenster sah, verlor der enge Panamahut, der hoch auf ihrem Kopf saß, seine demütigende Kraft. Ihre stets wachsamen, grauen Augen hatten unter den dunklen Haarfransen wieder ihre Suche aufgenommen: sie hatte noch nie genug gesehen. Weiter unten an der Straße kamen sie an dem Haus vorbei, wo ihre Tante gestorben war, wie man ihr sagte. Das kleine, schiefe rosa Haus da zwischen den Nelken hatte sicher an Leben verloren. Oder die stechende Sonne hatte seine Farben ausgebleicht. Wie funkelnd die Morgen waren, an denen Tante Daise zwischen den Beeten auf und ab ging, ihr taufeuchtes Kleid schwer nachzog und Handvoll um Handvoll die wirren Blumen mit Bast zusammenband. Tantes Stimme, klar wie der Morgen. Niemand, rief sie, kann behaupten, sie sehen starr aus, wenn sie so straff gebündelt sind, was, Meg, woran erinnern sie dich, sag mal? Aber man wußte nie eine Antwort auf das, was die Leute so fragten. Gefrorenes Feuerwerk, schlug Daise vor. Meg gefiel die Idee sehr, auch Daise gefiel ihr sehr. Und gar nicht so gefroren, sagte sie kühn. Die Sonne erreichte die nassen Blumen, löste sie auf und ließ sie kreisen.

Und der Nelkengeruch stieg in dem muffigen Auto auf und traf Meg Hogben aus den wirbelnden Blumentöpfen, die kühlen Stiele blau bestäubt. Da wußte sie, sie würde ein Gedicht über Tante Daise und die Nelken schreiben. Sie war erstaunt, daß ihr das nicht schon vorher eingefallen war.

An dieser Stelle wurden die Insassen höchst unsanft durcheinandergeschüttelt, als das Auto über eine Reihe von Schlaglöchern fuhr. Diesmal vergaß Mrs. Hogben ausnahmsweise, das Straßenbauamt beschwörend anzurufen. Sie fragte sich, ob sich Ossie womöglich dort hinter den Jalousien verbarg. Oder ob, ob. Sie angelte nach ihrem zweiten Taschentuch. Sie war so klug gewesen, zwei einzustecken – das gute mit dem Spitzeneinsatz fürs Grab.

»Das Unkraut wird alles überwuchern«, dröhnte ihre Stimme. »Wo jetzt niemand mehr was dagegen tut.«

Sie entfaltete langsam das weniger bedeutende Taschentuch.

Myrtle Morrow war von jeher die Sensible gewesen. Myrtle hatte die Bibel verstanden. Ihre Nadelarbeiten, ihre Häkeldeckchen waren auf ländlichen Festen preisgekrönt worden. Keine andere hatte soviel Gefühl aus dem Pianola herausgeholt. Trotzdem: Daise war die Blumenliebhaberin. Das ist eine Moosrose, hatte Daise gesagt, ließ es gleichsam auf der Zunge rollen, als sie noch klein war.

Als sie sich ausgeweint hatte, bemerkte Mrs. Hogben: »Mädchen wissen nicht, daß sie glücklich sind, bis es zu spät ist.«

Auf diese Anrede erwiderten die übrigen Insassen des Wagens nichts. Sie wußten, daß sie nicht gefragt waren.

Gemeinderat Hogben fuhr weiter in Richtung Barranugli. Er hatte vor dem Aufbruch seinen Hut sorgfältig aufgesetzt. Er beseitigte ein Lächeln, auf das ihn der Spiegel aufmerksam machte. Obwohl er auf Wiederwahl-Fotos nichts mehr riskierte durch extravagante Abweichungen von der Vergangenheit, hatte er in der fleischigen Gegenwart oft Erfolg. Doch jetzt, unter schwierigen Umständen, übte er sein Pflichtgefühl. Er fuhr, fuhr, durch die Retinosperas, schwer mit Gold behangen, durch die Lagerstroemien, deren rosa Zucker in Schimmel verfloß.

Drunten auf der Müllkippe stritten sich die Whalleys darüber, ob das Bier gleich bei der Ankunft getrunken werden sollte oder erst, wenn sie durstig waren.

»Gut, behalt's!« Mama Whalley kehrte den Rücken.

»Wozu haben wir es denn kalt gekauft, wenn man warten muß, bis es warm wird? Überhaupt«, sagte sie, »ich hab gedacht, wegen dem Bier sind wir hergekommen.«

»Ach, leck mich«, sagte Wal. »So 'ne Kippe ist doch ein Geschäft, oder? Mit Bier oder ohne. Stimmt's? Egal, was für'n Tag ist.«

Er sah, daß sie verdrießlich wurde. Er sah, wie ihre ziemlich langen Brüste unter dem Kleid schwabbelten. Dumme Kuh! Er lachte. Aber knackte doch eine Flasche.

Barry sagte, er wolle auch einen Schluck.

Man konnte ein unwilliges Saugen hören, wie seine Mama einen Mundvoll hinunterschluckte.

»Meinst du, ich schau einfach zu, wie eins meiner Kinder«, sagten die feuchten Lippen, »einen miesen Säufer aus sich macht.«

Ihre Augen blitzten blauer denn je. Wal Whalley bewunderte seine Frau. Vielleicht begehrte er sie deshalb immer noch.

Aber Lummy zog allein ab. Wenn seine Mama verrückt spielte und fluchte, sah er zu deutlich ihre Zahnstümpfe, das faulige, ekelhafte Braun. Wenn man selbst fluchte, war es natürlich etwas anderes. Das war manchmal unausweichlich.

Jetzt wich er selbst aus, schlich davon zwischen den alten Matratzen, den von der Sonnenhitze verkrümmten Stiefeln. Überall Fallgruben: wie rostige Fallen lauerten offene Blechdosen auf unschuldige Knöchel, abgebrochene Flaschenhälse waren nur so darauf aus, ein Gesicht zu zerschneiden. Er ging also bedächtig weiter, scharrte mit den Füßen über die schmutzigen Asbestplatten, zertrat den Rumpf einer Zelluloidpuppe. Hie und da sah es so aus, als würde der Abfall die Oberhand gewinnen. Unter dem Druck des Schrotts wich das Gestrüpp tiefer ins Tal zurück. Doch in vielen geheimen, feuchtwarmen Winkeln war ein Zusammenbruch im Gange: Samen waren in die Klumpen von grauem, zerfallendem Kapok ausgesät, und die Sitzflächen von geborstenen Stühlen, die Sprungfedern, umschlungen von den noch zäheren Ranken, hatten sich überlegenen Kräften ergeben. Irgendwo am Rande des ganzen Schlachtfelds hatte ein menschlicher Bundesgenosse, bevor er sich zurückzog, ein Feuer angezündet, das inzwischen schon fast vom Grün erstickt war, aber einen stinkenden Qualm hinterließ, der mit dem noch übleren Gestank langsamer Fäulnis wetteiferte.

Lum Whalley ging mit einer Anmut, die ihm selbst nie bewußt gewesen war. Er hatte so ungefähr die Nase voll von diesem blödsinnigen Abfallgeschäft. Er hätte gerne gewußt, wie man ordentlich lebt. Wie Darkie Black. Alles hatte seinen Platz im Führerhaus von Darkies Sattelschlepper. Plötzlich spürte er in der Kehle Sehnsucht nach Darkies Gesellschaft. Wenn Darkies Hände am Lenkrad drehten, schienen sie die ganze Welt zu beherrschen.

Ein paar Reihen Stacheldraht trennten Müllkippe und Friedhof in Sarsaparilla. Die Bekenntnisse waren auch getrennt, aber da mußte man auch Namen unterscheiden oder nach den Engeln und den Dingen, die die RIPs* befürworteten. Drüben, wo vermutlich die Anglikaner lagen, machte Alf Herbert gerade Mrs. Morrows Grab fertig. Er hatte die Lehmschicht erreicht, und es ging nur mühsam vorwärts. Die Erdschollen fielen widerwillig.

Wenn es stimmte, was sie über Mrs. Morrow erzählten, dann hatte sie ein ganz schön flottes Leben gehabt. Lum Whalley überlegte, was geschehen wäre, wenn sie ihm nun auf einem Pfad im Busch entgegengekommen wäre, lächelnd. Seine Haut prickelte. Lummy hatte nie ein Mädchen gehabt, obwohl er immer so tat, um sich vor den Jungen nicht zu blamieren. Er fragte sich, ob ein Mädchen, ob diese trübe Tasse Meg Hogben. Hätte ihn höchstwahrscheinlich gebissen. Lummy hatte ein bißchen Angst und kehrte in Gedanken zu Darkie Black zurück, der nie über so etwas redete.

* R. I. P.: Requiescat In Pace.

Dann ging er weiter weg. Alf Herbert stützte sich auf seine Schaufel und war vielleicht zu einem Schwatz aufgelegt. Lummy hatte keine Lust dazu. Er wandte sich zum sonnengefleckten Gebüsch, wo eine Andeutung von Schatten war. Er legte sich unter einem stachligen Banksiastrauch nieder und machte seine Hose auf, um sich selbst zu betrachten. Hatte es aber ziemlich bald satt.

Der Leichenzug von Barranugli zurück nach Sarsaparilla verdiente kaum seinen Namen: Pfarrer Brickle, die Hogbens in ihrem Holden, Horrie in seinem Holden, sie folgten dem kleineren von Jacksons Leichenwagen. Unter den gegebenen Umständen mußte alles preiswert sein – es bestand kein Grund, das Geld hinauszuwerfen. In Sarsaparilla schloß sich Mr. Gill an, der in seinem alten Chevrolet thronte. Es wäre praktisch gewesen, seufzte Gemeinderat Hogben, sich erst in Sarsaparilla dem Trauerzug anzuschließen. Der alte Gill war nur dabei, weil Daise seit Jahren bei ihm gekauft hatte. Ein Lebensmittelhändler ohne Schwung, Daise hatte zu ihm gehalten, weil sie ihn gut leiden konnte, wie sie sagte. Na schön, wenn es denn darauf ankommt, aber was bringt das schon?

Beim letzten Gefälle vor dem Friedhof schlängelte sich eine ausgeweidete Matratze aus der Müllkippe über die Straße. Sie sah aus wie eine Art Ungetüm aus den Abgründen einer Seele, dem Bereich, den ein anständiger Mensch ignoriert.

»Du lieber Gott! Sogar am Friedhof!« entrüstete sich Mrs. Hogben. »Daß der Gemeinderat nicht«, fügte sie trotz ihres Ehemanns hinzu.

»Schon gut, Myrtle«, sagte er zwischen den Zähnen. »Ich hab mir's vorgemerkt.«

Das war Gemeinderat Hogbens Stärke.

»Und die Whalleys vor deiner eigenen Haustür«, stöhnte Mrs. Hogben.

Was sie an heißen Tagen alles mit angesehen hatte, auch vor den Augen der Kleinen.

Der Leichenwagen hatte das Friedhofstor passiert. Sie waren bis dahin gekommen, wo es holprig wurde, rumpelten über die Grasbuckel vor dem dünneren Buschgras. Ringsherum ragten die Baumblätter wie graue Klingen hervor. Nicht einmal eine Elster zur Erbauung eines Christen. Doch Alf Herbert trat vor, die Hände voll von gelbem Lehmstaub, um den Wagen zwischen den Methodisten und den Presbyterianern auf anglikanischen Grund zu leiten.

Das Gerumpel hatte Mrs. Hogbens Kummer wieder an die Oberfläche geschüttelt. Mr. Brickle war beeindruckt. Er sprach eine Weile über die lieben Hinterbliebenen. Mit gütigen und geschickten Händen half er ihr heraus.

Aber Meg sprang. Und landete. Man erschrak, als ein Ast so laut knackte. Mama hätte das vielleicht respektlos genannt. Gleichzeitig fiel ihr auch der bananenfarbige Panamahut vom Kopf ins buschige Gras.

Es war wirklich ein bißchen verwirrend am Grab. Einige von den Männern halfen beim Sarg, und Gemeinderat Last war viel zu klein.

Dann sah Mrs. Hogben, sie sah hinter ihrem Spitzentüchlein hervor, sie sah auf der anderen Seite des Grabes diesen Ossie Coogan stehen. Hatte der alte Gill ihn mitgenommen? Ossie stand schniefend und nur nachlässig zugeknöpft hinter dem Hügel aus gelbem Lehm.

Nichts konnte seine Nase stopfen. Daise sagte immer: Du mußt keine Angst haben, Ossie, ich bin doch da, oder? Aber sie war nicht mehr da. Also hatte er jetzt Angst. Mit Ausnahme von Daise hatten ihm Protestanten immer Angst eingejagt. Schau, ich bin nichts, sagte sie immer, nichts, was du irgendwie einordnen könntest, aber ich liebe, was für unsere Liebe da ist.

Myrtle Hogben war wütend, und sei es auch nur um dessentwillen, was sich Gemeinderat Last wohl denken mußte. Sie hätte ihre Gefühle gern in Worte gefaßt, wenn es nur möglich gewesen wäre, ohne Gott zu beleidigen. Dann krabbelten ihr die Ameisen die Beine hinauf, denn sie stand auf einem Haufen, und ihr Körper wand sich unter den wimmelnden Ungerechtigkeiten.

Daise, hatte sie gesagt, am Tag, als das alles anfing, was ist nur in dich gefahren? Beim Anblick ihrer Schwester war sie herausgelaufen, hatte die weiße Mehlsoße anbrennen lassen. Wo willst du bloß mit ihm hin? Er ist krank, sagte Daise. *Aber das kannst du doch nicht machen*, schrie Myrtle Hogben. Denn ihre Schwester Daise schob da auf einem Schubkarren irgend so einen alten Strolch daher. Die ganze Showground Road entlang waren die Leute vor ihre Häuser getreten und gafften. Daise sah kleiner aus, als sie den Karren die Senke hinunter und den Hügel hinaufschob. Ihre Haare hatten sich halb gelöst. *Das kannst du nicht! Das kannst du nicht!* schrie Myrtle. Aber Daise konnte und tat es auch.

Als die ganze kleine Schar in Sonntagskleidern am Grab versammelt war, öffnete Mr. Brickle das Buch, obwohl man seiner Stimme bald anmerkte, es wäre nicht nötig gewesen.

»Ich bin die Auferstehung und das Leben«, sagte er.

Und Ossie weinte. Weil er nicht daran glaubte, wenn es wirklich darauf ankam.

Er blickte zum Sarg hinab, dem einzigen Überrest dessen, was er kannte. Er erinnerte sich, wie er einmal einen Bratapfel gegessen hatte, ganz langsam, mit Karamel drauf. Und wieder verschlang ihn der dunkle Pferdestall, wo er hoffnungslos im Mist lag, und sie kam mit dem Schubkarren auf ihn zu. Was willst du, hatte er sie direkt gefragt. Ich bin auf den Kirmesplatz gekommen, um ein bißchen anständigen Mist zu holen, ich hab genug von diesem Kunstdünger, sagte sie, und was machst du da, bist du krank? Ich wohne hier, sagte er. Und fing zu heulen an und rieb sich den Rotz von seiner Triefnase. Nach einer Weile sagte Daise: Wir gehen zu mir zurück, wie heißt du gleich – Ossie. Sie sagte es so, daß er wußte, so war es. Den ganzen Weg bergan im Schubkarren fuhr ihm der Wind ziemlich übel in die Augen, scheitelte seine dünnen Haare. Im

Verlauf der Jahre hatte er ein oder zwei Läuse im Haar erwischt, aber glaubte oder hoffte, sie losgeworden zu sein, als Daise ihn aufnahm. Während sie kräftig anschob und mit dem Schubkarren kämpfte, beugte sie sich manchmal vor, und er spürte ihre Wärme und ihre festen Brüste gegen seinen Rücken gepreßt.

»Herr, lehre mich doch, daß es ein Ende mit mir hat und meine Tage gezählt sind, damit ich gewahr werde, wie lange mein Leben währt«, las Mr. Brickle.

Gewahrsam! Das war das richtige für ihn, dachte Gemeinderat Hogben, wie er den alten Ossie so betrachtete.

Der stand da, murmelte ein paar Anrufungen, ganz leise, in Erinnerung an das, was man ihm als Kind beigebracht hatte.

Als dies alles im Gange war, all diese Worte, für die, wie sie wußte, Tante Daise nichts übrig gehabt hätte, ging Meg Hogben weg, kroch unter dem Drahtzaun durch, der Friedhof und Müllkippe trennte. Sie war noch nie auf der Kippe gewesen, und sie fühlte ihr Herz lebhaft schlagen. Sie ging scheu durch den Busch. Sie traf auf einen alten Strumpfgürtel. Sie stolperte über einen rußgeschwärzten Spirituskocher.

Da sah sie Lummy Whalley. Er stand unter einer Banksie und drehte an einem der welken Köpfe.

Auf einmal war ihnen klar, daß da etwas war, dem sie beide nicht länger aus dem Weg gehen konnten.

»Ich bin zur Beerdigung hergekommen«, sagte sie.

Es klang, ja, beinahe erleichtert.

»Kommst du oft hierher?« fragte sie.

»Nee«, antwortete er rauh. »Nicht hierher. Auf Müllkippen schon.«

Aber ihr Eindringen hatte das festgefügte Ritual seines Lebens zerstört und seine Hand zum Zittern gebracht.

»Gibt's da irgendwas zu sehen?« fragte sie.

»Müll«, sagte er. »Immer den gleichen alten Müll.«

»Hast du schon einmal einen Toten angeschaut?«

Sie merkte nämlich, daß seine Hand zitterte.

»Nein«, sagte er. »Und du?«

Auch sie nicht. Und sie mußte es wahrscheinlich auch jetzt nicht. Wo sie doch wieder regelmäßig atmeten.

»Was treibst du denn so?« fragte er.

Da hätte sie sich gern zurückgehalten, aber sie konnte nicht. Sie sagte: »Ich schreibe Gedichte. Ich will eins über meine Tante Daise schreiben, so wie sie war, wenn sie frühmorgens Nelken pflückte im Tau.«

»Was hast du denn davon?«

»Wahrscheinlich gar nichts«, sagte sie.

Aber das machte nichts.

»Was für Gedichte schreibst du sonst noch?« fragte er und drehte den welken Kopf der Banksie zu guter Letzt ab.

»Ich hab eins geschrieben«, sagte sie, »über die Sachen in einem Schrank. Ich hab über einen Traum von mir geschrieben. Und den Geruch von Regen. Das war ein bißchen zu kurz.«

Da schaute er sie zum ersten Mal an. Er hatte noch nie einem Mädchen in die Augen geschaut. Sie waren grau und kühl, ganz anders als die heißen oder ausgebrannten Augen einer Frau.

»Was willst du einmal werden?« fragte sie.

»Keine Ahnung.«

»Du bist kein Angestelltentyp.«

»Wie?«

»Ich meine, du bist nichts für Zahlen und Bücher und Banken und Büros«, sagte sie.

Er war zu angewidert, um zuzustimmen.

»Ich werd mir selbst mal 'n Laster zulegen. Wie Mr. Black. Darkie hat 'n Lastzug.«

»Was?«

»Na ja«, sagte er, »so einen Sattelschlepper.«

»Aha«, sagte sie, etwas unsicherer.

»Darkie hat mich mal nach Maryborough mitgenommen.

Ziemlich harte Sache. Manchmal sind wir die ganze Nacht durch gefahren. Manchmal haben wir auf der Straße geschlafen. Oder in solchen Rasthäusern. Mann, das war prima, so durch die kleinen Nester zu brausen bei Nacht.«

Sie sah es. Sie sah die Leute in ihren Türen stehen, erstarrt in den gelben Lichtblöcken. Das Sausen der Nacht machte die Gestalten für immer reglos. Ringsherum spürte sie die pelzige Dunkelheit, während der Sattelschlepper dröhnte und bockte, sein Gerippe aus bunten Lampen. Und im Fahrerhaus, wo sie saßen, herrschte Ruhe und Ordnung. Wenn sie zur Seite blickte, konnte sie sein blondes Haar leuchten sehen, durchstreift von Feuergarben elektrischer Lichter. Sie hatten Koffer mit Zahnbürste, Kamm und ein paar anderen Sachen gepackt – den Schreibblock, auf dem sie das Gedicht notieren würde, wenn sie mal hielten, im Geruch von Sonnenlicht, Staub, Ameisen. Doch seine Hände steuerten so meisterhaft, daß es aussah, als käme das nie vor. Auch machte es ihr nichts aus.

»Dieser Mr. Black«, sagte sie, und ihr Mund wurde schmaler, »nimmt der dich oft mit?«

»Über die Grenze nur einmal«, sagte Lummy und schmiß den Kopf der Banksie weg. »Auf kürzere Touren ab und zu.«

Beim Fahren schaukelten sie zusammen. Er war nie irgend jemandem näher gewesen, als wenn er gegen Darkies Rippen stieß. Er wartete auf den nächsten kleinen Schock von Dankbarkeit und Vergnügen. Er hätte gern – und sicher war es auch einmal soweit – ein gestreiftes Unterhemd wie Darkie getragen. »Ich würde mich gern mit Darkie zusammentun«, sagte er, »wenn ich mal einen eigenen Lastzug habe. Darkie ist mein bester Freund.«

Mit gedehntem, mißtrauischem Schaudern sah sie die dunkleren Hände, die kurzen schwarzen Haare auf den Fingerrücken. »Na ja«, sagte sie, unbeteiligter. »Vielleicht kommt's mal dazu«, sagte sie.

Auf den umliegenden Gräbern standen die braunen Blumen in ihren Vasen voll braunerem Wasser. Die mehr kopflastigen Plastiksträuße waren vom starken Westwind umgeworfen, aber es war ihnen nicht viel geschehen: sie lagen nur in blasser Unordnung zerstreut auf den lieblosen Granitsplittern.

Die Hitze ließ Gemeinderat Last gähnen. Er fing an, die eingravierten Namen zu lesen, soweit sie in Sichtweite waren; manche von ihnen hatte er schon fast vergessen. Einmal mußte er beinahe lachen. Wenn die Toten sich in ihren Gräbern hätten aufsetzen können, so wäre wohl hier und da ein Streit entstanden.

»*Mitten im Leben sind wir vom Tod umfangen*«, sagte der Pfarrertyp.

JACK CUNNINGHAM

INNIG GELIEBTER EHEMANN VON FLORENCE MARY,

las Horrie Last.

Wer hätte gedacht, daß Cunningham, der aufrecht wie eine Silbereiche war, gerade auf dem Weg zu Daise Morrows Wohnung fallen würde. Horrie beobachtete sie immer, wie sie zusammen eine Weile auf der Veranda saßen, bevor sie zum Tee ins Haus gingen. Sie machten gar keine Umstände, da jedermann im Bild war. Gute Zähne hatte Cunningham. Immer ein weißes, gutgebügeltes Hemd. Welche von den Damen wohl die Wäsche besorgte? Florence Mary war eine Invalide, sagte man. Daise Morrow lachte gern mit Männern, aber für Jack Cunningham hatte sie ein Schweigen, in dem sich Vertraulichkeiten andeuteten, die Horrie Last nur vermuten konnte, dessen eigenes Privatleben sich in fast völliger Dunkelheit abgespielt hatte.

Meine Güte, und da war ja dann Ossie. Die Frau mußte es im stillen schlimmer getrieben haben, als man es sich vorstellen konnte.

»*Nachdem es dem allmächtigen Gott in seiner großen Barmherzigkeit gefallen hat, die Seele zu sich zu nehmen ...*«, las Mr. Brickle.

Da es nicht ganz klar war, wer die Erde werfen sollte, tat es Mr. Gill, der Krämer. Sie hörten die Handvoll auf den Sarg prasseln.

Dann rannen die Tränen erst recht aus Ossies grindigen Augen. Aus dem Dunkeln. Aus dem Dunkeln hatte Daise gerufen: Was ist denn los, Ossie, du mußt nicht weinen. Ich habe einen Krampf, antwortete er. Er peinigte ihn. Einen Krampf? sagte sie im Halbschlaf. Oder bildest du dir's nur ein? Wenn es kein Krampf ist, dann was anderes. Möglicherweise. Er glaubte Daise aufs Wort. Er war nie besonders hell im Kopf, seit er die Hirnhautentzündung gehabt hatte. Paß auf, sagte Daise, komm her zu mir, in mein Bett, ich wärme dich auf, Os, im Handumdrehen. Er horchte im Dunkeln auf sein eigenes Schniefen. Ach Daise, ich kann nicht, sagte er, ich könnte keinen Ständer kriegen, nicht um alles in der Welt, sagte er. Sie hielt sich sehr still dann. Er lag da und zählte den Pulsschlag der Dunkelheit. So nicht, sagte sie – sie lachte ihn nicht aus, wie er halb und halb erwartet hatte –, außerdem, sagte sie, so richtig Glück hat man nur einmal. In diesen Dingen. Und mit einem Mal teilte er die Dunkelheit, rumpelnd und stolpernd, um zu ihr zu kommen. So sanft hatte er es noch nie gehabt. Denn Daise hatte keine Angst. Sie strich mit den Fingern durch seine Haare, weiter und weiter wie fließendes Wasser. Sie streichelte den Krampf aus seinen Beinen. Bis sie schließlich gleichmäßig zusammen atmeten. Dösten. Da ritt der junge Bursche Ossie Coogan wieder vom Gebirge herunter, das Geräusch der Trense in der blauen Luft, der Schweißgeruch aus der Satteldecke, hin zum großen, strömenden Fluß. Er schaukelte und verströmte mit dem Ziehen des starken endlosen Flusses, tauchte seinen Mund in kühles braunes Wasser, Ertrinken wäre Erfüllung gewesen.

Einmal in der Nacht war Ossie aufgewacht, voller Angst, daß etwas zwischen sie gekommen sei. Doch Daise hielt ihn immer noch an ihrer Brust. Wenn er nur anders gewesen wäre. Ossies Kehle hatte zu zittern begonnen. Nur dann hätte

Daise, hätte Daise sich auch ändern können. Also schnüffelte er in die warme Dunkelheit und wurde wieder empfangen.

»Wenn man nur wirklich will, kann man alles erreichen«, darauf bestand Meg Hogben. Sie hatte das in einem Buch gelesen und war nicht ganz davon überzeugt, aber manchmal kamen einem Theorien zur Hilfe.

»Wenn man will«, sagte sie, während sie ein Loch in den steinigen Boden stieß.

»Alles nicht.«

»Doch!« sagte sie. »Doch wirklich!«

Sie, die nie einen Jungen angeschaut hatte, so richtig in ihn hinein, schaute ihn an wie nie zuvor.

»Das ist doch alles Scheiße«, sagte er.

»Na ja«, schränkte sie ein. »Es gibt Grenzen.«

Er runzelte die Stirn. Er schöpfte wieder Verdacht. Sie tat so schlau. All diese Gedichte.

Aber um Einvernehmen herzustellen, hätte sie ihre Schlauheit aufgegeben. Sie war nicht mehr stolz darauf.

»Und wenn du heiratest, was ist dann? Mit einem Lastwagen in der Gegend herumfahren. Was wird deine Frau dazu sagen? Sitzt zu Hause fest mit einem Haufen Kinder.«

»Manche nehmen ihre Frau mit. Darkie läßt seine Alte und die Kinder mitfahren. Nicht immer, verstehst du. Aber ab und zu. Auf kurzen Touren.«

»Du hast mir nicht gesagt, daß Mr. Black verheiratet ist.«

»Kann dir doch nicht alles erzählen, oder? Nicht alles auf einmal.«

Die Frauen, die im Fahrerhaus der Sattelschlepper saßen, kannte er vorwiegend als dünn und dunkel. Sie erwiderten selten einen Blick, wischten ihre Hände mit Papiertüchern und starrten in kleine Spiegel, während sie darauf warteten, daß ihre Männer wiederkamen. Was sie nach einer Weile auch tun mußten. So ging er von der Tankstelle hinüber, um sein Eigentum in Besitz zu nehmen. Schlenderte, runzelte leicht die Stirn, rieb die gelben Stoppeln auf dem Kinn und schaute gar nicht hinüber. Blickte vielleicht seitwärts. Sie war die dünnste, die dunkelste, die er kannte, die kühlste aller Frauen, die von ihrem Sitz im Führerhaus der Sattelschlepper Ausschau hielten.

Unterdessen wanderten sie ein bißchen herum zwischen den rostigen Dosen auf der Müllkippe von Sarsaparilla. Er zerbrach ein paar Stecken und warf die Stücke weg. Sie riß ein schmales Blatt ab und roch daran. Sie hätte gern an Lummys Haar gerochen.

»Ui, bist du blond«, mußte sie unwillkürlich sagen.

»Manche sind eben blond geboren«, stimmte er bei.

Er fing an, einen Felsblock mit Steinen zu bombardieren. Er war stark, wie sie sah. Soviel entdeckte sie in kurzer Zeit, daß ihr die Knie zitterten.

Und wie sie durch das strahlende Licht brausten, dröhnend und rumpelnd, füllte sich das Fahrerhaus mit hellhäutigen, blonden Kindern, und sie behütete das Jüngste, indem sie es mit der Handfläche hinten am Hals stützte, wie sie es bei Frauen beobachtet hatte. So beschäftigt, vergaß sie Lummy zeitweise, der dann anhielt, und sie stieg ab, um die Windeln in lauwarmem Wasser zu waschen und auf einem Busch zum Trocknen aufzuhängen.

»Alle diese Gedichte und Sachen«, sagte er. »Ich hab nie jemand gekannt, der so schlau war.«

»Aber schlau sein heißt nicht anders sein« – wandte sie ein, voller Angst, er würde mit ihrer Besonderheit und Stärke nicht einverstanden sein.

Von jetzt an würde sie mit höchster Wachsamkeit vorgehen. Sie spürte, daß sie älter als Lummy war, wenn auch nicht an Jahren, aber daß er dieses Geheimnis nie ahnen durfte: so stark, so schön er auch war, sie war die Stärkere und mußte es bleiben.

»Was ist das?« fragte er und berührte es, zog aber seine Hand zurück, um sich selbst zu schützen.

»Eine Narbe«, sagte sie. »Ich habe mich am Handgelenk geschnitten an einer Büchse Kondensmilch.«

Ausnahmsweise war sie froh über die hellere Naht auf ihrer gefleckten Haut, in der Hoffnung, sie könnte einen Bruch heilen.

Und er sah sie aus seinen harten blauen Whalley-Augen an. Er mochte sie, auch wenn sie häßlich, schlau und ein Mädchen war.

»Kondensmilch auf Brot«, sagte er, »das könnte ich essen, bis ich platze.«

»O ja«, stimmte sie bei. Sie glaubte es im Ernst, obwohl sie vorher nie daran gedacht hatte.

Fliegen ballten sich zu unregelmäßigen schwarzen Jett-Stikkereien auf dem Rücken von Sonntagsanzügen. Niemand dachte mehr daran, sie abzuschütteln. Während Alf Herbert gegen die volle Schaufel anstöhnte, klumpte sich der Staub immer fester zusammen, Gelöbnisse verdichteten sich. Obwohl man ihnen bedeutet hatte, mit der Erlösung durch Christus zu rechnen, wäre es deswegen doch nicht minder unpassend gewesen, wenn Er aus dem Gebüsch aufgetaucht wäre, um auf Altären aus brennendem Sandstein ein Opfer zu feiern, auf das sie niemand vorbereitet hatte. Auf jeden Fall warteten die Trauernden – sie hatten zu akzeptieren gelernt, was immer ihnen beschieden sein mochte –, während die Hitze den Rest ihres Hirns betäubte und ihre australischen Finger zu fremdartig aussehenden Würsten auftrieb.

Myrtle Hogben protestierte als erste. Sie brach zusammen – in das falsche Taschentuch hinein. *Welcher unseren niedrigen Leib verklären wird?* Die Worte waren mehr, als ihr Anstandsgefühl vertragen konnte.

»Nimm's doch nicht so schwer«, flüsterte ihr Gatte und schob einen Finger unter ihren Ellbogen.

Sie ließ sich sein Mitgefühl gefallen, so wie sie auch in ihrem gemeinsamen Leben seinen dunkleren Wünschen nachgegeben hatte. Nie wollte sie mehr als ihre Ruhe und hie und da ein paar persönliche Vorrechte.

Mrs. Hogben, eine dünne Frau, weinte weiter über all das, was man ihr zuleide getan hatte. Denn Daise hatte alles nur noch niedriger gemacht. Obwohl nicht ohne Verständnis, ja, ab und zu. Nur Mädchen hatten das rechte Verständnis, selbst Frauen nicht – nur Schwestern, Schwestern. Ehe die Ereignisse sie auseinanderwirbelten. Also ging Myrtle Morrow noch einmal durch den Obstgarten, und Daise Morrow legte den Arm um ihre Schwester; Geständnisse lagen in der Luft, vermischt mit dem Duft von zerdrückten Äpfeln in Gärung. Myrtle sagte: Daise, etwas möchte ich gerne tun, ich möchte der Heilsarmee eine Zitrone in die Tuba werfen. Daise kicherte. Du spinnst, Myrt, sagte sie. Aber nie *niedrig*. Also weinte Myrtle Hogben. Einmal, nur einmal hatte sie sich ausgedacht, wie gern sie jemanden von einer Klippe hinunterstoßen und dabei seinen Gesichtsausdruck beobachten würde. Aber das hatte Myrtle nicht gestanden.

Mrs. Hogben weinte also über die Dinge, die sie nicht eingestehen konnte, und über das, was ihrer Kontrolle entgleiten könnte.

Als die milderen Worte eingesetzt hatten, *Vater unser*, das wußte sie auswendig, *unser täglich Brot*, hätte sie Trost spüren sollen. Sie hätte. Hätte.

Doch wo war Meg?

Mrs. Hogben sonderte sich von den anderen ab. Ging steif dahin. Wenn es einem der Männer auffiel, nahm er an, daß sie von Trauer überwältigt war oder sich Erleichterung verschaffen wollte.

Sie hätte sich gern erleichtert durch den Ruf: »Margaret, Meg, warum hörst du denn nicht, Me-eg?«, langgezogen vor Ärger. Konnte aber nicht einem Pfarrer ins Wort fallen. Also stolzierte sie. Sie sah ganz ähnlich wie ein Perlhuhn aus, das sich mit seiner gefleckten Seide in einem Stück Stacheldraht verfing.

Als sie ein wenig weitergegangen waren, hierhin, dorthin, irgendwohin, hörten sie Stimmen.

»Was ist das?« fragte Meg.

»Meine Alten«, sagte Lummy. »Die streiten sich über irgendwas.«

Mama Whalley hatte soeben zwei ungeöffnete Bierflaschen gefunden. Drunten auf der Müllkippe. Na so was. Irgendwas war da doch faul.

»Könnte ja Gift drin sein«, gab ihr Mann zu bedenken.

»Gift? Scheißdreck!« schrie sie. »Nur weil *ich* sie gefunden habe!«

»Ganz gleich wer«, sagte er. »Wer wird denn schon zwei Flaschen warmes Bier trinken?«

»Ich schon!« sagte sie.

»Wo doch unser mitgebrachtes schön kalt war?«

Auch er schrie jetzt ein bißchen. Sie benahm sich manchmal wirklich dumm.

»Wer wollte denn aufsparen, was wir mitgebracht haben? Bis es schön warm war!« keifte sie.

Schweißüberströmt standen die beiden Whalleys da.

Lum hatte plötzlich das Bedürfnis, dieses Mädchen außer Hörweite zu führen. Er hatte so ziemlich genug von den besoffenen Schweinen. Er wäre gern mit seinem Mädchen über gepflegten Rasen geschlendert, wie im Botanischen Garten, wo die Grasnarbe unter ihren ruhigen Schritten nachgab. Statuen wiesen einen Weg durch das gleißende Licht dorthin, wo sie sich schließlich hinsetzten, unter riesige leuchtende Blätter, und den Booten auf dem Wasser zusahen. Sie packten ihre Picknick-Brötchen aus Lagen von frischem Seidenpapier aus.

»Sie sind ganz schön gemein«, sagte Lummy erklärend.

»Das kümmert mich nicht«, versicherte Meg Hogben.

Nichts auf der Welt kümmerte sie – war es nun mehr oder weniger?

Sie ging ganz benommen hinter ihm her, an einem rostigen

Heizofen vorbei, über ein Feld von abgestorbenem Filzteppich. Oder rannte, rutschte, um mitzukommen. Blumen wären in ihren Händen verwelkt, wenn sie sie nicht schon zerdrückt hätte, um ihr Gleichgewicht zu halten. Irgendwo in ihrem privaten Labyrinth hatte Meg Hogben ihren Hut verloren.

Als sie weiter weg waren von dem Streit und die brütende Hitze sich wieder über sie gesenkt hatte, nahm er ihren kleinen Finger, da es ganz natürlich schien, nach allem, was sie erlebt hatten. Sie schlenkerten eine Zeitlang mit den Händen, nach einem besonderen Gesetz der Bewegung.

Bis Lum Whalley die Stirn runzelte und die Hand des Mädchens wegstieß.

Wenn sie mit seinem Verhalten einverstanden war, so nur deshalb, weil sie nicht mehr an das glaubte, was er tat, sondern nur an das, was er empfand, wie sie wußte. Das könnte das Problem gewesen sein. Sie war sich so schrecklich sicher, daß er bis zum allerletzten Moment Widerstand leisten mußte. So wie sich ein Vogel, der in dem stachligen Baum sang, unter dem sie gerade standen, anscheinend an die Luft klammerte. Dann übernahmen seine Finger die Führung. Sie staunte über die Festigkeit seines Knabenkörpers. Das Zittern ihrer kieselharten Haut, die gespannte Fläche des weißen Himmels erschütterten ihn. Ehe Schreck und Erwartung ihre Münder verschmolzen. Und sie nippten aneinander mit kleinen, dankbaren Schlückchen. Und hoben ihre Kehle dazwischen, wie Vögel beim Trinken.

Ossie sah nicht mehr, wie Alf Herberts Schaufel die Erde bearbeitete.

»Habe noch nie erlebt, daß ein Mann bei 'ner Beerdigung heult«, beschwerte sich Gemeinderat Hogben, sehr leise, obwohl er gute Lust hatte, herauszuplatzen.

Wenn man Ossie zu den Männern rechnen kann, gab Gemeinderat Last durch ein paar Geräusche zu verstehen.

Doch Ossie sah und hörte nichts, nur Daise, die noch auf

dem zerwühlten Bett dalag. Ein Knopf mußte ihr wohl abgesprungen sein, denn ihre Brüste wölbten sich heraus. Nie würde er vergessen, wie sie sich abmühten im schweren gelben Morgenlicht. Im ersten Tageslicht wurde das Fleisch gelb und träge. Was wird nur aus mir, Daisy? Das wird sich schon herausstellen, Os, sagte sie, so wie für uns alle. Ich müßte es ja wissen, sagte sie, es dir sagen können, aber laß mir Zeit zum Ausruhen, zum Atemholen. Dann ließ er sich auf seine schmerzenden Knie nieder. Er berührte Daises Hals mit seinem Mund. Ihre Haut schmeckte bitter. Der große glitzernde Fluß, zu dem der junge Bursche Ossie Coogan klirrend von den Bergen hinuntergeritten war, verlief sich in dickem, gelbem Morast. Und er selbst ein alter räudiger Mann, der versuchte, seine Stirn im letzten Wasserloch zu erfrischen.

Mr. Brickle sagte: *»Wir sagen Dir von Herzen Dank, daß es Dir gefallen hat, diese unsere Schwester von dem Elende dieser sündigen Welt zu erlösen.«*

»Nein! Nein!« protestierte Ossie – so erstickt, daß niemand es hörte, obwohl es heftig genug gemeint war.

Soweit er es begriff, wollte niemand erlöst werden. Auf jeden Fall er nicht und Daise nicht. Wo man doch im Winter nachts am Feuer zusammensitzen und Kartoffeln in der Asche braten konnte.

Mrs. Hogben brauchte eine ganze Weile, bis sie ihr Crêpe-de-Chine-Kleid aus dem Draht befreit hatte. Die Nerven waren schuld, vom Kummer um Meg ganz zu schweigen. Unter diesen Umständen verschlimmerte sie den Riß und blickte auf, nur um zu sehen, wie gleich da drüben in einer Müllkippe ihr Kind ganz schamlos den jungen Whalley küßte. Wenn nun Meg eine zweite Daise war? Es lag im Blut, das war nicht zu leugnen.

Mrs. Hogben rief nicht gerade, sondern ließ eine Art Geräusch aus ihrer gespannten Kehle dringen. Die Zunge lag ihr so dick im Mund, daß sie für Worte keinen Platz mehr fand.

Da blickte Meg auf. Sie lächelte.

Sie sagte: »Ja, Mutter.«

Sie kam durch den Draht hindurch, wobei sie sich auch etwas zerriß.

Mrs. Hogben sagte, und ihre Zähne klickten: »Du hast dir ja den passendsten Zeitpunkt ausgesucht. Deine Tante kaum unter der Erde. Aber natürlich, schuld daran – wenn überhaupt jemand – ist nur deine Tante.«

Die Vorwürfe hagelten nur so herab. Meg konnte nichts antworten. Seit die Freude sie aufgeschlossen hatte, hatte sie vergessen, wie man sich verteidigt.

»Wenn du etwas jünger wärst« – Mrs. Hogben dämpfte ihre Stimme, da sie sich dem Pfarrer näherten, »bekämst du eine gehörige Tracht Prügel, meine Liebe.«

Meg versuchte ihr Gesicht zu verschließen, so daß niemand hineinsehen konnte.

»Was werden sie sagen?« stöhnte Mrs. Hogben. »Was soll nur aus uns werden?«

»Was, Mutter?« fragte Meg.

»Das kannst nur du allein beantworten. Und noch jemand anders.«

Da blickte Meg über die Schulter und bemerkte den Haß, den sie eine Zeitlang ganz vergessen hatte. Und sofort schloß sich ihr Gesicht fest, wie eine Faust. Sie war bereit zu schützen, was immer ihren Schutz verdiente.

Selbst wenn die Trauernden nicht von Wut, Gram, Verachtung, Langeweile, Apathie und einem Gefühl der Ungerechtigkeit ergriffen gewesen wären, ist zu bezweifeln, ob sie bemerkt hätten, daß die Tote mitten unter ihnen stand. Die auferstandenen Toten, so etwas kam oder kam nicht in der Bibel vor. Für ein loses Frauenzimmer im geblümten Baumwollkleid schmetterten keine Lichtfanfaren. Wer sie gekannt hatte, erinnerte sich an sie nur hin und wieder in irgendeiner hölzernen Pose aus dem Alltagsleben. Wie hätten sie ihre

Verkündigung hören, geschweige denn glauben können? Und doch gab Daise Morrow weiter kund.

Hört zu, ihr alle, ich verlasse euch nicht, höchstens die, die verlassen sein wollen, und selbst die wissen es nicht so genau – sie könnten vielleicht von einem Stück ihrer selbst Abschied nehmen. Hört mich an, all ihr hoffnungslosen Erfolgsmenschen, alle, die ihr nachts aufwacht, voll Zittern, daß euch etwas entgeht, oder starr vor Schreck bei dem Gedanken, daß vielleicht nie etwas zu finden war. Kommt her zu mir, ihr säuerlichen Frauen, öffentlichen Diener, verschreckten Kinder, ihr alten, räudigen, verzweifelten Männer...

Klein von Gestalt wie sie war, waren Worte zu groß für sie erschienen. Sie warf gereizt ihre Haare zurück. Und nahm zu Taten Zuflucht. Da sie immer fest mit den Füßen auf der Erde gestanden hatte, wäre sie die letzte gewesen, die sich jetzt gegen ihren Druck gewehrt hätte, während ihre immer recht heisere Stimme mit geborgten Silben aus Staub weiter predigte:

Wahrlich, wir brauchen keine Folterqualen zu erdulden, wenn wir nicht in unseren Herzen Kammern bauen für die Werkzeuge des Hasses. Wißt ihr denn nicht, meine lieben Mitmenschen, daß der Tod kein Tod ist, es sei denn, es ist der Tod der Liebe? Liebe sollte die gewaltigste Explosion sein, mit der wir rechnen dürfen. Sie dreht und wirbelt uns herum, läßt uns Millionen neuer Welten erschaffen. Nie zerstören.

Von dem frischen Erdhügel, den man ohne viel Phantasie in Gestalt ihres irdischen Leibes aufgeworfen hatte, bestand sie darauf, ihre beschwörenden Worte an die Leute zu richten.

Ich will euch trösten. Wenn ihr es zulaßt. Versteht ihr mich?

Aber niemand verstand sie, da sie nur Menschen waren.

Auf immer und ewig. Und ewig.

Blätter zitterten, hoben sich im ersten Hauch einer Brise.

So wurden die sehnsüchtigen Hoffnungen der Daise Morrow beigesetzt neben ihren schlanken Handgelenken, glatten Schenkeln und zierlichen Fesseln. Sie schickte sich endlich in den offiziellen Zerfall, der aus ihr, so hoffte man, eine anständige Frau machen würde.

Doch war sie nicht ganz tot.

Meg Hogben war es nie so recht gelungen, die Mitteilungen ihrer Tante zu deuten, und sie konnte nicht Zeuge der letzten Augenblicke der Beerdigung sein, da die Sonne sie blendete. Dennoch spürte sie mit einem Schauer von frohem Erinnern, wie sich der Flaum an ihre Wange legte, ein zarter Luftzug durch ihre feuchten Haarwurzeln strich, während sie ins Auto stieg und auf die Dinge wartete, die da kommen mochten.

Nun, sie hatten Daise also weggeschafft.

Irgendwo auf der anderen Seite des Drahtzauns klang es nach zerbrochenem Glas und Streiterei.

Gemeinderat Hogben ging zum Pfarrer hinüber und sagte die passenden Worte. Er drehte sich halb weg, entnahm seiner Brieftasche ein oder zwei Banknoten und fühlte sich sofort befreit. Wäre Horrie Last noch dagewesen, so wäre Les Hogben jetzt umgekehrt und hätte seinem Kumpel den Arm um die Schulter gelegt, um nachzufühlen, ob ihm sein ungewöhnliches Verhalten gegenüber einem gewissen Individuum vergeben sei – keine Verwandtschaft, aber immerhin. Aber Horrie war ja schon weggefahren.

Horrie fuhr oder flog durch die Senke, wo die Müllkippe an den Friedhof stieß. Eine Sekunde lang zuckte Ossie Coogans Rücken in einer Staubspirale auf.

Sollte den Schwachkopf eigentlich mitnehmen, überlegte Gemeinderat Last und fragte sich, während er weiterfuhr, ob die guten Vorsätze eines Mannes etwa einen halben Punkt zählten, falls sie in Wirklichkeit unausgeführt blieben. Denn jetzt war es zum Anhalten viel zu spät, und überhaupt bog Ossie – man sah es im Rückspiegel – von der Straße zur Müllkippe ab, wo der alte Halunke ja schließlich auch hingehörte.

Die ganze Straße entlang boten Steine, Staub und Blätter wieder wie gewöhnlich ein nüchternes Bild. Vom Fahrersitz seines hochbeinigen Chevrolet blickte Gill, der Krämer, ein langsamer Mensch, der sein Kleingeld in einem kleinen verschmierten Leinenbeutel trug, durch dicke Brillengläser nach vorn. Er stellte gerade erleichtert fest, daß er fast auf die Minute genau um halb vier zu Hause sein und seine Frau ihm seine Tasse Tee einschenken würde. Alles, was er verstand, war pünktlich, anständig, etikettiert.

Unterwegs wich er umsichtig der Matratze aus, welche die Müllkippe unter dem Draht hindurch über die halbe Straße gekotzt hatte. Sonderbare Sachen waren ab und zu auf der Kippe vorgekommen, erinnerte sich der Krämer. Schreiende Mädchen, die langen engen Hosen in Fetzen gerissen. Ein Arm in einem Zuckersack und keine Spur vom dazugehörigen Körper. Aber manche fanden Frieden im Gerümpel: verwahrloste ältere Männer, deren bleiche tote Fischaugen nicht mehr preisgaben, was sie durchlebt hatten, und Frauen, blau angelaufen von giftigem Fusel, die an der Tür von Schuppen aus Rinde und rostigem Eisen herumstanden. Einmal war so ein alter Gammler in den Müll gekrochen, offenbar um dort zu verfaulen, was ihm auch gelang, ehe man die Polizei holte, um etwas zu untersuchen, was auf den ersten Blick wie ein Haufen stinkender Lumpen aussah.

Mr. Gill gab bedächtig Gas.

Sie fuhren. Sie fuhren.

Allein hinten auf dem offenen Kombi saß Lum Whalley vorgebeugt auf der leeren Kiste, klemmte seine Hände zwischen die Knie, ohne dran zu denken, daß er Darkie in dieser Stellung gesehen hatte. Er war jetzt vollkommen unabhängig. Sein Gesicht hatte der Wind neu geformt. Das gefiel ihm. Es tat wohl. Er ärgerte sich nicht mehr über das Gerümpel, das sie nach Hause schleppten, über den Rost, der sich unter den Füßen löste, über die Rolle muffligen Filzteppich, der seine

Nase zu verstopfen suchte. Auch nicht über seine Familie – wie sie sich unterhielt oder stritt, man konnte das nie genau sagen – im Führerhaus hinter ihm.

In Wirklichkeit hatten die Whalleys ein Lied angestimmt. Eine von ihren eigenen Fassungen. Sie sangen immer ihre eigene Fassung, und die zwei Kleinen stimmten ein.

»Zeig mir den Weg nach Hause
Ich bin nicht zu müde fürs Bett.
Ich hab vor einer Stunde was getrunken,
Und das hat mich so auf Gedanken gebracht . . .«*

Plötzlich fuhr Mama Whalley auf den kleinen Gary los – oder war es Barry? »Was weißt *du* denn schon, ha, was weißt *du*?«

»Was ist denn mit dir los?« schrie ihr Mann. »Nur ein Tropfen Alkohol, und schon wirst du wild!«

Sie gab keine Antwort. Er merkte aber, daß sie gleich anfangen würde zu meckern. Der Kleine war in Tränen ausgebrochen, aber nur pro forma.

»Es ist wegen diesem verdammten Lummy«, klagte Mrs. Whalley.

»Warum hackst du auf Lum herum?«

»Da steckt man jetzt lauter Liebe und Zärtlichkeit in ein Kind hinein, und was hat man davon?«

Wal knurrte. Abstrakte Begriffe machten ihn immer ratlos.

Mama Whalley spuckte aus dem Fenster, und die Spucke flog ihr ins Gesicht zurück.

»Puh!« schimpfte sie.

Und wurde stiller. Es ging genaugenommen nicht um Lum,

* Der Text dieses Varieté-Chansons lautet eigentlich:

Show me the way to go home.
I'm tired and I want to go to bed.
I had a little drink about an hour ago,
And it's gone right to my head.

wenn man ganz ehrlich war. Es war nichts. Oder alles. Der Schnaps. Man würde nie wieder auch nur einen Tropfen davon anrühren. Bis man's doch wieder tat. Und dieser verfluchte Lummy, mit dem Kaiserschnitt obendrein, man würde nie wieder mit einem Mann zusammensein.

»So was versteht ein Mann nicht.«

»Was?« fragte Wal.

»'n Kaiserschnitt.«

»Wie?«

Mit einem Mann konnte man einfach nicht reden. Also mußte man mit ihm ins Bett gehen. Die meiste Zeit voll bis obenhin. So hatte sie die Zwillinge erwischt, nachdem sie eigentlich gesagt hatte: nie wieder.

»Hör auf zu flennen, um Himmels willen!« sagte Mutter Whalley begütigend und strich dem Kleinen über die fliegenden Haare.

Alles war traurig.

»Möchte wissen, wie oft sie jemand lebendig begraben«, sagte sie.

Gemeinderat Hogben kam sich ganz verwegen vor, wie er mit seinem cremefarbenen Holden eine Kurve nahm, aber er würde sich schon im kritischen Moment zusammenreißen, bevor er in einen Konflikt mit dem Gesetz hineinrutschte.

Sie fuhren und fuhren, in schönen langen Schüben und an den Biegungen in wirbelnden Halbkreisen.

Immer dann, wenn sie in ihrem Leben zu beten versuchte und um ein Erlebnis bat, scheiterte Meg Hogben, aber probierte es mit zusammengebissenen Zähnen erneut. Jetzt wollte sie voller Liebe an ihre tote Tante denken, und das Bild verwischte sich jedesmal. Sie war oberflächlich, das war es. Aber immer wenn sie scheiterte, machte die Landschaft einen liebevollen Sprung vorwärts. Sie fuhren unter den Telegrafendrähten entlang. Sie hätte jede Nachricht in die Sprache des Friedens übersetzen können. Der Wind brannte, wenn er nicht kalt einschnitt, und ließ das Feste stehen: die neben der Straße steckengebliebenen Holzhäuser, die Weidenstämme rund um die braune Untertasse eines Damms. Ihre allzu aufrichtigen, grauen Augen schienen sich vertieft zu haben, wie um einzufangen, was sie noch alles zu sehen, zu fühlen hatte.

Es war wunderbar, sich auf dem Rücksitz einzurollen, auch mit Mama und Papa vorn.

»Ich habe es nicht vergessen, Margret«, rief Mama über die Schulter.

Glücklicherweise reichte Papas Interesse nicht aus, um zu fragen.

»Hatte Daise irgendwelche Schulden auf dem Haus?« fragte Mrs. Hogben. »Sie war doch nie praktisch veranlagt.«

Gemeinderat Hogben räusperte sich.

»Mit der Zeit werden wir das schon herausfinden«, sagte er.

Mrs. Hogben achtete ihren Mann aufgrund von Dingen, die ihr insgeheim unverständlich waren: die rätselhafte *Zeit*, zum Beispiel, die *Geschäfte* und, am allerschlimmsten, der *Amtliche Taxator*.

»Erstaunlich, daß sich Jack Cunningham mit Daise eingelassen hat«, sagte sie. »Er war ein feiner Kerl. Aber Daise hatte so was Gewisses.«

Sie fuhren. Sie fuhren.

Als sich Mrs. Hogben an den kleinen goldenen Flechtring erinnerte.

»Meinst du, diese Beerdigungsunternehmer sind ehrlich?«

»Ehrlich?« wiederholte ihr Mann.

Ein zweideutiges Wort.

»Ja«, sagte sie. »Dieser Ring, den Daise.«

Man konnte schlecht jemand beschuldigen. Wenn sie ihren Mut zusammengerafft hatte, wollte sie zum verschlossenen

Haus hinuntergehen. Beim bloßen Gedanken krampfte sich ihre Brust zusammen. Sie wollte dann hineingehen und sich bis in die dunklen Winkel der Schubladen vortasten, wo vielleicht ein Fetzen Seidenpapier. Aber die verschlossenen Häuser der Toten machten Mrs. Hogben angst, das mußte sie zugeben. Die stickige Luft, das Licht durch grobe Leinenvorhänge gefiltert. Man kam sich wie ein Dieb vor, obwohl man keiner war.

Und dann kamen diese Whalleys langsam immer näher.

Sie fuhren und fuhren, Kombi und Limousine streiften einander fast.

»Wer noch nie eine Migräne hatte«, rief Mrs. Hogben mit abgewandtem Gesicht, »kann sich gar nicht vorstellen, wie das ist.«

Ihr Mann kannte das schon.

»Komisch, daß es nicht verschwindet«, sagte er. »Es heißt, das sei so ab einem gewissen Alter.«

Obwohl sie die Whalleys nicht überholten, würde er alles tun, um die Lage in den Griff zu bekommen. Wal Whalley vorgebeugt, aber nicht so weit, daß man nicht sehen konnte, wie ihm die Haare vorn aus dem Hemd herausquollen. Seine Frau schlug ihm auf die Schulter. Sie sangen eine von ihren eigenen Fassungen. Ihr Zahnfleisch ganz wäßrig.

So fuhren und fuhren sie.

»Mir ist so übel, Leslie«, schluckte Mrs. Hogben und angelte nach ihrem minderen Taschentuch.

Die Whalley-Zwillinge lachten durch ihre strohblonden Stirnlocken.

Hinten auf dem Kombi drehte sich der griesgrämige Lum in die andere Richtung. Meg Hogben hatte ihre abwesendste Miene aufgesetzt. Jedes Erkennungszeichen war so schwach gewesen, daß es ihnen der Wind sofort aus dem Gesicht geblasen hatte. Wie Meg und Lummy dasaßen, klammerten sie sich an ihre spitzen, aber tröstlichen Knie. Sie ließen ihr Kinn sinken, so tief es nur ging. Sie schlugen die Augen nieder, als ob sie fürs erste genug gesehen hätten und bewahren wollten, was sie wußten.

Der warme Kern von Gewißheit verfestigte sich, während schnellerer Fahrt ließ der Wind die Telegrafendrähte laufen die Zäune die flachgedrückten Büschel von grauem Gras hoben sich immer wieder wieder wieder

Booker-Preis 1985

Keri Hulme

UNTER DEM TAGMOND

Roman.
Aus dem Englischen von Joachim A. Frank
655 Seiten.
S. Fischer Verlag ISBN 3-10-031902-8.
Auch als Fischer Taschenbuch. ISBN 3-596-10173-5

Vor dem Hintergrund der urwüchsigen Küstenlandschaft Neuseelands spielt sich zwischen drei Menschen, die auf schicksalhafte und schmerzliche Weise zusammenfinden, ein verzweiflungsvolles Drama widerstreitender Gefühle ab. Keri Hulme hat ein ungewöhnliches, äußerst eindrucksvolles und aufrührendes Buch geschrieben über die Verlorenheit des einzelnen, der aus seinen traditionellen Bindungen herausgefallen ist.

DER WINDESSER – TE KAIHAU

Erzählungen.
Aus dem Englischen von Christine Frick-Gerke
255 Seiten.
S. Fischer, ISBN 3-10-031903-6.
Auch als Fischer Taschenbuch. ISBN 3-596-11176-5

Neunzehn literarisch zum Teil äußerst ambitionierte, bis zur Kühnheit originelle Erzählungen über die Magie der Natur, die Intuition des Kreatürlichen, Verletzungen und Beschädigungen von Menschen – und immer wieder über die mythische Landschaft Neuseelands.

Bruce Chatwin

TRAUMPFADE

Roman.
Aus dem Englischen von Anna Kamp
400 Seiten.
Fischer Taschenbuch Verlag. ISBN 3-596-10364-9

›Traumpfade‹: das sind die unsichtbaren labyrinthischen Wege, die den australischen Kontinent durchziehen und entlang derer, so will es der Schöpfungsmythos der Ureinwohner, die Ahnen wanderten und mit ihren Liedern die Welt erschlossen. Chatwin geht diesen Fußspuren in seinem faszinierenden Buch nach, das, Roman und Reisebericht zugleich, ein Glücksfall der zeitgenössischen Literatur ist.

»Vieles spricht dafür, daß *Traumpfade* als Chatwins wahres Chef d'œuvre gelten muß.« *Der Spiegel*

»Chatwin zeigt uns durch den anderen Blick, den er mitbringt, daß das Leben noch etwas anderes ist als unsere Gewohnheiten, und daß der Wind, der draußen geht, befreiender ist als die Luft um uns.«

Frankfurter Allgemeine Zeitung

AUSTRALIEN ERZÄHLT

Short Stories.
Ausgewählt und mit einer Nachbemerkung von Volker Wolf
238 Seiten.
Fischer Taschenbuch Verlag. ISBN 3-596-10536-6

Achtzehn Autorinnen und Autoren der modernen australischen Literatur, darunter Patrick White (Nobelpreis für Literatur 1973), Peter Cowan, David Malouf, Peter Carey und Helen Garner, erzählen vom harten Leben unter primitiven Bedingungen im Busch, vom Kampf ums Überleben, von der Gewalt der Natur, von den Auseinandersetzungen zwischen Aborigines und Weißen, erzählen von den Menschen in Australien, ihrer Solidarität, ihrer Gefährdung durch Einsamkeit, ihren Träumen, ihrem Scheitern.

Rodney Hall

GEFANGEN

Roman.
Aus dem Englischen von Stefanie Schaffer-de Vries
237 Seiten.
S. Fischer Verlag ISBN 3-10-029403-3
Auch als Fischer Taschenbuch ISBN 3-596-11257-5

»Bei Rodney Hall stößt der literarische Schatzgräber auf Gold und entdeckt dabei den australischen Kontinent im Roman. Er hat denselben Rang wie ein García Márquez. Auch Halls Mythen sind auf magisch-inspirierte Weise mit dem Land verbunden, und das Leseerlebnis seines Romans ›Gefangen‹ umfaßt Bewunderung, ja Begeisterung und höchste Spannung. Immerhin handelt es sich um eine Mordgeschichte, um Brutalität und Inzest. (...) Hall spürt in seinem grandiosen Epos den archaischen Leidenschaften einer Siedlerfamilie nach, die auf ihrer Farm namens ›Paradies‹ ihr Leben einem keineswegs paradiesischen Land abringen muß.« *Frankfurter Allgemeine Zeitung*